新文京開發出版股份有限公司

NEW WCDP

新世紀・新視野・新文京 ─ 精選教科書・考試用書・專業參考書

U0121711

New Wun Ching Developmental Publishing Co., Ltd.

New Age · New Choice · The Best Selected Educational Publications — NEW WCDP

English Medical Terminology

第6版

醫護英文用語

中央研究院院士
陳建仁
專業推薦

掃描 **附 QR Code**
字彙朗讀音檔

審訂者　徐會棋　賴信志　李中一　鍾國彪　林清華

編著者　劉明德　蔡玟蕙　薛承君　甘宜弘　張銘峰　韓文蕙　徐玉珍　馮兆康
　　　　傅綢妹　呂維倫　薛嘉元　蔣蓮娜　Jonathan Chen-Ken Seak　王守玉

　　本書聘請了醫學與護理科系資深教師及臨床專業醫師共同編寫而成，並經多位專家學者、任課教師審訂。

　　本書內容豐富、淺顯易懂，第一章的醫護用語的基本組成、第二章的醫院共通用語，到第三章的醫院各科常見用語，皆可為學生打好學習醫護專用術語的基礎；第四章的各系統解剖常見用語與延伸閱讀單元，更強化了學生在系統性人體構造與各專科診斷用語間的連貫學習；而第五、六兩章列舉了醫護英文用語於常見醫院表單及文獻應用層面上的大量實例，每個單元均詳列實用的英文詞彙和中文說明；專業文獻更引導學生抓住閱讀醫護英文期刊的精髓。

　　第五版敦聘弘光科技大學王守玉老師為本書進行校對及修正，並挑選出重要字彙予以「 * 」標記，幫助讀者快速掌握重點。

　　第六版採納了使用教師們回饋的建議，並將原先隨書附贈的第一～四章主要字彙朗讀發音光碟改成掃描 QR Code 的方式，手機掃描即可聆聽，亦可搭配書末附上可隨身攜帶的「臨床常用字卡」，輔助讀者輕鬆記憶與誦讀，達到事半功倍的學習效果。

編輯部　謹識

　　「工欲善其事，必先利其器」，正確而實用的工具書，是老師和學生們都無可或缺的必備書籍。目前市面上的醫護術語工具書，不少是發行數十年的醫用辭典，很多新的專有名詞並未包含在內；有些是倉促出版，未能兼顧實用性和易懂性。專業學術用語總是隨著科技知識之突飛猛進而日新月異，如果專業術語工具書，未能不斷的推陳出新，不但會影響醫護教學的品質，也會間接影響未來醫護衛生工作人員的專業能力。

　　很高興讀到由劉明德先生等主編，集合了醫護及外文等相關跨領域專業結晶之特色，委託新文京開發出版股份有限公司所發行的「醫護英文用語」一書，它是一本嶄新而質優的工具書，相當符合基礎醫學／生命科學的教學需求。我曾擔任明德大學四年的導師，對於他的刻苦向學、勤奮進取，一直留下很深刻的印象。他一步一腳印的自我充實、自我提昇，也令我相當的感佩。他在教學方面遭遇任何重大難題，都會本著精益求精、盡善盡美的信念，來和我討論研議。

　　明德編著完成這本相當實用而且易讀易懂的參考書籍，將嘉惠於醫護領域之莘

▲陳建仁院士 VS.劉明德攝於臺大傅園

莘學子的基礎醫護學習。本書的章節編排合宜，不僅讓讀者一目瞭然，也符合實際教學所需。內容豐富而條理清晰，本書可說是近年來國內出版的重要醫護術語書籍之一。本書最後的醫護專業文獻導讀，更是明德與數位共同作者嘔心瀝血之創作，很值得醫護、醫管（健康事業管理）科系學生一讀的導讀指引。

　　明德一向力爭上游，也積極關心國內醫護學生的學習成效。我很樂意推薦他所編著的「醫護英文用語」一書，希望國內的醫護工作者能因此而學習得更有效率，也帶給國人更安全更有效的醫療照護。

陳建仁　謹識

　　時光飛逝，在我數十年從事研究的過程中，回首所受的基礎醫學教育，和我數十年來所教導的學生們，驀然發現，一本好的教科書絕對是一個課程，甚至是一個學門能夠受到重視並蓬勃發展最重要的一個因素之一。而由新文京出版、劉明德先生所主編的「醫護英文用語」這本書，看得出是一本內容相當實在，且容易使用上手的一本好書。劉明德先生跟隨我在榮總一年多從事研究、並在陽明大學醫學系擔任了我兩年的研究助理，一路所做的研究相當的踏實，而我發現這樣的性格，同時也反映在這本書的內容裡：內容整理豐富，且條理分明、井然有序。本書的出版，可以說對國內醫護人員的教學與指導，能夠產生相當大的實用功效。因此，在翻閱過內容之後，我欣然接受此書的審訂工作。我認為，這樣內容實在的一本好書，確實是目前臺灣醫護教育界所需要的，相當值得推薦。

▲徐會棋教授 VS.劉明德攝於臺北榮總

徐會棋　謹識

　　由明德君所編著的「醫護英文用語」，是目前國內最佳醫護術語參考手冊之一。明德和我們是大學同窗好友，在畢業之後雖然走上了不同的路子，但是在學術方面的教學經驗，我們總還是彼此互相切磋。這樣的經驗交流，讓我們無意間得知了明德正在進行這樣一項龐大又艱鉅的工作，編纂這樣一本實用的術語大全。基於好奇之心，我們當時便應允了明德邀請，細心審訂此書。在審訂的過程中，發現這本書的內容，完完全全和明德的為人一樣，相當實際且清清楚楚。整理不但詳盡，許多方面也設計得別出心裁。就以每個章節後面的練習為例，明德將練習題目出得相當活潑而不落俗套，有別於其他出版社所做的整理。這樣一本好書，的的確確是國內教師和同學的一大福音，值得醫護相關學系的同學好好一讀。

▲賴信志教授 VS.劉明德攝於臺大醫學院

賴信志
李中一
鍾國彪
林清華　謹識

　　本書的特點包括：(1)第一、二、三章整合最新且最常見的醫護管理專業用語；(2)第四章介紹各系統解剖常見用語，延伸生理與病理常見症狀用語；(3)第五章列舉醫護英文於病歷表單、醫囑單及護理類表單中之應用，每個單元均詳列常見常用的英文詞彙，配合中文說明，易懂易讀；(4)第六章以專業文獻為例，引導學生抓住如何閱讀醫護類英文期刊的精髓，不僅標示出關鍵字句，更有精確的全文翻譯輔助學習。這些特點中與其他一般醫護術語相比，最重大的突破即是病歷的書寫整理和論文文獻的導讀。這些部分都是集我和幾位共同作者數十年來研究及教學的心血濃縮而成的最實用精華，也反映出了我們在基礎醫護人員的培養方面，追求卓越教學的一番雄心壯志。希望這樣的導讀和整理，能夠收到最實際的功用，且能在同學的學習之路上，發揮最大的幫助。

▲ 黃武雄教授　VS.劉明德攝於臺大思亮館

　　在這裡首先要感謝恩師－黃武雄教授，給予明德同步學習的機會，擔任黃教授 B70 級動物學系（生命科學系）及心理學系微積分的教學助理，更替我設想留在臺大數學系以半工半讀的環境下順利完成臺大學位，也因此明德一路走來，才有更上一層樓的機會與審訂者、編著群等在臺大的許多精英分子結緣。本書集合教授群、醫師群、護理專業群及外語專業群等共同編著，有他們的熱忱參與，才使本書得以順利誕生，在此致上十二萬分的謝意！還要特別感謝推薦者陳建仁院士以及專業主治醫師群（鄭群亮醫師、鄭理想醫師、徐秋蓬醫師、楊麗音醫師）的協助審稿並提供寶貴建議，使得本書更具專業應用價值！最後，更要感恩新文京開發出版股份有限公司的協助，並期盼任教醫學術語的老師及修習本科的同學，還有讀者們多多指正，謝謝！

國立臺灣大學流行病學與預防醫學研究所升等研究
國立臺灣大學微生物學研究所碩士
國立臺灣大學公共衛生學系學士
弘光科技大學通識學院＆國立聯合大學通識教育中心

劉明德 謹識

推薦者

陳建仁

中央研究院院士暨特聘研究員兼副院長
國立臺灣大學公共衛生學院流行病學與預防醫學研究所教授
美國約翰霍浦金斯大學流行病學博士
曾任行政院衛生署署長、行政院國家科學委員會主任委員

審訂者

徐會棋

國立陽明大學醫學院醫學系、生理學研究所專任教授
羅東聖母醫院院長
臺北榮民總醫院一般內科特約主治醫師
曾任臺北市立聯合醫院總院內科部主任

賴信志

長庚大學醫學生物技術暨檢驗學系教授兼系主任
國立臺灣大學醫學院醫學檢驗暨生物技術學系兼任教授
英國劍橋大學病理學博士

李中一

國立成功大學醫學院公共衛生學科暨研究所教授
加拿大魁北克省 McGill University 流行病學與生物統計學系博士

鍾國彪

國立臺灣大學公共衛生學院健康政策與管理研究所教授兼所長
美國約翰霍浦金斯大學衛生政策與管理博士

林清華

高雄市立凱旋醫院成人精神科主任、主治醫師
輔英科技大學護理系兼任助理教授
高雄醫學大學醫學研究所博士

編著者簡介　*Authors*

劉明德

國立臺灣大學流行病學與預防醫學研究所升等研究

國立臺灣大學健康政策與管理研究所演講

國立臺灣大學微生物學研究所碩士（榜首）

國立臺灣大學公共衛生學系學士

現任國立聯合大學通識教育中心健康與生活、環保與生活講師

現任弘光科技大學通識學院微生物與人類文明、健康與生活講師

現任中臺科技大學護理系醫護英文及通識教育中心環保教育講師

現任聖母醫護管理專校醫護術語講師

現任中華民國觀光旅遊英語領隊／華語導遊

曾任行政院前衛生署全國公共衛生研修中心專員

曾任國立陽明大學醫學系碩士級研究助理

曾任弘光科技大學健康事業管理系、醫學英文及術語、解剖生理學講師、護理系微生物免疫學及在職專班生物學、物理治療系生物學講師

曾任中臺科技大學醫療暨健康管理系、護理系健康心理學、情緒管理講師

曾任臺灣首府大學觀光休閒系觀光英文講師、通識教育中心生物技術、健康科學講師

曾任育達科技大學通識教育中心健康科學與生活、生物醫學、環保與生活、綠建築與永續城市講師、行銷與流通管理系健康管理講師

曾任聖母醫護管理專校護理科病理學、醫護英文、（微）生物學實驗講師

曾任仁德醫護管理專校護理科解剖生理學講師、視光科解剖生理學、微生物學講師、復健科及健康美容觀光科生物學講師、通識教育中心微生物科技與生活、健康與生活講師

醫護專業

蔡玫蕙
臺北醫學大學呼吸治療學系兼任副教授
聖母醫護管理專科學校護理科兼任助理教授
國立陽明大學生理學研究所博士
國立臺灣大學學士、美國哈佛大學醫學院進修

薛承君
長庚紀念醫院林口總院急診醫學部專科主治醫師
國立臺灣大學醫學院醫學士

甘宜弘
衛生福利部雙和醫院神經外科主治醫師
財團法人恩主公醫院神經外科主任、主治醫師
臺北醫學大學醫學士、臺北醫學大學醫學研究所碩士

張銘峰
財團法人臺灣基督長老教會新樓醫院社區醫學部部長
國立成功大學醫學院醫學士

韓文蕙
國立金門大學護理系系主任、副教授
國立臺灣大學衛生政策與管理研究所博士

徐玉珍
元培科技大學護理系助理教授
國立清華大學生命科學系生物醫學博士
國立成功大學護理學士、英國諾丁漢大學高等護理實務碩士

馮兆康
弘光科技大學健康事業管理系系主任、副教授
國立臺灣大學學士、國立陽明大學公共衛生研究所博士

傅綢妹
元培科技大學護理系系主任、副教授
英國歐斯特大學 Faculty of Life and Health Sciences, Department of Nursing Ph.D.

王守玉
曾任弘光科技大學護理系（所）副教授
澳洲昆士蘭科技大學(Queensland University of Technology)護理哲學博士

外語專業

呂維倫
捷克馬薩里克大學英美研究系研究員
國立臺灣大學語言學研究所博士
國立臺灣大學外國語文學系學士
Discovery 特聘翻譯撰稿人
專長領域為認知語言學、語法對比與修辭分析、平行語料庫及譯本研究

薛嘉元
前新加坡南洋大學及馬來西亞瑪拉工藝大學外文系資深講師
美國德克薩斯州大學外國語文碩士

蔣蓮娜
私立臺灣首府大學通識教育中心英語組組長兼任應用英語系講師
國立臺灣大學學士、澳洲邦德大學應用語言學碩士

Jonathan Chen-Ken Seak
M.B.B.S., International Medical University, Malaysia
University Malaya Medical Centre (UMMC)

聯絡方式

劉明德　ntumcliu8@yahoo.com.tw
薛承君　julian0322@adm.cgmh.org.tw
路　先　wllu@ntu.edu.tw

目錄　　　　　　　　Contents

CHAPTER 1　**醫護用語的基本組成**　　1
1-1　醫護術語的結構 2
1-2　字　首 5
1-3　字　尾 26
1-4　字　根 35

CHAPTER 2　**醫護共通用語**　　47
2-1　醫療相關組織、單位、人員職稱 48
2-2　一般病房常見用語（病房、病人單位） 72
2-3　病歷及交班常見用語 87
2-4　一般常見檢查、技術及治療 104
2-5　常見藥物用語 124
2-6　營養與飲食治療常見用語 133
2-7　醫護管理常見用語 144

CHAPTER 3　**醫院各科常見用語**　　165
3-1　一般內科 166
3-2　一般外科 201
3-3　婦產科 215
3-4　小兒科 240
3-5　精神科 257
3-6　其他專科 275

CHAPTER 4　**各系統解剖常見用語**　　317
4-1　心臟血管系統 318
4-2　呼吸系統 321

4-3 消化系統 324

4-4 內分泌系統 327

4-5 泌尿系統 330

4-6 生殖系統 333

4-7 神經系統 337

4-8 感覺系統－眼及耳 341

4-9 骨骼與肌肉系統 346

4-10 淋巴系統 355

CHAPTER **5** **醫護病歷表單常見用語** **367**

5-1 閱讀與書寫病歷表單 368

5-2 醫療專科表單 373

5-3 其他護理表單 438

CHAPTER **6** **如何閱讀醫護英文期刊** **449**

6-1 閱讀原則 450

6-2 文章導讀 454

參考資料 **475**

附錄：臨床常用字卡 **477**

掃描QR code
或至reurl.cc/Gol5Yv下載字彙朗讀音檔

Chapter

01 醫護用語的基本組成
Affix and Word Formation

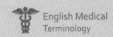 English Medical Terminology

1-1　醫護術語的結構（Principles of Word Formation）

1-2　字首（Prefix）

1-3　字尾（Suffix）

1-4　字根（Root）

掃描QR code
或至reurl.cc/Gol5Yv下載字彙朗讀音檔

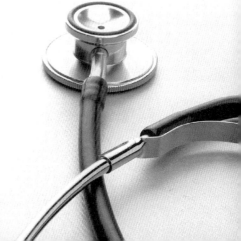

1-1　醫護術語的結構

—— *Principles of Word Formation*

　　醫護的字彙和病歷書寫、閱讀，不管是在學校的各個科系或醫院、學習或臨床，許多時候是以英文進行。但是，英文不佳始終是許多台灣學生心中的痛，而這樣的缺點，其實來自於對英文字根的不熟悉。但是，其實英文醫護術語的學習是有訣竅的。如果能夠掌握這樣的訣竅，對於英文字根有一個基本的瞭解，那麼不管是牽涉到何類字根的醫護術語，都可以相當快速的上手實用。

　　所以，在這裡我們希望能夠根據我們精心設計的整理表格，幫助各位快速的提取出最精華重要的醫護術語字根。在本章的表格裡，我們按照字母和重要順序，分析出了英文的重要字根，大致可以分為字首、字尾和一般字根三種。依照這三種基本的組合，就可以產生各種千變萬化的醫護術語。如果同學能夠按部就班的按表紮實學習，一定能夠很有效的輕鬆掌握英文的醫護術語！

🗨 字首(Prefix)的學習

　　在英文裡面，最明顯易學的字根就是字首這一類。凡是出現在每個單字前的拉丁字根，我們都可以統稱為「字首」。相同的字尾或字根，在造字過程中搭配了不同的字首，就可以衍生出相當不同的意義。試看下列幾例：

1. **gastr-**：與「胃」相關的字首，在以下這些重要術語中出現：
   gastrolavage　洗胃
   gastrectomy　胃切除術

2. **cardi-**：與「心臟」相關的字首，在下列這些重要術語中出現：
   cardiopulmonary bypass　心肺繞道術
   cardiac catheterization　心導管插入術

3. **denti-**：與「牙齒」相關的字首，在下列這些重要術語中出現：
   dentinitis　齒質炎
   dentition　生齒

4. **encephal-**：與「腦」相關的字首，在下列這些重要術語中出現：

    encephalitis 腦炎

    encephalomeningitis 腦膜炎

5. **osteo-**：和「骨」相關的字首，可見於下列重要術語中：

    osteoarthritis 骨關節炎

    osteomyelitis 骨髓炎

💬 二 字尾(Suffix)的學習

　　字尾也是英文中相當發達的一個詞類衍生方式，是可以由此造出許許多多不同的醫護術語的。因此，字尾的學習也是相當需要重視的一環。請看下列幾組重要術語：

1. **-rrhea**：代表「流出」之意，可見於下列幾組術語內：

    amenorrhea 無經症

    dysmenorrhea 痛經

2. **-itis**：代表「發炎」之意，請參考以下術語：

    conjunctivitis 結膜炎

    iritis 虹膜炎

3. **-therapy**：為「治療」之意，可見於下列常用術語中：

    hydrotherapy 水療法

    thermotherapy 溫度療法

4. **-phobia**：表「恐懼」之意，請見下列重要術語：

    acrophobia 懼高症

    algophobia 懼痛症

5. **-ectomy**：為「切除」之意，可見於下列常見術語：

    lobectomy 肺葉切除術

    pneumonectomy 肺切除術

三 字根(Root)的學習

　　英文的字根除了出現在字前的字首和出現在字末的字尾這兩種字根型態之外，字根也不僅僅出現在字的前後兩端而已。以下的基礎字根相當常見於醫護術語內。

1. **hydro**：與「水分」有關。

2. **trans**：「通過」、「穿越」之意。

3. **bio-**：與「生物」或「生命」有關。

4. **electro-**：與「電」有關。

5. **audi**：和「聽力」有關。

6. **naso**：和「鼻部」有關。

四 結 語

　　字首、字尾與字根是相當基本的英語構詞組成單位。這些字根可以在每個字中出現不只一次，換句話說就是以重複組合的方式形成常見的醫護術語和相互搭配，衍生出他們相關的意義和用法。這些基礎的字根形成了英語重要醫護詞彙的核心，所以我們可以說如果能夠掌握了字根的構詞原則，就可以相當容易的掌握常用醫護英文術語！

1-2 字首

Prefix

字首	意義	範例 [音標]	中譯
ab-	遠離、分離	**abduce** [æb`djus]	外展
		abduction [æb`dʌkʃən]	外展作用
		abnormal [æb`nɔrməl]	異常的
		abortion [ə`bɔrʃən]	流產
acro-	肢，肢端	**acroarthritis** [`ækrəar`θraɪtɪs]	肢端關節炎
		acromegaly [ækrə`mɛgəlɪ]	肢端肥大症
ad-	方向，近	**adducent** [ə`djusənt]	內收的
		adduct [ə`dʌkt]	內收
adeno-	腺	**adenocarcinoma** [ædɪno.karsɪ`nomə]	腺癌
		adenoma [ædə`nomə]	腺瘤
aero-	空氣	**aerotherapy** [.eərə`θɛrəpɪ]	空氣治療法
ambi-	雙眼，雙的	**ambilateral** [.æmbə`lætərəl]	雙側的
ambly-	感覺遲鈍	**amblyacousia** [.æmblɪə`kusɪə]	聽覺遲鈍，弱聽
		amblyopia [.æmblɪ`opɪə]	弱視
a- an-	無、否定	**atypical** [e`tɪpɪkl]	非典型的、不正常的
		anoxia [ə`naksɪə]	缺氧
		anemia [ə`nimɪə]	貧血

字首	意義	範例 [音標]	中譯
ana-	離開，再次，過度	**analysis** [ə`næləsɪs]	分析
		anagenesis [ˏænə`dʒɛnəsɪs]	再生，新生
andro-	男	**androgen** [`ændrədʒən]	雄性激素
		androcyte [`ændrɵsaɪt]	精細胞
aniso-	不等	**anisocoria** [ænˏaɪsə`korɪə]	瞳孔大小不等
		anisomelia [ænˏaɪsə`milɪə]	左右肢不等
anomalo-	不規則，異常	**anomaloscope** [ə`naməlɵˏskop]	色盲檢查器
ankylo-	粘連	**ankylodactylia** [`æŋkɪlədæk`tɪlɪə]	指粘連，趾粘連
		ankylomele [æŋkɪlə`mil]	肢粘連
ante-	為前，前面	**antepartum** [`æntɪ`partəm]	出生前，分娩前
		anteprostate [`æntɪ`prastet]	前列腺
antero-	在…之前	**anteroposterior** [æntərəpas`tɪrɪə]	前後的，自前向後的
		anterolateral [`æntərə`lætərəl]	前外側的
anti-	對抗，反，阻	**antibiotic** [ˏæntɪbaɪ`atɪk]	抗生素
		antibody [`æntɪˏbadɪ]	抗體
		antidepressant [ˏæntɪdɪ`prɛsənt]	抗鬱劑
antro-	竇，室，腔	**antroduodenectomy** [æntrəˏdjuədɪ`nɛktəmɪ]	幽門竇及十二指腸切除術
		antroscopy [æn`traskəpɪ]	竇檢視法

字 首	意 義	範例 [音標]	中 譯
apo-	遠離，分離	**apoplasmia** [ˌæpəˈplæzmɪə]	缺乏血漿
		apocenosis [ˌæpəsɪˈnosɪs]	排泄，排膿
arthr- arthro-	關節	**arthritis** [arˈθraɪtɪs]	關節炎
		arthroplasty [ˈarθrəˌplæstɪ]	關節成形術
atelo-	發育不全	**ateloglossia** [ˌætɪləˈglasɪə]	舌發育不全
		atelostomia [ˌætɪləˈstomɪə]	口發育不全
auto-	自己，自體	**autoimmunity** [ˌɔtoɪˈmjunətɪ]	自體免疫
		autonomic [ˌɔtəˈnamɪk]	自主的，自律的
audi- audio-	聽力	**auditory vertigo** [ˈɔdətorɪ ˈvɝtɪgo]	耳性暈眩
		audiometry [ˌɔdɪˈamɪtrɪ]	聽力測驗
bi-	二，雙	**biceps** [ˈbaɪsɛps]	二頭肌
		bifurcation [ˌbaɪfəˈkeʃən]	分叉
bio-	生命，生物	**biology** [baɪˈalədʒɪ]	生物學，生態學
		biopsy [ˈbaɪapsɪ]	活體組織檢查
brach- brachio-	臂	**brachial plexus** [ˈbrekɪəl ˈplɛksəs]	臂神經叢
		brachium [ˈbrekɪəm]	臂
brachy-	短	**brachycardia** [ˌbrækɪˈkardɪə]	心搏過緩
		brachypnea [ˌbrækɪˈniə]	呼吸淺短

字首	意義	範例 [音標]	中譯
brady-	徐緩，遲鈍，緩慢	**brady**cardia [ˌbrædɪˋkɑrdɪə]	心搏徐緩
		bradykinesia [ˌbrædɪkɪˋniʒə]	運動徐緩
burs- burso-	滑液囊	**burs**itis [bɚˋsaɪtɪs]	滑液囊炎
		bursopathy [bɚˋsɑpəθɪ]	滑液囊病變
blephar- blepharo-	眼瞼	**blephar**al [ˋblɛfərəl]	眼瞼的
		blepharoclonus [ˌblɛfəˋraklənəs]	眼瞼陣攣症
cac- caco-	不良，惡	**cac**esthesia [ˌkækɛsˋθiʒə]	感覺不良
		cacocnemia [ˌkækakˋnimɪə]	腿不良，腿過細
carcino-	癌	**carcino**ma [ˌkɑrsɪˋnomə]	癌
carp- carpo-	腕	**carp**ectomy [kɑrˋpɛktəmɪ]	腕切除術
		carpoptosis [ˌkɑrpəpˋtosɪs]	腕下垂，垂腕，垂手
calcane-	跟骨	**calcane**otibial [kælˌkenɪoˋtɪbɪəl]	跟骨與脛骨的
		calcaneus [kælˋkenɪəs]	跟骨
caudo-	尾部	**caud**al [ˋkɔdl]	尾的
		caudectomy [kɔˋdɛktəmɪ]	尾端切除術
cephal- cephalo-	顱，頭	**cephal**itis [ˌsɛfəˋlaɪtɪs]	腦炎
		cephalocele [ˋsɛfələˌsil]	腦膨出

字 首	意 義	範例 [音標]	中 譯
cerebr- cerebro-	腦	**cerebrospinal** [sə`ribrə`spaɪnḷ]	腦脊髓的
		cerebrovascular [sə`ribrə`væskjələ]	腦血管的
cervi- cervic-	頸	**cervical** [`sɜvɪkḷ]	頸的
		cervix [`sɜvɪks]	頸
chir- chiro-	手，用手	**chirapsia** [kaɪ`ræpsɪə]	按摩，手痙攣
		chirology [kaɪ`ralədʒɪ]	手語術
chloro-	綠	**chloropsia** [klo`rapsɪə]	綠幻視
cholangio-	膽管	**cholangioenterostomy** [kə,lændʒɪə,ɛntəe`rastəmɪ]	膽管小腸造口吻合術
		cholangiotomy [,koləndʒɪ`atəmɪ]	膽管切開術
choledoch- choledocho-	總膽管	**choledochectomy** [,kolɛdə`kɛktəmɪ]	總膽管部分切除術
		choledocholith [ko`lɛdəkə,lɪθ]	總膽管結石
chondro-	軟骨	**chondroarthritis** [,kandrəar`θraɪtɪs]	軟骨關節炎
		chondroblastoma [,kandrəblæs`tomə]	軟骨瘤
chorio-	絨毛膜	**choriocarcinoma** [,korɪə,karsɪ`nomə]	絨毛膜癌
		chorion [`korɪən]	絨毛膜
chromo-	色	**chromosome** [`kromə,som]	染色體
		chromocyte [`kroməsaɪt]	色素細胞，呈色細胞

字　首	意　義	範例 [音標]	中　譯
circum-	周圍，環繞	**circumcision** [ˌsɝkəmˈsɪʒən]	包皮環割術
		circumduction [ˌsɝkəmˈdʌkʃən]	環形運動，迴轉
		circumoral [ˌsɝkəmˈorəl]	口圍的
cleido-	鎖骨	**cleidocostal** [ˌklaɪdəˈkɑstl̩]	鎖骨與肋骨的
		cleidotomy [klaɪˈdɑtəmɪ]	鎖骨切斷術
con-	合，同	**congestion** [kənˈdʒɛstʃən]	充血
		conduction [kənˈdʌkʃən]	傳導
contra-	對抗	**contraindication** [ˌkɑntrəˌɪndəˈkeʃən]	禁忌徵象，禁忌症
		contraceptive [ˌkɑntrəˈsɛptɪv]	避孕劑
cox-	髖	**coxa** [ˈkɑksə]	髖關節
		coxitis [kɑkˈsaɪtɪs]	髖關節炎
crani- cranio-	顱	**craniofacial** [ˌkrenɪəˈfeʃəl]	頭顱與面的
		craniotomy [ˌkrenɪˈɑtəmɪ]	頭顱切開術
cry-	冷	**cryosurgery** [ˌkraɪəˈsɝdʒərɪ]	冷凍手術
		cryotherapy [ˌkraɪəˈθɛrəpɪ]	冷凍法
cyan-	青色，紺色	**cyanemia** [ˌsaɪəˈnimɪə]	青血症
		cyanotic [ˌsaɪəˈnɑtɪk]	發紺的
cyclo-	睫狀體	**cyclodialysis** [ˌsaɪklədaɪˈælɪsɪs]	睫狀體分離術
		cyclopentolate [ˌsaɪkləˈpɛntəlet]	散瞳劑

字 首	意 義	範例 [音標]	中 譯
dacry- dacryo-	淚	**dacryoadenitis** [ˌdækrɪəˌædəˈnaɪtɪs]	淚腺炎
		dacryocystitis [ˌdækrɪəsɪsˈtaɪtɪs]	淚囊炎
dactylo-	指，趾	**dactylomegaly** [ˌdæktɪləˈmɛgəlɪ]	巨指（趾）畸形
		dactylosymphysis [ˌdæktɪləˈsɪmfəsɪs]	併指（趾）畸形
de-	去，脫，變	**defibrillation** [dɪˌfaɪbrəˈleʃən]	去纖維顫動法
		dehydration [ˌdihaɪˈdreʃən]	脫水
dent- denti-	牙，表示與牙有 關之義	**dental** [ˈdɛntəl]	齒的，牙科的
		dentalgia [dɛnˈtældʒɪə]	牙科學
di-	雙	**diplopia** [dɪˈplopɪə]	複視
		diplegia [dɪˈplidʒɪə]	兩側麻痺
dia-	通過，分開，徹 底，完全	**diagnosis** [ˌdaɪəgˈnosɪs]	診斷
		dialysis [daɪˈælɪsɪs]	分解，透析
dis-	偏離，分開	**disability** [ˌdɪsəˈbɪlətɪ]	殘障
		dislocation [ˌdɪsloˈkeʃən]	脫位，脫臼
diple- diplo-	雙，兩，複	**diplococcus** [ˌdɪploˈkakəs]	雙球菌
dors- dorsi- dorso-	背	**dorsalgia** [dɔrˈsældʒɪə]	背痛
		dorsiflexion [ˌdɔrsɪˈflɛkʃən]	背屈

字 首	意 義	範例 [音標]	中 譯
dys-	不良，障礙，疼痛，困難	**dysfunction** [dɪs`fʌŋkʃən]	功能異常，機能障礙
		dyspnea [`dɪspnɪə]	呼吸困難
ecto-	外，外觀	**ectocardia** [ˌɛktə`kardɪə]	異位心
		ectopia [ɛk`topɪə]	異位
elect- electro-	電	**electric** [ɪ`lɛktrɪk]	電的
		electrocardiogram [ɪˌlɛktrə`kardɪəˌɡræm]	心電圖
encephal- encephalo-	腦	**encephalopathy** [ɛnˌsɛfə`lapəθɪ]	腦病變
		encephalitis [ɛnˌsɛfə`laɪtɪs]	腦炎
endo-	內…，內在	**endocrine** [`ɛndəˌkraɪn]	內分泌
		endotracheal intubation [ɛndə`trekɪə ˌɪntju`beʃən]	氣管內插管
ento-	內，內側	**entoderm (endodem)** [`ɛntəˌdɜm; `ɛndədəm]	內胚層
		entoglossal [ˌɛntə`ɡlasl̩]	舌內的
erythr- erythro-	紅	**erythremia** [`ɛrə`θrimɪə]	紅血球增多症
		erythrocytopenia [ɪˌrɪθrəˌsaɪtə`pinɪə]	紅血球過少症
epi-	上，在上，在外	**epicondylitis** [ˌɛpəˌkandə`laɪtɪs]	上踝炎
		epidural [ˌɛpə`djurəl]	硬膜外的
eu-	好，舒適	**euphoria** [ju`forɪə]	欣快感
		euphorigenic [juˌforɪ`ʤɛnɪk]	趨向產生欣快感的

字 首	意 義	範例 [音標]	中 譯
eso-	在內	**esophageal** [ə‚safə`dʒiəl]	食道的
		esophoria [‚ɛsə`forɪə]	內轉隱斜視
ex-	排出，外，剖開	**excretion** [ɛk`skriʃən]	排泄
		expectoration [ɪk‚spɛktə`reʃən]	痰
		excision [ɪk`sɪʒən]	切除術
exo-	外部，外部的，在外	**exophoria** [‚ɛksə`forɪə]	外轉隱斜視
		exophthalmos [‚ɛksaf`θælmas]	眼球凸出，凸眼
extra-	以外的，額外	**extrauterine** [‚ɛkstrə`jutərɪn]	子宮外的
		extradural [‚ɛkstrə`djurəl]	硬膜外的
fibro-	纖維，纖維組織	**fibromyitis** [‚faɪbromaɪ`aɪtɪs]	纖維變性肌炎
		fibrosis [faɪ`brosɪs]	纖維化
fore-	前面，前的	**forearm** [`forarm]	前臂
		forefinger [for`fɪŋgə]	食指
geront- geronto-	老年	**gerontal** [dʒə`rantl̩]	老年的
		gerontology [‚dʒɛran`talədʒɪ]	老人病學，老人學
gluco- glyco-	糖，葡萄糖	**glucose** [`glukos]	葡萄糖
		glycogen [`glaɪkədʒən]	肝醣
gingiv- gingivo-	牙齦	**gingivalgia** [‚dʒɪndʒə`vældʒə]	牙齦痛
		gingivoplasty [`dʒɪndʒəvə‚plæstɪ]	牙齦修補術

字 首	意 義	範例 [音標]	中 譯
gloss- glosso-	舌	**gloss**itis [glɑsˋaɪtɪs]	舌炎
		glossoid [ˋglɑsɔɪd]	舌狀的
hemi-	一半	**hemi**paralysis [͵hɛmɪpəˋræləsɪs]	偏癱，半身不遂
		hemiparesis [͵hɛmɪˋpærəsɪs]	輕偏癱，單側輕癱
hemat- hemato-	與血有關	**hemat**oma [͵himəˋtomə]	血腫
		hematoxin [͵himəˋtaləsɪs]	溶血毒素，血毒素
hetero-	異	**hetero**chromia [͵hɛtərəˋkromɪə]	異色
homo-	相同	**homo**thermal [͵homəˋθɝməl]	恆溫的
hydro-	液體	**hydro**cephalus [͵haɪdrəˋsɛfələs]	腦積水
		hydrocyst [ˋhaɪdrəsɪst]	水囊腫
hyper-	過高，過度， 過多，亢進	**hyper**thyroidism [͵haɪpɚˋθaɪrɔɪdɪzm͵]	甲狀腺機能亢進
		hyperemesis [͵haɪpɚˋrɛmɪsɪs]	劇吐
hypo-	過少，減退， 遲鈍，不全， 不等	**hypo**esthesia [͵haɪpoɛsˋθiʒə]	感覺遲鈍
		hypodermic [͵haɪpoˋdɝmɪk]	皮下注射
hypno-	催眠	**hypno**analysis [͵hɪpnəˋnælɪsɪs]	催眠分析術
		hypnogenic [͵hɪpnəˋdʒɛnɪk]	嗜眠症
in-	不足，不能， 入內	**in**adequacy [ɪnˋædəkwəsɪ]	官能不足，機能不全
		incompetent [ɪnˋkɑmpətənt]	能力不足的， 無能力的

字　首	意　義	範例 [音標]	中　譯
infra-	在…之下	**inframammary** [ˌɪnfrəˋmæmərɪ]	乳房下的
inter-	之間，交互	**interdental** [ˌɪntəˋdɛntl̩]	齒間的
		intermenstruum [ˌɪntəˋmɛnstruəm]	月經期間
intra-	在…內，內	**intracranial** [ˌɪntrəˋkrenɪəl]	顱內的
		intravenous [ˌɪntrəˋvinəs]	靜脈注射
intro-	內，在內	**introflexion** [ˌɪntrəˋflɛkʃən]	內曲，內彎
		introsusception [ˌɪntrəsəˋsɛpʃən]	（腸）套疊
irido-	虹膜	**iridocyclitis** [ˌɪrɪdəsaɪˋklaɪtɪs]	虹膜睫狀體炎
		iridodialysis [ˌɪrɪdədaɪˋæləsɪs]	虹膜分離術
iso-	相等	**isometric** [ˌaɪsəˋmɛtrɪk]	等長的，同尺寸的
		isotonic [ˌaɪsəˋtanɪk]	等張的，等滲的
juxta-	近	**juxta-articular** [ˋdʒʌkstə arˋtɪkjulə]	近關節的
kerat- kerato-	角膜	**keratitis** [ˌkɛrəˋtaɪtɪs]	角膜炎
		keratoconjunctivitis [ˌkɛrətəkən͵dʒʌŋktəˋvaɪtɪs]	角膜結膜炎
keto-	酮	**ketoacidosis** [ˌkito͵æsɪˋdosɪs]	血中酮酸中毒
		ketonuria [ˌkitoˋnjurɪə]	酮尿
kinesio-	運動	**kinesiology** [kɪ͵nisɪˋalədʒɪ]	運動學
		kinesiotherapy [kɪ͵nisɪəˋθɛrəpɪ]	運動療法

字 首	意 義	範例 [音標]	中 譯
lacrim- lacrimo-	淚	**lacrimal** [ˌlækrɪməl]	淚的
		lacrimation [ˌlækrɪmˈeʃən]	流淚
laryng- laryngo-	喉	**laryngitis** [ˌlærɪnˈʤaɪtɪs]	喉炎
		laryngopharyngitis [ləˌrɪŋgoˌfærɪnˈʤaɪtɪs]	咽喉炎
labi- labio-	唇	**labia** [ˈlebɪə]	唇
		labioplasty [ˈlebɪoˌplæstɪ]	補唇術
lepto-	薄，細，軟	**leptomeningitis** [ˌlɛptəˌmɛnɪnˈʤaɪtɪs]	軟腦膜炎
		leptocytosis [ˌlɛptəsaɪˈtosɪs]	扁紅血球症
leuko-	白、白血球	**leukemia** [luˈkimɪə]	白血病
		leukocyte [ˈlukəsaɪt]	白血球
lingu-	舌	**lingua** [ˈlɪŋgwə]	舌
		lingualis [lɪŋˈgwelɪs]	舌肌
		linguopapillitis [ˌlɪŋgwoˈpæpɪˈlaɪtɪs]	舌乳頭炎
lipo-	脂肪	**lipoma** [lɪˈpomə]	脂肪瘤
litho-	石頭	**lithonephritis** [ˌlɪθənɪˈfraɪtɪs]	石性腎炎
		lithotripsy [ˈlɪθəˌtrɪpsɪ]	碎石術
mal-	不良，惡劣	**maldevelopment** [ˌmældɪˈvɛləpmənt]	發育不良
		malocclusion [ˌmæləˈkluʒən]	咬合不正

字 首	意 義	範 例 [音標]	中 譯
macro-	巨	**macrocheiria** [ˌmækroˈkaɪrɪə]	巨手畸形
		macromelia [ˌmækroˈmilɪə]	巨肢畸形
maxi-	最大	**maximal** [ˈmæksɪml̩]	最大
mini-	最小	**minimal** [ˈmɪnɪməl]	最小
milli-	千；千分之一	**milliequivalent** [ˌmɪlɪəˈkwɪvələnt]	毫克當量
		milliliter [ˈmɪləˌlɪtə]	毫升
myelo-	骨髓，脊髓	**myeloblast** [ˈmaɪələˌblæst]	骨髓母細胞
		myelocyte [ˈmaɪələsaɪt]	骨髓細胞
myo-	肌	**myoatrophy** [ˌmaɪəˈætrofɪ]	肌萎縮
		myoneuroma [ˌmaɪənjuˈromə]	肌神經瘤
mega-	大的	**megabladder** [ˌmɛɡəˈblædə]	膀胱膨大
		megacolon [ˌmɛɡəˈkolən]	巨結腸
		megalgia [mɛɡˈældʒɪə]	劇痛
megalo-	巨大，非常大	**megalocyte** [ˈmɛɡəloˌsaɪt]	巨紅血球
		megalohepatia [ˌmɛɡəlohɪˈpæʃɪə]	巨肝
melano-	黑	**melanoma** [ˌmɛləˈnomə]	黑色瘤
meso-	中間	**mesoderm (mesoblast)** [ˈmɛsodəm; ˈmɛsoblæst]	中胚膜，中胚葉
meta-	改變，超過	**metabasis** [məˈtæbəsɪs]	轉移，轉變
		metacarpal [ˌmɛtəˈkɑrpl̩]	手掌的

字 首	意 義	範例 [音標]	中 譯
micro-	小	**microadenoma** [ˌmaɪkroˌædəˋnomə]	微小腺瘤
		microscope [ˋmaɪkrəˌskop]	顯微鏡
mono-	單一，一個	**monocular** [məˋnakjələ]	單眼的
		monocyte [ˋmanəsaɪt]	單核白血球
multi-	多	**multicellular** [ˌmʌltɪˋsɛljələ]	多細胞的
		multipara [mʌlˋtɪpələ]	經產婦
myco-	黴菌	**mycology** [maɪˋkalədʒɪ]	黴菌學，真菌學
narco-	麻木，昏迷， 麻醉	**narcoanalysis** [ˌnɑrkoəˋnæləsɪs]	麻醉分析法
		narcolepsy [ˋnɑrkəˌlɛpsɪ]	麻醉樣昏睡，發作性 嗜睡症
naso-	鼻	**nasoaural** [ˌnezəˋɔrəl]	鼻與耳的
		nasosinusitis [ˌnezəˌsaɪnjəˋsaɪtɪs]	鼻竇炎
necro-	壞死	**necrosis** [nəˋkrosɪs]	壞死
		necrotic [nəˋkratɪk]	壞死的
		necrotizing [ˋnəkrətaɪzɪŋ]	壞死性的
neur- neuro-	神經	**neuroblast** [ˋnjurəblæst]	神經母細胞
		neurosis [njuˋrosɪs]	神經官能症
		neurofibroma [ˌnjurəfaɪˋbromə]	神經纖維瘤
neo-	新	**neonate** [ˋnioˌnet]	新生兒
		neoplasm [ˋnioplæzm̩]	新生物，贅瘤

字 首	意 義	範例 [音標]	中 譯
noct-	夜間	**noctambulic** [ˌnɑktæmbjulɪk]	夢遊的
		noctiphobia [ˌnɑktɪˋfobɪə]	懼黑症
nulli-	無	**nullipara** [nəˋlɪpərə]	未產婦
ocul- oculo-	眼	**oculomotor** [ˌɑkjələˋmotə]	動眼的
		oculomycosis [ˌɑkjələmaɪˋkosɪs]	眼黴菌病
odonto-	齒	**odontoblast** [oˋdɑntəblæst]	齒質母細胞
		odontoid [oˋdɑntɔɪd]	齒狀的
oligo-	過少，缺乏	**oligohydramnios** [ˌɑləgohaɪˋdræmnɪəs]	羊水過少
		oligospermia [ˌɑləgoˋspɝmɪə]	精液過少
		oliguria [ˌɑləˋgjurɪə]	少尿
omphal- omphalo-	臍	**omphalitis** [ˌɑmfəˋlaɪtɪs]	臍炎
		omphalocele [ˋɑmfələˌsil]	臍膨出
ophthalmo-	眼	**ophthalmoplegia** [ɑfˌθælməˋplidʒɪə]	眼肌麻痺
		ophthalmoscope [ɑfˋθælməˌskop]	眼底鏡
optic-	視力的，眼的，光學的	**optical** [ˋɑptɪkl]	視力的，光學的
		opticokinetic [ˌɑptɪkəkəɪˋnɛtɪk]	動眼性的
orth- ortho-	矯正	**orthodontic** [ˌɔrθəˋdɑntɪk]	牙齒矯正學
		orthodontist [ˌɔrθəˋdɑntɪst]	牙齒矯正醫師

字 首	意 義	範例 [音標]	中 譯
osteo-	骨	**osteoporosis** [ˌɑstɪəpəˈrosɪs]	骨質疏鬆症
		osteotomy [ˌɑstɪˈɑtəmɪ]	截骨術
ot-	耳	**otomycosis** [ˌotəmaɪˈkosɪs]	耳黴菌病
		otorhinolaryngology [ˌotəˌraɪnəˌlærɪŋˈgɑlədʒɪ]	耳鼻喉科學
para-	旁，副，下，離	**paralysis** [pəˈræləsɪs]	麻痺，癱瘓
		paraortic [ˌpæreˈɔrtɪk]	主動脈旁的
papill- papillo-	視乳頭	**papilledema** [ˌpæpɪləˈdimə]	視乳頭狀水腫
		papilloma [pæpəˈlomə]	乳頭狀瘤
pedia-	小孩	**pediatric** [ˌpidɪˈætrɪk]	兒科的
per-	通過，經	**percutaneous** [ˌpɜkjəˈtenɪəs]	經皮的
peri-	周圍	**periodontosis** [ˌpɛrɪədanˈtosɪs]	牙周病
		periostitis [ˌpɛrɪəˈstaɪtɪs]	骨膜炎
phaco-	晶狀體	**phacoma** [fəˈkomə]	晶狀體瘤（異體瘤）
		phacolytic [ˌfækəˈlɪtɪk]	晶狀體溶解的，溶晶性的
pharyng- pharyngo-	咽	**pharyngitis** [ˌfærɪnˈdʒaɪtɪs]	咽炎
		pharyngoglossal [fəˌrɪŋgəˈglɑsəl]	咽與舌的
phono-	音	**phonoausculation** [ˌfonəˌɔskəlˈteʃən]	音叉聽診法
		phonometer [fəˈnɑmətə]	聲音強度計

字 首	意 義	範例 [音標]	中 譯
photo-	光	**photopsia** [fo`tapsɪə]	光幻視
		photoptometry [ˌfotap`tamətrɪ]	閃光幻視
		phototherapy [ˌfotə`θɛrəpɪ]	光線療法
physio-	自然的，生理的	**physiology** [ˌfɪzɪ`alədʒɪ]	生理學
		physiolysis [ˌfɪz`aləsɪs]	自然崩解
poly-	多，多數	**polyadenopathy** [ˌpalɪˌædə`napəθɪ]	多腺病
		polycythemia [ˌpalɪsaɪ`θimɪə]	紅血球增多症
		polyuria [ˌpalɪ`jurɪə]	多尿
pre-	在…前的，前，預先	**premature** [ˌprimə`tʃur]	早產兒
		prenatal [prɪ`netl̩]	產前的
primi-	首先，初次	**primipara** [praɪ`mɪpərə]	初產婦
pro-	前，在前	**prolapse** [prə`læps]	脫垂
		prognosis [pra`gnosɪs]	預後
pros-	前，在前	**prostate** [`prastet]	前列腺
		prosoponeuralgia [ˌprasəponjuˈrældʒɪə]	面部神經痛
pseudo-	假，偽	**pseudarthrosis** [ˌsjudarˈθrosɪs]	假關節
		pseudoedema [ˌsjudoɪˈdimə]	假水腫

字 首	意 義	範例 [音標]	中 譯
psycho-	精神	**psychocatharsis** [ˌsaɪkokəˈθɑrsɪs]	精神發洩
		psychocoma [ˌsaɪkoˈkomə]	憂鬱性木僵
		psychosis [saɪˈkosɪs]	精神病
pulp-	髓	**pulpalgia** [pʌlˈpældʒɪə]	牙髓痛
		pulpectomy [pʌlˈpɛktəmɪ]	牙髓切除術
pyo-	膿	**pyosis** [paɪˈosɪs]	膿病
		pyothorix [ˌpaɪəˈθoræks]	膿胸
pyro-	熱	**pyrexia** [paɪˈrɛksɪə]	發熱
		pyrotoxin [ˌpaɪrəˈtaksɪn]	熱毒素
quadric-	四，四倍	**quadriceps** [ˈkwadrəsɛps]	四頭肌
		quadriplegia [ˌkwadrɪˈplidʒɪə]	四肢麻痺
radio-	放射	**radioactive** [ˌredɪoˈækɪtv]	放射性的
		radiology [ˌredɪˈalədʒɪ]	放射學
re-	反，後，再	**recurrent** [rɪˈkɜənt]	復發，再發
		regeneration [rɪˌdʒɛnəˈreʃən]	再生
retin- retino-	視網膜	**retinal** [ˈrɛtɪnəl]	視網膜的
		retinopathy [ˌrɛtəˈnapəθɪ]	視網膜病
retro-	後，在後	**retrocervical** [ˌrɛtrəˈsɜvɪkəl]	子宮頸後的
		retrogression [ˌrɛtrəˈgrɛʃən]	退化

字 首	意 義	範例 [音標]	中 譯
rhin- rhino-	鼻	**rhinoplasty** [`raɪnəˌplæstɪ]	鼻造形術
		rhinorrhea [ˌraɪnəˋriə]	鼻漏，流鼻水
scolio-	彎曲	**scoliokyphosis** [ˌskolɪəkaɪˋfosɪs]	脊柱側後彎
		scoliosis [ˌskolɪˋosɪs]	脊柱側彎
schizo-	分裂	**schizophasia** [ˌskɪzəˋfezɪə]	言語雜亂
		schizophrenia [ˌskɪzəˋfrɪnɪə]	思覺失調症
semi-	一半	**semiconscious** [ˌsɛmɪˋkanʃəs]	半意識的，半清醒的
		semicoma [ˌsɛmɪˋkomə]	半昏迷
sept- septi-	中隔	**septotomy** [sɛpˋtatəmɪ]	鼻中隔切開術
		septum [`sɛptəm]	中隔
spondyl- spondylo-	脊椎	**spondylitis** [ˌspandɪˋlaɪtɪs]	脊椎炎
		spondylodynia [ˌspandɪləˋdɪnɪə]	脊椎痛
sinistro-	左邊	**sinistrocerebral** [ˌspandɪləˋdɪnɪə]	左腦的
sino- sinu-	竇	**sinogram** [`saɪnəˌgræm]	竇 X 光攝影
		sinusitis [ˌsaɪnəˋsaɪtɪs]	竇炎
somni- somno-	睡眠	**somnific** [samˋnɪfɪk]	催睡的
		somnipathy [samˋnɪpəθɪ]	睡眠障礙

字 首	意 義	範例 [音標]	中 譯
staphylo-	懸壅垂	**staphylorrhaphy** [ˌstæfɪˈlɔrəfɪ]	懸壅垂縫合術
		staphyloschisis [ˌstæfɪˈlaskəsɪs]	懸壅垂裂
sub-	以下	**subcutaneous** [ˌsʌbkjuˈtenɪəs]	皮下注射
super-	過多，過高	**supersecretion** [ˌsupəsɪˈkriʃən]	分泌過多
		superdural [ˌsupəˈdjurəl]	硬腦膜上的
supra-	在⋯之上	**supralumber** [ˈsjuprəˈlʌmbə]	腰上的
sym-	一起，一同	**sympathetic** [ˌsɪmpəθˈɛtɪk]	交感的
syn-	一起，合	**synchronia** [sɪŋˈkronɪə]	同時發生
tachy-	快速，急促	**tachyphasia** [ˌtækɪˈfezɪə]	言語快速
		tachyphrenia [ˌtækɪˈfrinɪə]	思想快速
		tachycardia [ˌtækɪˈkardɪə]	心搏過速
teno-	腱	**tenositis** [ˌtɛnəˈsaɪtɪs]	腱炎
		tenosynitis [ˌtɛnəsaɪˈnaɪtɪs]	腱鞘炎
thermo-	熱	**thermotherapy** [ˌθɜməˈθɛrəpɪ]	熱療法
thyro-	甲狀腺	**thyroidectomy** [ˌθaɪrɔɪˈdɛktəmɪ]	甲狀腺切除術
		thyroiditis [ˌθaɪrɔɪˈdaɪtɪs]	甲狀腺炎
tympan- tympaon-	鼓膜，鼓室，中耳	**tympanic** [tɪmˈpænɪk]	鼓室的
		tympanitis [ˌtɪmpəˈnaɪtɪs]	鼓室炎，中耳炎
		tympaonsclerosis [ˌtɪmpənəskləˈrosɪs]	鼓膜硬化症

字首	意義	範例 [音標]	中譯
tri-	三，三式，三倍	**triceps** [`traɪsɛps]	三頭肌
		trigeminus [traɪ`dʒɛmənəs]	三叉神經
trans-	經由，透過	**transfusion** [trænsfj`uʒən]	輸血
		transplantation [ˌtrænsplæn`teʃən]	移植
ultra-	過度，超過	**ultrasonography** [ˌʌltrəsə`nɑgəfɪ]	超音波檢查法
		ultrasonogram [ˌʌltrə`sɑnəgræm]	超音波圖
uni-	單，單一	**unilateral** [ˌjunə`lætərəl]	單側的
xanth- xantho-	黃色	**xanthelasma** [ˌzænθɪ`læzmə]	黃斑瘤
		xanthocyanopsia [ˌzænθəˌsaɪə`nɑpsɪə]	紅綠色盲
xero-	乾燥	**xeroma** [zɪ`romə]	結膜乾燥
		xerophthalmia [ˌzɪrəf`θælmɪə]	乾眼症

1-3 字 尾

—— *Suffix*

字 尾	意 義	範例 [音標]	中 譯
-able	能夠的，可以的	**inoperable** [ɪn`ɑpərəbl̩]	不宜動手術的
		disable [dɪs`ebl̩]	使殘廢，使無能
-agra	疼痛，發作	**podagra** [po`dægrə]	足痛風
		otagra [ə`tægrə]	耳劇痛
-algia	疼痛	**arthralgia** [ɑr`θrældʒɪə]	關節痛
		gingivalgia [ˌdʒɪndʒə`vældʒə]	牙齦痛
-blast	胚	**erythroblast** [ɪ`rɪθrəˌblæst]	母紅血球，胚紅血球
		osteoblast [`ɑstɪəˌblæst]	骨母細胞
-cele	凸出	**gastrocele** [`gæstrəsil]	胃膨出
		nephrocele [`nɛfrəsil]	腎膨出
-centesis	穿刺術	**nephrocentesis** [ˌnɛfrəsɛn`tisɪs]	腎穿刺術
		abdominocentesis [æb.dɑmənosɛn`tisɪs]	腹部穿刺術
-cide	殺	**suicide** [`suəsaɪd]	自殺
-cleisis	閉合	**colpocleisis** [ˌkɑlpə`klaɪsɪs]	陰道閉合術
		otocleisis [ˌotə`klaɪsɪs]	耳道閉合
-clysis	灌洗，灌注	**enteroclysis** [ˌɛntə`raklɪsɪs]	腸灌注法

字 尾	意 義	範例 [音標]	中 譯
-coccus	球菌屬	*Staphylococcus* [ˌstæfɪləˈkakəs]	葡萄球菌屬
		Streptococcus [ˌstrɛptəˈkakəs]	鏈球菌屬
-cyte	細胞	**erythrocyte** [ɪˈrɪθrəˌsaɪt]	紅血球
		leukocyte [ˈlukəsaɪt]	白血球
-dialysis	透析	**hemodialysis** [ˌhimədaɪˈælɪsɪs]	血液透析法
		retinodialysis [ˌrɛtənədaɪˈæləsɪs]	視網膜剝離
-drome	症狀	**syndrome** [ˈsɪndrom]	症候群
-dynia	疼痛	**cephalodynia** [ˌsɛfələˈdɪnɪə]	頭痛
		gastrodynia [ˌgæstrəˈdɪnɪə]	胃痛
-ectasia	擴張	**cardiectasia** [ˌkardɪɛkˈtezɪə]	心擴張
		gastrectasia [ˌgæstrɛkˈteʒə]	胃擴張
-ectomy	切除術	**duodenectomy** [ˌdjuədɪˈnɛktəmɪ]	十二指腸切除術
		lobectomy [loˈbɛktəmɪ]	葉切除術
		appendectomy [ˌæpənˈdɛktəmɪ]	闌尾切除術
-edema	水腫	**copedema** [kopiˈdimə]	陰道水腫
-emesis	吐	**hematemesis** [ˌhiməˈtɛməsɪs]	吐血
		hyperemesis [ˌhaɪpərˈɛmɪsɪs]	劇吐
-emia	血液疾病	**erythremia** [ˌɛrɪθrˈimɪə]	紅血球過多症
		leukemia [luˈkimɪə]	白血病

字尾	意義	範例 [音標]	中譯
-esthesia	感覺，知覺	**anesthesia** [ˌænəsˈθiʒə]	麻醉（法）
		hypesthesia [ˌhaɪpɛsˈθiziə]	感覺遲鈍，麻木
-genesis	發生，產生	**hemogenesis** [ˌhiməˈʤɛnɪsɪs]	造血
		lithogenesis [ˌlɪθəˈʤɛnɪsɪs]	結石
-genic	產生	**adrenogenic** [əˌdrinoˈʤɛnɪk]	腎上腺發生的
		pyogenic [ˌpaɪəˈʤɛnɪk]	化膿的
-gram	圖，攝影	**encephalogram** [ɛnˈsɛfələˌgræm]	腦攝影
		electromyogram [ɪˌlɛktrəˈmaɪəˌgræm]	肌電圖
		electrocardiogram (ECG) [ɪˌlɛktrəˈkardɪəˌgræm]	心電圖
-graph	記錄器，描記器，檢查器	**biograph** [ˈbaɪəgræf]	生物運動記錄器
		electroencephalograph [ɪˌlɛktraɪnˈsɛfələˌgræf]	腦電波描記
-graphy	記錄，測定	**angiography** [ˌænʤɪˈagrəfɪ]	血管攝影術
		electromyography [ɪˌlɛktrəmaɪˈagrəfɪ]	肌電圖描記法
		intravenous photography [ɪntrəˈvinəs fəˈtagrəfɪ]	靜脈注射性腎盂攝影術
-ia	疾病	**ketonemia** [ˌkitoˈnimɪə]	酮血症
		ectasia [ɛkˈteziə]	膨大
-iasis	病態，疾病	**cholelithiasis** [ˌkolɪlɪˈθaɪəsɪs]	膽結石病
		lithiasis [lɪˈθaɪəsɪs]	結石

字 尾	意 義	範 例 [音標]	中 譯
-iatrics	醫療，醫學	**pedi<u>atrics</u>** [ˌpidɪˋætrɪks]	兒科學
-iatrist	醫生，醫療學者	**pod<u>iatrist</u>** [poˋdaɪətrɪst]	足科醫生
		psych<u>iatrist</u> [saɪˋkaɪətrɪst]	精神病學家，精神科醫師
-ic	屬於，關於，與…有關的	**med<u>ic</u>** [ˋmɛdɪk]	醫生，醫學生
		orthoped<u>ic</u> [ˌɔrθəˋpidɪk]	骨科矯形的
-ist	從事某種學術或技術的人	**dent<u>ist</u>** [ˋdɛntɪst]	牙醫
-ism	狀態，情況	**rheumat<u>ism</u>** [rˋumətɪzm]	風濕痛
		aut<u>ism</u> [ˋɔtɪzm̩]	自閉症
-itis	發炎，炎症	**hepat<u>itis</u>** [ˌhɛpəˋtaɪtɪs]	肝炎
		conjunctiv<u>itis</u> [kənˌdʒʌŋktəˋvaɪtɪs]	結膜炎
-kinesi-	移動	**brady<u>kinesia</u>** [ˌbrædɪkɪˋniʒə]	運動徐緩
		<u>kinesi</u>aigia [kɪˌnisiˋældʒɪə]	動時痛
-lepsy	發作	**epi<u>lepsy</u>** [ˋɛpəˌlɛpsɪ]	癲癇
-logy	科學	**orthodonto<u>logy</u>** [ˌɔrθədanˋtalədʒɪ]	矯形齒科學
		psycho<u>logy</u> [saɪˋkalədʒɪ]	心理學
		cardio<u>logy</u> [ˌkardɪˋalədʒɪ]	心臟病學
-lith	石	**cholo<u>lith</u>** [ˋkaləlɪθ]	膽石
		arthro<u>lith</u> [ˋarθrəlɪθ]	關節結石

字 尾	意 義	範例 [音標]	中 譯
-lithiasis	結石，結石病	**choledocholithiasis** [ko͵lɛdəkəlɪˋθaɪəsɪs]	總膽管結石病
		blepharolithiasis [͵blɛfərəlɪˋθaɪəsɪs]	瞼石病
-logist	某專業學科的 專家	**dermatologist** [͵də͘məˋtalədʒɪst]	皮膚病學家，皮膚病 醫師
		physiologist [͵fɪzɪˋalədʒɪst]	生理學家
-lumb-	腰	**thoracolumbar** [͵θorəkəˋlʌmbə͘]	胸椎與腰椎的
-lysis	分開，分離， 溶解	**dialysis** [daɪˋælɪsɪs]	透析
-malacia	軟化，軟化病	**hepatomalacia** [͵hɛpətoməˋleʃɪə]	肝軟化
		chondromalacia [͵kandrəməˋleʃɪə]	軟骨軟化
-mania	狂	**megalomania** [͵mɛgəloˋmenɪə]	誇大狂
-megaly	增大	**splenomegaly** [͵splinoməˋgelɪ]	脾腫大
		acromegaly [ækroməˋgelɪ]	肢端肥大症
-meter	測量……的儀器	**myosthenometer** [͵maɪəsθɜˋnamətə͘]	肌力器
		thermometer [θə͘ˋmamɪtə͘]	溫度計
-metry	測量	**hemoglobinometry** [͵himə͵globɪˋnamətrɪ]	血色素檢法
		plvimetry [pɛlˋvɪmətrɪ]	骨盆測量法
-odont	齒	**acrodont** [ˋækrədant]	邊齒的：見蜥蜴類
-oid	類似	**lipoid** [ˋlɪpɔɪd]	類脂質
		osteoid [ˋastɪɔɪd]	類骨質

字 尾	意 義	範例 [音標]	中 譯
-oma	腫瘤	**carcinoma** [ˌkɑrsɪˋnomə]	癌
		lymphoma [lɪmˋfomə]	淋巴瘤
-opia	視學的狀況	**myopia** [maɪˋopɪə]	近視
		amblyopia [ˌæmblɪˋopɪə]	弱視
-ose	糖	**dextrose** [ˋdɛkstros]	葡萄糖
-osis	病，病態	**cyanosis** [ˌsaɪəˋnosɪs]	發紺
		necrosis [nəˋkrosɪs]	壞死
-otomy	切開術	**gastrotomy** [gæsˋtratəmɪ]	胃切開術
		tracheotomy [ˌtrekɪˋatəmɪ]	氣管切開術
-ostomy	造口術，吻合術	**colostomy** [kəˋlastəmɪ]	結腸造口術
-pathy	疾病	**neuropathy** [njuˋrapəθɪ]	神經病變
		nephropathy [nəˋfrapəθɪ]	腎病變
-phasia	語言	**dysphasia** [dɪsˋfezɪə]	言語困難
-penia	缺乏，少	**leukocytopenia** [ˌlukəˌsaɪtəˋpinɪə]	白血球減少
-pepsia	消化	**dyspepsia** [dɪsˋpɛpsɪə]	消化不良
		bradypepsia [ˌbrædɪˋpɛpsɪə]	消化徐緩
-pexy	固定術	**orchiopexy** [ˌɔrkɪəˋpɛksɪ]	睪丸固定術
		uteropexy [ˋjutərəˌpɛksɪ]	子宮固定術

字 尾	意 義	範例 [音標]	中 譯
-plasty	修復術，成形術	**tympanoplasty** [ˌtɪmpənəˈplæstɪ]	鼓膜成形術
		urethroplasty [juˈriθrəˌplæstɪ]	尿道成形術
-plegia	癱瘓，麻痺	**hemiplegia** [ˌhɛmɪˈpliʤɪə]	單側癱瘓
		paraplegia [ˌpærəˈpliʤɪə]	下身麻痺，截癱
-phagia	吃	**bradyphagia** [ˌbrædɪˈfeʤɪə]	吞食徐緩
		dysphagia [dɪsˈfeʤɪə]	吞嚥困難
-phasia	言語	**aphasia** [əˈfeʒɪə]	失語症
-phobia	恐懼	**hydrophobia** [ˌhaɪdrəˈfobɪə]	恐水症，狂犬病
		photophobia [ˌfotəˈfobɪə]	畏光
-phon-	聲音	**aphonia** [eˈfonɪə]	失音
		phonometer [fəˈnɑmətɚ]	聲音強度計
-phraxis	阻塞	**urethrophraxis** [juˌriθrəˈfræksɪs]	尿道阻塞
-plasia	生長，發展，進化	**aplasia** [əˈpleʒɪə]	發育不全
		hyperplasia [ˌhaɪpəˈpleʒɪə]	增生
-pnea	呼吸	**apnea** [æpˈniə]	窒息
-ptosis	下垂，脫出	**hysteroptosis** [ˌhɪstərapˈtosɪs]	子宮脫垂
		iridoptosis [ˌɪrɪdəpˈtosɪs]	虹膜脫垂
-rrhagia	出血	**cystorrhagia** [ˌsɪstəˈreʤɪə]	膀胱出血
		menorrhagia [ˌmɛnəˈreʤɪə]	月經過多

字尾	意義	範例 [音標]	中譯
-rrhage	超量溢流	**hemorrhage** [`hɛmərɪdʒ]	出血
		inracerebral hemorrhage [ˌɪntrəˈsɛrɪbrəl `hɛmərɪdʒ]	腦溢血
-rrhea	流量,分泌	**amenorrhea** [eˌmɛnəˈriə]	停經,月經異常停止
		diarrhea [ˌdaɪəˈriə]	腹瀉
-rrhaphy	縫合術	**herniorrhaphy** [ˌhɜrɪˈɔrəfɪ]	疝氣縫合術
		perineorrhaphy [ˌpɛrənɪˈɔrəfɪ]	會陰縫合術
		periosteorrhaphy [ˌpɛrɪˌɑstəˈɔrəfɪ]	骨膜縫合術
-rrhexis	破裂	**arteriorrhexis** [arˌtɪriəˈrɛksɪs]	動脈破裂
		hepatorrhexis [ˌhɛpətoˈrɛksɪs]	肝破裂
-sclerosis	硬化	**arteriosclerosis** [arˌtɪriəskləˈrosɪs]	動脈硬化
		angiosclerosis [ˌændʒɪosklɪˈrosɪs]	血管硬化
-scope	鏡	**colonoscope** [kəˈlanəskop]	結腸鏡
		retinoscope [`rɛtənəˌskop]	視網膜鏡
-scopy	鏡檢查	**retinoscopy** [ˌrɛtəˈnaskəpɪ]	視網膜鏡檢查
		gastroscopy [gæsˈtraskəpɪ]	胃鏡檢查
		laparoscopy [ˌlæpəˈraskəpɪ]	腹腔鏡檢查
-septic	感染	**aseptic** [eˈsɛptɪk]	無菌的
		septicemia [ˌsɛptəˈsimɪə]	敗血病

字 尾	意 義	範例 [音標]	中 譯
-sis	狀態	**progno<u>sis</u>** [prɑg`nosɪs]	預後
-spasm	痙攣	**broncho<u>spasm</u>** [`brɑŋkəspæzm̩]	支氣管痙攣
		neuro<u>spasm</u> [`njurəspæzm̩]	神經性痙攣
		laryngo<u>spasm</u> [lə`rɪŋgəspæzm̩]	喉痙攣
-stasis	鬱積，停止流動，停滯	**hemo<u>stasis</u>** [ˌhimə`stesɪs]	止血法
		phlebo<u>stasis</u> [ˌflɛbəs`tesɪs]	靜脈鬱滯，綁上止血帶使血液不流動
-stomy	造口術，吻合術	**gastro<u>stomy</u>** [gæs`trɑstəmɪ]	胃造口術
		tracheo<u>stomy</u> [ˌtrekɪ`ɑstəmɪ]	氣管造口術
-tome	刀	**recto<u>tome</u>** [`rɛktətom]	直腸刀
		septo<u>tome</u> [`sɛptətom]	鼻中隔刀
-therapy	治療，療法	**psycho<u>therapy</u>** [ˌsaɪkoˌθɛrə`pɪ]	精神療法，心理治療
		chemo<u>therapy</u> [kˌiməθ`ɛrəpɪ]	化學療法
-trophy	營養	**a<u>trophy</u>** [`ætrəfɪ]	萎縮
		dys<u>trophy</u> [`dɪstrəfɪ]	營養不良
-uria	尿	**hemat<u>uria</u>** [ˌhimə`tjurɪə]	血尿
		an<u>uria</u> [æn`jurɪə]	無尿

1-4 字 根

—— *Root*

字 根	意 義	範例 [音標]	中 譯
abdomino-	腹部	**abdominocentesis** [æb.damənosɛn`tisɪs]	腹部穿刺術
		abdominothoracic [æb.damənoθə`ræsɪk]	腹胸的
adreno-	腎上腺	**adrenocortical** [ə.drinə`kɔrtɪkəl]	腎上腺皮質的
		adrenopathy [ædrə`napəθɪ]	腎上腺疾病
albumin-	白蛋白	**albuminemia** [æl.bjumɪ`nimɪə]	蛋白素血症
		albuminoid [æl`bjumɪ.nɔɪd]	類蛋白素
amnio-	羊膜的	**amniocentesis** [.æmnɪosɛn`tisɪs]	羊膜穿刺術
		amnioon [`æmnɪən]	羊膜
andro-	雄的	**androcyte** [`ændrəsaɪt]	雄細胞
		androgen [`ændrədʒən]	雄性素
angio-	血管	**angiography** [.ændʒɪ`agrəfɪ]	血管攝影術
		angioma [.ændʒɪ`omə]	血管瘤
ano-	肛門	**anoplasty** [`enə.plæstɪ]	肛門造形術
		anoscope [`enə.skop]	肛門鏡
appendic- appendico-	闌尾	**appendicitis** [ə.pɛndɪ`saɪtɪs]	闌尾炎
		appendectomy [.æpən`dɛktəmɪ]	闌尾切除術

字 根	意 義	範例 [音標]	中 譯
arterio-	動脈	**arteriosclerosis** [ɑr.tɪrɪəsklə`rosɪs]	動脈硬化
		arteriovenous [ɑr.tɪrɪə`vinəs]	動脈與靜脈的
bronch- broncho-	支氣管	**bronchial asthma** [`brɑŋkɪəl `æzmə]	支氣管氣喘
		bronchopneumonia [.brɑŋkənjə`monɪə]	支氣管肺炎
burs- burso-	滑液囊	**bursitis** [bə`saɪtɪs]	滑液囊炎
		bursopathy [bə`sɑpəθɪ]	滑液囊病變
cardi- cardio-	心臟	**cardiac catheterization** [`kɑrdɪæk .kæθətərɪ`zeʃən]	心導管插入術
		cardiopulmonary bypass [.kɑrdɪə`pʌlmə.nɛrɪ `baɪpæs]	心肺繞道術
chol- chole-	膽囊	**cholelithotripsy** [.kolɪ`lɪθətrɪpsɪ]	膽石震碎術
		cholangitis [.kolən`dʒaɪtɪs]	膽囊炎
cholecyst- cholecysto-	膽囊	**cholecystectomy** [.koləsɪs`tɛktəmɪ]	膽囊切除術
col- colon-	結腸	**coloclysis** [.kolə`klaɪsɪs]	結腸灌洗法
		colitis [ko`laɪtɪs]	結腸炎
colp-	陰道	**colpectomy** [kal`pɛktəmɪ]	陰道切除術
		colposcopy [kal`paskəpɪ]	陰道鏡檢查
condyl-	髁	**condylectomy** [kandɪl`ɛktəmɪ]	骨髁切除術
		epicondyle [ɛpə`kandaɪl]	上髁
corneo-	角膜	**corneoitis** [.kɔrnɪ`aɪtɪs]	角膜炎

字　根	意　義	範　例 [音標]	中　譯
crypt- crypto-	隱，隱窩	**cryptitis** [krɪpˋtaɪtɪs]	隱窩炎
		cryptorchidectomy [ˌkrɪptɔrkɪˋdɛktəmɪ]	隱睪切除術
cyclo-	睫狀體	**cyclodialysis** [ˌsaɪklədaɪˋælɪsɪs]	睫狀體分離術
		cycloplegia [ˌsaɪkləˋplidʒɪə]	睫狀肌麻痺
cyst- cysto-	囊，膀胱	**cystofibroma** [ˌsɪstəfaɪˋbromə]	囊性纖維瘤
		cystography [sɪsˋtagrəfɪ]	膀胱 X 光攝影術
cyt- cyto-	細胞	**cytology** [saɪˋtalədʒɪ]	細胞學
derm- dermo-	皮膚	**dermatitis** [ˌdɜməˋtaɪtɪs]	皮膚炎
		derma [ˋdɜmə]	真皮
duoden- duodeno-	十二指腸	**duodenitis** [ˌdjuədɪˋnaɪtɪs]	十二指腸炎
		duodenal [ˌd(j)uəˋdinl]	十二指腸的
enter- entero-	腸	**enteritis** [ˌɛntəˋraɪtɪs]	腸炎
		enterocele [ˋɛntərəˌsil]	腸膨出，腸疝
esophag- esophago-	食道	**esophagoscope** [ɪˋsafəgəˌskop]	食道鏡
femor- femoro-	股	**femoral** [ˋfɛmərəl]	股的
fibr- fibro-	纖維，纖維組織	**myofibroma** [ˌmaɪəfaɪˋbromə]	肌纖維瘤
galact- galacto-	乳液	**galactopoietic** [gəˌlæktəpɔɪˋɛtɪk]	催乳的，產乳的

字 根	意 義	範例 [音標]	中 譯
gastr- gastro-	胃	**gastroenteritis** [ˌgæstrəˌɛntəˋraɪtɪs]	胃腸炎
		gastrectomy [gæsˋtrɛktəmɪ]	胃切除術
		gastrolavage [ˌgæstrəˋlævɪdʒ]	胃灌洗法
glycol-	糖	**glycosuria** [ˌglaɪkəˋs(j)urɪə]	糖尿
gynec- gyneco- gyn-	婦	**gynecology** [ˌgaɪnəˋkalədʒɪ]	婦科學
		gynecological history [ˌgaɪnəkəˋladʒɪkḷ ˋhɪstərɪ]	婦科病史
hernio-	疝	**herniorrhaphy** [ˌhɜnɪˋɔrəfɪ]	疝修補術
		hernioplasty [ˋhɜnɪoˌplæstɪ]	疝根治術
hepat- hepato-	肝	**hepatoma** [hˌɛpətˋomə]	肝癌
		hepatic [hɪˋpætɪk]	肝的
hidro-	汗	**hidrosadenitis** [ˌhaɪdrasædəˋnaɪtɪs]	汗腺炎
		hidrosis [haɪˋdrosɪs]	多汗症
hyster- hystero-	子宮	**hysteroma** [ˌhɪstəˋromə]	子宮纖維瘤
		hysterocarcinoma [ˌhɪstərəˌkarsɪˋnomə]	子宮內膜癌
ile- ileo-	迴腸	**ileocolitis** [ˌɪlɪəkəˋlaɪtɪs]	迴結腸炎
		ileum [ˋɪlɪəm]	迴腸
		ileus [ˋɪlɪəs]	腸阻塞

字　根	意　義	範例 [音標]	中　譯
inguin- inguino-	腹股溝	**inguinodynia** [ˌɪŋgwɪnəˈdɪnɪə]	腹股溝痛
		inguinal hernia [ˈɪŋgwɪnlˈhɜnɪə]	腹股溝疝氣
lapar- laparo-	腹	**laparotomy** [ˌlæpəˈratəmɪ]	剖腹術
		laparoscope [ˈlæpəro͵skop]	腹腔鏡檢查
lymph- lympho-	淋巴	**lymphangioma** [lɪmˌfændʒɪˈomə]	淋巴管瘤
		lymphocytic [ˌlɪmfoˈsɪtɪk]	淋巴球的
mast- masto-	乳房，乳腺	**mastotomy** [mæsˈtatəmɪ]	乳房切開術
		mastadenitis [ˌmæstædɪˈnaɪtɪs]	乳腺炎
mening- meningo-	腦膜	**meningitis** [ˌmɛnɪnˈdʒaɪtɪs]	腦膜炎
meno-	月經	**menopause** [ˈmɛnə͵pɔz]	斷經期，更年期
		menorrhalgia [ˌmɛnəˈrældʒɪə]	經痛
metro-	子宮	**metroitis** [məˈtraɪtɪs]	子宮炎
		metrocarcinoma [ˌmitrə͵karsɪˈnomə]	子宮癌
muco-	黏液	**mucosa** [mjuˈkosə]	黏膜
		mucus [ˈmjukəs]	黏液
mya-	肌	**myocardia** [ˌmaɪəˈkardɪə]	心肌
		myasthenia gravis [ˌmaɪəsˈθinɪə ˈgrævɪs]	重症肌無力

字 根	意 義	範例 [音標]	中 譯
nephr- nephro-	腎	**nephritis** [nə`fraɪtɪs]	腎炎
		nephrosis [nə`frosis]	腎病變的
oophor- oophoro-	卵巢	**oophoropexy** [o`afərə‚pɛksɪ]	卵巢固定術
		oophoritis [‚oəfə`raɪtɪs]	卵巢炎
orchi- orchido-	睪丸	**orchidectomy** [‚ɔrkɪ`dɛktəmɪ]	睪丸切除術
		orchidopexy [`ɔrkɪdə‚pɛksɪ]	睪丸固定術
pancreat-	胰臟	**pancreatitis** [‚pænkrɪə`taɪtɪs]	胰臟炎
		pancreatic carcinoma [‚pænkrɪ`ætɪk k‚arsɪn`omə]	胰臟癌
patho-	疾病	**pathology** [pə`θalədʒɪ]	病理學
peritone- peritoneo-	腹膜	**peritonitis** [‚pɛrətə`naɪtɪs]	腹膜炎
phleb- phlebo-	靜脈	**phlebectomy** [flə`bɛktəmɪ]	靜脈切除術
		phleboclysis [flə`bakləsɪs]	靜脈注射法
pleur- pleuro-	胸膜，肋膜	**pleurocentesis** [‚plurəsɛn`tisɪs]	胸膜穿刺術
		pleural effusion [`plurəl ɪ`fjuʒən]	肋膜積水
pneumo-	肺	**pneumonia** [n(j)u`monɪə]	肺炎
		pneumothorax [‚njumə`θoræks]	氣胸
proct- procto-	肛門，直腸	**proctcele** [`praktəsil]	直腸突出
		proctoscopy [prak`taskəpɪ]	直腸鏡檢查

字 根	意 義	範例 [音標]	中 譯
pyel- pyelo-	腎盂	**pyelography** [ˌpaɪəˈlagrəfɪ]	腎盂攝影術
		pyelectasia [ˌpaɪəlɛkˈteʒə]	腎盂擴張
pylor- pyloro-	幽門	**pylorospasm** [paɪˈlorəspæzm̩]	幽門痙攣
		pyloric [paɪˈlɔrɪk]	幽門的
recto-	直腸	**rectoclysis** [rɛkˈtaklɪsɪs]	點滴灌腸法
		rectocolitis [ˌrɛktəkəˈlaɪtɪs]	直腸結腸炎
ren- reno-	腎	**renopathy** [rɪˈnapəθɪ]	腎病變
		renal failure [ˈrinəlˈfeljə]	腎衰竭
salping- salpingo-	輸卵管	**salpingorrhaphy** [ˌsælpɪŋˈgɔrəfɪ]	輸卵管縫合術
		salpingo-oophoritis [sælˌpɪŋgəˌoafəˈraɪtɪs]	輸卵管卵巢炎
sarc- sarco-	肉	**sarcoma** [sarˈkomə]	肉瘤
sigmoid- sigmoido-	乙狀結腸	**sigmoidectomy** [ˌsɪgmɔɪˈdɛktəmɪ]	乙狀結腸切除術
spermato- spermo-	精子，精蟲	**spermatogenesis** [ˌspɝmətəˈdʒɛnəsɪs]	精子生成
		spermatorrhea [ˌspɝmətəˈriə]	精溢，精漏
splen- spleno-	脾	**splenomegalia** [ˌsplinoməˈgelɪə]	脾腫大
		splenectomy [splɪˈnɛktəmɪ]	脾切除術
stern- sterno-	胸骨	**sternalgia** [stɚˈnældʒɪə]	胸骨痛
strept- strepto-	扭轉，鏈球菌	**streptosepticemia** [ˌstrɛptəˌsɛptəˈsimɪə]	鏈球菌敗血症

字 根	意 義	範例 [音標]	中 譯
syphilo-	梅毒	**syphilis** [`sɪfəlɪs]	梅毒
		syphilopathy [ˌsɪfəˈlɑpəθɪ]	梅毒性病
tarso-	眼瞼	**tarsorrhaphy** [tarˈsɔrəfɪ]	瞼緣縫合術
		tarsoplasty [`tarsoˌplæstɪ]	瞼緣造形術
thorac- thoraco-	胸，胸腔	**thoracodynia** [ˌθorəkəˈdɪnɪə]	胸痛
		thoracometry [ˌθrəˈkɑmətrɪ]	胸圍測量法
		thoracotomy [ˌθarəˈkɑtəmɪ]	胸廓切開術，開胸手術
thromb- thrombo-	血栓	**thromboembolism** [ˌθrɑmbəˈɛmˈbolɪzm]	血栓狀栓塞
		thromboblast [`θrɑmbəˌblæst]	凝血母細胞
tonsill- tonsillo-	扁桃腺	**tonsillectomy** [ˌtɑnsəˈlɛktəmɪ]	扁桃腺切除術
trache- tracheo-	氣管	**tracheotomy** [ˌtrekɪˈɑtəmɪ]	氣管切開術
ureter- uretero-	輸尿管	**ureterocystoscope** [juˌritərəˈsɪstəskop]	輸尿管膀胱鏡
		ureteropathy [juˌritəˈrɑpəθɪ]	輸尿管病
urethr- urethro-	尿道	**urethrocystitis** [juˌriθrəsɪsˈtaɪtɪs]	尿道膀胱炎
		urethrocele [juˈriθrəsil]	尿道膨出
uro-	泌尿	**urolith** [`jurəlɪθ]	尿石
		urography [juˈrɑgrəfɪ]	尿道攝影術

字 根	意 義	範例 [音標]	中 譯
uter- utero-	子宮	**uterogestation** [ˌjutərədʒɛsˋteʃən]	子宮妊娠
		uterometer [ˌjutəˋramətə]	測子宮器
vagin- vagino-	陰道	**vaginitis** [ˌvædʒəˋnaɪtɪs]	陰道炎
		vaginocele [ˋvædʒɪnəˌsil]	陰道脫垂
vaso- vasculo-	血管	**vasculitis** [ˌvæskjəˋlaɪtɪs]	血管炎
vesic- vesico-	膀胱	**vesicolithiasis** [ˌvɛsɪkəlɪˋθaɪəsɪs]	膀胱結石
		vesical [ˋvɛsəkəl]	膀胱的，囊的
veno-	靜脈	**venofibrosis** [ˌvinəfaɪˋbrosɪs]	靜脈纖維變性
		venostasis [ˌvinəˋstesɪs]	靜脈鬱滯

牛刀小試 EXERCISES

應用題

請使用下列的字根與字首，拼出中文詞彙的正確英文全文：

ana-	-lysis	caudo-
ecto-	-ectomy	cephal-
-scope	-itis	ophthalmo-
physio-	cardi(o)-	quadric-
hemat(o)-	-logy	-plegia
-cele	gastr(o)-	-emia
-trophy	leuko-	-emesis
nephr(o)-	-pathy	lapar-
psycho-	dys-	-otomy
spermato-	-genesis	-therapy

1. 分析：

2. 尾端切除術：

3. 腦炎：

4. 異位心：

5. 眼底鏡：

6. 生理學：

7. 四肢麻痺：

8. 胃膨出：

9. 吐血：

10. 白血病：

11. 腎病變：

12. 精神療法、心理治療：

13. 營養不良：

14. 剖腹術：

15. 精子生成：

16. 胸骨痛：

解 答 ANSWER

▋ 應用題 ▋

ana-：離開、再次、過度　　-lysis：分開、分離、溶解　　caudo-：尾部

ecto-：外觀、外　　　　　　-ectomy：切除術　　　　　　cephal-：顱、頭

-scope：鏡　　　　　　　　-itis：炎症、發炎　　　　　　ophthalmo-：眼

physio-：自然的、生理的　　cardi(o)-：心臟　　　　　　　quadric-：四、四倍

hemat(o)-：與血有關　　　　-logy：科學　　　　　　　　-plegia：癱瘓、麻痺

-cele：凸出　　　　　　　　gastr(o)-：胃　　　　　　　　-emia：血液疾病

-trophy：營養　　　　　　　leuko-：白、白血球　　　　　-emesis：吐

nephr(o)-：腎　　　　　　　-pathy：疾病　　　　　　　　lapar-：腹

psycho-：精神　　　　　　　dys-：不良、障礙、疼痛、困難　-otomy：切開術

spermato-：精子、精蟲　　　-genesis：發生、產生　　　　-therapy：治療、療法

1. 分析：analysis

2. 尾端切除術：caudectomy

3. 腦炎：cephalitis

4. 異位心：ectocardia

5. 眼底鏡：ophthalmoscope

6. 生理學：physiology

7. 四肢麻痺：quadriplegial

8. 胃膨出：gastrocele

9. 吐血：hematemesis

10. 白血病：leukemia

11. 腎病變：nephropathy

12. 精神療法、心理治療：psychotherapy

13. 營養不良：dystrophy

14. 剖腹術：laparotomy

15. 精子生成：spermatogenesis

16. 胸骨痛：sternalgia

MEMO

醫護共通用語
Common Medical Terminology

 English Medical Terminology

2-1　醫療相關組織、單位、人員職稱
　　　(Organization, Units and Medical Staff in Hospital)

2-2　一般病房常見用語 (In the Ward)

2-3　病歷及交班常見用語 (Anamnesis and Shift)

2-4　一般常見檢查、技術及治療
　　　(Examination and Treatment)

2-5　常見藥物用語 (Medicine Terminology)

2-6　營養與飲食治療常見用語
　　　(Food and Nutrition)

2-7　醫護管理常見用語 (Healthcare Management)

掃描QR code
或至reurl.cc/Gol5Yv下載字彙朗讀音檔

2-1 醫療相關組織、單位、人員職稱
—— *Organization, Units and Medical Staff in Hospital*

 相關組織

（一）行政組織

縮 寫	原文 [音標]	中 譯
	accounting office [əˋkaʊntɪŋ ˋɔfɪs]	會計室
	construction & engineering [kənˋstrʌkʃən ænd ˌɛndʒəˋnɪrɪŋ]	營膳室
	general affairs office [ˋdʒɛnərəl əˋfɛrs ˋɔfɪs]	總務室
	information management [ˌɪnfəˋmeʃən ˋmænɪdʒmənt]	資訊管理室
	maintenance [ˋmentənəns]	工務室
	medical affairs office [ˋmɛdɪkl̩ əˋfɛrs ˋɔfɪs]	醫療事務室
	medical record room [ˋmɛdɪkl̩ ˋrɛkəd rum]	病歷室

例句 The <u>medical record room</u> maintains all patients' medical records for at least 7 years after patients' last visit.（病歷室保存所有病人的病歷資料，從病人最後看診日算起至少七年之久）

縮 寫	原文 [音標]	中 譯
	occupational safety office [ˌɑkjəˋpeʃənl̩ ˋseftɪ ˋɔfɪs]	勞工安全衛生室
	personnel office [ˌpɜsn̩ˋɛl ˋɔfɪs]	人事室
	planning office [ˋplænɪŋ ˋɔfɪs]	企劃室
	purchasing service office [ˋpɜtʃəsɪŋ ˋsɜvɪs ˋɔfɪs]	補給室
	research & development [riˋsɜtʃ ænd dɪˋvɛləpmənt]	研發室
	social work office [ˋsoʃəl wɜk ˋɔfɪs]	社會工作室

（二）內科組織

縮 寫	原文 [音標]	中 譯
AIR	**allergy, immunology & rheumatology*** [ˈælədʒɪ; ˌɪmjəˈnalədʒɪ ænd ˌruməˈtalədʒɪ]	過敏風濕免疫科
Cardiol.	**cardiology*** [ˌkɑrdɪˈalədʒɪ]	心臟科
	例句 ▶ <u>Cardiology</u> is that branch of medicine which deals with the treatment of heart diseases.（心臟科是醫學體系中進行心臟病醫療的分支。）	
GI	**gastroenterology*** [ˌgæstrəˌɛntəˈralədʒɪ]	胃腸（內）科，胃腸學
Hema.	**hematology*** [ˌhiməˈtalədʒɪ]	血液科，血液學
	hematology & oncology* [ˌhiməˈtalədʒɪ ænd aŋˈkalədʒɪ]	血液腫瘤科
	hepatology* [ˌhɛpəˈtalədʒɪ]	肝臟科，肝臟學
Inf.	**infectious disease medicine*** [ɪnˈfɛkʃəs dɪˈziz ˈmɛdəsn̩]	感染科
Med.	**medicine*** [ˈmɛdəsn̩]	內科學
GM	**general medicine*** [ˈdʒɛnərəl ˈmɛdəsn̩]	一般內科
	例句 ▶ In USA, adult primary care is usually provided by <u>general medicine</u> physicians.（在美國，成人初級治療通常是由一般內科提供的。）	
CV	**cardiovascular medicine*** [ˌkɑrdɪəˈvæskjələ ˈmɛdəsn̩]	心臟血管內科
	例句 ▶ The division of <u>cardiovascular medicine</u> provides clinical services to more than 250,000 patients annually.（心臟血管內科每年為超過二十五萬的病人提供醫療服務。）	
CM	**chest (pulmonary) medicine*** [tʃɛst; ˈpʌlməˌnɛrɪ ˈmɛdəsn̩]	胸腔內科
	hepatic-biliary-pancreatic medicine* [hɪˈpætɪk ˈbɪlɪərɪ ˌpænkrɪˈætɪk ˈmɛdəsn̩]	肝膽胰內科
Meta.	**metabology*** [ˌmɛtəˈbalədʒɪ]	新陳代謝科

縮　寫	原文 [音標]	中　譯
Nephro.	**nephrology*** [nəˋfralədʒɪ]	腎臟科
	例句▶ The word <u>nephrology</u> is derived from the Greek word nephros, which means "kidney".（腎臟科這個字的來源是希臘文 nephros，意為腎臟。）	
Neuro.	**neurology*** [njuˋralədʒɪ]	神經（內）科
Onco.	**oncology*** [aŋˋkalədʒɪ]	腫瘤科
RT	**respiratory therapy*** [rɪˋspaɪrə͵torɪ ˋθɛrəpɪ]	呼吸治療科
	例句▶ <u>Respiratory therapy</u> can help people with breathing disorders including chronic lung problems.（呼吸治療科能幫助患有包括慢性肺部問題等呼吸疾病的人們。）	

（三）外科組織

縮　寫	原文 [音標]	中　譯
	female incontinence clinic* [ˋfimel ɪnˋkantənəns ˋklɪnɪk]	泌尿科－女性尿失禁
	male infertility clinic* [mel ͵ɪnfəˋtɪlətɪ ˋklɪnɪk]	泌尿科－男性不孕症
	例句▶ <u>Male infertility clinic</u> offers the latest male fertility treatments and solutions for impotence problems.（泌尿科－男性不孕症提供最新的男性生育治療及陽萎問題的解決之道。）	
Ortho.	**orthopedics*** [͵ɔrθəˋpidɪks]	骨科
Proct.	**proctology*** [prakˋtalədʒɪ]	直腸肛門科
Surg.	**surgery*** [ˋsɝdʒərɪ]	外科
CVS	**cardiovascular surgery*** [͵kardɪəˋvæskjələ ˋsɝdʒərɪ]	心臟血管外科
CS	**chest (thoracic) surgery*** [tʃɛst; θoˋræsɪk ˋsɝdʒərɪ]	胸腔外科
CRS	**colorectal surgery*** [͵kaləˋrɛktəl ˋsɝdʒərɪ]	大腸直腸外科

縮 寫	原文 [音標]	中 譯
	cosmetic surgery* [kɑz`mɛtɪk `sɝdʒərɪ]	美容外科
	例句▶ <u>Cosmetic surgery</u> can help patients to improve their appearance.（美容外科能幫助病人改善他們的外表。）	
	digestive surgery* [də`dʒɛstɪv `sɝdʒərɪ]	消化外科
GS	**general surgery*** [`dʒɛnərəl `sɝdʒərɪ]	一般外科
	例句▶ The residency for <u>general surgery</u> is five years.（一般外科的實習期為五年。）	
	hand surgery* [hænd `sɝdʒərɪ]	手外科
	hepatic-biliary-pancreatic surgery* [hɪ`pætɪk `bɪlɪərɪ ˌpænkrɪ`ætɪk `sɝdʒərɪ]	肝膽胰外科
NS	**neurologic surgery*** [ˌnjurə`ladʒɪk `sɝdʒərɪ]	神經外科
	oral maxillofacial surgery* [`orəl mæk.sɪlo`feʃəl `sɝdʒərɪ]	口腔顎面外科
OS	**oral surgery*** [`orəl `sɝdʒərɪ]	口腔外科
PS	**plastic surgery*** [`plæstɪk `sɝdʒərɪ]	整形外科
Uro.	**urology*** [ju`ralədʒɪ]	泌尿科

（四）婦產及小兒科組織

縮 寫	原文 [音標]	中 譯
	adolescent health* [ˌædl`ɛsn̩t hɛlθ]	青少年門診
Gyn.	**gynecology*** [ˌgaɪnə`kalədʒɪ]	婦科，婦科學
	例句▶ <u>Gynecology</u> offers a wide scope of services which address every healthcare phase that a woman experiences in a lifetime.（一個婦女在其一生中的每個健康保健階段中所經歷的問題都可在婦科得到涵蓋廣泛的服務）	
	gynecologic oncology [ˌgaɪnəkə`ladʒɪk aŋ`kalədʒɪ]	婦癌科

縮　寫	原文 [音標]	中　譯
	gynecologic urology [ˌgaɪnəkəˋlɑdʒɪk juˋrɑlədʒɪ]	婦科泌尿學科
	high-risk pregnancy [haɪ rɪsk ˋprɛgnənsɪ]	高危險妊娠
	infertility [ˌɪnfəˋtɪlətɪ]	不孕症科
	menopause clinic [ˋmɛnəˌpɔz ˋklɪnɪk]	更年期科
	neonatology [ˌnionəˋtɑlədʒɪ]	新生兒科
Obs.	**obstetrics*** [əbˋstɛtrɪks] **例句▶** <u>Obstetrics</u> is the surgical specialty dealing with the care of a woman and her offspring during pregnancy.（產科是婦女懷孕期間，為母子進行醫療的專業外科。）	產科
OBG	**obstetrics and gynecology** [əbˋstɛtrɪks ænd ˌgaɪnəˋkɑlədʒɪ]	婦產科
Ped.	**pediatrics*** [ˌpidɪˋætrɪks]	兒科，兒科學
	pediatric allergy [ˌpidɪˋætrɪk ˋælədʒɪ]	小兒過敏免疫風濕科
	pediatric cardiology [ˌpidɪˋætrɪk ˌkɑrdɪˋɑlədʒɪ]	小兒心臟科
	pediatric endocrinology [ˌpidɪˋætrɪk ˌɛndəkrɪˋnɑlədʒɪ]	小兒內分泌科
	pediatric gastroenterology [ˌpidɪˋætrɪk ˌgæstrəɛntəˋrɑlədʒɪ] **例句▶** The Division of <u>Pediatric Gastroenterology</u> and Nutrition provides comprehensive care for infants, children and adolescents with gastrointestinal, liver, pancreatic and nutritional disorders.（小兒胃腸科及營養部門提供全面的照護給有胃腸、肝臟、胰臟及營養疾病的嬰兒、小孩及青少年。）	小兒胃腸科
	pediatric genetics [ˌpidɪˋætrɪk dʒəˋnɛtɪks]	小兒遺傳科
	pediatric hematology & oncology [ˌpidɪˋætrɪk ˌhiməˋtɑlədʒɪ ænd ɑŋˋkɑlədʒɪ]	小兒血液腫瘤科

縮 寫	原文 [音標]	中 譯
	pediatric infectious diseases [ˌpidɪˈætrɪk ɪnˈfɛkʃəs dɪˈziz]	小兒感染科
	pediatric neurology [ˌpidɪˈætrɪk njuˈralədʒɪ]	小兒神經科

例句▶ Pediatric neurology offers comprehensive diagnostic evaluation and outpatient management of neurologic disorders. （小兒神經科提供關於神經方面疾病的全面性的診斷評估及門診病人管理。）

縮 寫	原文 [音標]	中 譯
	pediatric pulmonary [ˌpidɪˈætrɪk ˈpʌlməˌnɛrɪ]	小兒胸腔內科
	pediatric surgery [ˌpidɪˈætrɪk ˈsɝdʒərɪ]	小兒外科
	pediatric urology [ˌpidɪˈætrɪk juˈralədʒɪ]	小兒泌尿科
	perinatal genetics [ˌpɛrəˈnetl̩ dʒəˈnɛtɪks]	優生保健科
	well baby clinic [wɛl ˈbebɪ ˈklɪnɪk]	健兒門診

例句▶ Parents can get advice on factors for growth and development of their children from the well baby clinic. （家長們可從健兒門診得到有關他們小孩生長發育相關因素的建議。）

（五）其他專科組織

縮 寫	原文 [音標]	中 譯
Anesth.	**anesthesiology** [ˌænəsˌθiziˈalədʒɪ]	麻醉科，麻醉學

例句▶ The choice of anesthetic technique is a complex one and the anesthesiology can help make a decision. （麻醉法的選擇是複雜的，而麻醉科可幫助做出決定。）

縮 寫	原文 [音標]	中 譯
	anxiety & insomnia clinic [æŋˈzaɪətɪ ænd ɪnˈsamnɪə ˈklɪnɪk]	焦慮及失眠科
	Chinese medicine* [ˈtʃaɪˈniz ˈmɛdəsn̩]	中醫科
	Chinese acupuncture* [ˈtʃaɪˈniz ˌækjuˈpʌŋktʃə]	中醫針灸科
	Chinese internal medicine [ˈtʃaɪˈniz ɪnˈtɝnl̩ ˈmɛdəsn̩]	中醫內科

縮 寫	原文 [音標]	中 譯
	Chinese traumatology [ˋtʃaɪˋniz ˌtrɔməˋtalədʒɪ]	中醫骨傷科
Dent.	**dentology** [dɛnˋtalədʒɪ]	牙科
Derm.	**dermatology** [ˌdɝməˋtalədʒɪ]	皮膚科，皮膚病學
	例句 <u>Dermatology</u> is a branch of medicine dealing with the skin and its appendages (hair, nails, sweat glands etc). （皮膚科是處理皮膚及其附屬器官，如頭髮、指甲、汗腺等的醫學分支。）	
ENT	**ear, nose, throat*** [ɪr; noz; θrot]	耳鼻喉科
ED	**emergency department*** [ɪˋmɝdʒənsɪ dɪˋpartmənt]	急診部
	例句 The <u>emergency department</u> provides initial treatment to patients with a broad spectrum of illnesses and injuries. （急診部提供最初的治療給範圍廣泛的疾病及損傷病人。）	
	emergency medicine [ɪˋmɝdʒənsɪ ˋmɛdəsn̩]	急診醫學科
	medical engineering office [ˋmɛdɪkl̩ ˌɛndʒəˋnɪrɪŋ ˋɔfɪs]	醫學工程室
	medical laboratory [ˋmɛdɪkl̩ ˋlæbrəˌtorɪ]	醫學檢驗科
	medicine [ˋmɛdəsn̩]	醫藥，醫學
	community medicine [kəˋmjunətɪ ˋmɛdəsn̩]	社區醫學科
	critical care medicine [ˋkrɪtɪkl̩ kɛr ˋmɛdəsn̩]	重症醫學科
	environmental & occupational medicine [ɪnˌvaɪrənˋmɛntl̩ ænd ˌakjəˋpeʃənl̩ ˋmɛdəsn̩]	環境暨職業醫學科
FM, GP	**family medicine (general practitioner)** [ˋfæməlɪ ˋmɛdəsn̩; ˋdʒɛnərəl prækˋtɪʃənə]	家庭醫學科
	geriatric medicine* [ˌdʒɛrɪˋætrɪk ˋmɛdəsn̩]	老人醫學科
	nuclear medicine [ˋnjuklɪə ˋmɛdəsn̩]	核子醫學科

縮　寫	原文 [音標]	中　譯
	occupational medicine [ˌɑkjə`peʃənḷ `mɛdəsn̩]	職業醫學科
	pain medicine [pen `mɛdəsn̩]	疼痛醫學科
	sport medicine [sport `mɛdəsn̩]	運動醫學科

例句➤ Sport medicine provides the treatment and preventive care of both amateur and professional athletes.（運動醫學科提供業餘及專業運動員治療及預防照護服務。）

縮　寫	原文 [音標]	中　譯
	nursing department* [`nɜsɪŋ dɪ`partmənt]	護理部
Oph.	**ophthalmology** [ˌɑfθæl`malədʒɪ]	眼科，眼科學

例句➤ Ophthalmology is the branch of medicine which deals with the diseases and surgery of the visual pathways, including the eye and brain.（眼科是處理包括眼睛、大腦的所謂視覺通道的疾病及手術的一個醫學分支。）

縮　寫	原文 [音標]	中　譯
	orthodontics [ˌɔrθə`dantɪks]	齒顎矯正科

例句➤ Orthodontics is a specialty of dentistry that is concerned with the study and treatment of improper bites.（齒顎矯正科是研究及治療咬合不正的牙科中的一個專門部門。）

縮　寫	原文 [音標]	中　譯
Path.	**pathology*** [pæ`θalədʒɪ]	病理科
	periodontics [ˌpɛrɪə`dantɪks]	牙周病科
	pharmacy [`farməsɪ]	藥劑部
	prosthodontics [ˌprasθə`dantɪks]	補綴科
Psy. (psychi.)	**psychiatry*** [saɪ`kaɪətrɪ]	精神科

例句➤ Psychiatry is a medical specialty dealing with the prevention, assessment, diagnosis, treatment, and rehabilitation of mental illness.（精神科是處理精神疾病相關的預防、評估、診斷、治療及復原的一個醫學專業部門。）

縮　寫	原文 [音標]	中　譯
	psychosomatic clinic [ˌsaɪkoso`mætɪk `klɪnɪk]	身心科
	radiation oncology [ˌredɪ`eʃən aŋ`kalədʒɪ]	放射腫瘤科
	radiology* [ˌredɪ`alədʒɪ]	放射線科
Rehab. (reh.)	**rehabilitation** [ˌrihəˌbɪlə`teʃən]	復健科
	toxicology [ˌtaksɪ`kalədʒɪ]	毒物科，毒物學
	traumatology [ˌtrɔmə`talədʒɪ]	創傷科

※ 凡中醫科別，如中醫外科、中醫婦科、中醫小兒科、中醫耳鼻喉科等，目前用法為直接在西醫科別前加上 "Chinese"。

相關單位

（一）行政單位

縮　寫	原文 [音標]	中　譯
	briefing room [`brifɪŋ rum]	簡報室
	cashier [kæ`ʃɪr]	批價櫃檯
	clinic [`klɪnɪk]	診所
	discharge office [dɪs`tʃardʒ `ɔfɪs]	出院處
H, hosp.	**hospital** [`haspɪtl]	醫院
	district hospital [`dɪstrɪkt `haspɪtl]	地區醫院
	memorial hospital [mə`morɪəl `haspɪtl]	紀念醫院
	regional hospital [`ridʒənl `haspɪtl]	區域醫院
	speciality hospital [ˌspɛʃɪ`ælətɪ haspɪtl]	專科醫院

縮　寫	原文 [音標]	中　譯
	teaching hospital [ˋtitʃɪŋ ˋhɑspɪtl]	教學醫院
	veterans general hospital [ˋvɛtərəns ˋdʒɛnərəl ˋhɑspɪtl]	榮民總醫院
	veterans hospital [ˋvɛtərəns ˋhɑspɪtl]	榮民醫院

例句▶ The <u>Veterans Hospital</u> has long been a hospital to take full responsibility in providing medical care of veterans and their family members.（榮民醫院很久以來便負責提供醫療照顧給榮民及其家屬。）

縮　寫	原文 [音標]	中　譯
	information [ˌɪnfəˋmeʃən]	服務台
IPD	**inpatient department** [ˋɪnˌpeʃənt dɪˋpɑrtmənt]	住院部

例句▶ The <u>inpatient department</u> is a ten-bed infirmary/hospital unit located on the second floor.（住院部是位於二樓的有十個床位的醫務單位。）

縮　寫	原文 [音標]	中　譯
OPD	**outpatient department** [ˋaʊtˌpeʃənt dɪˋpɑrtmənt]	門診部

例句▶ An <u>outpatient department</u> is a hospital facility where nonurgent ambulatory medical care is provided.（門診部是提供非緊急醫療的醫院部門。）

縮　寫	原文 [音標]	中　譯
	pharmacy [ˋfɑrməsɪ]	藥局
	projection room [prəˋdʒɛkʃən rum]	放映室
	referral center [rɪˋfʒəl ˋsɛntɚ]	轉診中心

例句▶ The <u>referral center</u> provides contact names and phone numbers for physicians and other services.（轉診中心提供聯絡姓名及電話給醫師及其他服務。）

縮　寫	原文 [音標]	中　譯
	registration [ˌrɛdʒɪˋstreʃən]	掛號櫃檯
	social service section [ˋsoʃəl ˋsʒvɪs ˋsɛkʃən]	社會服務處
	study room [ˋstʌdɪ rum]	研究室

（二）中央設備

縮　寫	原文 [音標]	中　譯
	air conditioning facilities [ɛr kən`dɪʃənɪŋ fə`sɪlətɪz]	空調機房
	central control room [`sɛntrəl kən`trol rum]	中控室
CSR	**central supply room** [`sɛntrəl sə`plaɪ rum]	供應中心
	computer facilities [kəm`pjutə fə`sɪlətɪz]	電腦機房
	lounge [laʊndʒ]	休息室，交誼廳
	mail room [mel rum]	收發室
	meal checking [mil tʃɛkɪŋ]	配膳間
	morgue [mɔrg]	太平間
	phone operator's room [fon `apəˌretəs rum]	總機
	power supply division [pauə sə`plaɪ də`vɪʒən]	能源供應部
	security room [sɪ`kjurətɪ rum]	警衛室
	service office [`sɜvɪs `ɔfɪs]	勤務中心
	staff (cafeteria) restaurant [stæf (ˌkæfə`tɪrɪə) `rɛstərənt]	員工餐廳

（三）檢驗單位

縮　寫	原文 [音標]	中　譯
	angiography room [ˌændʒɪ`agrəfɪ rum]	血管攝影室
	bladder function room [`blædə `fʌŋkʃən rum]	膀胱功能室

縮　寫	原文 [音標]	中　譯
	blood bank*	血庫
	[blʌd bæŋk]	
	例句▶ The <u>blood bank</u> staff and management do their best to assure safe and effective blood components.（血庫全體職員和管理部門盡力確保血液成分是安全可用的。）	
	bronchoscopy room	支氣管鏡檢查室
	[brɑŋˋkɑskəpɪ rum]	
CT room	**computerized tomography room***	電腦斷層攝影室
	[kəmˋpjutəˌraɪzd təˋmɑgrəfɪ rum]	
	例句▶ For detection of tumors, the patient is advised to take the screening in the <u>computerized tomography room</u>.（為了腫瘤的偵測，這個病人被建議去電腦斷層攝影室做掃描。）	
Echo room	**echography room**	超音波檢查室
	[əˋkɑgrəfɪ rum]	
EKG room	**electrocardiography room***	心電圖室
	[ɪˌlɛktrəˌkɑrdɪˋɑgrəfɪ rum]	
EEG room	**electroencephalography room**	腦電圖室，腦波室
	[ɪˌlɛktrəɪnˌsɛfəˋlɑgrəfɪ rum]	
EMG room	**electromyography room**	肌電圖室
	[ɪˌlɛktrəˋmaɪəgræfɪ rum]	
	endoscopy room	內視鏡室
	[ɛnˋdɑskəpɪ rum]	
	eye sight examination room	視力檢查室
	[aɪ saɪt ɪgˌzæməˋneʃən rum]	
	例句▶ Be sure to bring your current glasses and / or contact lenses with you when you receive an eye examination in the <u>eye sight examination room</u>.（去視力檢查室做視力檢查時，記得要帶著你最近使用的眼鏡或隱形眼鏡。）	
	hearing examination room	聽力檢查室
	[ˋhɪrɪŋ ɪgˌzæməˋneʃən rum]	
Lab.	**laboratory**	檢驗室
	[ˋlæbərəˌtorɪ]	
MRI	**magnetic resonance imaging unit**	核磁共振造影室
	[mægˋnɛtɪk ˋrɛzənəns ˋɪmɪdʒɪŋ ˋjunɪt]	
	例句▶ <u>Magnetic resonance imaging</u> is widely used to diagnose sports-related injuries, especially those affecting the knee, shoulder, hip, elbow and wrist.（核磁共振造影被廣泛運用在診斷運動傷害，特別是那些影響到膝蓋、肩膀、臀部、手肘及腕部的運動傷害。）	

縮 寫	原文 [音標]	中 譯
	mammography room [mæ`mɑgrəfɪ rum]	乳房攝影室
PFT room	**pulmonary function testing room** [`pʌlmə.nɛrɪ `fʌŋkʃən `tɛstɪŋ rum]	肺功能測試室
X-ray room	**radiology room** [redɪ`alədʒɪ rum]	放射線室
Cath.	**cardiac catheter room** [`kardɪ.æk `kæθɪtə rum]	心導管室
Sono room	**sonography room** [sə`nagrəfɪ rum]	超音波攝影室
	urokinetic examination room [.jurəkaɪ`nɛtɪk ɪg.zæmə`neʃən rum]	尿路動力檢查室

（四）治療單位

縮 寫	原文 [音標]	中 譯
	day chemotherapy room [de .kimə`θɛrəpɪ rum]	日間化學治療室
ER	**emergency room** [ɪ`mɝdʒənsɪ rum] 例句▶ Movies and TV shows depict <u>emergency rooms</u> as insanely intense places.（電影和電視節目經常將急診處描繪成緊張混亂的地方。）	急診（室）
HBO center	**hyperbaric oxygen therapy center** [.haɪpə`bɛrɪk `aksədʒən `θɛrəpɪ `sɛntə]	高壓氧治療中心
Inj	**injections room** [ɪn`dʒɛkʃəns rum]	注射室
	medical center [`mɛdɪkl `sɛntə]	醫學中心
	minor surgery area [`maɪnə `sɝdʒərɪ `ɛrɪə]	小手術區
	nutrition department [nju`trɪʃən dɪ`partmənt]	營養室
OR	**operating room*** [`apəretɪŋ rum] 例句▶ An <u>operating room</u> is a room within a hospital within which surgical operations are carried out.（開刀房是醫院中用來進行外科手術的地方。）	開刀房

縮 寫	原文 [音標]	中 譯
	photon knife center [ˋfotɑn naɪf ˋsɛntɚ]	光子刀治療中心
	physical examination center [ˋfɪzɪkl ɪɡˏzæməˋneʃən ˋsɛntɚ]	健檢中心
	例句 Senior citizens can get free physical examination in this hospital's <u>physical examination center</u>.（老年人可在這間醫院的健檢中心免費做健康檢查。）	
PT	**physical therapy unit** [ˋfɪzɪkl ˋθɛrəpɪ ˋjunɪt]	物理治療室
	plaster room [ˋplæstɚ rum]	石膏室
PACU	**post anesthesia care unit** [post ˏænəsˋθiʒə kɛr ˋjunɪt]	麻醉後恢復室
POR	**post-operative room*** [post ˋɑpəˏretɪv rum]	恢復室
	例句 Patients who have just undergone surgery should take a rest in the <u>post-operative room</u>.（剛動完手術的病人應在恢復室裡休息。）	
RCC	**respiration care center** [ˏrɛspəˋreʃən kɛr ˋsɛntɚ]	呼吸治療中心
RCU	**respiration care unit** [ˏrɛspəˋreʃən kɛr ˋjunɪt]	呼吸治療單位
HR, H/R, Hemo.	**hemodialysis room** [ˏhimədaɪˋælɪsɪs rum]	血液透析室（洗腎室）
	treatment room [ˋtritmənt rum]	治療室

（五）照護單位

縮 寫	原文 [音標]	中 譯
BR	**baby room** [ˋbebɪ rum]	嬰兒室
	例句 The <u>baby room</u> is decorated with various plastic toys.（嬰兒室以各式各樣的塑膠玩具加以裝飾。）	
BCU	**burn care unit*** [bɜn kɛr ˋjunɪt]	燒傷病房

縮 寫	原文 [音標]	中 譯
CCU	**coronary care unit** [ˈkɔrəˌnɛrɪ kɛr ˈjunɪt]	心臟內科加護病房
DR	**delivery room*** [dɪˈlɪvərɪ rum]	產房

例句▶ Nowadays a father is expected to be in the <u>delivery room</u> witnessing every stage of baby's arrival.（現今身為一個父親，會被期待待在產房見證新生兒到來的每個階段。）

| | **health education room**
[hɛlθ ˌɛdʒəˈkeʃən rum] | 衛教室 |
| ICU | **intensive care unit***
[ɪnˈtɛnsɪv kɛr ˈjunɪt] | 加護病房 |

例句▶ <u>Intensive care unit</u> equipment includes patient monitoring, respiratory and cardiac support, pain management, etc.（加護病房的設備包含病患監視器、呼吸及心臟支持器、疼痛處理等。）

| BICU | **burn intensive care unit**
[bɜn ɪnˈtɛnsɪv kɛr ˈjunɪt] | 燒傷加護病房 |
| CICU | **cancer intensive care unit**
[ˈkænsə ɪnˈtɛnsɪv kɛr ˈjunɪt] | 癌症加護病房 |

例句▶ The <u>cancer intensive care unit</u> provides vital-sign monitoring of critically-ill patients.（癌症加護病房提供生命跡象的監測給情況危急的病人）

CVSICU	**cardiovascular surgery intensive care unit** [ˌkɑrdɪəˈvæskjələ ˈsɜdʒərɪ ɪnˈtɛnsɪv kɛr ˈjunɪt]	心臟外科加護病房
MICU	**medical intensive care unit*** [ˈmɛdɪkl̩ ɪnˈtɛnsɪv kɛr ˈjunɪt]	內科加護病房
NICU	**neonatal intensive care unit*** [ˌnioˈnetl̩ ɪnˈtɛnsɪv kɛr ˈjunɪt]	新生兒加護病房

例句▶ This 36-bed <u>Neonatal Intensive Care Unit</u> treats premature babies and other critically ill infants.（這間擁有 36 個床位的新生兒加護病房照顧早產兒和其他病況嚴重的嬰兒。）

| NMICU | **neuromedical intensive care unit**
[ˌnjuruəˈmɛdɪkl̩ ɪnˈtɛnsɪv kɛr ˈjunɪt] | 神經內科加護病房 |
| NSICU | **neurosurgical intensive care unit**
[ˌnjurəˈsɜdʒɪkl̩ ɪnˈtɛnsɪv kɛr ˈjunɪt] | 神經外科加護病房 |

縮 寫	原文 [音標]	中 譯
PICU	**pediatric intensive care unit** [ˌpidɪˈætrɪk ɪnˈtɛnsɪv kɛr ˈjunɪt]	小兒加護病房

例句▶ After the transplant surgery, your child will go directly to the <u>Pediatric Intensive Care Unit</u>. （在移植手術完成後，你的孩子將直接被送入小兒加護病房。）

RPSICU	**reconstructive plastic surgery intensive care unit** [ˌrikənˈstrʌktɪv ˈplæstɪk ˈsɜdʒərɪ ɪnˈtɛnsɪv kɛr ˈjunɪt]	重建整形外科加護病房
SICU	**surgery intensive care unit*** [ˈsɜdʒərɪ ɪnˈtɛnsɪv kɛr ˈjunɪt]	外科加護病房
TICU	**traumatic intensive care unit** [trɔˈmætɪk ɪnˈtɛnsɪv kɛr ˈjunɪt]	創傷加護病房
LR	**labor room** [ˈlebə rum]	待產室

例句▶ The <u>labor room</u> is a hospital room where a woman in labor stays before being taken to the delivery room. （待產室是陣痛中的婦女在進產房前待的地方。）

	nursery room [ˈnɜsərɪ rum]	哺乳室，育嬰室
SBR	**sick baby room** [sɪk ˈbebɪ rum]	病嬰室
Wd.	**ward** [wɔrd]	病房

例句▶ The patient was put in an isolation <u>ward</u>. （病人住進了隔離病房。）

	hospice ward [ˈhɑspɪs wɔrd]	安寧病房

例句▶ There is imbalance of demand and supply for <u>hospice wards</u> between all hospice units. （所有安寧單位間都存在安寧病房供需不平衡的問題。）

	isolation room* [ˌaɪslˈeʃən rum]	隔離病房
	medical ward [ˈmɛdɪkḷ wɔrd]	內科病房

縮 寫	原文 [音標]	中 譯
RCW	**respiration care ward** [ˌrɛspəˈreʃən kɛr wɔrd]	呼吸治療病房

例句 The <u>respiration care ward</u> is equipped for artificial respiration.
（呼吸治療病房被裝備成可提供人工呼吸。）

| | **surgical ward**
[ˈsɝdʒɪkl̩ wɔrd] | 外科病房 |

（六）其他設備

縮 寫	原文 [音標]	中 譯
	drinking [ˈdrɪŋkɪŋ]	茶水間
	emergency exit [ɪˈmɝdʒəsɪ ˈɛksɪt]	緊急出口
	emergency light [ɪˈmɝdʒənsɪ laɪt]	緊急照明
	evacuation route [ɪˌvækjuˈeʃən rut]	避難方向
	medical supply dispensary [ˈmɛdɪkl̩ səˈplaɪ dɪˈsɛnsərɪ]	醫療器材販賣部
	soiled materials [sɔɪl məˈtɪrɪəlz]	汙物間
	storage room [ˈstorɪdʒ rum]	庫房
	tool room [tul rum]	工具室
	visitor elevator [ˈvɪzɪtɚ ˈɛləˌvetɚ]	訪客電梯
	waiting area [ˈwetɪŋ ˈɛrɪə]	候診區

例句 All visitors are asked to keep the noise level down in the <u>waiting area</u>.（所有的訪客都被要求在候診區放低音量。）

😃 人員組成

（一）一般行政人員

縮 寫	原文 [音標]	中 譯
	staff [stæf]	職員
	ward clerk [wɔrd klɜk]	病房書記

（二）醫　師

縮 寫	原文 [音標]	中 譯
	clerk (interne 1) [klɜk; ɪn`tɜn wʌn]	見習醫師
	intern (interne 2) [`ɪntɜn; ɪn`tɜn tju]	實習醫師
	dentist [`dɛntɪst]	牙醫師
	doctor of Chinese medicine [`dɑktɚ ɑv `tʃaɪ`niz `mɛdəsn̩]	中醫師
	duty doctor, doctor on call [`djutɪ `dɑktɚ; `dɑktɚ ɑn kɔl]	值班醫師

例句▸ As a <u>duty doctor</u>, you need to be on call as and when required.（身為值班醫師，你必須隨傳隨到。）

縮 寫	原文 [音標]	中 譯
	fellow [`fɛlo]	研究員
LMD	**local medical doctor*** [`lokl̩ `mɛdɪkl̩ `dɑktɚ]	地方開業醫師
	medical specialist [`mɛdɪkl̩ `spɛʃəlɪst]	專科醫師
R.	**resident*** [`rɛzədənt]	住院醫師

例句▸ This team meets every morning in the medical <u>resident</u> library on the second floor of the hospital building.（這個醫療團隊每天早上在醫院二樓隸屬於住院醫師的醫學圖書室開會。）

縮 寫	原文 [音標]	中 譯
CR	**chief resident*** [tʃif `rɛzədənt]	總住院醫師
	例句▶ The program equips new <u>chief residents</u> with the leadership tools needed to have a successful academic year. （這個計畫讓新的總住院醫師擁有在新的一年中，能成功領導學術團隊的能力。）	
R1	**first-year resident** [fɜst jɪr `rɛzədənt]	第一年住院醫師
R2	**second-year resident** [`sɛkənd jɪr `rɛzədənt]	第二年住院醫師
VS	**visiting staff*** [`vɪzɪtɪŋ stæf]	主治醫師

（三）護理人員

縮 寫	原文 [音標]	中 譯
CNS	**clinical nurse specialist** [`klɪnɪkl̩ nɜs `spɛʃəlɪst]	臨床護理專家
	midwife [`mɪd.waɪf]	助產士
	registered professional midwife [`rɛdʒɪstəd prə`fɛʃənl̩ `mɪd.waɪf]	助產師
	nurse [nɜs]	護理人員
AHN	**assistant head nurse** [ə`sɪstənt hɛd nɜs]	副護理長
Attend	**attendant nurse** [ə`tɛndənt nɜs]	護佐
HN	**head nurse** [hɛd nɜs]	護理長
	例句▶ A <u>head nurse</u> is a person in charge of nursing in a medical institution. （護理長是醫療機構中管理監督護理事務的人。）	
PN	**primary nurse** [`praɪ.mɛrɪ nɜs]	全責護士
	例句▶ During your first appointment at Cancer Care you will meet your <u>primary nurse</u>. （在你第一次進行癌症照護的會診時，就會見到你的全責護士了。）	

縮　寫	原文 [音標]	中　譯
RN	**registered nurse** [`rɛdʒɪstəd nɜs]	護理師

例句▶ In their work as advocates for patients, register nurses ensure that the patients receive appropriate and professional care. （護理師的身分如同病患的追隨者，他們確保病患能接受到適當且專業的醫療照護。）

SPN	**special nurse** [`spɛʃəl nɜs]	特別護士
SN	**student nurse** [`stjudn̩t nɜs]	護生
NP	**nurse practitioner** [nɜs præk`tɪʃənə]	專科護理師
NSP	**nurse specialist** [nɜs `spɛʃəlɪst]	專科護理師

註：NP、NSP 皆可稱為專科護理師，針對衛福部所發的證照，醫院大多稱擁有此執照的護理人員為 NP。

	nursing director [`nɜsɪŋ də`rɛktə]	護理主任
	nursing staff [`nɜsɪŋ stæf]	護理人員
PA	**physician assistant*** [fɪ`zɪʃən ə`sɪstənt]	醫師助理

例句▶ Depending on the size of the private practice, physician assistants are more likely to spend the majority of their time working directly with doctors, handling patients, lab tests, and paper work. （醫師助理較可能將大半時間花在協助醫師、病人、檢驗和文書工作上，依私人診所的規模大小而有所不同。）

RNA	**registered nurse anesthetist** [`rɛdʒɪstəd nɜs ə`nɛsθətɪst]	麻醉護理師
	registered professional [`rɛdʒɪstəd prə`fɛʃənl]	護理師
	supervisor [ˌsupə`vaɪzə]	督導長

（四）其他醫事技術人員

縮 寫	原文 [音標]	中 譯
	assistant pharmacist [ə`sɪstənt `fɑrməsɪst]	藥劑生
	clinical psychologist [`klɪnɪk‖ saɪ`kɑlədʒɪst]	臨床心理師
	counseling psychologist [`kaʊns‖ɪŋ saɪ`kɑlədʒɪst]	諮商心理師
	dietician* [ˌdaɪə`tɪʃən]	營養師

例句 The dieticians usually supervise the preparation and service of food, develop modified diets, participate in research, and educate individuals and groups on good nutritional habits. （營養師通常監督管理食物的烹調及供應、開發修正過的飲食、參與研究及教育個人和團體好的營養習慣。）

	hospital ward secretary [`hɑspɪt‖ wɔrd `sɛkrə,tɛrɪ]	病房書記
	medical radiation technologist [`mɛdɪk‖ ˌredɪ`eʃən tɛk`nɑlədʒɪst]	醫事放射師
	medical technician [`mɛdɪk‖ tɛk`nɪʃən]	醫事檢驗生
	medical technologist [`mɛdɪk‖ tɛk`nɑlədʒɪst]	醫事檢驗師
OT	**occupational therapist*** [ˌɑkjə`peʃən‖ `θɛrəpɪst]	職能治療師
	occupational therapy technician [ˌɑkjə`peʃən‖ `θɛrəpɪ tɛk`nɪʃən]	職能治療生
	optometrist [ɑp`tɑmətrɪst]	驗光師
	pharmacist* [`fɑrməsɪst]	藥劑師

例句 Pharmacists distribute drugs prescribed by physicians and other health practitioners and provide information to patients about medications and their use. （藥劑師針對醫師所開的處方進行配藥，並為病患提供藥物資訊和使用方法。）

縮　寫	原文 [音標]	中　譯
PT	**physical therapist*** [ˋfɪzɪkḷ ˋθɛrəpɪst]	物理治療師

例句▶ Most <u>physical therapists</u> work in hospitals or in offices of other health practitioners.（多數物理治療師在醫院或其他健康執業者的辦公室上班。）

	physical therapy technician [ˋfɪzɪkḷ ˋθɛrəpɪ tɛkˋnɪʃən]	物理治療生
	psychotherapist [͵saɪkoˋθɛrəpɪst]	心理治療師
RT	**respiratory therapist** [rɪˋspaɪrə͵torɪ ˋθɛrəpɪst]	呼吸治療師
	social worker [ˋsoʃəl ˋwɜkə]	社工師

例句▶ <u>Social workers</u> usually work with people viewed as having special disadvantages, such as persons with low incomes, persons with disabilities, elders, and persons diagnosed with mental illness.（社工師的工作對象通常是本身條件不佳的人，如低收入者、殘障者、年長者及心理疾病者。）

| ST | **speech therapist**
 [spitʃ ˋθɛrəpɪst] | 語言治療師 |

牛刀小試 EXERCISES

選擇題

從 A. B. C. D. 四個選項中，選擇正確的答案填入括弧中：

(   ) 1. What is the study of the processes underlying disease and other forms of illness, harmful abnormality, or dysfunction?　(A) plastic surgery　(B) pathology　(C) Proctology　(D) Pediatrics

(   ) 2. Clinical _____ testing plays a crucial role in the detection, diagnosis, and treatment of disease.　(A) blood bank　(B) cardiac catheter room　(C) laboratory　(D) burn care unit

填空題

於各題空格內填入正確答案：

1. Nowadays, there are many online (p)_____ that offer online refills, consultants and health information.

2. If a patient must move from the (i)_____ room to another area of the hospital, the patient should be wearing a mask during the transport.

全句翻譯

將下列句子整句翻譯為中文：

1. There is intense pressure on hospital beds and hospital discharge may not always be properly organised.

翻譯：

解 答 ANSWER

選擇題

（ B ）1. 譯：下列何者研究構成疾病、有害異常及官能障礙的過程？ (A)整形外科 (B)病理科 (C)直腸肛門科 (D)兒科

（ C ）2. 譯：臨床_____試驗在疾病的發現、診斷和治療上扮演非常重要的角色。 (A)血庫 (B)心導管室 (C)檢驗室 (D)燒傷病房

填空題

1. pharmacies，pharmacy 的複數。（譯：現今有許多線上藥局提供線上處方再配、諮詢及健康資訊。）

2. isolation（譯：若病患要從隔離病房移至醫院其他區域，他必須在移送過程中帶上面罩。）

全句翻譯

1. 在取得醫院床位的強大壓力下，病人的離院程序或許無法達到盡善盡美。

2-2 一般病房常見用語（病房、病人單位）

—— In the Ward

💬 一 病人日常用物

縮 寫	原文 [音標]	中 譯
	air mattress [ɛr `mætrɪs]	氣墊床
	artificial tooth [ˌartə`fɪʃəl tuθ]	假牙
	bath [bæθ]	沐浴

例句 It's great to take a <u>bath</u> after playing such an exciting game. （在打完如此一場刺激的比賽後，淋個浴是再好不過的了。）

	bath blanket [bæθ `blæŋkɪt]	浴毯
	bedpan [`bɛd͵pæn]	便盆
	bedside table [`bɛd͵saɪd `tebl]	床旁桌
	blanket [`blæŋkɪt]	毛毯
	call bell / call button [kɔl bɛl; kɔl `bʌtn̩]	叫人鈴

例句 The <u>call bell</u> can be rung to call the doctor in emergency.（在緊急情況下，叫人鈴可以用來召喚醫生。）

	comforter [`kʌmfətə]	棉被
	crown [kraʊn]	牙套
	curtain [`kɜtn̩]	簾幕
	gown [gaʊn]	睡袍
	hot water bag [hat `wɔtə bæg]	熱水袋

縮 寫	原文 [音標]	中 譯
	overbed cradle [`ovɚˌbɛd `kredl]	床上支架
	overbed table [`ovɚˌbɛd `tebl]	床上桌
	pillowcase [`pɪloˌkes]	枕頭套
	sheet [ʃit]	床單
	stretcher [`strɛtʃɚ]	推床

例句► A stretcher is a medical device used to carry casualties or an incapacitated person from one place to another.（推床是一種用來將傷患或行動不便者從一地移至另一地的醫療設備。）

| | suction rubber tubing
[`sʌkʃən `rʌbɚ `tjubɪŋ] | 吸管 |
| | ward screen
[wɔrd skrin] | 病房用屏風 |

例句► Patients are granted privacy with the help of the ward screen.（病房用屏風可以帶給病人們隱私。）

💬 二 病房常見用物

縮 寫	原文 [音標]	中 譯
	acetone [`æsəton]	丙酮

例句► The most familiar household use of acetone is as the active ingredient in nail polish remover.（丙酮於家中最常見的使用方式即作為指甲去光水中的揮發劑。）

| | ammonia
[ə`monɪə] | 氨水 |

例句► Ammonia is found throughout the environment in the air, soil, and water, and in plants and animals including humans.（氨水可見於空氣、泥土、水、植物及包含人類在內的動物中。）

| | chart*
[tʃart] | 表，紙，記錄單 |
| | clip
[klɪp] | 夾子 |

縮　寫	原文 [音標]	中　譯
	cotton [`katn̩]	棉花

例句▶ <u>Cotton</u> has been grown in India for more than 6,000 years.（印度人已種植棉花超過六千年之久。）

	cotton ball [`katn̩ bɔl]	棉球
	distilled water [dɪsˋtɪld ˋwɔtɚ]	蒸餾水
	flashlight [`flæʃˌlaɪt]	手電筒
	footboard [`fʊtˌbord]	足托板
	glass bottle [glæs ˋbatl̩]	玻璃瓶
	glycerin [`glɪsərɪn]	甘油
	IV pole [aɪ vi pol]	點滴架
	jelly [`dʒɛlɪ]	潤滑膠
	K-Y jelly* [ke waɪ ˋdʒɛlɪ]	K-Y 凝膠
	linen bag [`lɪnən bæg]	汙衣袋
	mask [mæsk]	口罩
	menthol [`mɛnθɔl]	薄荷油

例句▶ <u>Menthol</u> is widely used to relieve minor throat irritation.（薄荷油被廣泛使用來紓解輕微的喉嚨不適。）

| | **monitor**
[`manɪtɚ] | 監視器 |
| | **olive oil**
[`alɪv ɔɪl] | 橄欖油 |

例句▶ <u>Olive oil</u> has been more than mere food to the peoples of the Mediterranean.（對居住在地中海四周的居民而言，橄欖油所代表的意義遠大過於食物。）

縮　寫	原文 [音標]	中　譯
	pump [pʌmp]	唧筒
	razor [ˋrezɚ]	剃刀
	rubber gloves [ˋrʌbɚ glʌvz]	橡皮手套
	safety pin [ˋseftɪ pɪn] 例句▶ The safety pin was invented by Walter Hunt in 1849.（安全別針是在 1849 年由華特‧杭特先生所發明。）	安全別針
	sand bag [sænd bæg]	沙袋
	scale [skel]	尺，磅秤
	scissors [ˋsɪzɚz]	剪刀
	solution [səˋluʃən]	溶液
	tape [tep]	帶
	tongue blade / tongue press [tʌŋ bled; tʌŋ prɛs]	壓舌板
	tuning fork [ˋtjunɪŋ fɔrk]	音叉
	Vaseline [ˋvæsəˏlin]	凡士林
	ward carriage [wɔrd ˋkærɪdʒ]	病房推車
	wheel-chair* [ˋhwil tʃɛr] 例句▶ Wheel-chairs are used by people for whom walking is difficult or impossible due to illness, injury, or disability.（使用輪椅的人通常是因疾病，傷害或殘障而走路困難或無法行走的人。）	輪椅
	wire [waɪr]	線，金屬線

三 病房常見醫療用物

縮 寫	原文 [音標]	中 譯
	adhesive tape [əd`hisɪv tep]	膠布
	airway [`ɛrwe]	人工氣道
	ambu bag [`æmbjə bæg]	氧氣壓囊
	arm board [ɑrm bord]	固定板
	artificial* [ˌɑrtə`fɪʃəl]	人工的，人為的
	artificial arm [ˌɑrtə`fɪʃəl ɑrm]	人工義手

例句▶ <u>Artificial arm</u> can bring tangible benefits to those with upper limb deficiency.（人工義手能帶給那些有上肢缺陷的人實際的好處。）

| | **artificial leg**
[ˌɑrtə`fɪʃəl lɛg] | 人工義肢 |
| | **artificial heart-lung machine**
[ˌɑrtə`fɪʃəl hɑrt lʌŋ mə`ʃin] | 人工心肺機 |

例句▶ Open heart surgery is possible because medical research developed the <u>heart lung machine</u> to bypass the heart and lungs.（由於醫學發展出人工心肺機，能於心肺加設旁管，也使開心手術成為可能。）

| | **bandage**
[`bændɪdʒ] | 繃帶 |

例句▶ The nurse wrapped a <u>bandage</u> around the patient's injured arm.（護士為病人受傷的手臂纏上繃帶。）

	elastic bandage* [ɪ`læstɪk `bændɪdʒ]	彈性繃帶
	bite [baɪt]	口咬器
BT set	**blood transfusion set** [blʌd træns`fjuʒən sɛt]	輸血套管
	catheter [`kæθɪtə]	導管

縮　寫	原文 [音標]	中　譯
	crutch [krʌtʃ]	拐杖
	culture tube [ˋkʌltʃə tjub]	培養管
	defibrillator [dɪˋfaɪbrəˌletə]	電擊器
	dilator [daɪˋletə]	擴張器
	dressing [ˋdrɛsɪŋ]	敷料
	dressing carriage [ˋdrɛsɪŋ ˋkærɪdʒ]	敷料車
	electrocardiographic [ɪˌlɛktrəˋkardɪəgræfɪk]	心電圖學的
EKG lead	**electrocardiographic lead** [ɪˌlɛktrəˋkardɪəgræfɪk lid]	心電圖傳導片
EKG monitor	**electrocardiographic monitor** [ɪˌlɛktrəˋkardɪəgræfɪk ˋmanɪtə]	心電圖監視器
	emesis basin [ˋɛməsɪs ˋbesṇ]	彎盆
	例句▶ <u>Emesis basin</u> is a basin used by bedridden patients for vomiting.（彎盆是讓久病在床的病患嘔吐用的盆子。）	
	endotracheal tube [ˌɛndəˋtrekɪəl t(j)ub]	氣管內管
	enema syringe [ˋɛnəmə ˋsɪrɪndʒ]	灌腸唧筒
	例句▶ Online shopping is so popular today you can even buy an <u>enema syringe</u> from the Internet.（現在網路購物如此普及，甚至連灌腸唧筒都買得到。）	
	feeding pump [ˋfidɪŋ pʌmp]	灌食幫浦
	fenestrated drape / hole sheet [fɪˋnɛstretɪd drep; hol ʃit]	洞巾
	first aid [fəst ed]	急救
	first aid cart [fɜst ed kart]	急救車

縮　寫	原文 [音標]	中　譯
	first aid case [fɜst ed kes]	急救箱
	first aid kit* [fɜst ed kɪt]	急救包
	Foley / Foley catheter [ˋfolɪ; ˋfolɪ ˋkæθɪtə]	佛利氏導尿管（存留 導尿管）

例句▶ A <u>Foley catheter</u> is a thin, sterile tube inserted into your bladder to drain urine.（導尿管是細長、經過消毒的管子，插入病患的膀胱以排出尿液。）

	forceps [ˋfɔrsɛps]	鑷子，鉗
	Kelly forceps [ˋkɛlɪ ˋfɔrsɛps]	止血鉗
	mosquito forceps [məsˋkito ˋfɔrsɛps]	蚊式止血鉗
	formalin [ˋfɔrməlɪn]	福馬林
	gauze [gɔz]	紗布
	hand brush [hænd brʌʃ]	洗手刷
	heat lamp [hit læmp]	烤燈
	heparin lock [ˋhɛpərɪn lak]	靜脈注射帽
	humidifier [hjuˋmɪdəˌfaɪə]	潮濕瓶
	ice bag [aɪs bæg]	冰袋，冰囊

例句▶ The <u>ice bag</u> can be used to reduce pain and swelling from a sports or activity injury.（冰袋可以用來減緩運動或活動傷害造成的疼痛及腫脹。）

| | **ice pillow**
[aɪs ˋpɪlo] | 冰枕 |

例句▶ For headache relief, <u>ice pillow</u> is comfortable and useful.（對於舒緩頭痛症狀而言，冰枕既舒適又有效。）

縮　寫	原文 [音標]	中　譯
	injector	注射器
	[ɪnˋdʒɛktə]	
	例句▶ The <u>injector</u> is a pump-like device that charges or discharges containers under pressure with suitable arrangements. （注射器是幫浦狀的裝置，經過適當的設計後，能夠以壓力排出或吸入物體。）	
	intravenous*	靜脈內的
	[ˌɪntrəˋvinəs]	
IV set	**intravenous (infusion) set**	靜脈輸液套
	[ˌɪntrəˋvinəs; ɪnˋfjuʒən sɛt]	
IV bag	**intravenous bag**	靜脈輸液袋
	[ˌɪntrəˋvinəs bæg]	
IV bottle	**intravenous bottle**	靜脈輸液瓶
	[ˌɪntrəˋvinəs ˋbɑtl]	
IV catheter	**intravenous catheter***	靜脈留置針
	[ˌɪntrəˋvinəs ˋkæθɪtə]	
IV fluid	**intravenous fluid**	靜脈輸液
	[ˌɪntrəˋvinəs ˋfluɪd]	
	例句▶ <u>Intravenous fluids</u> injected into the vein must always be sterile. （注射進靜脈中的靜脈輸液永遠必須是消毒過的。）	
IV infusion pump	**intravenous infusion pump**	靜脈輸液幫浦
	[ˌɪntrəˋvinəs ɪnˋfjuʒən pʌmp]	
IV tubing	**intravenous tubing**	靜脈輸液管
	[ˌɪntrəˋvinəs ˋtjubɪŋ]	
	macrodrip intravenous set	大滴靜脈輸液套管
	[ˋmækrodrɪp ˌɪntrəˋvinəs sɛt]	
	microdrip intravenous set	靜脈微滴輸液套管
	[ˋmaɪkrodrɪp ˌɪntrəˋvinəs sɛt]	
	iodine / iodin	碘
	[ˋaɪədaɪn; ˋaɪədɪn]	
Alc-BI	**alcohol β-iodine**	酒精性優碘
	[ˋælkəˌhɔl ˋbetə ˋaɪədaɪn]	
Aq-BI	**aqua β-iodine**	水溶性優碘
	[ˋækwə ˋbetə ˋaɪədaɪn]	
	isolation gown	隔離衣
	[ˌaɪslˋeʃən gaʊn]	

縮　寫	原文 [音標]	中　譯
	kardex* [ˋkardɛks]	成組護理計畫單
	laryngoscope* [ləˋrɪŋgəskop] 例句 A laryngoscope is a medical instrument that is used to obtain a view of the glottis. （喉頭鏡是一種用來獲取喉部影像的醫療儀器。）	喉頭鏡
	mouth gag [maʊθ gæg]	張口器
	nasal canula [ˋnezl ˋkænjələ]	鼻套管
NG tube	**nasogastric tube*** [ˌnezəˋgæstrɪk t(j)ub] 例句 The main use of a nasogastric tube is for feeding and for administrating drugs. （鼻胃管的主要用途是餵食及藥物的服用。）	鼻胃管
	nebulizer* [ˋnɛbjəˌlaɪzə] 例句 A nebulizer is a device commonly used in treating respiratory diseases such as asthma. （噴霧器是一種通常被用來治療如氣喘之類的呼吸疾病的設備。）	噴霧器
	needle [ˋnidl]	注射針頭，縫合針
	needle holder [ˋnidl ˋholdə]	持針器
	scalp needle [skælp ˋnidl]	頭皮針
	neck collar [nɛk ˋkɑlə] 例句 A neck collar is something which goes around the neck of a person, animal, or thing , such as a bottle. （頸圈是環繞人、動物或物品頸部的東西。）	頸圈
N/S	**normal saline (0.9% NaCl solution)** [ˋnɔrml ˋselaɪn]	生理食鹽水，0.9%氯化鈉溶液
	half saline (0.45% NaCl solution) [ˋhæf ˋselaɪn]	0.45%氯化鈉溶液

縮　寫	原文 [音標]	中　譯
	ophthalmoscope / funduscope [afˋθælməˌskop; ˋfʌndəskop]	眼底鏡
	OP-site* [o pi saɪt]	防水透明敷料
	oxygen* [ˋaksədʒən]	氧氣，給氧
O₂ flowmeter	**oxygen flowmeter** [ˋaksədʒən ˋflomɪtə]	氧氣流量表
O₂ tank	**oxygen tank / air tank** [ˋaksədʒən tæŋk; ɛr tæŋk]	氧氣筒

例句▶ Oxygen tanks are used to store gas for providing the patient receiving first aid with oxygen.（氧氣筒被用來儲存氧氣以供接受急救的病人所需。）

	oxygen tent [ˋaksədʒən tɛnt]	氧氣帳
	oxygen mask [ˋaksədʒən mæsk]	氧氣面罩
	non-rebreathing mask [nan rɪˋbriðɪŋ mæsk]	非再吸入面罩
	partial rebreathing mask [ˋparʃəl rɪˋbriðɪŋ mæsk]	部分再吸入面罩
	simple mask [ˋsɪmpl̩ mæsk]	簡易型面罩
	tracheostomy mask [ˌtrekɪˋastəmɪ mæsk]	氣切面罩
	Venturi mask [vɛntjərɪ mæsk]	凡德里面罩
	pacemaker [ˋpesmekə]	心律調節器

例句▶ A pacemaker is a medical device designed to regulate the beating of the heart.（心律調節器是設計用來調節心臟搏動的一種醫療儀器。）

	penlight [ˋpɛnˌlaɪt]	聚光筆，小手電筒
	percussion hammer [pəˋkʌʃən ˋhæmə]	叩診鎚

縮 寫	原文 [音標]	中 譯
	plaster [`plæstə]	熟石膏
	例句 The <u>plaster</u> can be used to protect and stabilize the fractured limbs.（熟石膏能用來保護及固定骨折的四肢。）	
	pressure bag [`prɛʃə bæg]	加壓袋
	probe [prob]	探子，探針
	pulse oxymeter [pʌls ɑk`sɪmətə]	脈動式血氧計
	rectal tube [`rɛktəl tjub]	肛管
	smear [smɪr]	塗片，抹片
	例句 The <u>smear</u> test is a highly effective method for early detection of cervical cancer.（抹片檢查是用來偵測初期子宮頸癌之極有效的方法。）	
	speculum [`spɛkjələm]	窺器，張大器
	vaginal speculum [`vædʒɪnl `spɛkjələm]	陰道窺器
	sphygmomanometer / blood pressure cuff [ˌsfɪgmomə`namətɜ; blʌd `prɛʃə kʌf]	血壓計
	splint [splɪnt]	夾板
	例句 A <u>splint</u> is a device used for holding a part of the body stable and motionless to prevent pain and further injury.（夾板是用來固定身體部位的裝置，以避免造成疼痛與更進一步的傷害。）	
	sponge [spʌndʒ]	海綿（球）
	sterilizer [`stɛrəˌlaɪzə]	滅菌器
	stethoscope* [`stɛθəskop]	聽診器
	例句 Learning to use a <u>stethoscope</u> takes considerable experience.（學會使用聽診器需要相當多的經驗。）	

縮　寫	原文 [音標]	中　譯
	stitch [stɪtʃ]	縫線
	stylet [ˋstaɪlɪt]	通條
	suction catheter (tube) [ˋsʌkʃən ˋkæθɪtɚ; tjub]	抽痰管
	sun lamp [sʌn læmp]	太陽燈
	例句▶ A <u>sun lamp</u> provides light of constant intensity emitted in a single direction.（太陽燈提供單向發射、強度穩定的光源。）	
	syringe* [ˋsɪrɪndʒ]	針筒
	thermometer [θɚˋmamətɚ]	體溫計
3-way	**three-way*** [θri we]	三路活塞
	tourniquet [ˋturnəˏkɛt]	止血帶
	例句▶ As the <u>tourniquet</u> stops the perfusion of the limb, the resulting anoxia can cause the death of the limb.（止血帶止住四肢的血液流動，伴隨而來的缺氧卻血可能造成四肢壞死。）	
	T-piece [ti pis]	T 型接管
	tray [tre]	治療盤
	tympanic thermometer [tɪmˋpænɪk θɚˋmamətɚ]	耳溫槍
UD box cart	**unit dose box cart** [ˋjunɪt dos baks kart]	單一劑量給藥車
	urine bag [ˋjurɪn bæg]	尿袋
	ventilator [ˋvɛntəˏletɚ]	呼吸器
	viewing box [vˋjuɪŋ baks]	看片機

（四）其他常見用物

縮　寫	原文 [音標]	中　譯
	breast pump [brɛst pʌmp]	吸乳器

例句 Sharing or using a previously owned <u>breast pump</u> could put you and your baby at a potential risk for exposure to serious health risks.（共用或使用他人用過的吸乳器，可能會為妳及妳的嬰兒帶來健康上的風險。）

	comforter [ˋkʌmfətə]	慰嬰品（奶嘴）
	diaper [ˋdaɪəpə]	尿布

例句 Disposable <u>diapers</u> are a highly processed product, and they can remain intact in landfills for many years.（拋棄式尿布是高度製程處理的產品，而且在經過掩埋後，很長一段時間都不會腐爛。）

	pad [pæd]	護墊

牛刀小試 EXERCISES

選擇題

從 A. B. C. D. 四個選項中，選擇正確的答案填入括弧中：

(　　) 1. For people who have serious walking problems due to illness, injury or disability, which of the following is their best tool that can help them move around?　(A) plaster　(B) wheel chair　(C) dressing carriage　(D) ventilator

(　　) 2. When you have a sore throat, which of the following won't be used by doctors to examine your throat?　(A) flashlight　(B) tongue blade　(C) mirror　(D) syringe

(　　) 3. Which of the following is widely used in the skin care?　(A) sheet　(B) Vaseline　(C) crutch　(D) diaper

(　　) 4. Which of following is usually not included in the first aid case?　(A) sponge　(B) razor　(C) elastic bandage　(D) cotton

(　　) 5. A _____ is a tooth-shaped cap that is placed over a tooth.　(A) ward carriage　(B) catheter　(C) sand bag　(D) dental crown

填空題

於各題空格內填入正確答案：

1. The isolation (w)_____ was full of people infected with SARS.

2. A new (a)_____ tooth can be attached to an implant.

3. A (b)_____ is a toileting facility, usually consisting of a metal, glass, or plastic receptacle for urinary and fecal discharge.

4. A (t)_____ is a device which measures temperature.

5. One of the biggest complaints that both deaf and hard of hearing people share is the high cost of　(h)_____　(a)_____ .

解 答 ANSWER

選擇題

（B）1. 譯：對於因疾病、受傷或殘障引起行走困難的人而言，下列何者是幫助他們走路最佳工具？ (A)石膏　(B)輪椅　(C)敷料車　(D)呼吸器

（D）2. 譯：當你喉嚨疼痛時，醫生不會採用下列何種工具來檢查你的喉嚨？(A)手電筒　(B)壓舌板　(C)鏡子　(D)針筒

（B）3. 譯：下列何者被廣泛使用在肌膚保養上？　(A)床單　(B)凡士林　(C)拐杖　(D)尿布

（B）4. 譯：下列何者不包含在急救箱內？　(A)消毒紗布　(B)剃刀　(C)彈性繃帶　(D)棉花

（D）5. 譯：_____是放置在牙齒上的齒狀套子。　(A)病房推車　(B)導管　(C)沙袋　(D)牙套

填空題

1. ward （譯：隔離病房裡擠滿了感染 SARS（嚴重急性呼吸症候群）的病人。）

2. artificial　（譯：新的假牙可被連接在植入物上。）

3. bedpan　（譯：便盆是一種如廁設備，通常由能夠用來排尿及排便的金屬、玻璃或塑膠製成。）

4. thermometer　（譯：溫度計是測量溫度的裝置。）

5. hearing aids　（譯：聾子和聽力困難的人共同的抱怨之一是助聽器的高昂價格。）

2-3 病歷及交班常見用語

—— *Anamnesis and Shift*

 病歷與交班的一般用語

縮 寫	原文 [音標]	中 譯
Abd.	**abdomen*** [ˋæbdəmən]	腹部
	accident [ˋæksədənt]	意外事故
adm.	**admission*** [ədˋmɪʃən]	入院
	例句▶ One third of hospital <u>admissions</u> are emergencies.（醫院的病人有三分之一是緊急入院。）	
	admission diagnosis [ədˋmɪʃən ˌdaɪəgˋnosɪs]	入院診斷
	admission note [ədˋmɪʃən not]	入院病歷
	age [edʒ]	年齡
	appetite [ˋæpəˌtaɪt]	食慾
BMR	**basal metabolic rate** [ˋbesl ˌmɛtəˋbalɪk ret]	基礎代謝率
	例句▶ Males usually have a higher <u>basal metabolic rate</u> than females.（男性的基礎代謝率通常比女性高。）	
BP	**blood pressure** [blʌd ˋprɛʃə]	血壓
	例句▶ As a nurse, she often takes people's <u>blood pressure</u>.（身為護士，她經常幫人們量血壓。）	
BH	**body height** [ˋbadɪ haɪt]	身高
	例句▶ The average <u>body height</u> of elementary school girls is 140 cm.（小學女生的平均身高為 140 公分。）	
BW	**body weight** [ˋbadɪ wet]	體重
	cadaver [kəˋdævə]	屍體

縮 寫	原文 [音標]	中 譯
	chart [tʃɑrt]	病歷
	chest [tʃɛst]	胸
CC	**chief complaint*** [tʃif kəm`plent]	（病人）主訴

> 例句 If they are very young they can't speak, they can't give you a <u>chief complaint</u> or even tell you what hurts.（如果他們太小還無法講話，他們就無法告訴你主訴或甚至哪裡痛。）

	consult [kən`sʌlt]	會診
DOB	**date of birth** [det ɑv bɜθ]	出生日期
Dx.	**diagnosis** [ˌdaɪəg`nosɪs]	診斷

> 例句 It's hard to make a <u>diagnosis</u> of AIDS in the early stages.（要在初期診斷出愛滋病是困難的。）

	discharge [dɪs`tʃɑrdʒ]	分泌物，排出，出院
	wound discharge* [wund dɪs`tʃɑrdʒ]	傷口分泌物
AAD	**against-advice discharge*** [ə`gɛnst əd`vaɪs dɪs`tʃɑrdʒ]	自動出院
MBD	**may-be discharge*** [me bi dɪs`tʃɑrdʒ]	許可出院

> 例句 Patients who have recovered from illness can receive a <u>may-be discharge</u>.（已康復的病人可得許可出院。）

	discharge diagnosis [dɪs`dʒɑrdʒ ˌdaɪəg`nosɪs]	出院診斷
DC	**discontinue*** [ˌdɪskən`tɪnju]	停止，不再持續
DNR	**Do Not Resuscitation*** [du nat rɪˌsʌsə`teʃən]	拒絕急救同意書（放棄心肺復甦術）

> 例句 <u>DNR</u> is more commonly done by a terminal patient who wishes to have a more natural death without painful medical procedures.（拒絕急救同意書較常被希望自然地死亡而不必忍受痛苦的醫療過程的末期病人簽署。）

縮　寫	原文 [音標]	中　譯
OHCA	**out-of-hospital cardiac arrest*** [aʊt ɑv `hɑspɪtl̩ `kɑrdɪ.æk ə`rɛst]	到院前心（肺）功能已停止
	例句▶ The victims of the tsunami had been <u>out-of-hospital cardiac arrest</u>.（海嘯的罹難者到院前心（肺）功能已停止。）	
	education [ˌɛdʒʊ`keʃən]	教育程度
exp.	**expire*** [ɪks`paɪr]	死亡
	例句▶ There is a patient waiting for an organ that another just <u>expired</u> patient can provide.（有個病人正等著另一個剛死亡的病人可提供的器官。）	
	female [`fimel]	女性
	first visit [fɜst `vɪzɪt]	初診
F/U (f/u)	**follow up*** [`fɑlo ʌp]	追蹤，持續進行
	general [`dʒɛnərəl]	一般的，普遍的
	general appearance [`dʒɛnərəl ə`pɪrəns]	一般外觀
	general condition [`dʒɛnərəl kən`dɪʃən]	一般狀況
	general data [`dʒɛnərəl `detə]	基本資料
GMR	**general medical routine** [`dʒɛnərəl `mɛdɪkl̩ ru`tin]	一般內科常規
GSR	**general surgical routine** [`dʒɛnərəl `sɜdʒɪkl̩ ru`tin]	一般外科常規
Hx.	**history*** [`hɪstərɪ]	病史
	例句▶ Patients should tell the doctor their <u>histories</u> clearly.（病人們應該清楚告訴醫生他們的病史。）	
FH	**family history** [`fæməlɪ `hɪstərɪ]	家族病史

縮 寫	原文 [音標]	中 譯
PH	**past history** [pæst `hɪstərɪ]	過去病史
	personal history [`pɝsn̩l `hɪstərɪ]	個人病史
	ill-looking [ɪl `lʊkɪŋ]	病容
Imp.	**impression** [ɪm`prɛʃən]	臆斷（初步診斷）
I & O, I/O	**intake and output*** [`ɪn.tek ænd `aʊt.pʊt]	輸入與排出
	lymph node [lɪmf nod]	淋巴結
	male [mel]	男性
	marital status [`mærət̩l `stetəs]	婚姻狀況
Rx.	**medication (recipe)** [ˌmɛdɪ`keʃən; `rɛsəpɪ]	處方，用藥法，治療

例句 ▶ She is currently on medication for high blood pressure.（她目前正在針對高血壓做藥物治療。）

	mental status [`mɛnt̩l `stetəs]	精神狀態
	mentality [mɛn`tælətɪ]	智力，精神能力
	nasal obstruction [`nezl̩ əb`strʌkʃən]	鼻塞
	neck [nɛk]	頸部
N/D	**no defect** [no `difɛkt]	無缺陷
Nil.	**none** [nʌn]	無
N.	**normal** [`nɔrml̩]	正常
NP, Nil	**nothing particular** [`nʌθɪŋ pə`tɪkjələ˞]	並無特別的

縮寫	原文 [音標]	中譯
	nutrition* [njuˋtrɪʃən]	營養
	occupation [ˌɑkjəˋpeʃən]	職業
	order [ˋɔrdɚ]	醫囑
	order renew [ˋɔrdɚ rɪˋnju]	醫囑更新
P't	**patient** [ˋpeʃənt]	病人
	personality [ˌpɝsṇˋælətɪ]	人格
PE	**physical examination** [ˋfɪzɪkḷ ɪgˌzæməˋneʃən]	身體檢查

例句 Middle-aged people should take physical examination every year.（中年人應該每年做一次身體檢查。）

縮寫	原文 [音標]	中譯
S/P (s/p)	**post-surgical*** [post ˋsɝdʒɪkəl]	手術後
PI	**present illness** [prɪˋzɛnt ˋɪlnɪs]	現在病況
	progression note [prəˋgrɛʃən not]	進展紀錄
	pupils [ˋpjupḷ]	瞳孔
	religion [rɪˋlɪdʒən]	宗教信仰
	return visit [rɪˋtɝn ˋvɪzɪt]	複診
R/O	**rule out*** [rul aʊt]	應排除

註：診斷尚未確定時，應以考慮(consider)、可能(probable)、懷疑(suspect)等
用詞為標示，再將「應排除(rule out, R/O)」的其他鑑別診斷列於其後。
例如：Fever, suspect pneumonia, R/O URI。（錯誤用法："R/O" 前沒有診
斷，例如：Fever, R/O pneumonia。）

縮寫	原文 [音標]	中譯
	sex [sɛks]	性別

縮 寫	原文 [音標]	中 譯
sig.	**signature** [`sɪgnətʃə]	簽名，處方標記
	例句 It requires your <u>signature</u> to complete the form.（完成此表格需要你的簽名。）	
	stand by [stænd baɪ]	待命
TPR	**temperature, pulse, respiration** [`tɛmprətʃə; pʌls; ˌrɛspə`reʃən]	體溫，脈搏，呼吸
T/F	**time follow** [taɪm `falo]	等候手術（已排定的手術）
	transfer [træns`fɝ]	轉診（轉院）
Tx.	**treatment / therapy** [`tritmənt; `θɛrəpɪ]	治療
VS	**vital signs** [`vaɪtl saɪns]	生命徵象
	例句 These devices are used to monitor the <u>vital signs</u>.（這些儀器是用來監測生命徵象的。）	
y/o	**year old** [jɪr old]	歲

💬 病歷與交班常見症狀及主訴用語

縮 寫	原文 [音標]	中 譯
	abdominal distention* [æb`damɪnl dɪ`stɛnʃən]	腹脹
	abscess [`æbsɪs]	膿瘍
	例句 He has an <u>abscess</u> on his gum.（他的牙床上有膿瘍。）	
	allergy* [`ælədʒɪ]	過敏
	例句 She has an <u>allergy</u> to seafood.（她對海鮮過敏。）	
	anemia* [ə`nimɪə]	貧血
	anoxia [ə`naksɪə]	缺氧症

縮 寫	原文 [音標]	中 譯
	arrhythmia* [əˋrɪðmɪə]	心律不整
	arthrentasis [ˌɑrθrɛnˋtesɪs]	關節變形
	arthrocele [ˋɑrθrəsil]	關節腫脹
	ascites* [əˋsaɪtiz]	腹水
	atrophy [ˋætrəfɪ]	萎縮

例句▶ After five months in a hospital bed, my leg muscles have <u>atrophied</u>.（在病床上躺了五個月後，我的腿部肌肉已萎縮。）

	bedsore [ˋbɛdˌsor]	褥瘡
	benign [bɪˋnaɪm]	良性的
	burning on urination [ˋbɜnɪŋ an ˌjurəˋneʃən]	排尿燒灼感
	carcinoma / cancer [ˌkɑrsɪˋnomə; ˋkænsə]	癌
	chill (chillness)* [tʃɪl]	寒顫

例句▶ You might catch a <u>chill</u> if you don't wear enough clothes.（如果你沒穿足夠的衣服就可能會著涼。）

	coarse [kors]	粗糙的
	coated tongue [ˋkotɪd tʌŋ]	舌苔
	cold sweating* [kold swɛtɪŋ]	冒冷汗
	colic [ˋkɑlɪk]	（腸）絞痛
	coma [ˋkomə]	昏迷

例句▶ She has been in a <u>coma</u> since the car accident.（自從車禍後她就一直昏迷。）

縮 寫	原文 [音標]	中 譯
	complication* [ˌkɑmpləˋkeʃən]	合併症
	consciousness [ˋkɑnʃəsnɪs]	意識
	consciousness clear* [ˋkɑnʃəsnɪs klɪr]	意識清楚
	consciousness confused [ˋkɑnʃəsnɪs kənˋfjuzd]	意識混亂
	constipation* [ˌkɑnstəˋpeʃən]	便祕

例句▶ People who drink too little water might suffer from constipation.（喝太少水的人可能會受便秘之苦。）

縮 寫	原文 [音標]	中 譯
	convulsion [kənˋvʌlʃən]	痙攣，抽搐
	cough [kɔf]	咳嗽

例句▶ The smoke of cigarettes always makes me cough.（香菸的煙總是使我咳嗽。）

縮 寫	原文 [音標]	中 譯
	dehydration* [ˌdihaɪˋdreʃən]	脫水，失水
	depression* [dɪˋprɛʃən]	抑鬱，憂鬱

例句▶ Loss of appetite is one of the classic symptoms of depression.（失去胃口是抑鬱的一個典型症狀。）

縮 寫	原文 [音標]	中 譯
	development [dɪˋvɛləpmənt]	生長，進化，發育
	well developoment [wɛl dɪˋvɛləpmənt]	發育良好的
	poor development [pʊr dɪˋvɛləpmənt]	發育不良
	diarrhea* [ˌdaɪəˋriə]	腹瀉
	dislocation* [ˌdɪsloˋkeʃən]	脫位，脫臼

例句▶ Falling down caused his knee dislocation.（跌倒導致他的膝蓋脫臼。）

縮 寫	原文 [音標]	中 譯
	dizziness* [`dɪzənɪs]	眩暈
	drooling [drulɪŋ]	流涎
	drowsy [`draʊzɪ]	嗜睡的
	drug [drʌg]	藥物
	drug resistance [drʌg rɪ`zɪstəns]	抗藥性
	dyspepsia [dɪs`pɛpsɪə]	消化不良

例句▶ Swallowing food too quickly can cause <u>dyspepsia</u>.（食物吞嚥得太快會導致消化不良。）

縮 寫	原文 [音標]	中 譯
	dyspnea* [`dɪspnɪə]	呼吸困難
	eczema [`ɛkzəmə]	濕疹

例句▶ <u>Eczema</u> is a common skin problem among teens.（濕疹是青少年常見的皮膚問題。）

縮 寫	原文 [音標]	中 譯
	edema [ɪ`dimə]	水腫
	pitting edema* [`pɪtɪŋ ɪ`dimə]	凹陷性水腫
	fainting [`fentɪŋ]	昏倒
	fever [`fivɚ]	發燒
FUO	**fever of undetermined origin** [`fivɚ ɑv ˌʌndɪ`tɝmɪnd `ɔrɪdʒɪn]	原因不明的發熱
	high fever [haɪ `fivɚ]	高燒
	mild fever [maɪld `fivɚ]	輕微發燒
	flatulence [`flætjʊləns]	腸胃脹氣，氣脹

例句▶ Eating beans, onions, and sweet potatoes can cause <u>flatulence</u>.（吃豆類、洋蔥、和番薯可能會引起氣脹。）

縮 寫	原文 [音標]	中 譯
	gout [gaʊt]	痛風
	例句 <u>Gout</u> will make your toes, fingers, and knees swollen and painful. （痛風會使你的腳趾、手指及膝蓋腫脹疼痛。）	
	headache [`hɛd⸴ek]	頭痛
	hemorrhage* [`hɛmərɪdʒ]	出血
	例句 The girl died of a massive brain <u>hemorrhage</u>. （那女孩因大量腦出血而死。）	
	hiccup (hiccough) [`hɪkəp]	打嗝
	例句 You will get <u>hiccups</u> if you drink too fast. （如果你喝太快會打嗝。）	
	hot flush* [hɑt flʌʃ]	熱性潮紅
HBP, H/T, HTN	**hypertension** [⸴haɪpə`tɛnʃən]	高血壓
	例句 Consuming vast quantities of fruit and vegetables may prevent <u>hypertension</u>. （吃大量的蔬菜水果也許能預防高血壓。）	
	hypotension [⸴haɪpo`tɛnʃən]	低血壓
	infection* [ɪn`fɛkʃən]	感染
	injury [`ɪndʒərɪ]	損傷
	itching* [`ɪtʃɪŋ]	（皮膚）癢
	例句 Applying this cream to your skin will reduce the <u>itching</u>. （在你皮膚上塗抹這個藥膏較不會癢。）	
LW	**laceration wound** [⸴læsə`reʃən wund]	撕裂性傷口
	malabsorption [⸴mæləb`sɔrpʃən]	吸收不良
	malignant* [mə`lɪgnənt]	惡性的

縮　寫	原文 [音標]	中　譯
	menarche [mə`nɑrkɪ]	初經

例句▶ Menarche is the most commonly remembered milestone of puberty for most women.（對大多數女人來說，初經是最常回憶起的青春期的里程碑。）

縮　寫	原文 [音標]	中　譯
	myatrophy [maɪ`ætrəfɪ]	肌萎縮
	nasal obstruction [`nezḷ əb`strʌkʃən]	鼻塞
	nausea* [`nɔzɪə]	噁心

例句▶ Signs of illness include fever, vomiting and nausea.（生病的徵狀包括發燒、嘔吐和噁心。）

縮　寫	原文 [音標]	中　譯
	nightsweat [`naɪt.swɛt]	盜汗
	nocturnal enuresis [nak`tɜnḷ ˌɛnju`risɪs]	夜間遺尿

例句▶ Nocturnal enuresis can be a source of embarrassment when it persist into the teen years.（夜間遺尿若持續到青少年時期會使人難堪。）

縮　寫	原文 [音標]	中　譯
	running nose [`rʌnɪŋ noz]	流鼻涕
	obesity* [o`bisətɪ]	肥胖
	oliguria [ˌɑləg`jurɪə]	尿少，少尿
Op.	**operation** [ˌɑpə`reʃən]	手術
	pain [pen]	痛，疼痛
	epigastric pain [ˌɛpə`gæstrɪk pen]	上腹痛
	rebounding pain [rɪ`baʊndɪŋ pen]	反彈痛
	referred pain [rɪ`fɜd pen]	轉移痛，牽涉痛

縮 寫	原文 [音標]	中 譯
	paralysis* [pə`ræləsɪs]	麻痺
	pathological reflex peptic ulcer [ˌpæθə`laʤɪkəl `riflɛks]	病理性反射
PPU	**perforation peptic ulcer** [ˌpɜfə`reʃən `pɛptɪk `ʌlsə]	穿孔性消化性潰瘍
	poor appetite* [pʊr `æpəˌtaɪt] 例句▶ Catching a cold makes me have a <u>poor appetite</u>.（感冒使我食慾變差。）	食慾差
	rash [ræʃ]	發疹
RHB	**regular heart beat** [`rɛgjələ hart bit]	心跳規則
	sepsis [`sɛpsɪs] 例句▶ <u>Sepsis</u> is a serious medical condition in which bacteria enter the blood.（敗血症是病菌侵入血液的一種嚴重醫學症狀。）	敗血症
	sequela [sɪ`kwilə]	後遺症
	shock [ʃak]	休克
SOB	**short of breath*** [ʃɔrt ɑv brɛθ]	呼吸短促
	sneeze [sniz]	噴嚏
	snore [snor]	打鼾
	sore throat [sor θrot] 例句▶ Speaking too much gave me a <u>sore throat</u>.（講太多話讓我喉嚨痛。）	喉嚨痛，咽痛
	spotting [spatɪŋ]	點狀出血
	sputum* [`spjutəm]	痰

縮　寫	原文 [音標]	中　譯
	startle reflex [`startl `riflɛks]	驚嚇反應
	stiff [stɪf]	僵硬的
	stool* [stul]	糞便，解大便
	stupor [`stjupə]	木僵，不醒人事

例句 Getting sunstroke made him lie on the floor in a <u>stupor</u>.（中暑使他躺在地板上不醒人事。）

	sucking reflex [`sʌkɪŋ `riflɛks]	吸吮反應
	sudden death [`sʌdn̩ dɛθ]	猝死
	supple [`sʌpl̩]	柔軟的
	sweating* [`swɛtɪŋ]	出汗
	swelling* [`swɛlɪŋ]	腫脹

例句 Put your legs in a higher position to help the <u>swelling</u> go down.（把你的腿抬高以消除腫脹。）

	syncope [`sɪŋkəpɪ]	暈厥
	tachycardia* [`tækɪ`kardɪə]	心搏過速
	tenderness [`tɛndənɪs]	觸痛，壓痛
	tinnitus [tɪ`naɪtəs]	耳鳴

例句 <u>Tinnitus</u> is the medical term for "hearing" noises in your ears when there is no outside source of the sounds.（耳鳴是一個描述當沒有外在聲音來源時耳朵聽到聲響的醫療用語。）

	trauma* [`trɔmə]	外傷

例句 After the car accident, he was sent to the hospital's <u>trauma</u> unit.（車禍後他被送到醫院的外傷科。）

縮 寫	原文 [音標]	中 譯
	tremor* [`trɛmə]	顫動
	tumor* [`t(j)umə] 例句▶ The doctor found a malignant <u>tumor</u> in her brain. （醫生在她大腦裡發現惡性腫瘤。）	腫瘤
	urinary frequency [`jurə‚nɛrɪ `frikwənsɪ]	頻尿
	urinary incontinence* [`jurə‚nɛrɪ ɪn`kantənəns]	尿失禁
	vomiting* [`vamɪtɪŋ]	嘔吐
	weight loss* [wet lɔs] 例句▶ <u>Weight loss</u> can be achieved by regular exercise and dieting. （規律的運動及節食可減輕體重。）	體重減輕

牛刀小試 EXERCISES

選擇題

從 A. B. C. D. 四個選項中，選擇正確的答案填入括弧中：

( ) 1. Temperature, blood pressure, pulse, and respiratory rate are all considered as _____. (A) chief complaints (B) basal metabolic rate (C) vital signs (D) medications

( ) 2. Taking _____ examination can help you monitor your health condition. (A) body (B) physical (C) mental (D) psychological

( ) 3. _____ is the decreased sensation of appetite. (A) anxiety (B) anoxia (C) allergy (D) anorexia

( ) 4. Ingest enough calcium can prevent _____. (A) obesity (B) oliguria (C) osteoporosis (D) epilepsy

填空題

於各題空格內填入正確答案：

1. A (c)_____ is a dead body.

2. DNR is the abbreviation for (D)_____ (N)_____ (R)_____.

配合題

請在左列英文的空格中，填入右列正確中文字義的英文代碼：

1. admission _____ (a)膿瘍

   diagnosis _____ (b)氣喘

   expired _____ (c)轉診

   abscess _____ (d)死亡

   transfer _____ (e)診斷

   asthma _____ (f)入院

2. atrophy   _____   (a)腹水

   arthrocele   _____   (b)萎縮

   arrhythmia   _____   (c)心律不整

   ascites   _____   (d)關節腫脹

3. diarrhea   _____   (a)脫水，失水

   drooling   _____   (b)妄想，幻想

   dehydration   _____   (c)眩暈

   dizziness   _____   (d)腹瀉

   delusion   _____   (e)脫位，脫臼

   dislocation   _____   (f)流涎

4. urinary incontinence   _____   (a)敗血症

   withdrawal symptoms   _____   (b)黃疸

   jaundice   _____   (c)小便失禁

   pleural effusion   _____   (d)心悸

   tarry stool   _____   (e)黑便

   sepsis   _____   (f)戒斷症候群

   palpitations   _____   (g)胸膜積水

解 答 ANSWER

選擇題

（ C ）1. 譯：體溫、血壓、脈搏及呼吸速率都被認為是_____？　(A)主訴　(B)基礎代謝率　(C)生命徵象　(D)藥物。

（ B ）2. 譯：做_____健康檢查能幫助你監測你的健康狀況？　(A)身體　(B)身體的　(C)精神的　(D)心理的

（ D ）3. 譯：_____是指食慾的降低？　(A)焦慮　(B)缺氧症　(C)過敏　(D)厭食症

（ C ）4. 譯：攝取足夠的鈣能預防_____？　(A)過胖　(B)少尿　(C)骨質疏鬆症　(D)癲癇

填空題

1. cadaver　（譯：cadaver 意為死屍。）

2. Do Not Resuscitation（譯：DNR 是拒絕心肺復甦術（拒絕臨終急救）的縮寫。）

配合題

1. (f)；(e)；(d)；(a)；(c)；(b)

2. (b)；(d)；(c)；(a)

3. (d)；(f)；(a)；(c)；(b)；(e)

4. (c)；(f)；(b)；(g)；(e)；(a)；(d)

2-4　一般常見檢查、技術及治療

—— *Examination and Treatment*

一 身體評估

縮　寫	原文 [音標]	中　譯
	assessment* [əˋsɛsmənt]	評估
	bowel sound* [ˋbauəl saund]	腸音
BSE	**breast self-examination** [brɛst ˏsɛlf ɪgˏzæməˋneʃən]	乳房自我檢查

> 例句▶ Performing breast self-examination can help you detect some types of breast cancer.（實行乳房自我檢查可幫助你偵測到某些類型的乳癌。）

BS	**breathing sound** [ˋbriðɪŋ saund]	呼吸音
	crackle* [ˋkrækl]	爆裂音
DTR	**deep tendon reflex*** [dip ˋtɛndən ˋriflɛks]	深腱反射
HR	**heart rate** [hɑrt ret]	心跳速率

> 例句▶ Exercise or psychological stress can cause the heart rate to increase.（運動或心理壓力都會使心跳速率加快。）

	heart sound [hɑrt saund]	心音

> 例句▶ The heart sounds are the noises generated by the beating heart and the flow of blood through it.（心音是由心臟的搏動及通過心臟的血流所產生的。）

IPPA	**inspection, palpation, percussion, auscultation*** [ɪnˋspɛkʃən; pælˋpeʃən; pəˋkʌʃən; ˏɔskəlˋteʃən]	視診、觸診、叩診、聽診

> 例句▶ Percussion is a method of tapping body parts with fingers, hands, or small instruments as part of a physical examination.（叩診是利用手指、手、或小工具輕叩身體部位的一種身體檢查的方法。）

縮　寫	原文 [音標]	中　譯
JOMAC	**judgement, orientation, memory, abstract thinking and calculation** [`dʒʌdʒmənt; ˌorɪɛn`teʃən; `mɛmərɪ; `æbstrækt `θɪŋkɪŋ ænd ˌkælkjə`leʃən]	判斷力、定向力、記憶力、抽象思考、計算力
MSE	**mental status examination** [`mɛntl `stetəs ɪg,zæmə`neʃən]	心智狀態檢查
	murmur* [`mɝmɚ] 例句▶ <u>Murmurs</u> are generated by turbulent flow of blood within the heart.（雜音是由於心臟中不穩定的血流所產生的。）	雜音
	rale [rɑl]	囉音
	symmetrical expansion [sɪ`mɛtrɪkl ɪk`spænʃən]	對稱性擴張
	vaginal digital examination [`vædʒɪnl `dɪdʒɪtl ɪg,zæmə`neʃən]	陰道內診法

💬 二 實驗室檢查

縮　寫	原文 [音標]	中　譯
A/G	**albumin / globulin** [æl`bjumɪn; `glabjulɪn]	白蛋白／球蛋白比率
ABG analysis	**arterial blood gas analysis** [ar`tɪrɪəl blʌd gæs ə`næləsɪs]	動脈血液氣體分析
	blood sugar* [blʌd `ʃugɚ]	血糖
FBS	**fasting blood sugar** [fæstɪŋ blʌd `ʃugɚ] 例句▶ Before you measure <u>fasting blood sugar</u> level, you should not eat anything.（測量空腹血糖值之前不該吃任何東西。）	空腹血糖值
F/S test	**finger sugar test** [`fɪŋgɚ `ʃugɚ tɛst]	指尖血糖檢測
BUN	**blood urea nitrogen** [blʌd ju`riə `naɪtrədʒən]	血液尿素氮
BUS	**blood, urine, stool** [blʌd; `jurɪn; stul]	血液、尿、糞便

縮寫	原文 [音標]	中譯
CO	**cardiac output*** [ˋkɑrdɪæk ˋaʊtˌpʊt]	心輸出量
	例句 Cardiac output is the volume of blood pumped by the heart. （心輸出量是心臟搏動排出的血液量。）	
CSF	**cerebrospinal fluid** [ˌsɛrəbrəˋspaɪnl̩ ˋfluɪd]	腦脊髓液
CBC/DC	**complete blood count/ differential count** [kəmˋplit blʌd kaʊnt; ˌdɪfəˋrɛnʃəl kaʊnt]	完全血球計數／分類計數
CCR (Ccr)	**creatinine clearance rate** [krɪˋætənin ˋklɪrəns ret]	肌酸酐廓清率
	culture* [ˋkʌltʃə]	培養
	blood culture [blʌd ˋkʌltʃə]	血液培養
	sputum culture [ˋspjutəm ˋkʌltʃə]	痰液培養
	tip culture [tɪp ˋkʌltʃə]	導管前端培養法
U/C	**urine culture** [ˋjurɪn ˋkʌltʃə]	尿液培養
	wound culture* [wund ˋkʌltʃə]	傷口細菌培養
ESR	**erythrocyte sedimentation rate** [ɪˋrɪθrəˌsaɪt ˌsɛdɪmənˋteʃən ret]	紅血球沉降速率
Hct.	**hematocrit** [hɪˋmætəkrɪt]	血比容
Hgb., Hb.	**hemoglobin** [ˌhiməˋglobɪn]	血紅素
HIV	**human immunodeficiency virus** [ˋhjumən ˌɪmjunədɪˋfɪʃənsɪ ˋvaɪrəs]	人類免疫缺乏病毒（愛滋病病毒）
	例句 Infection with HIV occurs by the transfer of semen, blood, or breast milk. （人類免疫缺乏病毒的感染發生在精液、血液或母乳的轉移。）	
LFT	**liver function test** [ˋlɪvə ˋfʌŋkʃən tɛst]	肝功能試驗
	例句 The doctor suggested that my uncle, who is an alcoholic, take a LFT. （醫生建議我的酒鬼叔叔去做肝功能試驗。）	

縮 寫	原文 [音標]	中 譯
Neg., (-)	**negative*** [`nɛgətɪv]	陰性
	例句▸ The result of her HIV tests were luckily <u>negative</u>.（她的人類免疫缺乏病毒檢驗很幸運地都是陰性。）	
OB	**occult blood*** [ə`kʌlt blʌd]	潛血
OGTT	**oral glucose tolerance test** [`orəl `glukos `talərəns tɛst]	口服葡萄糖耐量試驗
PC	**platelet count** [`pletlɪt kaʊnt]	血小板計數
	例句▸ 95% of healthy people will have <u>platelet counts</u> in the normal range.（百分之九十五的健康成人的血小板計數都會在正常範圍內。）	
pos., (+)	**positive*** [`pazətɪv]	陽性
PT	**prothrombin time** [pro`θrambɪn taɪm]	凝血酶原時間
RBC	**red blood cell** [rɛd blʌd sɛl]	紅血球
	例句▸ <u>Red blood cells'</u> main function is to deliver oxygen from the lungs to body tissues via the blood.（紅血球的主要功能是經由血液從肺部輸送氧氣至身體的組織。）	
	red blood count [rɛd blʌd kaʊnt]	紅血球計數
Rh-	**Rhesus negative** [`risəs `nɛgətɪv]	陰性 Rh 血型
Rh+	**Rhesus positive** [`risəs `pazətɪv]	陽性 Rh 血型
TG	**triglyceride** [traɪ`glɪsəraɪd]	三酸甘油酯
	例句▸ <u>Triglyceride</u> is the main constituent of vegetable oil and animal fats.（三酸甘油酯是植物油及動物性脂肪的主要成分。）	
U/A	**urine analysis** [`jurɪn ə`næləsɪs]	尿液分析
VDRL	**venereal disease research laboratory test** [və`nɪrɪəl dɪ`ziz rɪ`sɝtʃ `læbərə.torɪ tɛst]	梅毒血清檢驗

縮 寫	原文 [音標]	中 譯
WBC & D/C	**white blood count and differential count** [hwaɪt blʌd kaʊnt ænd ˌdɪfə`rɛnʃəl kaʊnt]	白血球計數與分類計數
WNR	**within normal range** [wɪ`ðɪn `nɔrml̩ rendʒ]	在正常範圍內
	例句 My father is happy to see that his blood pressure is <u>within normal range</u>.（我父親很高興得知他的血壓在正常範圍內。）	

三 放射及侵入性檢查

縮 寫	原文 [音標]	中 譯
	abdominal paracentesis [æb`damɪnl̩ ˌpærəˌsɛn`tisɪs]	腹腔穿刺
	例句 <u>Abdominal paracentesis</u> has a very low risk of introducing an infection, causing excessive bleeding or perforating a loop of bowel.（腹腔穿刺引起感染、造成流血過多或腸穿孔的風險極低。）	
	arterial line insertion [ar`tɪrɪəl laɪn ɪn`sɜʃən]	動脈導管之插入
	biopsy* [`baɪapsɪ]	切片檢驗，病理活組織切片
PNB	**percutaneous needle biopsy** [ˌpɜkjə`tenɪəs `nidl̩ `baɪapsɪ]	經皮針刺活體組織切片
BMA+B+C	**bone marrow aspiration, biopsy, and cytology** [bon `mæro ˌæspə`reʃən; `baɪapsɪ ænd saɪ`talədʒɪ]	骨髓抽取、切片及細胞學檢查
CVP line insertion	**central venous pressure line insertion** [`sɛntrəl `vinəs `prɛʃə laɪn ɪn`sɜʃən]	中央靜脈導管插入
A-P view	**chest anteroposterior** [tʃɛst ˌæntərəpas`tɪrɪə]	胸前後照
lat. view	**chest lateral view** [tʃɛst `lætərəl vju]	胸側面照
CT scan	**computerized tomography scan** [kəm`pjutəˌraɪzd tə`magrəfɪ skæn]	電腦斷層檢查
abd. CT	**abdominal computerized tomography scan** [æb`damɪnl̩ kəm`pjutəˌraɪzd tə`magrəfɪ skæn]	腹部電腦斷層掃描

縮 寫	原文 [音標]	中 譯
ECG / EKG	**electrocardiography** [ɪˌlɛktrəˌkadɪˈɑgrəfɪ]	心電圖
	例句▶ An <u>electrocardiography</u> has a function in screening and diagnosis of cardiovascular diseases.（心電圖有顯示及診斷心血管疾病的功能。）	
EEG*	**electroencephalography** [ɪˌlɛktraɪnˌsɛfəˈlagrəfɪ]	腦電波圖
	endoscopy* [ɛnˈdaskəpɪ]	內視鏡檢查
	例句▶ An <u>endoscopy</u> is a test that looks inside the body.（內診鏡檢查是可診視身體內部的一種檢查。）	
ICP	**intracranial pressure** [ˌɪntrəˈkrenɪəl ˈprɛʃə]	顱內壓
IVP	**intravenous pyelography** [ˌɪntrəˈvinəs ˌpaɪəˈlagrəfɪ]	靜脈注射腎盂攝影術
	例句▶ <u>IVP</u> can detect kidney stones.（靜脈注射腎盂攝影術可檢查出腎結石。）	
KUB*	**kidney, ureter, bladder*** [ˈkɪdnɪ; juˈritə; ˈblædə]	腹部 X 光攝影檢查（腎臟、輸尿管、膀胱）
	lumbar puncture* [ˈlʌmbə ˈpʌŋktʃə]	腰椎穿刺
MRI*	**magnetic resonance imaging** [mægˈnɛtɪk ˈrɛzənəns ˈɪmɪdʒɪŋ]	核磁共振攝影
	mammography [mæˈmagrəfɪ]	乳房攝影術
	ultrasound* [ˈʌltrəˌsaʊnd]	超音波檢查
	例句▶ <u>Ultrasound</u> is often used to visualize a fetus during pregnancy.（超音波檢查常被用來顯現懷胎中嬰兒的影像。）	
X-ray	**X-ray photography** [ɛks ˈre fəˈtagrəfɪ]	X 光攝影術
	例句▶ I had an <u>X-ray</u> to see if there is any irregularity in my lungs.（我照 X 光檢查肺部是否不正常。）	

縮　寫	原文 [音標]	中　譯
CXR	**chest X-ray** [tʃɛst ɛks `re]	胸部 X 光攝影

例句▶ A <u>chest X-ray</u> is a test that uses a small amount of radiation to create an image of the structures within the chest. （胸部 X 光攝影是用少量的放射線製造出胸部組織的影像的一種檢查。）

四 常見技術

縮　寫	原文 [音標]	中　譯
	anesthesia [ˌænəs`θiʒə]	麻醉

例句▶ <u>Anesthesia</u> allows patients to undergo surgery without the distress and pain. （麻醉使病人在接受手術時免於擔心或痛苦。）

GA*	**general anesthesia*** [`dʒɛnərəl ˌænəs`θiʒə]	全身麻醉

例句▶ <u>General anesthesia</u> allows patients to undergo surgery without feeling pain. （全身麻醉能使病人在進行手術時不會感到疼痛。）

GETA	**general endotracheal anesthesia** [`dʒɛnərəl ˌɛndə`trekɪəl ˌænəs`θiʒə]	氣管插管式全身麻醉
LA	**local anesthesia*** [`lokḷ ˌænəs`θiʒə]	局部麻醉

例句▶ <u>Local anesthesia</u> can help ease the patient's pain but still let them be conscious. （局部麻醉能幫助減緩病人的疼痛但仍使其有知覺。）

	back care [bæk kɛr]	背部護理
	bed [bɛd]	床，床位
	closed bed [klozd bɛd]	密蓋床
	occupied bed [`akjupaɪd bɛd]	臥有病人床
	open bed [`opən bɛd]	暫空床

縮 寫	原文 [音標]	中 譯
	postoperative bed [post`ɑpərətɪv bɛd]	手術後應用床
	bed bath [bɛd bæθ]	床上擦澡
	breast care [brɛst kɛr]	乳房護理
CPR	**cardiopulmonary resuscitation*** [ˌkardɪə`pʌlməˌnɛrɪ rɪˌsʌsə`teʃən] 例句▶ A lifeguard should know how to perform <u>CPR</u>.（一個救生員需知道如何施行心肺復甦術。）	心肺復甦術
	catheterization [ˌkæθətərɪ`zeʃən] 例句▶ <u>Catheterization</u> can be used to drain urine from the urinary bladder.（導尿可用來排出膀胱中的尿液。）	導尿
	Foley (catheter) care [`folɪ; `kæθɪtə kɛr]	導尿管護理
ICP	**intermittent catheterization program** [ˌɪntə`mɪtŋt ˌkæθətərɪ`zeʃən `progræm]	間歇性導尿
	retention of catheterization / on Foley [rɪ`tɛnʃən ɑv ˌkæθətərɪ`zeʃən; ɑn `folɪ]	存留導尿法
	single catheterization [`sɪŋgl ˌkæθətərɪ`zeʃən]	單次導尿法
	change drainage bottle [tʃendʒ `drenɪdʒ `batl]	更換引流瓶
CD	**change dressing*** [tʃendʒ `drɛsɪŋ]	換藥
	change position [tʃendʒ pə`zɪʃən] 例句▶ <u>Changing position</u> frequently can maintain the completeness of skin and prevent acne.（經常地翻身可維持皮膚的完整及避免瘡的產生。）	翻身
	chest percussion [tʃɛst pə`kʌʃən]	胸部叩擊法
	colostomy care* [kə`lastəmɪ kɛr]	結腸造瘻口護理
	cut eyelash [kʌt `aɪˌlæʃ]	剪睫毛

縮 寫	原文 [音標]	中 譯
on endo	**endotracheal intubation** [ˌɛndəˈtrekɪəl ˌɪntjəˈbeʃən]	氣管內插管
	enema [ˈɛnəmə] 例句 An <u>enema</u> is the cleaning or treatment of the bowels by filling them with a liquid through the anus.（灌腸是指將液體經由肛門灌入腸子內以清理或治療腸子。）	灌腸
	glycerin enema* [ˈglɪsərɪn ˈɛnəmə]	甘油灌腸
	retaining enema [rɪˈtenɪŋ ˈɛnəmə]	保留灌腸
SSE	**soapsuds enema** [ˈsopˌsʌdz ˈɛnəmə]	肥皂水灌腸
	feeding [ˈfidɪŋ]	吃，餵食
	gastrostomy feeding [gæsˈtrastəmɪ ˈfidɪŋ]	胃造瘻灌食
	jejunostomy feeding [ˌdʒədʒuˈnastəmɪ ˈfidɪŋ]	空腸造瘻灌食法
NG feeding	**nasogastric tube feeding** [ˌnezəˈgæstrɪk tjub ˈfidɪŋ]	鼻胃管灌食法
	hemostasis [ˌhiməˈstesɪs] 例句 <u>Hemostasis</u> is a process whereby bleeding is halted in most animals with a closed circulatory system.（止血是指大部分閉鎖循環系統的動物流血暫止的過程。）	止血
	hot compress [hat ˈkamprɛs]	濕熱敷
	ice application (packing) [aɪs ˌæplɪˈkeʃən; ˈpækɪŋ]	冰敷
	injection* [ɪnˈdʒɛkʃən]	注射
sc.	**hypodermic (subcutaneous) injection** [ˌhaɪpoˈdɜmɪk; ˌsʌbkjuˈtenɪəs ɪnˈdʒɛkʃən]	皮下注射法
ID / IC	**intradermic (intracutaneous) injection** [ˌɪntrəˈdɜmɪk (ˌɪntrəkjuˈtenɪəs) ɪnˈdʒɛkʃən]	皮內注射法

縮　寫	原文 [音標]	中　譯
IM	**intramuscular injection** [ˌɪntrə`mʌskjələ ɪn`dʒɛkʃən]	肌肉注射法
IV injection	**intravenous injection** [ˌɪntrə`vinəs ɪn`dʒɛkʃən]	小量靜脈注射法
	remove intravenous cathetr [rɪ`muv ˌɪntrə`vinəs `kæθɪtə]	移除靜脈留置針
	intravenous catheterization [ˌɪntrə`vinəs ˌkæθətərɪ`zeʃən]	靜脈留置針注射法
IV drip	**intravenous drip** [ˌɪntrə`vinəs drɪp]	靜脈滴注
Irrig.	**irrigation** [ˌɪrɪ`geʃən]	沖洗
	例句 The <u>irrigation</u>, which means flooding with fluid the joint area, of the surgery on the joint is believed to be able to improve joint function.（關節手術中的沖洗（將液體導入關節區）被認為能夠改善關節功能。）	
	colon irrigation [`kolən ˌɪrɪ`geʃən]	結腸灌洗
	massage [mə`saʒ]	按摩
	例句 A qualified massage therapist gave me a back and foot <u>massage</u>.（一個合格的按摩師幫我按摩背部和腳部。）	
	menthol packing [`mɛnθəl `pækɪŋ]	薄荷油敷法
	morning care [`mɔrnɪŋ kɛr]	晨間護理
NG care	**nasogastric tube care*** [ˌnezo`gæstrɪk tjub kɛr]	鼻胃管護理
	oral administration [`orəl ədˌmɪnɪ`streʃən]	口服給藥法
Pap. smear	**Papanicolaou smear / Papanicolaou's stain** [ˌpæpənɪkə`leu smɪr; ˌpæpənɪkə`leuz `sten]	子宮頸抹片檢查（巴潘尼克氏染色法）
	例句 The <u>Pap. smear</u> aims to detect and prevent abnormalities in the female genital tract.（子宮頸抹片檢查旨在檢查出並預防女性生殖道的異常症狀。）	
PROM	**passive range of motion** [`pæsɪv rendʒ ɑv `moʃən]	被動關節運動

縮 寫	原文 [音標]	中 譯
PCT (PST)	**Penicillin skin test** [ˌpɛnəˋsɪlɪn skɪn tɛst]	皮膚過敏測驗
	perineal care [ˌpɛrəˋnɪəl kɛr]	會陰沖洗
PT	**physical therapy** [ˋfɪzɪkl ˋθɛrəpɪ]	物理治療
	planter cast [ˋplæntɚ kæst]	打石膏
	postmortem care [postˋmɔrtəm kɛr]	屍體護理

例句 Some nurses have to give <u>postmortem care</u> to organ donors. （有些護士得幫器官捐贈者進行屍體護理。）

post-op. care	**postoperative care** [postˋapərətɪv kɛr]	手術後護理
PP care	**post-partum care** [postˋpartəm kɛr]	產後護理

例句 This hospital is famous for it's excellent <u>post-partum care</u>.（這家醫院以其絕佳的產後護理聞名。）

pre-op. care	**preoperative care** [prɪˋapərətɪv kɛr]	手術前護理

例句 <u>Preoperative care</u> is the preparation and management of a patient prior to surgery.（手術前護理是手術前病人接受的準備及處理。）

	pressure sore care [ˋprɛʃɚ sor kɛr]	壓瘡護理
	shaving [ˋʃevɪŋ]	剃薙法（皮膚準備）

例句 <u>Shaving</u> before surgery is no longer recommended because studies show that this practice may increase the chance of infection.（由於研究顯示手術前的剃薙法（皮膚準備）可能會增加感染的機會，此程序已不再被建議使用。）

	special mouth care [ˋspɛʃəl mauθ kɛr]	特殊口腔護理
	steam inhalation* [stim ˌɪnhəˋleʃən]	蒸氣吸入法

縮　寫	原文 [音標]	中　譯
	suction [`sʌkʃən]	抽痰，抽吸

例句 Gastric <u>suction</u> is a procedure to empty the contents of the stomach, usually for analysis or removal of irritating elements such as poisons.（胃的抽吸是排空胃的內容物以分析或移除引起不適成分如毒物的一種手術。）

縮　寫	原文 [音標]	中　譯
	supportive treatment [sə`pɔrtɪv `tritmənt]	支持性療法
	suppository [sə`pazə.torɪ]	塞藥，坐藥
Anal supp.	**anal suppository** [`enəl sə`pazə.torɪ]	肛門塞藥法
	vaginal suppository [`vædʒɪnḷ sə`pazə.torɪ]	陰道塞藥法
	tracheostomy care* [.trekɪ`astəmɪ kɛr]	氣切造瘻口護理
	training [`trenɪŋ]	訓練，培養
	bowel training [`bauəl `trenɪŋ]	大便訓練
	colostomy training [kə`lastəmɪ `trenɪŋ]	結腸造口（人工肛門）訓練
	Foley training [`folɪ `trenɪŋ]	導尿管訓練
TT	**tuberculin test** [t(j)u`bɝkjəlɪn tɛst]	結核菌素測驗

例句 <u>Tuberculin test</u> can help detect many diseases.（結核菌素測驗可幫助檢測出多種疾病。）

縮　寫	原文 [音標]	中　譯
	warm sitz-bath [wɔrm `sɪtʃ.bæθ]	溫水坐浴
	wet cold packing [wɛt kold `pækɪŋ]	濕冷敷法

五 常見治療

縮　寫	原文 [音標]	中　譯
AAA	**abdominal aortic aneurysmectomy** [æb`damɪnḷ e`ɔrtɪk ‚ænjərɪz`mɛktəmɪ]	腹腔主動脈瘤切除術
ABR	**absolute bed rest** [`æbsəˌlut bɛd rɛst]	絕對臥床休息
	amputation* [ˌæmpjə`teʃən]	截肢，切斷
AP	**appendectomy*** [ˌæpən`dɛktəmɪ]	闌尾切除術
A&A	**arthroscopy and arthrotomy** [ar`θraskəpɪ ænd ar`θratəmɪ]	關節鏡及關節切開術
	artificial insemination by donor semen [ˌartə`fɪʃəl mˌsɛmɪ`neʃən baɪ `donɚ `simən]	人工授精（用捐贈者的）
	bronchodilator* [ˌbraŋkədaɪ`letɚ]	支氣管擴張劑
	例句 The bronchodilators can save an asthmatic in an emergency.（支氣管擴張劑能在緊急時刻救氣喘患者。）	
CE	**cataract extraction** [`kætəˌrækt ɪk`strækʃən]	白內障摘除術
	例句 Cataract extraction is considered as one of the safest types of surgery.（白內障摘除術被認為是最安全的手術之一。）	
C/S	**cesarean section** [sɪ`zɛrɪən `sɛkʃən]	剖腹生產術（帝王式切開術）
	例句 Her three babies were all born by cesarean section.（她的三個小孩都是剖腹生產的。）	
CT (C/T)	**chemotherapy*** [ˌkimə`θɛrəpɪ]	化學治療
	例句 Chemotherapy is one of the most common ways to treat patients with cancer.（化學治療是治療癌症病人最常見的方法之一。）	
	cholelithotripsy [ˌkolɪ`lɪθətrɪpsɪ]	膽石震碎術
CABG	**coronary artery bypass graft*** [`kɔrəˌnɛrɪ `artərɪ `baɪpæs græft]	冠狀動脈繞道移植術
D&C	**dilation and curettage** [daɪ`leʃən ænd ˌkjuˋrɛtɪdʒ]	擴張及刮除術（人工流產術）

縮 寫	原文 [音標]	中 譯
ET (E/T)	**electrotherapy** [ɪˌlɛktrə`θɛrəpɪ]	電療

例句▶ Electrotherapy is fundamentally composed of the use of electric currents.（電療基本上是由電流的使用所組成。）

FTSG	**full-thickness skin graft** [fʊl `θɪknɪs skɪn græft]	全層皮膚移植術
	gastrolavage [ˌgæstrə`lævɪdʒ]	洗胃
	hemipelvectomy [ˌhɛmɪˌpɛl`vɛktəmɪ]	單側骨盆切除術

例句▶ A complete hemipelvectomy is the amputation of half of the pelvis and the leg on that side.（完整的單側骨盆切除術是將半個骨盆及同側的腿切除的手術。）

HD, H/D	**hemodialysis*** [ˌhimədaɪ`ælɪsɪs]	血液透析

例句▶ The potential side-effects of hemodialysis include low blood pressure, fatigue, chest pains, and headaches.（血液透析的潛在副作用包括低血壓、倦怠感、胸痛及頭痛。）

HT	**hydrotherapy** [ˌhaɪdrə`θɛrəpɪ]	水療法
HBOT	**hyperbaric oxygen treatment** [ˌhaɪpə`bɛrɪk `ɑksədʒən `tritmənt]	高壓氧治療
	hypnotherapy [ˌhɪpnə`θɛrəpɪ]	催眠療法

例句▶ If you feel really stressed or exhausted, you can give hypnotherapy a try.（如果你覺得壓力過大或極其疲憊，可以試試看催眠療法。）

IPOP	**immediate postoperative prosthesis** [ɪ`midɪɪt post`apərətɪv `prɑsθɪsɪs]	手術後立即使用之義肢
IVF	**in vitro fertilization*** [ɪn `vitro ˌfɜtələ`zeʃən]	試管嬰兒

例句▶ In vitro fertilization is still a controversial technique that raises certain ethical issues.（試管嬰兒仍是引起某些倫理議題的具爭議性的科技。）

I&D	**incision and drainage** [ɪn`sɪʒən ænd `drenɪdʒ]	切開引流

縮 寫	原文 [音標]	中 譯
LSBPS	**laparoscopic bilateral partial salpingectomy** [ˌlæpə`raskəpɪk baɪ`lætərəl `parʃəl ˌsælpɪn`dʒɛktəmɪ]	腹腔鏡兩側輸卵管部分切除術
Lap.	**laparotomy** [ˌlæpə`ratəmɪ]	剖腹術
	ligation [laɪ`geʃən]	結紮
MRM	**modified radical mastectomy** [`madəˌfaɪ `rædɪkəl mæs`tɛktəmɪ]	改良式根治性乳房切除術
NSR	**nasal septal reconstruction** [`nezḷ `sɛptḷ ˌrikən`strʌkʃən]	鼻中隔重建術
	nasal spray [`nezḷ spre]	噴鼻劑
NSD	**normal spontaneous delivery*** [`nɔrmḷ span`tenɪəs dɪ`lɪvərɪ] 例句▶ Nowadays scientists are promoting <u>normal spontaneous delivery</u>.（今日科學家們正推廣自然產。）	自然產
OMVC	**open mitral valve commissurotomy** [`opən `maɪtrəl vælv ˌkamɪsju`ratəmɪ] 例句▶ Having <u>OMVC</u> can reduce the risk of heart attack.（施行開放性心臟僧帽瓣分離術可降低心臟病發作的風險。）	開放性心臟僧帽瓣分離術
	oral contraceptives = oral pill [`orel ˌkantrə`sɛptɪvz]	口服避孕藥
	oxytocin [ˌaksɪ`tosɪn]	催產素
PEG	**percutaneous endoscopic gastrostomy** [ˌpɝkjə`tenɪəs ˌɛndə`skapɪk gæs`trastəmɪ]	經皮內視鏡胃造口術
PNL	**percutaneous nephrolithotomy** [ˌpɝkjə`tenɪəs ˌnɛfrəlɪ`θatəmɪ]	經皮腎結石切除術
PUP	**percutaneous ultrasonic pyelolithotomy** [ˌpɝkjə`tenɪəs ʌltrə`sanɪk ˌpaɪəlolɪ`θatəmɪ]	經皮超音波腎盂結石切除術
	perineorrhaphy [ˌpɛrənɪ`ɔrəfɪ]	會陰縫合術

縮 寫	原文 [音標]	中 譯
	pneumonectomy [ˌnjuməˋnɛktəmɪ]	肺切除術
	例句▶ The most common reason for a <u>pneumonectomy</u> is to excise tumourous tissue arising from lung cancer.（肺切除術最常見的原因是為了割掉因肺癌而出現的腫瘤性的組織。）	
RM	**radical mastectomy** [ˋrædɪkəl mæsˋtɛktəmɪ]	根除性乳房切除術
	例句▶ Due to the breast cancer, she had to undergo the <u>radical mastectomy</u>.（她因為乳癌而必須進行根除性乳房切除術。）	
RT	**radiotherapy*** [ˌredɪoˋθɛrəpɪ]	放射線療法
	例句▶ <u>Radiotherapy</u> can cause damage to epithelial surfaces, swelling, and infertility.（放射線療法可能會導致表皮損傷、腫脹及無法生育。）	
THR	**total hip replacement*** [ˌtotl̩ hɪp rɪˋplesmənt]	全髖關節置換術
TJR	**total joint replacement*** [ˋtotl̩ ʤɔɪnt rɪˋplesmənt]	全關節置換術
	例句▶ He must have resolved to have a <u>total joint replacement</u> operation.（他一定是下了決心要進行全關節置換術。）	
TKR	**total knee replacement*** [ˋtotl̩ ni rɪˋplesmənt]	全膝關節置換術
SMRR	**submucous resection and rhinoplasty** [sʌbˋmjukəs rɪˋsɛkʃən ænd ˋraməˌplæstɪ]	黏膜下切除及鼻成形術
	therapy [ˋθɛrəpɪ]	治療，療法
AT	**aerosol therapy** [ˌeəˋrasɔl ˋθɛrəpɪ]	噴霧吸入療法
	例句▶ He has been in <u>aerosol therapy</u> for three months.（他接受噴霧吸入療法已經有三個月了。）	
CPT	**chest physiotherapy** [tʃɛst ˌfɪzɪəˋθɛrəpɪ]	胸部物理治療
DT (D/T)	**diet therapy** [ˋdaɪət ˋθɛrəpɪ]	飲食療法
IT	**inhalation therapy** [ˌɪnhəˋleʃən ˋθɛrəpɪ]	吸入療法

縮 寫	原文 [音標]	中 譯
OT	**occupational therapy*** [ˌɑkjəˈpɛʃənəl ˈθɛrəpɪ]	職能治療
	例句 People with work-related injuries can benefit from <u>occupational therapy</u>.（有工作傷害的人們能由職能治療受益。）	
RCT	**root canal therapy** [rut kəˈnæl ˈθɛrəpɪ]	根管治療
TPN	**total parenteral nutrition** [ˈtotl̩ pəˈrɛntərəl njuˈtrɪʃən]	靜脈高營養療法
	tracheotomy [ˌtrekɪˈɑtəmɪ]	氣管切開術
	例句 She had an emergency <u>tracheotomy</u> performed after her fatal accident.（她在那個致命的意外後緊急接受氣管切開術。）	
	transfusion [trænsˈfjuʒən]	輸液，滲透
BT	**blood transfusion** [blʌd trænsˈfjuʒən]	輸血法
	例句 Apparent hemoglobinopathies caused by <u>blood transfusions</u> rarely have been reported in the scientific literature.（由輸血引發的明顯血色素疾病，很少在科學文獻上被報告。）	
TURP	**transurethral resection of prostate** [ˌtrænsjəˈriθrəl rɪˈsɛkʃən ɑv ˈprastet]	經尿道前列腺切除術
Vacc.	**vaccination** [ˌvæksɪˈneʃən]	預防接種
	例句 All the students are asked to receive two <u>vaccinations</u> against measles.（所有學生都被要求接受兩次預防麻疹的預防接種。）	

牛刀小試 EXERCISES

選擇題

從 A. B. C. D. 四個選項中，選擇正確的答案填入括弧中：

(　　) 1. _____ involves trying to feel breasts for possible distortions or swelling to detect some types of breast cancer.　(A) BP　(B) BS　(C) BUS　(D) BSE

(　　) 2. _____ is one of various devices or drugs intended to prevent pregnancy.　(A) oral contraceptives　(B) oxytocin　(C) catheterization　(D) audiphones

填空題

於各題空格內填入正確答案：

1. HIV is the abbreviation of (h)_____ (i)_____ (v)_____.

2. It is required that every children should receive (v)_____ against measles.

3. CPR is the abbreviation of (c)_____ (r)_____.

4. General (a)_____ allows patients to undergo surgery without feeling pain.

5. (b)_____ (m)_____ (t)_____(BMT) is a medical procedure that involves transplantation of hematopoietic stem cells.

配合題

請在左列英文的空格中，填入右列正確中文字義的英文代碼：

1. electrocardiography　　　　_____　　(a)肌電圖

electroencephalography　　_____　　(b)腦電波圖

electromyography　　　　　_____　　(c)心電圖

2. inspection _____ (a)觸診

   palpation _____ (b)視診

   percussion _____ (c)聽診

   auscultation _____ (d)叩診

3. postpartum tubal ligation _____ (a)陰道式子宮切除術

   radical mastectomy _____ (b)切開引流

   incision and drainage _____ (c)腹部全子宮切除術

   abdominal total hysterectomy _____ (d)肺切除術

   vaginal hysterectomy _____ (e)鼻中隔重建術

   pneumonectomy _____ (f)胃切除術

   nasal septal reconstruction _____ (g)產後輸卵管結紮

   gastrectomy _____ (h)根除性乳房切除術

4. hydrotherapy _____ (a)吸入療法

   radiotherapy _____ (b)電療法

   occupational therapy _____ (c)催眠療法

   diet therapy _____ (d)物理治療

   physical therapy _____ (e)化學治療

   inhalation therapy _____ (f)飲食療法

   aerosol therapy _____ (g)職能治療

   electrotherapy _____ (h)水療法

   chemotherapy _____ (i)噴霧吸入療法

   hypnotherapy _____ (j)放射線療法

解 答 ANSWER

選擇題

（D）1. 譯：＿＿＿＿＿包含試著觸摸胸部是否有扭曲或腫脹以檢測出某些類型的
乳癌？ (A)血壓(BP) (B)呼吸音(BS) (C)血液、尿、糞便(BUS) (D)
乳房自我檢查(BSE)

（A）2. 譯：＿＿＿＿＿是多種預防懷孕用的裝置或藥物之一？ (A)口服避孕藥
(B)催產素 (C)導尿 (D)助聽器

填空題

1. human immunodeficiency virus（譯：HIV 是人類免疫缺乏病毒的縮寫。）

2. vaccination（譯：所有兒童都需接種麻疹疫苗。）

3. cardiopulmonary resuscitation（譯：CPR 是心肺復甦術的縮寫。）

4. anesthesia（譯：全身麻醉能使患者進行手術時不會感到疼痛。）

5. bone marrow transplantation（譯：骨髓移植是一種移植造血幹細胞的醫療手
術。）

配合題

1. (c)；(b)；(a)

2. (b)；(a)；(d)；(c)

3. (g)；(h)；(b)；(c)；(a)；(d)；(e)；(f)

4. (h)；(j)；(g)；(f)；(d)；(a)；(i)；(b)；(e)；(c)

2-5　常見藥物用語

—— *Medicine Terminology*

一 藥物形式

縮　寫	原文 [音標]	中　譯
amp.	**ampule** [` æmpjul]	安瓿
	例句▶ An <u>ampule</u> is a sealed sterile container for injection by needle.（安瓿是密封的無菌容器，使用於針頭注射上。）	
Cap.	**capsule** [`kæpsjul]	膠囊
	例句▶ A <u>capsule</u> is a small soluble container, usually made of gelatin, that encloses a dose of an oral medicine or a vitamin.（膠囊是一小型可溶解的容器，以凝膠製成，包裹住口服藥物或維他命。）	
DW, D/W	**distilled water** [dɪs`tɪld `wɔtə]	蒸餾水
emul.	**emulsion** [ɪ`mʌlʃən]	乳劑
	eyedrops [`aɪˌdrɑps]	點眼藥
	例句▶ This kind of <u>eyedrop</u> will dilate your pupil.（這種點眼藥會使你的瞳孔擴張。）	
G/W	**glucose in water** [`glukos ɪn `wɔtə]	葡萄糖水
G/S	**glucose and saline** [`glukos ænd `selaɪn]	葡萄糖生理食鹽水
liq.	**liquid** [`lɪkwɪd]	液體
lot.	**lotion** [`loʃən]	外用藥水
	例句▶ The smell of the <u>lotion</u> reminded me of my grandma.（這種外用藥水的味道讓我想起我的祖母。）	
NSAID	**non-steroid anti-inflammatory drug*** [nɑn `stɛrɔɪd ˌæntɪ ɪn`flæməˌtorɪ drʌg]	非類固醇消炎藥

縮　寫	原文 [音標]	中　譯
N/S	**normal saline** [`nɔrml `selaɪn]	生理食鹽水
oint.	**ointment** [`ɔɪntmənt]	藥膏
pil.	**pill; pilular** [pɪl; `pɪljulə]	丸劑
	例句▶ He has to take sleeping <u>pills</u> every night.（他每天夜裡都得服用安眠藥。）	
	powder [`paudə]	粉劑
sol.	**solution** [sə`luʃən]	溶液
	例句▶ I told my son to rinse his mouth with a <u>solution</u> of salt in water.（我要兒子用含鹽的水溶液漱口。）	
supp.	**suppository** [sə`pazə‚torɪ]	栓劑
susp	**suspension** [sə`spɛnʃən]	懸浮液
syr.	**syrup** [`sɪrəp]	糖漿
tab.	**tablet** [`tæblɪt]	錠劑
	例句▶ The doctor told them to take three <u>tablets</u> after every meal.（醫生要他們每餐飯後服用三片藥。）	
aq.	**water** [`wɔtə]	水，液性的

💬 給藥途徑

縮　寫	原文 [音標]	中　譯
	auris* [`ɔrɪs]	耳
AD	**auris dexter (right ear)*** [`ɔrɪs `dɛkstə; raɪt ɪr]	右耳
AS	**auris sinister (left ear)*** [`ɔrɪs `sɪnɪstə; lɛft ɪr]	左耳

縮 寫	原文 [音標]	中 譯
AU	**auris unitas (both ears)*** [ˋɔrɪs ˋjunətəs; boθ ɪrs]	雙耳
PO	**by mouth*** [baɪ mauθ]	口服
IV drip	**intravenous drip*** [ˌɪntrəˋvinəs drɪp]	點滴靜注
inh.	**inhalation*** [ˌɪnhəˋleʃən] **例句** The baby held the flower to her face and the <u>inhalation</u> of its fragrance made her happy.（那嬰孩將花拿到面前聞了一下，花香使她高興。）	吸入
inj.	**injection*** [ɪnˋdʒɛkʃən]	注射
Hypo.	**hypodermic injection*** [ˌhaɪpoˋdɝmɪk ɪnˋdʒɛkʃən] **例句** A <u>hypodermic</u> needle is used when the substance would not be reliably absorbed by the digestive system.（當物質無法確實被消化系統吸收時，皮下注射的針頭便派上用場了。）	皮下注射
IM	**intramuscular injection*** [ˌɪntrəˋmʌskjələ ɪnˋdʒɛkʃən] **例句** An <u>intramuscular</u> (IM) medication is given by needle into the muscle.（肌肉注射是藉由針刺入肌肉的形式來給予藥物。）	肌肉注射
IP	**intraperitoneal injection*** [ˌɪntrəˌpɛrɪtəˋneɪəl ɪnˋdʒɛkʃən]	腹腔內注射
IV	**intravenous injection*** [ˌɪntrəˋvinəs ɪnˋdʒɛkʃən]	靜脈注射
	oculus* [ˋɑkjuləs]	眼
OD	**oculus dexter (right eye)*** [ˋɑkjələs ˋdɛkstə; raɪt aɪ]	右眼
OS	**oculus sinister (left eye)*** [ˋɑkjələs ˋsɪnɪstə; lɛft aɪ]	左眼
OU	**oculus unitas (both eyes)*** [ˋɑkjələs junətəs; boθ aɪs]	雙眼
pr	**per rectum*** [pə ˋrɛktəm]	經由直腸

縮 寫	原文 [音標]	中 譯
SC	**subcutaneous*** [ˌsʌbkjuˈtenɪəs]	皮下的
SL	**sublingual*** [sʌbˈlɪŋwəl]	舌下的
vag.	**vaginal*** [ˈvædʒɪnl]	經由陰道

💬 給藥時間

縮 寫	原文 [音標]	中 譯
a	**ante (before)*** [ˈæntɪ; bɪˈfor]	在…之前
a.c.	**ante cibum (before meals) / ante cibus*** [ˈæntɪ] (cibus [saɪbəs], L.) **例句** Christian families are used to praying <u>ante cibum</u>.（天主教家庭習慣於飯前禱告。）	飯前（ cibus 為拉丁文，表食物）
A.M.	**ante meridiem*** [ˈæntɪ] (meridiani [məˌrɪdɪˈenaɪ], L.)	上午（ meridiani 為拉丁文，表子午線）
p.r.n.	**as required*** [æz rɪˈkwaɪrd]	需要時給予
h.s.	**at bed time*** [æt bɛd taɪm]	睡前
C.M.	**coming morning*** [ˈkʌmɪŋ ˈmɔrnɪŋ]	明晨
D.C.	**discontinue*** [ˌdɪskənˈtɪnju]	停止
q.d.	**every day*** [ˈɛvrɪ de]	每天
q.h.	**every hour*** [ˈɛvrɪ aʊr]	每小時
q.m.	**every morning*** [ˈɛvrɪ ˈmɔrnɪŋ]	每天早晨
q.n.	**every night*** [ˈɛvrɪ naɪt]	每天晚上
q.o.d.	**every other day*** [ˈɛvrɪ ˈʌðə de]	每隔一天

縮 寫	原文 [音標]	中 譯
q.o.h.	**every other hour*** [ˋɛvrɪ ˋʌðə aʊr]	每隔一小時
st.; Stat.	**immediately*** [ɪˋmidɪɪtlɪ]	立即
MN, M/N	**midnight*** [ˋmɪdˌnaɪt]	午夜
M&N	**morning and night*** [ˋmɔrnɪŋ ænd naɪt]	早晚
NKA, NKDA	**no known drug allergies*** [no non drʌg ˋæləʤɪs]	無藥物過敏史
NPO	**nothing by mouth*** [ˋnʌθɪŋ baɪ maʊθ]	禁食
S.O.S.	**one dose if necessary*** [wʌn dos ɪf ˋnɛsəˌsɛrɪ]	如有需要給予一次
p	**post (after)*** [post; ˋæftə]	在…之後
p.c.	**post cibum / post cibus (after meal)*** [post] (cibus [ˋsaɪbəs], L.) [ˋæftə mil]	飯後（cibus 為拉丁文，表食物）
P.M.	**post meridiem*** [post] (meridiani [məˌrɪdɪˋenaɪ], L.)	下午，午後（meridiani 為拉丁文，表子午線）
post-op	**post-operative*** [post ˋɑpərətɪv]	手術後
pre-op	**pre-operative*** [prɪ ˋɑpərətɪv]	手術前
	例句 These devices are very helpful in decreasing <u>post-operative</u> inflammation, swelling and pain and therefore help accelerate your rehabilitation. （這些儀器大大幫助病人減輕術後的發炎、腫脹和疼痛，也因此有助於加速復原。）	
q.i.d.	**quarter in diem (four times a day)*** [ˋkwɔrtə] (diem [daɪəm], L.) [for taɪmz ə de]	一天四次（diem 為拉丁文，表每日）
t.i.d.	**three times a day*** [θri taɪmz ə de]	一天三次
b.i.d.	**twice a day*** [twaɪs ə de]	一天兩次

㈣ 給藥劑量

縮寫	原文 [音標]	中譯
c.c.	**cubic centimeter*** [`kjubɪk `sɛntə.mitə]	立方公升，毫升
gtt.	**drop*** [drɑp]	滴
freq.	**frequency*** [`frikwənsɪ]	次數
gm	**gram*** [græm]	公克
IU	**international unit*** [.ɪntə`næʃənḷ `junɪt]	國際單位
kg	**kilogram*** [`kɪlə.græm]	公斤
L.D.	**lethal dose*** [`liθəl dos]	致死劑量

例句▶ The <u>lethal dose</u> test measures the amount of a toxic substance that will, in a single dose, kill a certain percentage of animals in a test group.（致死劑量測試估算有毒物質在單一劑量中殺死受測群中動物的比例。）

max.	**maximal*** [`mæksɪml]	最大

例句▶ This bookstore has the <u>maximal</u> storage of books in our city.（這間書店擁有本市最大的藏書量。）

meq.	**milliequivalent*** [.mɪlɪə`kwɪvələnt]	毫克當量

例句▶ <u>Milliequivalent</u> is one thousandth (10^{-3}) of the equivalent weight of an element, radical, or compound.（毫克當量是與一元素、基或複合物等重的千分之一。）

mg	**milligramme*** [`mɪlə.græm]	毫克，公絲
ml	**milliliter*** [`mɪlə.litə]	毫升
min.	**minimal*** [`mɪnɪməl]	最小
No. (no.)	**number*** [`nʌmbə]	數目

縮 寫	原文 [音標]	中 譯
a̅a̅	**of each*** [ɑv itʃ]	各一
oz.	**ounce*** [aʊns] 例句 There are sixteen <u>ounces</u> in one pound. （一磅等於 16 盎司。）	盎司，英兩
lb.	**pound*** [paʊnd]	磅
ss	**semis*** [`simɪs]	一半
T.,tbsp.	**tablespoon*** [`tebḷ.spun]	湯匙
t.,tsp	**teaspoon*** [`ti.spun] 例句 One <u>teaspoon</u> is equal to 4.92892161 ml. （一茶匙相當於 4.92892161 毫升。）	茶匙
v (vol.)	**volume*** [`valjəm]	容量
C̄	**with*** [wɪð]	和，一起

牛刀小試 EXERCISES

選擇題

從 A. B. C. D. 四個選項中，選擇正確的答案填入括弧中：

(　) 1. a̅a̅ means： (A) as required (B) as usual (C) as you wish (D) of each.

(　) 2. Which one is not the common way to give the cold medicine? (A) tablet (B) ointment (C) syrup (D) capsule

(　) 3. D.C. means： (A) discontinue (B) doctor (C) disease (D) delivery course.

填空題

於各題空格內填入正確答案：

1. A (s)_____ is placed in a body passage, such as the vagina or rectum, where a person's body heat causes the outer capsule or tablet to dissolve and the medicine to be released.

2. Under the newly proposed standards, sperm would be considered normal if a sample has a concentration of 48 million sperm per (m)_____, more than 63% of the sperm are moving, and more than 12% have a classic oval appearance.

3. Put a (d)_____ of blood on the correct spot on the test strip, covering the test area well.

4. 1 gram consists of _____ milligrams.

5. b.i.d. is the abbreviation for (t)_____ a day.

6. Hypodermic has the same meaning as (s)_____.

7. p.r.n. is the abbreviation for (a)_____ (r)_____.

解 答 ANSWER

選擇題

（ D ）1. 譯：$\overline{aa}$意指： (A)必需的 (B)照例 (C)如你所願 (D)每一個

（ B ）2. 譯：哪一個不是一般感冒用藥的形式？ (A)藥片 (B)藥膏 (C)糖漿 (D)膠囊

（ A ）3. 譯：D.C.意指： (A)中斷 (B)醫生 (C)疾病 (D)傳遞路線

填空題

1. suppository（譯：栓劑被置放於身體的通道，如陰道或直腸中，使人體體溫溶解外層的膠囊或藥片以釋放藥效。）

2. milliliter（譯：依最新提出的標準，若每毫升精液採樣含有四千八百萬的精蟲，百分之六十三以上的精蟲在活動，及百分之十二以上的精蟲呈典型的卵狀，則精液是正常的。）

3. drop（譯：滴一滴血液在試紙的正確位置上，正確地覆蓋測試範圍。）

4. 1,000（譯：一克是由一千毫克組成的。）

5. twice（譯：b.i.d.是「一天兩次」的縮寫。）

6. subcutaneous（譯：Hypodermic 及 subcutaneous 均指「皮下的」。）

7. as required（譯：p.r.n.是「依照要求的」的縮寫。）

2-6　營養與飲食治療常見用語

—— *Food and Nutrition*

 常見營養相關診斷及治療種類

縮　寫	原文 [音標]	中　譯
	acesulfame potassium [əˋsɛsʌlfəmɛ pəˋtæsɪəm]	醋磺內酯鉀代糖
	anorexia nervosity [ˌænəˋrɛksɪə nəˋvasətɪ]	厭食症
	anticancer diet [ˌæntɪˋkænsə ˋdaɪət]	抗癌飲食
	aspartame [ˋæspartem]	阿斯巴甜代糖

例句▶ Aspartame's attractiveness as a sweetener comes from the fact that it is approximately 180 times sweeter than sugar without the high energy value of sugar.（阿斯巴甜代糖可作為一種增甜劑的吸引力，在於它約比糖甜 180 倍而沒有糖那麼高的熱量。）

	bland diet [blænd ˋdaɪət]	溫和飲食（無刺激飲食）

例句▶ Patients on bland diet will need to be individually assessed to determine if all nutritional supplementation is necessary.（採溫和飲食的人必須接受個人評估，以決定是否所有的營養供給都是必要的。）

	bulimia [bjuˋlɪmɪə]	貪食症
	caloric [kəˋlɔrɪk]	熱量
	calorie restricted diet [ˋkæU+ləU+rɪ rɪˋstrɪktɪd ˋdaɪət]	限制熱量飲食
	high caloric diet [haɪ kəˋlɔrɪk ˋdaɪət]	高熱量飲食

縮　寫	原文 [音標]	中　譯
	low caloric diet [lo kəˈlɔrɪk ˈdaɪət]	低熱量飲食

例句 Low-caloric diet is one of the non-pharmacological methods of treatment of hypertension. （低熱量飲食是高血壓的非藥性療法之一。）

縮　寫	原文 [音標]	中　譯
	carbohydrate [ˌkɑrbəˈhaɪdret]	碳水化合物
	carbohydrate restricted diet [ˌkɑrbəˈhaɪdret riˈstrɪktɪd ˈdaɪət]	限制醣類飲食
	high carbohydrate diet [haɪ ˌkɑrbəˈhaɪdret ˈdaɪət]	高碳水化合物飲食，高醣飲食
	low carbohydrate diet [lo ˌkɑrbəˈhaɪdret ˈdaɪət]	低碳水化合物飲食
	defined formula diet [dɪˈfaɪnd ˈfɔrmjələ ˈdaɪət]	特定配方飲食
	diabetic diet [ˌdaɪəˈbɛtɪk ˈdaɪət]	糖尿病飲食
	elemental diet [ˌɛləˈmɛntl̩ ˈdaɪət]	元素飲食
	fat [fæt]	脂肪
	high fat diet [haɪ fæt ˈdaɪət]	高脂飲食
	low fat diet [lo fæt ˈdaɪət]	低脂肪飲食
	fiber [ˈfaɪbə]	纖維
	high fiber diet [haɪ ˈfaɪbə ˈdaɪət]	高纖維飲食

例句 High fiber diet, weight loss, reduced sodium intake, and moderation in alcohol use have already been shown to help keep blood pressure levels under control. （高纖維飲食、降低納的攝取量以及飲酒適量，已經顯示能夠維持血壓的正常值。）

縮　寫	原文 [音標]	中　譯
	low fiber diet [lo ˈfaɪbə ˈdaɪət]	低纖維飲食

縮　寫	原文 [音標]	中　譯
	full diet / normal diet / regular diet [fʊl `daɪət; `nɔrml `daɪət; `rɛgjələ `daɪət]	普通飲食

> 例句▶ A sudden change in your eating habits can lead to a pattern of quick weight loss followed by rebound weight gain once you go back to a <u>normal diet</u>.（飲食習慣的突然改變可能會導致體重快速的減輕後回到正常飲食後便回復原來體重的模式。）

	ground diet [`graʊnd `daɪət]	細碎飲食
	hypoallergenic diet [ˌhaɪpoˌælə`ʤɛnɪk `daɪət]	低過敏飲食
	ketogenic diet [ˌkito`ʤɛnɪk `daɪət]	生酮飲食
	lactose intolerance diet [`læktos ɪn`talərəns `daɪət]	乳糖不耐症飲食
	liquid [`lɪkwɪd]	流質
	clear liquid diet* [klɪr `lɪkwɪd `daɪət]	清流質飲食
	liquid diet (fluid diet)* [`lɪkwɪd `daɪət; `fluɪd `daɪət]	流質飲食

> 例句▶ Recently, <u>liquid diets</u> have been positively modified and used in reducing obesity.（近來流質飲食已經過修正，成為減重方式之一。）

| | **semi-liquid diet***
[`sɛmɪ `lɪkwɪd `daɪət] | 半流質飲食 |
| | **cholesterol**
[ko`lɛstərəl] | 膽固醇 |

> 例句▶ Unhealthy <u>cholesterol</u> levels can boost your risk of heart attacks, strokes, and other problems.（不健康的膽固醇水平可能會提高罹患心臟病、中風及其他問題的風險。）

| | **low cholesterol diet**
[lo ko`lɛstərəl `daɪət] | 低膽固醇飲食 |
| | **low purine diet**
[lo `pjurɪn `daɪət] | 低普林飲食 |

> 例句▶ A <u>low-purine diet</u> is often prescribed for individuals with gout.（痛風病患經常被診斷需要採用低普林飲食。）

縮 寫	原文 [音標]	中 譯
	malnutrition [ˌmælnjuˋtrɪʃən]	營養失調
	例句 <u>Malnutrition</u> is a general term for the medical condition caused by an improper or insufficient diet.（營養失調是用來描述不恰當或不充足的飲食所導致的健康狀態的一個一般性名稱。）	
	N-G tube feeding [ɛn dʒi tjub ˋfidɪŋ]	鼻胃管飲食，鼻胃管灌食
	obesity* [oˋbisətɪ]	肥胖症
	例句 A diet that is high in fat can lead to <u>obesity</u>.（高脂肪飲食可能會造成肥胖症。）	
ORS	**oral rehydration solution** [ˋorəl ˌrihaɪˋdreʃən səˋluʃən]	口服電解質水溶液
PPN	**peripheral parenteral nutrition** [pəˋrɪfərəl pəˋrɛntərəl njuˋtrɪʃən]	周邊靜脈營養
	protein [ˋprotin]	蛋白質
	controlled protein diet [kənˋtrold ˋprotiɪn ˋdaɪət]	控制蛋白質飲食
	high-protein diet [haɪ ˋprotiɪn ˋdaɪət]	高蛋白飲食
	例句 Some <u>high-protein diets</u> de-emphasize high-carbohydrate, high-fiber plant foods.（有些高蛋白飲食忽略了高碳水化合物、高纖維的植物性食物。）	
	low-protein diet* [lo ˋprotiɪn ˋdaɪət]	低蛋白飲食
	例句 A <u>low-protein diet</u> is used in people with abnormal kidney function to prevent worsening of their kidney disease.（腎功能異常的人會採用低蛋白飲食，以免腎臟疾病惡化。）	
	protein-free diet [ˋprotiɪn fri ˋdaɪət]	無蛋白飲食
	residue [ˋrɛzədju]	殘渣，含渣的
	high residue diet [haɪ ˋrɛzədju ˋdaɪət]	高殘渣飲食

縮　寫	原文 [音標]	中　譯
	low residue diet	低殘渣飲食
	[lo `rɛzə.dju `daɪət]	

例句 Low residue diet is achieved by limiting the amount of fibre in the diet. （低殘渣飲食是藉由限制食物中的纖維量來達成。）

縮　寫	原文 [音標]	中　譯
	residue free diet	無殘渣飲食
	[`rɛzə.dju fri `daɪət]	
	salt	鹽分
	[sɔlt]	
	low salt diet	低鹽飲食
	[lo sɔlt `daɪət]	
	salt-free diet	無鹽飲食
	[sɔlt fri `daɪət]	

例句 Salt-free diet is often used in treating hypertension or edema or certain other disorders. （無鹽飲食通常用來治療高血壓、水腫或其他疾病。）

縮　寫	原文 [音標]	中　譯
	semisynthetic diet	半合成飲食
	[.sɛmɪsɪn`θɛtɪk `daɪət]	
	sodium	鈉
	[`sodɪəm]	
	low-sodium diet	低鈉飲食
	[lo `sodɪəm `daɪət]	

例句 A low-sodium diet can help you feel better and allow your heart failure medicines to work better. （低鈉飲食可使你更加愉快，同時讓你的心臟病藥更能發揮效用。）

縮　寫	原文 [音標]	中　譯
	sodium-restricted diet	限鈉飲食
	[`sodɪəm rɪ`strɪktɪd `daɪət]	
	soft diet	軟食，軟質飲食
	[sɔft `daɪət]	

例句 Soft diet leaves out foods that are high in fiber and foods that cause excess gas. （軟質飲食排除纖維含量高及會產生多餘氣體的食物。）

縮　寫	原文 [音標]	中　譯
	solid diet	固體飲食
	[`sɑlɪd `daɪət]	
	sweetener	甜味劑
	[`switņə]	

縮 寫	原文 [音標]	中 譯
TPN	**total parenteral nutrition*** [ˋtotḷ pəˋrɛntərəl njuˋtrɪʃən]	全靜脈營養
	tube feeding diet [tjub ˋfidɪŋ ˋdaɪət]	管灌飲食

例句 Tube feeding diet is used to provide nutrition to patients who cannot or refuse to obtain nutrition by swallowing. （管灌飲食被用來提供營養給那些無法或拒絕藉由吞嚥獲得營養的病人。）

二 常見營養素相關用語

縮 寫	原文 [音標]	中 譯
	ascorbic acid / vitamin C [æsˋkɔrbɪk ˋæsɪd; ˋvaɪtəmɪn si]	維生素 C
	biotin [ˋbaɪətm]	生物素
	cellulose [ˋsɛljəlos]	纖維素
	choline [ˋkolɪn]	膽素，膽鹼
	dietary fiber [ˋdaɪəˌtɛrɪ ˋfaɪbə]	膳食纖維

例句 Current studies suggest that adults consume 20~35 grams of dietary fiber per day. （最近的研究建議成人每日應攝取 20~35 公克的膳食纖維。）

縮 寫	原文 [音標]	中 譯
DRIs	**dietary reference intakes** [ˋdaɪəˌtɛrɪ ˋrɛfərəns ˋɪnˌteks]	國人膳食營養素參考攝取量
EAA	**essential amino acid** [ɪˋsɛnʃəl əˋmino ˋæsɪd]	必需胺基酸

例句 All essential amino acids may be obtained from plant sources, and even strict vegetarian diets can provide all dietary requirements. （所有的必需胺基酸都可從植物來源獲得，嚴格的素食飲食甚至也能提供所有營養需求。）

縮 寫	原文 [音標]	中 譯
	folic acid* [ˋfolɪk ˋæsɪd]	葉酸

縮 寫	原文 [音標]	中 譯
	fructose [`frʌktos]	果糖

例句▶ Sucrose is sweeter than glucose but not as sweet as <u>fructose</u>.
（蔗糖比葡萄糖甜但沒有果糖甜。）

縮 寫	原文 [音標]	中 譯
	galactose [gə`læk͵tos]	半乳糖
	glucose [`glukos]	葡萄糖
	gum [gʌm]	樹膠
	hemicellulose [͵hɛmɪ`sɛljʊlos]	半纖維素
	lecithin [`lɛsəθɪn]	卵磷脂
	lipoprotein [͵lɪpə`protiɪn]	脂蛋白
HDL	**high density lipoprotein** [haɪ `dɛbsətɪ ͵lɪpə`protiɪn]	高密度脂蛋白
LDL	**low density lipoprotein** [lo `dɛnsətɪ ͵lɪpə`protiɪn]	低密度脂蛋白
VLDL	**very low density lipoprotein** [`vɛrɪ lo `dɛnsətɪ ͵lɪpə`protiɪn]	極低密度脂蛋白
	maltose [`mɔltos]	麥芽糖
	niacin / vitamin B₃ [`naɪəsn; `vaɪtəmɪn bi θri]	菸鹼酸
NEAA	**non-essential amino acid** [nɑn ɪ`sɛnʃəl ə`mino `æsɪd]	非必需胺基酸
	pantothenic acid / vitamin B₅ [pæn`tə`θinɪk `æsɪd; `vaɪtəmɪn bi faɪv]	泛酸
	pectin [`pɛktɪn]	果膠
	riboflavin / vitamin B₂ [͵raɪbə`flevɪn; `vaɪtəmɪn bi tu]	核黃素
	saccharin [`sækərɪn]	糖精

縮　寫	原文 [音標]	中　譯
SFA	**saturated fatty acid** [ˋsætʃəˏretɪd ˋfætɪ ˋæsɪd]	飽和脂肪酸
MUFA	**monounsaturated fatty acid** [ˏmɑnəənˋsætʃəˏretɪd ˋfætɪ ˋæsɪd]	單元不飽和脂肪酸
PUFA	**polyunsaturated fatty acid** [ˏpɑlɪənˋsætʃəˏretɪd ˋfætɪ ˋæsɪd]	多元不飽和脂肪酸
	sucrose [ˋsukros]	蔗糖
	sugar substitute [ˋʃugɚ ˋsʌbstəˏtjut]	代糖
	thiamin / vitamin B₁ [ˋθaɪəmɪn; ˋvaɪtəmɪn bi wʌn]	硫胺
TG	**triglyceride** [traɪˋglɪsəraɪd]	三酸甘油酯
	vitamin A [ˋvaɪtəmɪn e]	維生素 A
	vitamin D [ˋvaɪtəmɪn di]	維生素 D
	vitamin E [ˋvaɪtəmɪn i]	維生素 E
	例句 In foods, the most abundant sources of <u>vitamin E</u> are vegetable oils.（食物中最豐富的維生素 E 來源是植物油。）	
	vitamin K [ˋvaɪtəmɪn ke]	維生素 K

三 常見營養素生化用語

縮　寫	原文 [音標]	中　譯
	creatinine height index [kriˋætənin haɪt ˋɪndɛks]	肌酸酐高度指數
	deamination [dɪˏæmɪˋneʃən]	去胺基作用
	glycogenesis [ˏglaɪkəˋdʒɛnəsɪs]	肝醣合成
	glycogenolsis [ˏglaɪkədʒɪˋnɑləsɪs]	肝醣分解

縮　寫	原文 [音標]	中　譯
	glyconeogenesis [ˌglaɪkə.nɪəˋdʒɛnəsɪs]	醣解新生
	lipolysis [lɪˋpɑləsɪs]	脂肪分解
NB	**nitrogen balance** [ˋnaɪtrədʒən ˋbæləns]	氮平衡
	negative nitrogen balance [ˋnɛgətɪv ˋnaɪtrədʒən ˋbæləns]	負氮平衡
	positive nitrogen balance [ˋpazətɪv ˋnaɪtrədʒən ˋbæləns]	正氮平衡
	proteolysis [ˌprotɪˋɑləsɪs]	蛋白質分解

例句▶ <u>Proteolysis</u> is used by the cell for several purposes like digestion of proteins from foods as a source of amino acids, etc. (蛋白質分解對細胞有許多用途，如消化食物中的蛋白質作為胺基酸的來源等。)

	transamination [ˌtrænsæməˋneʃən]	轉胺作用
	ureagenetic [juˌriədʒəˋnɛtɪk]	尿素合成

牛刀小試 EXERCISES

選擇題

從 A. B. C. D. 四個選項中，選擇正確的答案填入括弧中：

(　　) 1. Which of the following diets should not be taken by patients with hypertension?　(A) salt-free diet　(B) low-sodium diet　(C) solid diet　(D) high caloric diet

(　　) 2. Which of the following is "high fiber food"?　(A) kiwis　(B) whole-grain bread　(C) almonds　(D) all of them

填空題

於各題空格內填入正確答案：

1. In some cases the oral / feeding aversions and excessive vomiting become so severe. The baby requires (N)＿＿＿＿＿＿＿ to survive.

全句翻譯

將下列句子整句翻譯為中文：

1. A low residue diet is a diet which is designed to reduce the volume of stools excreted daily.

翻譯：

2. Health experts say the best way to lose weight is still a low-fat, high-carbohydrate and low-calorie diet.

翻譯：

解 答 ANSWER

選擇題

（D）1. 譯：下列哪一種飲食不適用於高血壓病患？　(A)無鹽飲食　(B)低鈉飲食 (C)固體飲食　(D)高卡路里飲食。

（D）2. 譯：下列何者是高纖食物？　(A)奇異果　(B)全麥麵包　(C)杏仁　(D)全部都是。

填空題

1. N-G tube feeding（譯：在一些案例中，嬰兒對於餵食的反感及嘔吐過於嚴重，必須藉由鼻胃管飲食方能生存。）

全句翻譯

1. 譯：低殘渣飲食是設計來減少每日排便量的一種飲食。

2. 譯：健康專家說，減重的最佳方式仍是低脂、高碳水化合物、低卡路里的飲食。

2-7 醫護管理常見用語
—— Healthcare Management

 品質管理

縮 寫	原文 [音標]	中 譯
Bench.	**benchmarking** [ˋbɛntʃˌmarkɪŋ]	標竿學習
	例句 Benchmarking is a measuring progress toward a goal at intervals prior to the anticipated attainment of the goal. (標竿學習是在預期的目標達到之前的空檔,對於目標的一種測量進展。)	
CP	**clinical pathway** [ˋklɪnɪk] ˋpæθˌwe]	臨床路徑
	clinical practice guideline [ˋklɪnɪk] ˋpræktɪs ˋgaɪdˌlaɪn]	臨床診療指引
	customer focus [ˋkʌstəmə ˋfokəs]	注重顧客
	例句 Customer Focus is the concept that the customer is the only person qualified to specify what Quality means. (注重顧客的概念,是將顧客視為唯一得以明示「品質」為何的人。)	
EBM	**evidence-based medicine** [ˋɛvədəns best ˋmɛdɪsṇ]	實證醫學
	例句 EBM is the process of systematically reviewing, appraising and using clinical research findings to aid the delivery of optimum clinical care to patients. (實證醫學是有系統地審查、估價且使用臨床研究的結果來協助對病患施以最理想的臨床照護。)	
	hoshin planning [ˋhaʃɪŋ ˋplænɪŋ]	方針管理
HA	**hospital accreditation** [ˋhaspɪt] əˌkrɛdəˋteʃən]	醫院評鑑

縮 寫	原文 [音標]	中 譯
ISO	**international organization for standardization** [ˌɪntɚˈnæʃənl̩ ˌɔrgənəˈzeʃən fɔr ˌstændədəˈzeʃən]	國際標準組織認證
	例句▶ The <u>International Organization for Standardization</u> (ISO) is an international standard-setting body composed of representatives from national standards bodies. （國際標準組織認證是一個國際性的標準設定組織，由國家標準組織的代表組成。）	
	learning organization [ˈlɜnɪŋ ˌɔrgənəˈzeʃən]	學習型組織
PC	**patient centered** [ˈpeʃənt ˈsɛntəd]	以病患為醫療服務中心
PS	**patient safety** [ˈpeʃənt ˈseftɪ]	病人安全
PI	**process improvement** [ˈprasɛs ɪmˈpruvmənt]	流程改善
	quality [ˈkwɑlətɪ]	品質
	quality guru [ˈkwɑlətɪ ˈguru]	品管大師
QIP	**quality indicator project** [ˈkwɑlətɪ ˈɪndəˌkətə ˈprɑdʒɛkt]	品質指標
	quality leadership [ˈkwɑlətɪ ˈlɪdəʃɪp]	品質領導
QC	**quality control** [ˈkwɑlətɪ kənˈtrol]	品質控制
QCC	**quality control circle*** [ˈkwɑlətɪ kənˈtrol ˈsɜkl̩]	品管圈
SQC	**statistical quality control** [stəˈtɪstɪkl̩ ˈkwɑlətɪ kənˈtrol]	統計品質控制
	quality improvement [ˈkwɑlətɪ ɪmˈpruvmənt]	品質改進
QIT	**quality improvement team** [ˈkwɑlətɪ ɪmˈpruvmənt tim]	品質改善團隊
CQI	**contnuous quality improvement** [kənˈtɪnjʊəs ˈkwɑlətɪ ɪmˈpruvmənt]	持續性品質管理

縮　寫	原文 [音標]	中　譯
	risk management [rɪsk ˋmænɪdʒmənt]	危機管理

例句 <u>Risk management</u> is decisions about whether an assessed risk is sufficiently high to present a public health concern and about the appropriate means for control of a risk judged to be significant. （危機管理是關於某一評定危機是否高至引起大眾對健康的關切，以及關於控制一重大危機的適當方法的決定。）

縮　寫	原文 [音標]	中　譯
	service quality model [ˋsɜvɪs ˋkwɑlətɪ ˋmɑdl̩]	服務品質模式
	six sigma [sɪks ˋsɪgmə]	六標準差
SOAP	**subjective data, objective data, assessment, plan** [səbˋdʒɛktɪv ˋdetə; əbˋdʒɛktɪv ˋdetə; əˋsɛsmənt; plæn]	主觀資料、客觀資料、評估及計畫
TQM	**total quality management** [ˋtotl̩ ˋkwɑlətɪ ˋmænɪdʒmənt]	全面品質管理

例句 <u>TQM</u> is a product-quality program in which the objective is complete elimination of product defects. （全面品質管理是一產品品質計畫，其中的目標物全無產品缺陷。）

💬 策略管理與知識管理

縮　寫	原文 [音標]	中　譯
	competitive advantage [kəmˋpɛtətɪv ədˋvæntɪdʒ]	競爭優勢
Diver.	**diversification** [daɪˌvɜsəfəˋkeʃən]	多角化
	five force analysis [faɪv fors əˋnæləsɪs]	五力分析
HI	**horizontal integration** [ˌhɔrəˋzantl̩ ˌɪnteˋgreʃən]	水平整合
IDS	**integrated delivery system** [ˋɪntəˌgretɪd dɪˋlɪvərɪ ˋsɪstəm]	整合性服務體系

例句 An <u>IDS</u> may own or could be closely aligned with an insurance product. （整合性服務體系可能擁有或與一保險產物密切合作。）

縮 寫	原文 [音標]	中 譯
JV	**joint venture** [ˋdʒɔɪnt ˋvɛntʃə]	聯合投資
KM	**knowledge management** [ˋnɑlɪdʒ ˋmænɪdʒmənt]	知識管理
	mission [ˋmɪʃən]	使命
	outsourcing [ˋaut.sɔrsɪŋ]	外包
PLC	**product life cycle** [ˋpradəkt laɪt ˋsaɪkḷ]	產品生命週期
	strategic / strategical [strəˋtidʒɪk; strəˋtidʒɪkḷ]	策略、戰略的，策略上的
	strategic alliance [strəˋtidʒɪk əˋlaɪəns]	策略聯盟
	strategic audit [strəˋtidʒɪk ˋɔdɪt]	策略稽核

例句 An important part of business strategy is concerned with ensuring that these resources and competencies are understood and evaluated-a process that is often known as a "Strategic Audit."（企業策略的一個重點即確保這些資源和財產能被了解並獲得提升—此過程就是大家所知道的「策略稽核」。）

| SBU | **strategic business unit**
[strəˋtidʒɪk ˋbɪznɪs ˋjunɪt] | 策略事業單位 |

例句 A Strategic Business Unit can encompass an entire company, or can simply be a smaller part of a company set up to perform a specific task.（策略事業單位可包含整間公司，或僅僅是公司用來執行某特定計畫的部分單位。）

	strategic choice [strəˋtidʒɪk tʃɔɪs]	策略選擇
SWOT	**strength, weakness, opportunity and threat analysis** [strɛŋθ, ˋwɪknɪs, .apəˋtjunətɪ ænd θrɛt əˋnæləsɪs]	SWOT 分析
VI	**vertical integration** [ˋvɜtɪkḷ .ɪntəˋgreʃən]	垂直整合

例句 Vertical integration is an economic term that is often used to describe a trend in the agriculture industry.（垂直整合是一個經濟用語，經常使用來描述農業上的一種趨勢。）

| | **vision**
[ˋvɪʒən] | 願景 |

三 醫療體系與健康保險

縮 寫	原文 [音標]	中 譯
	admission [əd`mɪʃən]	入院
	例句 The procedure for <u>admission</u> is far more complicated than I can imagine. （入院手續遠比我能想像的還要繁複。）	
	adverse selection [əd`vɜs sə`lɛkʃən]	逆選擇行為（保險公司拒絕健康高危險群的個案投保）
A.P.	**ambulatory patient** [`æmbjələtərɪ `peʃənt]	門診病人
ALOS	**average length of stay** [`ævərɪdʒ lɛŋθ ɑv ste]	平均住院日
	bed turnover rate [bɛd `tɜnˌovə ret]	病床週轉率
Capit.	**capitation** [ˌkæpə`teʃən]	論人計酬制
	case mix [kes mɪks]	病例組合
	例句 Hospital resource use was compared according to age, <u>case mix</u> and seriousness of the events requiring medical care. （醫院資源運用是根據年齡、病例組合和需要醫療的案件之嚴重程度來加以比較的。）	
CDC	**Center for Discase Control*** [`sɛntə fɔr dɪ`ziz kən`trol]	疾病管制署
	chain hospital [tʃen `hɑspɪtl]	連鎖醫院
	例句 I think you can transfer your case from Taipei to Kaohsiung since you went to a <u>chain hospital</u>. （因為你去的是連鎖醫院，所以我想你可以將病歷從台北轉到高雄。）	
	community [kə`mjunətɪ]	社區，共同體
CHN	**community health nursing** [kə`mjunətɪ hɛlθ `nɜsɪŋ]	社區護理
	community medicine [ke`mjunətɪ `mɛdɪsn̩]	社區醫學

縮 寫	原文 [音標]	中 譯
COPC	**community-oriented primary care** [kəˋmjunəti ˋɔrɪ͵ɛntɪd ˋpraɪ͵mɛrɪ kɛr]	社區導向基層照護
	cost sharing [kɔst ˋʃɛrɪŋ]	部分負擔

例句▶ Cost sharing is defined as any project cost not borne by the sponsor.（部分負擔被定義為非贊助者給付的任何計畫支出。）

| | **cream skimming** [krim ˋskɪmɪŋ] | 擷取行為（保險公司歡迎健康低危險群的個案投保） |

例句▶ Cream skimming is harder to deal with because it is more subtle, but at least those who become higher risks have a legal right to stick with the policy.（擷取行為因其微妙性而較難對付，但至少那些擁有較高危險性的受保人擁有法定權利，堅持保單內容。）

DC	**day care** [de kɛr]	日間照護
	deductible [dɪˋdʌktəbl̩]	自付額
	department [dɪˋpartmənt]	部，司，局，部門
	Ministry of Health and Welfare [ˋmɪnɪstɪ av hɛlθ ænd ˋwɛl͵fɛr]	衛生福利部
IPD	**inpatient department** [ˋɪn͵peʃənt dɪˋpartmənt]	住院部門
OPD	**outpatient department** [ˋaut͵peʃənt dɪˋpartmənt]	門診部門
DRGs	**diagnosis-related groups** [͵daɪəgˋnosɪs ͵rɪˋletɪd grups]	診斷關係群制，論病例計酬

例句▶ Diagnosis related groups are an American patient classification system that describes the types of patients treated by a hospital (i.e. its case mix).（診斷關係群制是一美國病患分類系統，描述受醫院治療的病患類型。）

| | **discharge** [dɪsˋtʃardʒ] | 出院 |
| | **discharge plan** [dɪsˋtʃardʒ plæn] | 出院準備服務計畫 |

縮 寫	原文 [音標]	中 譯
	fee [fi]	酬金，服務費
FFS	**fee-for-service** [`fi.fɔr`sɜvɪs]	論量計酬支付制
	physician fee [fɪ`zɪʃən fi]	醫師診療費
GB	**global budgeting** [`globl `bʌdʒɪtɪŋ]	總額支付制
	group practice [grup `præktɪs]	聯合門診，群體執業
HC	**home care (home health care)** [hom kɛr; hom hɛlθ kɛr]	居家照護，居家護理
	hospice* [`haspɪs]	安寧療護

例句▶ The concept of <u>hospice</u> is one of comprehensive care for the dying. （安寧療護的概念即為臨終病人全方位照護中的一種。）

	insurance [ɪn`ʃurəns]	保險，保險契約
	co-insurance [ko ɪn`ʃurəns]	定率負擔制

例句▶ <u>Co-insurance</u> is the portion of healthcare services the member is responsible for. （定率負擔制是健保中受保者需要負擔的部分。）

NHI	**national health insurance** [`næʃənl hɛlθ ɪn`ʃurəns]	全民健康保險
LTC	**long-term care** [lɔŋ tɜm kɛr]	長期照護體系
MCC	**major complication** [`medʒɚ ˌkamplə`keʃən]	主要併發症
	medicaid [`mɛdɪkˌed]	醫療輔助計劃

例句▶ <u>Medicaid</u> is a program for people who can't afford to pay for medical care. （醫療輔助計劃是為無法負擔醫療行為的人們提供的方案。）

縮 寫	原文 [音標]	中 譯
	medical malpractice [ˋmɛdɪk! mælˋpræktɪs]	醫療過失，誤診

例句▶ <u>Medical malpractice</u> is a bigger problem than most people want to admit.（醫療過失的嚴重性之大，是多數人不願意承認的。）

縮 寫	原文 [音標]	中 譯
MN	**medical negligence** [ˋmɛdɪk! ˋnɛglədʒəns]	醫療疏失
	medicare [ˋmɛdɪͺkɛr]	醫療保險計劃
NH	**nursing home** [ˋnɝsɪŋ hom]	護理之家

例句▶ Residents of a <u>nursing home</u> include the elderly and younger adults with physical disabilities.（護理之家的病友有上了年紀的，也不乏肢體殘障的年輕人。）

縮 寫	原文 [音標]	中 譯
	occupancy rate [ˋɑkjəpənsɪ ret]	佔床率

例句▶ The <u>occupancy rate</u> is a calculation used to show the actual utilization of an inpatient health facility for a given time period.（佔床率是一種顯示在特定時間內，某一住院病患醫療場所的實際使用估算。）

縮 寫	原文 [音標]	中 譯
	organization [ͺɔrgənəˋzeʃən]	組織，機構
HMO	**Health Maintenance Organization** [hɛlθ ˋmentənəns ͺɔrgənəˋzeʃən]	健康維護機構

例句▶ Most <u>HMOs</u> involve physicians engaged in group practice.（多數健康維護機構需要集體執業的醫生。）

縮 寫	原文 [音標]	中 譯
WHO	**World Health Organization*** [wɜld hɛlθ ͺɔrgənəˋzeʃən]	世界衛生組織
	payment [ˋpemənt]	支付，付款
CP	**case payment** [kes ˋpemənt]	論病例計酬制
	co-payment [ko ˋpemənt]	定額負擔制
PS	**payment system** [ˋpemənt ˋsɪstəm]	支付制度

縮 寫	原文 [音標]	中 譯
	pre-payment [ˋpemənt ˋsɪstəm]	預付制
PPS	**Prospective Payment System** [prəˋspɛktɪv ˋpemənt ˋsɪstəm]	前瞻性支付制度
RPS	**Retrospective Payment System** [ˌrɛstrəˋspɛktɪv ˋpemənt ˋsɪstəm]	回溯性支付制度
P.D.	**per-diem** [pɚ] (diem [daɪəm], L.)	按日計酬（diem 為 拉丁文，表每天）
R.S.	**referral system** [rɪˋfɝəl ˋsɪstəm]	轉診制度
Rev.	**review** [rɪˋvju]	審查
C.R.	**concurrent review** [kənˋkɝənt rɪˋvju]	即時審查
	peer review [pɪr rɪˋvju]	同儕審查制，專業審 查
	例句 <u>Peer review</u> is a scholarly process used in the publication of manuscripts and in the awarding of funding for research.（同儕審查制是一種學術研究過程，用在原稿的出版與研究資金的授與上。）	
	prospective review [prəˋspɛktɪv rɪˋvju]	事前審查
R.R.	**retrospective review** [ˌrɛtrəˋspɛktɪv rɪˋvju]	事後審查
	risk adjustment [rɪsk əˋdʒʌstmənt]	風險校正
S.D.M.P.	**separation of dispensary from medical practice** [ˌsɛpəˋreʃən ɑv dɪˋspɛnsərɪ frɑm ˋmɛdɪkḷ ˋpræktɪs]	醫藥分業
S.S.	**staff system** [stæf ˋsɪstəm]	醫院制度
S.O.S.S.	**semi-open staff system** [ˋsɛmɪ ˋopən stæf ˋsɪstəm]	半開放性醫院制度
C.S.S.	**closed staff system** [klozd stæf ˋsɪstəm]	封閉性醫院制度
O.S.S.	**open staff system** [ˋopən stæf ˋsɪstəm]	開放性醫院制度

四 會計與財務管理

縮 寫	原文 [音標]	中 譯
Annu.	**annuity** [ə`njuətɪ]	年金
Asse.	**assets** [`æʃzæs]	資產
BS	**balance sheet** [`bæləns ʃit]	資產負債表

> **例句** A <u>balance sheet</u> is often described as a "snapshot" of the company's financial condition on a given date.（資產負債表經常被形容為一個時期內，公司財務狀況的「快照」。）

縮 寫	原文 [音標]	中 譯
CR	**cash ratio** [kæʃ `reʃo]	現金比率
CB	**compensating balance** [`kampən͵setɪŋ `bæləns]	補償性餘額
CE	**cost-effective** [kɔst ə`fɛktɪv]	成本效益
CAT	**current asset turnover** [`kɜənt `æsɛt `tɜn͵ovə]	流動資產週轉率
	current ratio [`kɜənt `reʃo]	流動比率
DR	**debt ratio** [dɛt `reʃo]	負債比率
	financial management [faɪ`nænʃəl `mænɪdʒmənt]	財務管理
FAT	**fixed asset turnover** [fɪkst `æsɛt `tɜn͵ovə]	固定資產週轉率
O.S.; I/S	**operating statement (income statement)** [`apə͵retɪŋ `stetmənt; `ɪn͵kʌm `stetmənt]	損益表
	operation margin [͵apə`reʃən `mardʒɪn]	營運毛利率
OC	**ordering cost** [`ɔrdə͵ɪŋ kɔst]	訂購成本
	return on asset [rɪ`tɜn an `æsɛt]	資產報酬率
	working capital [`wɜkɪŋ `kæpətl]	營運資金

五 人力資源管理

縮 寫	原文 [音標]	中 譯
AI	**adverse impact** [æd`vɜs `ɪmpækt]	負面影響
	例句▶ <u>Adverse Impact</u> testing is a complex process that most of us are ill-equipped to slog through on our own.（負面影響測試是一個複雜的過程，我們多數人沒有設備能夠自己進行。）	
	affirmative action [ə`fɜmətɪv `ækʃən]	承諾性行動
ARM	**alternation ranking method** [ˌɔltə `neʃən ræŋkɪŋ `mɛθəd]	交替排序法
CBP	**cafeteria benefit plan** [ˌkæfə`tɪrɪə `bɛnəfɪt plæn]	自助式福利計畫
Central.	**central-tendency** [`sɛntrəl `tɛndənsɪ]	趨中傾向
CS	**chief of staff** [tʃif av stæf]	醫療部主任
CCI	**clinical care integration** [`klɪnɪkl kɛr ˌɪntə`greʃən]	臨床醫療整合
CB	**collective bargaining** [kə`lɛktɪv `bargɪnɪŋ]	集體談判
CF	**compensable factor** [kəm`pɛnsəbl `fæktə]	報酬因素
Decem.	**decentralization** [ˌdisɛntrələ`zeʃən]	分權
DSS	**decision support system** [dɪ`sɪʒən sə`port `sɪstəm]	決策支援系統
Deleg.	**delegation** [ˌdɛlə`geʃən]	授權
Flex.	**flextime** [`flɛksˌtaɪm]	彈性時間
	Hierarchy Need Theory [`haɪəˌrarkɪ nid `θɪərɪ]	需求層次理論
	例句▶ <u>Hierarchy need theory</u> contends that as humans meet 'basic needs', they seek to satisfy successively 'higher needs' that occupy a set hierarchy.（需求層次理論所論及的是當人類滿足其基本需求之後，便會尋求更高層次需要的滿足。）	

縮　寫	原文 [音標]	中　譯
HA	**hospital administrator** [ˋhɑspɪt] ədˋmɪnə.stretə]	醫院院長
	human skill [ˋhjumən ˋskɪl]	人際關係技巧

例句▶ Much work in recent years has focused on transferring <u>human skill</u> to robots by abstracting that skill into a machine-understandable, computational model.（近年來，許多人致力擷取人際關係技巧的摘要，使其成為能讓機器了解的計算機模型，並轉移到機器人身上。）

	job [ʤɑb]	工作，職業
JA	**job analysis** [ʤɑb əˋnæləsɪs]	工作分析

例句▶ <u>Job analysis</u> is a process to establish and document the "job relatedness" of employment procedures such as training, selection, compensation, and performance appraisal.（工作分析是建立並以文件記錄工作程序的「工作相關性」的過程，如訓練、篩選、補償和表現評量。）

J.C.S.	**job classification scale** [ʤɑb ˌklæsəfəˋkeʃən skel]	工作分類評估法
JD	**job description** [ʤɑb dɪˋskrɪpʃən]	工作說明書
JE	**job evaluation** [ʤɑb ɪˌvæljuˋeʃən]	工作評價
JIT	**job instruction training** [ʤɑb ɪnˋstrʌkʃən ˋtrenɪŋ]	工作指導訓練
JR	**job rotation** [ʤɑb roˋteʃən]	工作輪調
	job specification [ʤɑb ˌspɛsəfəˋkeʃən]	工作規範
MP	**manpower planning** [ˋmænˌpaʊə ˋplænɪŋ]	人力規劃
M.F.	**motivator factors** [ˋmotɪvetə ˋfæktəz]	激勵因素
N.H.	**need hierarchy** [nid ˋhaɪəˌrarkɪ]	需求層級
OST	**objectives, strategies and tactics** [əbˋʤɛktɪvs; ˋstrætəʤɪs ænd ˋtæktɪks]	目標、策略、戰略

縮　寫	原文 [音標]	中　譯
P.G.	**pay grades** [pe greds]	給付層級
PA	**personnel administrator** [ˌpɜsn̩ˈɛl ədˈmɪnəˌstretɚ]	人事行政主任
PM	**personnel management** [ˌpɜsn̩ˈɛl ˈmænɪdʒmənt]	人事管理
PAQ	**position analysis questionnaire** [pəˈzɪʃən əˈnæləsɪs ˌkwɛstʃənˈɛr]	職位分析問卷
PFO	**project form organization** [ˈprɑdʒɛkt fɔrm ˌɔrgənəˈzeʃən]	專案式組織
SP	**Scanlon plan** [ˈskænlon plæn]	史坎龍計畫
TWC	**two-way communication** [tu we kəˌmjunəˈkeʃən]	雙向溝通
	value-added [ˈvæljuˈædɪd]	附加價值

例句 To be a <u>value added</u> action the action must meet all three of the following criteria: 1) The customer is willing to pay for this activity. 2) It must be done right the first time. 3) The action must somehow change the product or service in some manner. （附加價值行為必須符合下列三原則：第一，顧客需自願付費；第二，必須在首次交易時便執行；第三，此行為必須或多或少，在某方面對產品或服務有所改變。）

| Volun. | **volunteer**
[ˌvɑlənˈtɪr] | 志工、義工 |

六 醫療資訊與病歷管理

縮　寫	原文 [音標]	中　譯
CDSS	**clinical decision support system** [ˈklɪnɪkl̩ dɪˈsɪʒən səˈport ˈsɪstəm]	臨床決策支援系統
CPR	**computer-based patient record** [kəmˈpjutɚ best ˈpeʃənt ˈrɛkɚd]	電子病歷
	cyberhealth [ˈsaɪbɚhɛlθ]	網路醫療

例句 <u>Cyberhealth</u> and telemedicine are the products of modern technology.（網路醫療和遠距醫療是現代科技下的產物。）

縮 寫	原文 [音標]	中 譯
EDP	**electronic data processing** [ɪˌlɛkˋtranɪk ˋdetə prasɛsɪŋ]	電子病歷
EMR	**electronic medical records** [ɪˌlɛkˋtranɪk ˋmɛdɪkl ˋrɛkɚdz]	電子醫療記錄
	information [ˌɪnfəˋmeʃən]	報告，資訊
DIS	**drug information service** [drʌg ˌɪnfəˋmeʃən ˋsɝvɪs]	藥物資訊服務
EIS	**executive information system** [ɪgˋzɛkjʊtiv ˌɪnfəˋmeʃən ˋsɪstəm]	主管資訊系統

例句▶ The emphasis of <u>EIS</u> is on graphical displays and easy-to-use user interfaces.（主管資訊系統所強調的是生動的呈現與容易上手的使用者界面。）

HCIS	**health care information system** [hɛlθ kɛr ˌɪnfəˋmeʃən ˋsɪstəm]	醫療管理資訊系統
HIS	**hospital information system** [ˋhaspɪtl ˌɪnfəˋmeʃən ˋsɪstəm]	醫療資訊系統
ISI	**information system integration** [ˌɪnfəˋmeʃən ˋsɪstəm ˌɪntəˋgreʃən]	資訊系統整合
IT	**information technology** [ˌɪnfəˋmeʃən tɛkˋnalədʒɪ]	資訊科技
ICD-O	**international classification of disease for oncology** [ˌɪntəˋnæʃənl ˌklæsəfəˋkeʃən ɑv dɪˋziz fɔr aŋˋkalədʒɪ]	癌症疾病分類
ICD-10	**International Statistical Classification of Diseases and Related Health Problems 10th Revision** [ˌɪntəˋnæʃənl stəˋtɪstɪkəl ˌklæsəfəˋkeʃən ɑv dɪˋziz ænd rɪˋletɪd hɛlθ ˋprabləm tɛn rɪˋvɪʒən]	國際疾病傷害及死因分類標準第十版
MEDLARS	**medical Literature Analysis and Retrieval System** [ˋmɛdɪkl ˋlɪtərətʃɚ əˋnæləsɪs ænd rɪˋtrivl ˋsɪstəm]	醫學文獻檢索
NI	**network integration** [ˋnɛtˌwɝk ˌɪntəˋgreʃən]	網路整合

縮 寫	原文 [音標]	中 譯
	qualitative review [`kwɑlə͵tetɪv rɪ`vju]	質的審查

例句▶ The <u>qualitative review</u> is organized around 7 models that characterize past research on the relationship between job satisfaction and job performance. （質的審查是由大約七種模型組織而成，顯示出過去在工作滿意與工作表現間關係上研究的特色。）

縮 寫	原文 [音標]	中 譯
	quantitative review [`kwɑntə͵tetɪv rɪ`vju]	量的審查
Telem.	**telemedicine*** [͵tɛlə`mɛdəsn̩]	遠距醫療

七 資材管理

縮 寫	原文 [音標]	中 譯
D.P.	**differential price** [͵dɪfə`rɛnʃəl praɪs]	差別定價
EOQ	**economic order quantity** [͵ikə`namɪk `ɔrdə `kwantətɪ]	經濟訂購量
	exchange cart [ɪks`tʃendʒ kart]	衛材交換車
P-system	**fixed period ordering system** [fɪkst `pɪrɪəd `ɔrdə·ɪŋ `sɪstəm]	定期訂購制
Q-system	**fixed quantity ordering system** [fɪkst `kwantətɪ `ɔrdə·ɪŋ `sɪstəm]	定量訂購制
	group purchasing [grup `pɝtʃəsɪŋ]	聯合採購
HMMS	**hospital material management system** [`haspɪtl̩ mə`tɪrɪəl `mænɪdʒmənt `sɪstəm]	醫院資材管理系統
UD	**unit dose** [`junɪt dos]	單一劑量

例句▶ Numerous studies concerning <u>unit dose</u> drug distribution systems have been published over the past several decades. （過去數十年間已發表了眾多關於單一劑量藥物分布系統的研究。）

八 行銷管理

縮　寫	原文 [音標]	中　譯
	market [ˋmarkɪt]	市場，市集
M.N.	**market niche** [ˋmarkɪt nɪtʃ]	市場利基
	market segmentation [ˋmarkɪt ˌsɛgmənˋteʃən]	市場區隔化

例句▶ Market segmentation is the process of defining the socio-economic characteristics of the demand for a specific property. （市場區隔化是定義對某一特定資產需求的社會經濟特徵的過程。）

Mark.	**marketing** [ˋmarkɪtɪŋ]	行銷

例句▶ Marketing is the process of moving people closer to making a decision to purchase or repurchase a company's products.（使人們決定購買或再次購買公司產品的過程，就是行銷。）

HMS	**horizontal marketing system** [ˌharəˋzantl̩ ˋmarkɪtɪŋ ˋsɪstəm]	水平整合行銷系統
VMS	**vertical marketing system** [ˋvɝtɪkl̩ ˋmarkɪtɪŋ ˋsɪstəm]	垂直整合行銷系統

例句▶ Vertical marketing system is an organised distribution channel system in which producer and intermediaries (wholesalers and retailers) work closely together to facilitate the smooth flow of goods and services from producer to end-user.（垂直整合行銷系統是一個有組織的銷售管道系統，製造商和中間人，如零售商，緊密配合，促進消費者與製造商之間物品與服務的脈動。）

PSS	**patient satisfaction survey** [ˋpeʃənt ˌsætɪsˋfækʃən sɚˋve]	病患滿意度調查
	performance management [pəˋfɔrməns ˋmænɪdʒmənt]	績效管理
4P	**product, price, place, promotion** [ˋpradəkt; praɪs; ples; prəˋmoʃən]	行銷組合（產品，價格，通路，促銷）

牛刀小試 EXERCISES

選擇題

從 A. B. C. D. 四個選項中，選擇正確的答案填入括弧中：

(　　) 1. What is the process in marketing of grouping a market (i.e. customers) into smaller subgroups?　(A) vertical marketing system　(B) market segmentation　(C) performance management　(D) horizontal marketing system

(　　) 2. Unit dose blister and strip packaging can be designed in compliance-enhancing formats that remind people whether they have taken their medications.　(A) dose unit　(B) unit dose　(C) multiple dose　(D) dose multiple

(　　) 3. Simply put, _____ includes activities to ensure that goals are consistently being met in an effective and efficient manner.　(A) market segmentation　(B) vertical marketing system　(C) horizontal marketing system　(D) performance management

(　　) 4. The _____ tells you "what the company can do with what it's got", i.e. how many dollars of profits they can achieve for each dollar of assets they control.　(A) return on asset　(B) current asset turnover　(C) fixed asset turnover　(D) working capital.

(　　) 5. Our "_____ of the Month" is Dr. Armand Wilson.　(A) quality guru　(B) customer focus　(C) outsourcing　(D) quality leadership

填空題

於各題空格內填入正確答案：

1. HMMS is the abbreviation for (h)_____ (m)_____ (m)_____ system.

2. The prospective review is opposite to the (r)_____ review.

3. Mr. Yang is 75 years old, and therefore he can join the (m)_____.

4. What's the difference between (v)_____ marketing system and (h)_____ marketing system?

5. You can get most of the information you need from the (d)_____ (p)_____ when you are ready to discharge.

6. She gave me a (b)_____ sheet to let me have a rough idea about the status quo of this company.

7. SWOT is the abbreviation for (s)_____, (w)_____, (o)_____ and (t)_____.

8. (T)_____ is the delivery of health services via remote telecommunications.

9. Every citizen in Taiwan is protected by the (N)_____ since birth.

10. The working conditions are decided by the employer and employees through the (c)_____ (b)_____.

解答 ANSWER

選擇題

（ B ）1. 譯：在交易中將市場（如消費者）分成較小的子群的過程稱作？　(A)垂直市場系統　(B)市場分割　(C)成效管理　(D)水平市場系統

（ B ）2. 譯：劑量單位板和條狀包裝可以設計成指示服藥的格式，來提醒人們是不是已經吃過藥了？　(A)劑量單位　(B)單位劑量　(C)複合劑量　(D)劑量複合

（ D ）3. 譯：簡單地說，_____包括確保目標始終被有效及高效率地達成的行動。　(A)市場分割　(B)垂直市場系統　(C)水平市場系統　(D)成效管理

（ A ）4. 譯：_____告訴你「公司能透過現有的而獲得什麼」，換句話說，他們支配的資產的每一分錢能換來多少利潤報酬。　(A)資產報酬　(B)現有資產轉移　(C)固定資產轉移　(D)工作資本

（ A ）5. 譯：我們的「本月_____」是 Dr. Armand Wilson。　(A)最佳導師　(B)消費者焦點　(C)向國外採購零配件　(D)優良領導

填空題

1. hospital material management（譯：HMMS 是「醫院資材管理系統」的縮寫。）

2. retrospective（譯：預期式檢討不同於回顧式檢討。）

3. medicare（譯：楊先生已經七十五歲，故可加入醫療保險。）

4. vertical, horizontal（譯：垂直市場系統與水平市場系統的相異處為何？）

5. discharge plan（譯：當你準備好要出院時，你能從出院須知中獲得你所需的大部分資訊。）

6. balance（譯：她給我一份資產負債表好讓我對這家公司的現狀有個大略的認識。）

7. strength, weakness, opportunity, threat（譯：SWOT 是「力量、弱點、機會及風險」的縮寫。）

8. Telemedicine（譯：遠距醫療是透過遠距電信傳遞的醫療服務。）

9. National Health Insurance/ NHI（譯：每一個台灣的居民從出生起便受到國民健康保險的保障。）

10. collective bargaining（譯：雇主及受雇者透過勞資雙方代表進行的談判決定工作環境。）

MEMO

醫院各科常見用語
Common Terminology

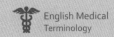
English Medical
Terminology

3-1　一般內科 (Medical Terminology)

3-2　一般外科 (Surgical Terminology)

3-3　婦產科 (Gynecologic and Obstetric Terminology)

3-4　小兒科 (Pediatric Terminology)

3-5　精神科 (Psychiatric Terminology)

3-6　其他專科 (Others)

掃描QR code
或至reurl.cc/Gol5Yv下載字彙朗讀音檔

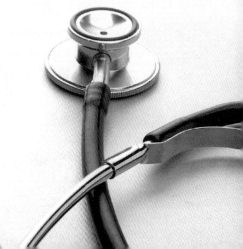

3-1　一般內科

—— *Medical Terminology*

 呼吸系統

（一）診　斷

縮　寫	原文 [音標]	中　譯
	asthma* [ˋæzmə]	氣喘
	例句▶ <u>Asthma</u> attack occurs when the airway constrict.（氣喘發作發生於氣道束緊時。）	
	bronchial asthma [ˋbraŋkɪəl ˋæzmə]	支氣管氣喘
	例句▶ Among the broad spectrum of allergic diseases, <u>bronchial asthma</u> is the most prevalent, dangerous and life-threatening.（在眾多過敏性疾病中，支氣管氣喘是最普遍、危險且攸關性命的。）	
	bronchiectasia [ˌbraŋkɪɛkˋtezɪə]	支氣管擴張症
	bronchitis [braŋˋkaɪtɪs]	支氣管炎
B.E.F.	**bronchoesophageal fistula** [ˌbraŋkəɪˌsafəˋdʒɪəl ˋfɪstjʊlə]	支氣管食道瘻管
	cystic fibrosis [ˋsɪstɪk faɪˋbrosɪs]	纖維性囊腫
	lung empyema [lʌŋ ˌɛmpaɪˋimə]	肺積膿
P.N.D.	**paroxysmal nocturnal dyspnea** [ˌpærakˋsɪzml̩ nakˋtɝnl̩ ˋdɪspnɪə]	陣發性夜間呼吸困難
	pneumonia* [njuˋmonɪə]	肺炎
	例句▶ <u>Pneumonia</u> is an illness of the lungs and respiratory system in which the alveoli become inflamed and flooded with fluid.（肺炎是一種肺泡發炎、積水的肺部及呼吸系統疾病。）	

縮 寫	原文 [音標]	中 譯
	interstitial pneumonia [ˌɪntəˋstɪʃəl njuˋmonɪə]	間質性肺炎
	bacterial pneumonia [bækˋtɪrɪəl njuˋmonɪə]	細菌性肺炎
	pulmonary [ˋpʌlməˌnɛrɪ]	肺的，肺病的
	acute pulmonary edema* [əˋkjut ˋpʌlməˌnɛrɪ iˋdimə]	急性肺水腫
COPD	**chronic obstructive pulmonary disease*** [ˋkranɪk əbˋstrʌktɪv ˋpʌlməˌnɛrɪ dɪˋziz]	慢性阻塞性肺部疾病
PE	**pulmonary embolism*** [ˋpʌlməˌnɛrɪ ˋɛmbəˌlɪzm]	肺栓塞
PI	**pulmonary infarction** [ˋpʌlməˌnɛrɪ ɪnˋfarkʃən]	肺梗塞
PTB	**pulmonary tuberculosis** [ˋpʌlməˌnɛrɪ tjuˌbɝkjəˋlosɪs]	肺結核病

例句▶ English romantic poet Keats was taken by <u>pulmonary tuberculosis</u>.（英國浪漫詩人濟慈死於肺結核病。）

縮 寫	原文 [音標]	中 譯
	pyothorax [ˌpaɪəˋθoræks]	膿胸
	respiratory [rɪˋspaɪrəˌtorɪ]	呼吸的
ARF	**acute respiratory failure*** [əˋkjut rɪˋspaɪrəˌtorɪ ˋfeljə]	急性呼吸衰竭
ARDS	**adult respiratory distress syndrome*** [ˋædʌlt rɪˋspaɪrəˌtorɪ dɪˋstrɛs ˋsɪndrom]	成人呼吸窘迫症候群
	respiratory acidosis* [rɪˋspaɪrəˌtorɪ ˌæsɪˋdosɪs]	呼吸性酸中毒
	respiratory alkalosis* [rɪˋspaɪrəˌtorɪ ˌælkəˋlosɪs]	呼吸性鹼中毒
	respiratory failure* [rɪˋspaɪrəˌtorɪ ˋfeljə]	呼吸衰竭

例句▶ <u>Respiratory failure</u> may be classified as hypoxemic or hypercapnic and may be either acute or chronic.（呼吸衰竭可歸因於血氧過低，或是血碳酸過多，而兩種皆有急性與慢性之分。）

縮　寫	原文 [音標]	中　譯
URI	**upper respiratory infection** [ˋʌpə rɪˋspaɪrəˏtorɪ ɪnˋfɛkʃən]	上呼吸道感染
	silicosis [ˏsɪlɪˋkosɪs]	肺矽病
	tuberculosis* [tjuˏbɝkjəˋlosɪs]	結核病

（二）檢　查

縮　寫	原文 [音標]	中　譯
ABG	**arterial blood gas analysis*** [arˋtɪrɪəl blʌd gæs əˋnæləsɪs]	動脈血液氣體分析
	bronchography [braŋˋkagrəfɪ]	支氣管攝影術
	bronchoscopy [braŋˋkaskəpɪ]	支氣管鏡檢查
	fluoroscopy [ˏfluəˋraskəpɪ]	螢光屏檢查
	lung biopsy [lʌŋ ˋbaɪapsɪ]	肺臟活體組織切片

例句▶ A lung biopsy removes a small piece of lung tissue which can be looked at under a microscope. （肺臟活體組織切片是指將一小片的肺部組織切片放在顯微鏡下觀察。）

縮　寫	原文 [音標]	中　譯
	mediastinoscopy [ˏmidɪˏæstɪˋnaskəpɪ]	縱隔腔鏡檢查
	pulmonary angiography [ˋpʌlməˏnɛrɪ ˏænʤɪˋagrəfɪ]	肺部血管攝影術
	pulmonary echogram [ˋpʌlməˏnɛrɪ ˋɛkəgræm]	肺部超音波回聲圖
	thoracocentesis [ˏθorəkəsɛnˋtisɪs]	胸腔穿刺術
	thoracoscopy [ˏθorəˋkaskəpɪ]	胸腔鏡檢查

例句▶ Thoracoscopy is a medical procedure involving internal inspection of the pleural cavity. （胸腔鏡檢查是一種包含檢查胸腔內部的醫療手續。）

縮 寫	原文 [音標]	中 譯
	tuberculin test [tjuˋbɝkjəlɪn tɛst]	結核菌素試驗
	ventilatory function test [ˋvɛntlə͵tɔrɪ ˋfʌŋkʃən tɛst]	換氣功能測驗

（三）症 狀

縮 寫	原文 [音標]	中 譯
	anoxia [əˋnaksɪə]	缺氧

例句▶ Without the oxygen supply, the female patient would die of anoxia in 10 minutes.（若無供氧，這位女病患將於 10 分鐘內死於缺氧。）

縮 寫	原文 [音標]	中 譯
	apnea [æpˋniə]	呼吸暫停
	asphyxia [æsˋfɪksɪə]	窒息
	barrel chest* [ˋbærəl tʃɛst]	桶狀胸
	bronchospasm [ˋbraŋkəspæzm̩]	支氣管痙攣

例句▶ Bronchospasm is an abnormal contraction of the smooth muscle of the bronchi, resulting in an acute narrowing and obstruction of the respiratory airway.（支氣管痙攣是支氣管平滑肌的異常收縮，導致呼吸氣道急性縮窄與阻塞。）

縮 寫	原文 [音標]	中 譯
	Cheyne-Stokes respitation [ˋtʃenˋstoks ͵rɛspəˋreʃən]	陳氏呼吸
	hemopneumothorax* [͵himə͵njuməˋθoræks]	血氣胸
	hyperventilation [͵haɪpə͵vɛntɪˋleʃən]	換氣過度
	hypoventilation [͵haɪpo͵vɛntɪˋleʃən]	換氣不足
	orthopnea [͵ɔrθəpˋniə]	端坐呼吸
	pleuralgia [pluˋrældʒə]	胸膜痛

縮　寫	原文 [音標]	中　譯
	stridor*	喘鳴
	[ˋstraɪdə]	
	tachypnea	呼吸急促
	[ˌtækɪpˋniə]	
	例句▶ <u>Tachypnea</u> is the state of breathing faster or deeper than necessary, and thereby reducing the carbon dioxid concentration of the blood below normal.（呼吸急促是指呼吸得比必需的更快或更深，且因此使血液中的二氧化碳濃度降低至正常值以下的狀態。）	
	wheezing	哮喘
	[ˋhwizɪŋ]	
	例句▶ After arguing fiercely with the student, the teacher began <u>wheezing</u>.（在跟學生激烈地爭論後，老師哮喘發作。）	

（四）處　置

縮　寫	原文 [音標]	中　譯
	chest percussion	胸部叩擊法
	[tʃɛst pəˋkʌʃən]	
	chest vibration	胸部震動法
	[tʃɛst vaɪˋbreʃən]	
	incentive spirometry	誘導性肺量器
	[ɪnˋsɛntɪv spaɪˋramɪtrɪ]	
IPPB	**intermittent positive pressure breathing**	間歇性正壓呼吸
	[ˌɪntəˋmɪtn̩t ˋpazətɪv ˋprɛʃə ˋbriðɪŋ]	
	例句▶ <u>IPPB</u> may be delivered to intubated and nonintubated patients.（無論是插管或未插管的病患，皆適用間歇性正壓呼吸。）	
	endotracheal intubation /on endo.	氣管內插管術
	[ˌɛndəˋtrekɪəl ˌɪntjəˋbeʃən; an ˋɛndo]	
	oxygen therapy	氧氣療法
	[ˋaksədʒən ˋθɛrəpɪ]	
	pneumonectomy	肺切除術
	[ˌnjuməˋnɛktəmɪ]	
	例句▶ The most common cause for a <u>pneumonectomy</u> is to excise tumourous tissue arising from lung cancer.（肺切除術的最常見的目的是為了割除肺癌造成的腫瘤組織。）	
	postural drainage	姿位引流
	[ˋpastʃərəl ˋdrenɪdʒ]	

縮　寫	原文 [音標]	中　譯
	suctioning [ˋsʌkʃənɪŋ]	抽痰法，抽吸術

例句▶ Closed <u>suction</u> systems (CSS) are increasingly replacing open <u>suction</u> systems (OSS) to perform toilet in mechanically ventilated intensive care unit patients.（在以機械式通氣病人為主的加護單位，逐漸以密閉式抽痰系統取代開放式抽痰系統來執行氣管內管傷口清理的工作。）

縮　寫	原文 [音標]	中　譯
	tracheostomy* [ˌtrekɪˋɑstəmɪ]	氣管造口術

心血管系統

（一）診　斷

縮　寫	原文 [音標]	中　譯
A.B.E.	**acute bacterial endocarditis** [əˋkjut bækˋtɪrɪəl ˌɛndokarˋdaɪtɪs]	急性細菌性心內膜炎
A.M.I.	**acute myocardial infarction*** [əˋkjut ˌmaɪəˋkardɪəl ɪnˋfarkʃən]	急性心肌梗塞

例句▶ <u>Acute myocardial infarction</u> is defined as death or necrosis of myocardial cells.（急性心肌梗塞被定義為心肌細胞的死亡或壞疽。）

縮　寫	原文 [音標]	中　譯
ARF	**acute rheumatic fever** [əˋkjut ruˋmætɪk ˋfivə]	急性風濕熱
	anemia* [əˋnimɪə]	貧血
	iron deficiency anemia [ˋaɪə·n dɪˋfɪʃənsɪ əˋnimɪə]	缺鐵性貧血

例句▶ <u>Iron deficiency anemia</u> occurs when the dietary intake of iron is insufficient.（缺鐵性貧血發生在當飲食中攝取的鐵含量不足時。）

縮　寫	原文 [音標]	中　譯
	pernicious anemia [pəˋnɪʃəs əˋnimɪə]	惡性貧血

例句▶ <u>Pernicious anemia</u> is often associated with unpredictable periods of fatigue and an inability to concentrate.（惡性貧血通常與出乎意料的疲勞及無法專心有關。）

縮 寫	原文 [音標]	中 譯
	sickle cell anemia [ˋsɪkl͵sɛl əˋnimɪə]	鐮狀細胞性貧血
	angina pectoris [ænˋʤaɪnə ˋpɛktərəs]	心絞痛（狹心症）
	angiofibroma [͵ænʤɪofaɪˋbromə]	血管纖維瘤
	aortic [eˋɔrtɪk]	大主動脈的
AI	**aortic insufficiency** [eˋɔrtɪk ͵ɪnsəˋfɪʃənsɪ]	主動脈瓣閉鎖不全
AR	**aortic regurgitation** [eˋɔrtɪk rɪ͵gɝʤəˋteʃən]	主動脈瓣逆流
AS	**aortic stenosis*** [eˋɔrtɪk stɪˋnosɪs]	主動脈狹窄
AVM	**arterio-venous malformation** [ɑr͵tɪrɪə ˋvinəs ͵mælfɔrˋmeʃən]	動靜脈畸形
	atherosclerosis [͵æθəˏrosklɪˋrosɪs]	動脈粥狀硬化

例句▶ Metabolic complications, such as diabetes, visceral obesity, and <u>atherosclerosis</u> have emerged as major health threats in the modern societies.（新陳代謝性的併發症，如糖尿病、臟器肥大以及動脈粥狀硬化症等的發生，已成為近代社會上健康的最主要威脅。）

	atrial [ˋetrɪəl]	房的，心房的
Af	**atrial fibrillation*** [ˋetrɪəl ͵faɪbrɪˋleʃən]	心房纖維顫動
AF	**atrial flutter*** [ˋetrɪəl ˋflʌtə]	心房撲動

例句▶ <u>Atrial flutter</u> has traditionally been characterized as a arrhythmia with atrial rates between 240~400 beats per minute.（傳統上，心房撲動的症狀為心律不整，每分鐘跳動240~400下。）

APC	**atrial premature contraction** [ˋetrɪəl ͵priməˋtjur kənˋtrækʃən]	心房早期收縮

例句▶ The <u>atrial premature contraction</u> is not serious, and they frequently go away on their own.（心房早期收縮一般並不嚴重，而且症狀通常會自動消失。）

縮 寫	原文 [音標]	中 譯
ASD	**atrial septal defect** [ˈetrɪəl ˈsɛptl̩ ˈdifɛkt]	心房中隔缺損
	bradycardia* [ˌbrædɪˈkardɪə]	心搏徐緩
SB	**sinus bradycardia** [ˈsaɪnəs ˌbrædɪˈkardɪə]	竇性心搏過緩
BBB	**bundle branch block** [ˈbʌndl̩ bræntʃ blak]	束枝傳導阻斷
	cardiomegaly / megalocardia [ˌkardɪoˈmɛgəlɪ; ˌmɛgəloˈkardɪə]	心臟肥大
CAD	**coronary artery disease*** [ˈkɔrəˌnɛrɪ ˈartərɪ dɪˈziz]	冠狀動脈疾病， 冠心病
DVT	**deep vein thrombosis*** [dip ven θramˈbosɪs]	深部靜脈栓塞
DIC	**disseminated intravascular coagulation** [dɪˈsɛməˌnetɪd ˌɪntrəˈvæskjələ koˌægjuˈleʃən]	瀰漫性血管內凝血
	heart disease [hart dɪˈziz]	心臟疾病
IHD	**ischemic heart disease*** [ɪsˈkɛmɪk hart dɪˈziz]	缺血性心臟病
ASHD	**arteriosclerotic heart disease** [arˌtɪrɪəskləˈratɪk hart dɪˈziz]	動脈硬化性心臟病
CHD	**congenital heart disease** [kənˈdʒɛnətl̩ hart dɪˈziz]	先天性心臟病
RHD	**rheumatic heart disease*** [ruˈmætɪk hart dɪˈziz]	風濕性心臟病
	heart failure* [hart ˈfeljɚ]	心臟衰竭
	例句 <u>Heart failure</u> is a condition in which the heart can't pump enough blood to the body's other organs. （心臟衰竭是心臟無法打出足夠血液至身體其他器官的一種病狀。）	
CHF	**congestive heart failure*** [kənˈdʒɛstɪv hart ˈfeljɚ]	充血性心臟衰竭
	left sided heart failure [lɛft ˈsaɪdɪd hart ˈfeljɚ]	左心衰竭
	right sided heart failure [raɪt ˈsaɪdɪd hart ˈfeljɚ]	右心衰竭

縮 寫	原文 [音標]	中 譯
	hemangioma [həˌmændʒɪˋomə]	血管瘤
	malignant hypertension* [məˋlɪgnənt ˌhaɪpəˋtɛnʃən] 例句 Malignant hypertension is characterized by very elevated blood pressure, and organ damage in eyes, brain, lung, or kidneys.（惡性高血壓的特徵是升的極高的血壓和發生在眼睛、腦部、肺部或腎臟的器官損壞。）	惡性高血壓
	primary hypertension [ˋpraɪˌmɛrɪ ˌhaɪpəˋtɛnʃən]	原發性高血壓
	secondary hypertension [ˋsɛkənˌdɛrɪ ˌhaɪpəˋtɛnʃən] 例句 Secondary hypertension is less common and is the result of another condition or disorder.（續發性高血壓比較少見且是導因於其他的症狀或疾病。）	續發性高血壓
HCVD	**hypertensive cardiovascular disease** [ˌhaɪpəˋtɛnsɪv ˌkardɪəˋvæskjələ dɪˋziz]	高壓性心臟血管疾病
	mitral [ˋmaɪtrəl]	僧帽狀的，二尖瓣的
MI	**mitral insufficiency** [ˋmaɪtrəl ˌɪnsəˋfɪʃənsɪ]	僧帽瓣閉鎖不全
MR	**mitral regurgitation** [ˋmaɪtrəl rɪˌgɜdʒəˋteʃən]	僧帽瓣逆流
MS	**mitral stenosis** [ˋmaɪtrəl stɪˋnosɪs]	僧帽瓣狹窄
NSR	**normal sinus rhythm*** [ˋnɔrml ˋsaɪnəs ˋrɪðəs]	正常竇律
PDA	**patent ductus arteriosus** [ˋpætənt ˋdʌktəs artɪˋokəs]	開放性動脈導管
	purpura [ˋpɜpjurə]	紫斑症
	tachycardia* [ˌtækɪˋkardɪə]	心搏過速
PAT	**paroxysmal atrial tachycardia** [ˌpærakˋsɪzml ˋetrɪəl ˌtækɪˋkardɪə]	陣發性心房心搏過速
PSVT	**paroxysmal supraventricular tachycardia*** [ˌpærakˋsɪzml ˋsuprəvɛnˋtrɪkjələ ˌtækɪˋkardɪə]	陣發性心室上心搏過速

縮　寫	原文 [音標]	中　譯
VT	**ventricular tachycardia*** [vɛnˋtrɪkjələˌtækɪˋkardɪə]	心室搏動過速
TIA	**transient ischemic attack** [ˋtrænʃənt ɪsˋkɛmɪk əˋtæk]	短暫性缺血性發作
TGV	**transposition of great vessels** [ˌtrænspəˋzɪʃən ɑv gret ˋvɛsḷs]	大血管移位
	tricuspid [traɪˋkʌspɪd]	三尖的，三尖瓣的
TI	**tricuspid insufficiency** [traɪˋkʌspɪd ˌɪnsəˋfɪʃənsɪ]	三尖瓣閉鎖不全
TS	**tricuspid stenosis*** [traɪˋkʌspɪd stɪˋnosɪs]	三尖瓣狹窄

例句▶ Tricuspid stenosis causes increased resistance to blood flow through the valve.（三尖瓣狹窄會增加血液流過瓣膜的阻力。）

	vasodilation [ˌvæsədaɪˋleʃən]	血管擴張
	ventricular [vɛnˋtrɪkjələ]	室的，心室的
Vf; VFb; VF	**ventricular fibrillation*** [vɛnˋtrɪkjələ ˌfaɪbrɪˋleʃən]	心室纖維顫動
VPC	**ventricular premature contraction** [vɛnˋtrɪkjələ ˌpriməˋtjur kənˋtrækʃən]	心室早期收縮
VSD	**ventricular septal defect*** [vɛnˋtrɪkjələ ˋsɛptḷ ˋdifɛkt]	心室中隔缺損

例句▶ VSDs can be detected by cardiac auscultation, as they typically cause systolic murmurs.（由於心室中隔缺損典型地會造成心臟收縮的雜音，故可藉由心臟的聽診診斷出來。）

（二）檢　查

縮　寫	原文 [音標]	中　譯
	angiocardiography [ˌændʒɪoˌkardɪˋagrəfɪ]	心臟心血管攝影術
	arteriography [ˌɑrtərɪˋagrəfɪ]	動脈攝影術
BMA	**bone marrow aspiration** [bon ˋmæro ˌæspəˋreʃən]	骨髓抽吸檢查

縮　寫	原文 [音標]	中　譯
	cardiac output* [ˋkɑrdɪˌæk ˋaʊtˌpʊt]	心輸出量
	例句 <u>Cardiac output</u> is the volume of blood being pumped by the heart, in particular a ventricle in a minute.（心輸出量是指在特定的心室中，一分鐘內心臟搏動排出的血液量。）	
CVP	**central venous pressure*** [ˋsɛntrəl ˋvinəs ˋprɛʃə]	中心靜脈壓
	Doppler ultrasound [ˋdɑplə ˋʌltrəˌsaʊnd]	杜卜勒超音波檢查
EKG; ECG	**electrocardiogram*** [ɪˌlɛktrəˋkɑrdɪəˌgræm]	心電圖
	例句 <u>Electrocardiogram</u> has a prime function in the screening and diagnosis of cardiovascular diseases.（心電圖主要用在檢測及診斷心血管疾病。）	
	pericardiocentesis [ˌpɛrəˌkɑrdɪosɛnˋtisɪs]	心包穿刺術
	phonocardiography [ˌfonəˌkɑrdɪˋɑgrəfɪ]	心音描記法
	pulmonary artery pressure [ˋpʌlməˌnɛrɪ ˋɑrtərɪ ˋprɛʃə]	肺動脈壓
	pulmonary artery wedge pressure [ˋpʌlməˌnɛrɪ ˋɑrtərɪ wɛdʒ ˋprɛʃə]	肺動脈楔壓
	Schilling test [ˋʃɪlɪŋ tɛst]	希林氏試驗（診斷惡性貧血）
	sickling test [ˋsɪklɪŋ tɛst]	鐮狀細胞素質檢定

（三）症　狀

縮　寫	原文 [音標]	中　譯
	abdominocardiac sign [æbˌdɑmənoˋkɑrdɪæk saɪn]	腹心徵象
	agranulocytosis [əˌgrænjələsaɪˋtosɪs]	顆粒性白血球缺乏症
	cardiodynia [ˌkɑrdɪəˋdɪnɪə]	心臟痛

縮 寫	原文 [音標]	中 譯
	chest pain*	胸痛
	[tʃɛst pen]	

例句 Taking the strongest possible steps against <u>chest pain</u> pays off, even when chest pain isn't severe. （採取有可能的最強烈的步驟對付胸痛，即使它並不嚴重，也是有好處的。）

	chill	寒顫
	[tʃɪl]	
	coolness of extremities	肢體冰冷
	[`kulnɪs ɑv ɪk`strɛmətɪ]	
	cyanosis*	發紺
	[ˌsaɪə`nosɪs]	

例句 Mild <u>cyanosis</u> is difficult to detect. （輕微的發紺是難以察覺的。）

	ecchymosis / petechia	瘀斑，瘀點
	[ˌɛkə`mosɪs; pə`tikɪə]	
	enlarged ventricle	心室擴大
	[ɪn`lɑrʤ `vɛntrɪkl̩]	
	erythrocytosis	紅血球過多症
	[ɪrɪθrəsaɪ`tosɪs]	
	Homan's sign*	霍曼氏徵象
	[`homənz saɪn]	

例句 <u>Homan's sign</u> is caused by a thrombosis of the deep veins of the leg. （霍曼氏徵象是由腿部深層血管的血栓所引起的。）

JVE	**jugular venous engorgement**	頸靜脈怒張
	[`ʤʌgjələ `vinəs ɪn`gɔrʤmənt]	
	hypoxemia	血氧過少
	[ˌhaɪpak`simɪə]	
	cardiac murmur / heart murmur	心雜音
	[`kardɪæk `mɜmə; hart `mɜmə]	
	orthocardiac sign	起立性心臟徵象
	[ˌɔrθə`kardɪæk saɪn]	
	palpitation*	心悸
	[ˌpælpə`teʃən]	

例句 A <u>palpitation</u> is an awareness of the beating of the heart, whether it is too slow, too fast, irregular, or at its normal frequency. （心悸是指意識到心臟的搏動，不管它是太慢、太快、不規律或是依照正常的頻率。）

縮　寫	原文 [音標]	中　譯
	paralysis [pəˈræləsɪs]	麻痺
	splenomegaly [ˌsplinoˈmɛgəlɪ]	脾腫大

（四）處　置

縮　寫	原文 [音標]	中　譯
	artificial cardiac pacemaker [ˌɑrtəˈfɪʃəl ˈkɑrdɪæk ˈpesmekə]	人工心臟節律器
CPR	**cardiopulmonary resuscitation*** [ˌkɑrdɪəˈpʌlməˌnɛrɪ rɪˌsʌsəˈteʃən]	心肺復甦術
	defibrillation [dɪˌfaɪbrəˈleʃən]	去纖維顫動法
	diuretics [ˌdaɪjʊˈrɛtɪks]	利尿劑使用
	relaxation exercise [ˌrilækˈseʃən ˈɛksəˌsaɪz]	放鬆運動
	semi-Fowler's position [ˈsɛmɪ ˈfaʊləz pəˈzɪʃən]	半坐臥姿勢
	vasodilators [ˌvæsədaɪˈletəz]	血管擴張劑

例句 <u>Vasodilators</u> can relax the smooth muscle in the vessel wall and therefore widen the blood vessels.（血管擴張劑能藉由放鬆血管壁的平滑肌使血管擴張。）

三 消化系統

（一）診　斷

縮　寫	原文 [音標]	中　譯
	burn of esophagus [bɜn ɑv ɪˈsafəgəs]	食道灼傷
	calculus of bile duct [ˈkælkjələs ɑv baɪl dʌkt]	膽管結石

縮　寫	原文 [音標]	中　譯
	diverticulitis	憩室炎
	[ˌdaɪvəˌtɪkjəˈlaɪtɪs]	
	例句▶ Mild cases of <u>diverticulitis</u> can be treated with changes in diet, rest and antibiotics.（輕微的憩室炎可以飲食習慣改變、休息和抗生素來加以治療。）	
	dysentery	痢疾
	[ˈdɪsənˌtɛrɪ]	
	例句▶ Entamoeba histolytica cells, the cause of amoebic <u>dysentery</u>, are highly motile, and this motility is an essential feature of the pathogenesis and morbidity of amoebiasis. （阿米巴病病原體細胞－可引發變形蟲性痢疾－具高度能動性，而此能動性即是使此類變形蟲引發之傳染病致病的一種基本特徵。）	
	dystrophy	營養不良
	[ˈdɪstrəfɪ]	
	enteroplegia	腸麻痺
	[ˌɛntərəˈplidʒɪə]	
	esophagus stricture	食道狹窄
	[ɪˈsafəgəs ˈstrɪktʃə]	
	fatty liver*	脂肪肝
	[ˈfætɪ ˈlɪvə]	
	gastritis	胃炎
	[gæsˈtraɪtɪs]	
	例句▶ <u>Gastritis</u> is inflammation of the gastric mucosa.（胃炎是指胃黏膜的發炎。）	
	gastroenteritis	胃腸炎
	[ˌgæstrəˌɛntəˈraɪtɪs]	
AGE	**acute gastroenteritis**	急性胃腸炎
	[əˈkjut ˌgæstrəˌɛntəˈraɪtɪs]	
	例句▶ Infectious agents (viruses, bacteria and parasites) are by far the most common causes of <u>acute gastroenteritis</u>.（傳染性的媒介－病毒、細菌、及寄生蟲－顯然是最常見的急性腸胃炎的成因。）	
	hepatic necrosis	肝壞死
	[hɪˈpætɪk nəˈkrosɪs]	
	hepatitis*	肝炎
	[ˌhɛpəˈtaɪtɪs]	

縮　寫	原文 [音標]	中　譯
AH	**acute hepatitis** [əˋkjut ˌhɛpəˋtaɪtɪs]	急性肝炎
CAH	**chronic active hepatitis** [ˋkranɪk ˋæktɪv ˌhɛpəˋtaɪtɪs]	慢性活動性肝炎
CPH	**chronic persistent hepatitis** [ˋkranɪk pəˋsɪstənt ˌhɛpəˋtaɪtɪs]	慢性持續性肝炎
	fulminant hepatitis [ˋfʌlmənənt ˌhɛpəˋtaɪtɪs]	猛爆性肝炎
HCC	**hepatocellular carcinoma*** [ˌhɛpətəˋsɛljulə ˌkarsɪˋnomə]	肝細胞癌
	hepatoma* [ˌhɛpəˋtomə]	肝腫瘤

例句▶ Treatment options of <u>hepatoma</u> are dependent on many factors but especially on tumor size and staging. （肝腫瘤治療的選擇取決於許多因素，尤其是腫瘤的大小及階段。）

縮　寫	原文 [音標]	中　譯
	hepatomegaly [ˌhɛpətoˋmɛgəlɪ]	肝腫大
LC	**liver cirrhosis*** [ˋlɪvə sɪˋrosɪs]	肝硬化
	pancreatitis [ˌpænkrɪəˋtaɪtɪs]	胰臟炎
	pyloristenosis [paɪˌlɔrɪstəˋnosɪs]	幽門狹窄
OPU	**obstructive peptic ulcer** [əbˋstrʌktɪv ˋpɛptɪk ˋʌlsə]	阻塞性消化性潰瘍

（二）檢 查

縮　寫	原文 [音標]	中　譯
	abdominal ultrasonography [æbˋdamɪn̩ ʌltrəsəˋnagrəfɪ]	腹部超音波掃描
	cholecystogram [ˌkoləˋsɪstəgræm]	膽囊攝影
	colonofiberscopy [ˌkolənəˋfaɪbəˌskəpɪ]	結腸纖維鏡檢查
ERCP	**endoscopic retrograde cholangio-pancreatography** [ɛndəˋskapɪk ˋrɛtrəˌgred kəˌlændʒɪoˌpænkrɪəˋtagrəfɪ]	內視鏡逆行性膽道胰臟攝影術

縮　寫	原文 [音標]	中　譯
	esophagography [ɪˌsafəˈgagrəfɪ]	食道 X 光攝影術
	esophagoscopy [ɪˌsafəˈgaskəpɪ]	食道鏡檢查
	例句 <u>Esophagoscopy</u> is a procedure to look inside the esophagus to check for abnormal areas.（食道鏡檢查是通過食道往內看以檢查腹部區域的手續。）	
	gastric analysis [ˈgæstrɪk əˈnæləsɪs]	胃液分析
IVC	**intravenous cholangiography** [ˌɪntrəˈvinəs kəˌlændʒɪˈagrəfɪ]	靜脈膽道攝影術
	laparoscopy [ˌlæpəˈraskəpɪ]	腹腔鏡檢查
	liver biopsy* [ˈlɪvɚ ˈbaɪapsɪ]	肝切片
	lower gastrointestinal series [ˈloɚ ˌgæstrəɪnˈtɛstənəl ˈsiriz]	下消化道攝影術
	proctoscopy [prakˈtaskəpɪ]	直腸鏡檢查
	例句 A <u>proctoscopy</u> may be performed to detect diseases of the rectum or anus or to look for causes of rectal bleeding.（直腸鏡檢查可能被執行以偵測直腸或肛門的疾病，或找出直腸出血的原因。）	
	sigmoidoscopy / romanoscopy [ˌsɪgmɔɪˈdaskəpɪ]	乙狀結腸鏡檢查
UGI endoscopy	**upper gastrointestinal endoscopy*** [ˈʌpɚ ˌgæstrəɪnˈtɛstənəl ɛnˈdaskəpɪ]	上腸胃道內視鏡檢查
	upper gastrointestinal panendoscopy [ˈʌpɚ ˌgæstrəɪnˈtɛstənəl pænˈɛndəskop]	上消化道攝影術

（三）症　狀

縮　寫	原文 [音標]	中　譯
	abdominal pain [æbˈdamɪnḷ pen]	腹痛
	ascites* [əˈsaɪtiz]	腹水

縮 寫	原文 [音標]	中 譯
	anorexia* [͵ænə`rɛksɪə]	厭食
	cholecystalgia [͵koləsɪs`tældʒɪə͵]	膽囊痛
	constipation* [͵kɑnstə`peʃən]	便祕

> **例句** Constipation is defined as having a bowel movement fewer than three times per week. （一星期中排便少於三次，就算是便秘。）

	diarrhea* [͵daɪə`riə]	腹瀉，下痢
	dyscholia [dɪs`kolɪə]	膽汁障礙
	dysphagia* [dɪs`fedʒɪə]	吞嚥困難

> **例句** Dysphagia is a sensation that suggests difficulty in the passage of solids or liquids from the mouth to the stomach. （吞嚥困難暗示著固態或液態物質從嘴通到胃的困難。）

	esophageal regurgitation [ə͵safə`dʒiəl rɪ͵gɝdʒə`teʃən]	食道反流
	gangrene [`gæŋ͵grin]	壞疽

> **例句** Gangrene is a serious condition that requires immediate medical care. （壞疽是嚴重的病症，需要立即給予醫療照護。）

	gastroxia [gæs`trɑksɪə]	胃酸分泌過多
	hepatic coma* [hɪ`pætɪk `komə]	肝昏迷
	incarceration [ɪn͵karsə`reʃən]	嵌閉
	jaundice* [`dʒɔndɪs]	黃疸

> **例句** Jaundice is the yellowing of the skin caused by increased levels of bilirubin in the human body. （黃疸是由於人體中膽紅素的增加所導致的皮膚黃化。）

	megacolon [͵mɛgə`kolən]	巨結腸

縮 寫	原文 [音標]	中 譯
	mucous stool [`mjukəs stul]	黏液性糞便
	Murphy's sign* [`mɜfɪz saɪn]	墨菲氏徵象
OB	**occult blood** [ə`kʌlt blʌd]	潛血
	portal systemic encephalopathy [`portḷ sɪs`tɛmɪk ɛn.sɛfə`lapəθɪ]	門脈性的全身性腦病變
	pyrosis [paɪ`rosɪs]	心口灼熱
	regurgitation [rɪ.gɜdʒə`teʃən]	反流，反胃

> **例句** Regurgitation is the uncontrolled flow of stomach contents back into the esophagus and mouth.（反胃是指胃的內容物無法控制地流回食道及嘴部。）

縮 寫	原文 [音標]	中 譯
	steatorrhea [.stiətə`riə]	脂肪痢
	tarry stool* [`tærɪ stul]	黑便
	bloody stool [`blʌdɪ stul]	血便

> **例句** He has been passing bloody stool for four days.（他已經連續四天排出血便了。）

縮 寫	原文 [音標]	中 譯
	tenesmus [tɪ`nɛzməs]	裡急後重
	Turner's sign* [`tɜnəz saɪn]	特納氏徵象

（四）處 置

縮 寫	原文 [音標]	中 譯
	abdominal paracentesis [æb`damɪnḷ .pærə.sɛn`tisɪs]	腹腔放液穿刺術
	decompression [.dikəm`prɛʃən]	減壓

> **例句** Decompression involves the surgical removal of any material that places undue pressure on neural tissue.（減壓包含手術性的移除施過度的壓力在背側上的物質。）

縮　寫	原文 [音標]	中　譯
	feeding [ˋfidɪŋ]	灌食
	gastric irrigation [ˋgæstrɪk ͵ɪrɪˋgeʃən]	胃灌洗
	例句▸ A catheter placed into their stomach through the duodenum was used for <u>gastric irrigation</u> and sampling. (經過十二指腸而放置於他們胃中的導管，是用來進行胃灌洗與抽樣檢查的。)	
TPN	**parenteral hyperalimentation therapy (total parenteral nutrition)*** [pəˋrɛntərəl ͵haɪpəˏælɪmɛn ˋteʃən ˋθɛrəpɪ]	腸道外的高營養療法，靜脈高營養療法
	peritoneojugular shunt [͵pɛrəˏtənɪəˋʤʌgjələ ʃʌnt]	腹腔頸靜脈分流術
	Seagstaken-Blakemore tube insertion [ˋsɛŋztekənˋblekmor tjub ɪnˋsɜʃən]	食道球放置術

④ 泌尿系統

（一）診　斷

縮　寫	原文 [音標]	中　譯
ATN	**acute tubular necrosis** [əˋkjut ˋtjubjələ nəˋkrosɪs]	急性腎小管壞死
	atonic bladder [əˋtanɪk ˋblædə]	膀胱張力不全
	例句▸ <u>Atonic bladder</u> occurs when the bladder becomes dilated and fails to empty properly. (膀胱張力不全發生在當膀胱膨脹而無法正常排尿的情況下。)	
	cryptorchidism [krɪpˋtɔrkədɪzm̩]	隱睪症
	例句▸ <u>Cryptorchidism</u> literally means hidden or obscure testis and generally refers to an undescended or maldescended testis. (隱睪症字面上的意義是隱藏的或隱匿的睪丸，且通常是指沒下降或下降不全的睪丸。)	
	cystitis [sɪsˋtaɪtɪs]	膀胱炎

縮　寫	原文 [音標]	中　譯
IC	**interstitial cystitis** [ˌɪntəˈstɪʃəl sɪsˈtaɪtɪs]	間質性膀胱炎
	cystocele / vesicocele [ˈsɪstəsil; ˈvɛsɪkəˌsil]	膀胱膨出
DI	**diabetes insipidus** [ˌdaɪəˈbitiz ɪnˈsɪpɪdəs]	尿崩症

例句▶ <u>Diabetes insipidus</u> is a disease characterized by excretion of large amounts of severely diluted urine, which cannot be reduced when fluid intake is reduced. （尿崩症是一種疾病，症狀是排泄大量極度稀釋了的尿液而無法透過減少液體的攝取減少排泄量。）

縮　寫	原文 [音標]	中　譯
ESRD	**end stage renal disease*** [ɛnd stedʒ ˈrinl dɪˈziz]	末期腎疾病
	epididymitis [ˌɛpəˌdɪdəˈmaɪtɪs]	副睪丸炎
	glomerulitis [gləˌmɛrjuˈlaɪtɪs]	腎絲球炎
	glomerulonephritis [gləˌmɛrjulənəˈfraɪtɪs]	腎絲球腎炎
AGN	**acute glomerulonephritis** [əˈkjut gləˌmɛrjulənəfraɪtɪs]	急性腎絲球腎炎
	hydrocele [ˈhaɪdrəˌsil]	陰囊水腫
	hydronephrosis [ˌhaɪdrənɪˈfrosɪs]	腎水腫，水腎

例句▶ <u>Hydronephrosis</u> is being detected before birth with greatly increasing frequency. （嬰兒在出生前被檢測出腎水腫的頻率大增。）

縮　寫	原文 [音標]	中　譯
	hydroureter [ˌhaɪdrəjəˈritə]	輸尿管水腫
	hypospadias [ˌhaɪpoˈspedəs]	尿道下裂

例句▶ <u>Hypospadias</u> is a birth defect of the urethra in the male that involves an abnormally placed urethral opening. （尿道下裂是一種包含錯置尿道開口的發生在男性的天生尿道缺陷。）

縮 寫	原文 [音標]	中 譯
	impotence [`ɪmpətəns]	陽萎

例句 Impotence is a sexual dysfunction characterized by the inability to develop or maintain an erection of the penis for satisfactory sexual intercourse. （陽萎是一種性的障礙，症狀是無法或無法持續勃起以滿足性的需求。）

縮 寫	原文 [音標]	中 譯
NS	**nephrotic syndrome** [nə`frɔtɪk `sɪndrom]	腎病症候群
	nephritis* [nə`fraɪtɪs]	腎炎

例句 Nephritis has the effect of damaging and closing up the microscopic filters in the kidney. （腎炎會損壞腎臟裡細微的過濾物或使之無法運作。）

縮 寫	原文 [音標]	中 譯
	nephropathy [nə`frapəθɪ]	腎病變
	diabetic nephropathy [ˌdaɪə`bitiz nə`frapəθɪ]	糖尿病腎病變
	nephropyosis [ˌnɛfrəpaɪ`osɪs]	腎化膿
	nephrosclerosis [ˌnɛfrəsklɪ`rosɪs]	腎硬化
	polycystic kidney disease [ˌpalɪ`sɪstɪk `kɪdnɪ dɪ`ziz]	多囊性腎臟病
	prostatic cancer [ˌpras`tætɪk `kænsə]	前列腺癌
	prostatitis [ˌprastə`taɪtɪs]	前列腺炎

例句 Prostatitis is any form of inflammation of the prostate gland. （前列腺炎即前列腺的發炎。）

縮 寫	原文 [音標]	中 譯
	pyelonephritis [ˌpaɪəlonɪ`fraɪtɪs]	腎盂腎炎
APN	**acute pyelonephritis** [ə`kjut ˌpaɪəlonɪ`fraɪtɪs]	急性腎盂腎炎
	renal abscess [`rinəl `æbsɪs]	腎膿瘍

例句 Occasionally, a renal abscess can develop from a source of infection in any area of the body. （有時候，身體任何一個部位的感染可能會發展成腎膿瘍。）

縮　寫	原文 [音標]	中　譯
RCC	**renal cell carcinoma** [ˋrinəl sɛl ˌkarsɪˋnomə]	腎細胞癌
	renal failure* [ˋrinəl ˋfeljə]	腎衰竭
	例句 Renal failure is the condition in which the kidneys fail to function properly. （腎衰竭是指腎臟無法正常運作的狀態。）	
ARF	**acute renal failure** [əˋkjut ˋrinəl ˋfeljə]	急性腎衰竭
CRF	**chronic renal failure** [ˋkrɑnɪk ˋrinəl ˋfeljə]	慢性腎衰竭
renal TB	**renal tuberculosis** [ˋrinəl tjuˌbɜkjəˋlosɪs]	腎結核
TCC	**transitional cell carcinoma** [trænˋzɪʃənl sɛlˌkarsɪˋnomə]	移形細胞癌
	uremia* [juˋrimɪə]	尿毒症
	例句 Uremia is a toxic condition resulting from renal failure when kidney function is compromised and urea is retained in the blood. （尿毒症是一種當腎臟的功能失調而尿素留在血液中所導致的中毒狀態。）	
	urethritis [jurəˋθraɪtɪs]	尿道炎
	urethrostenosis [juˌriθrəstəˋnosɪs]	尿道狹窄
	functional urinary incontinence* [ˋfʌŋkʃənl ˋjurəˌnɛrɪ ɪnˋkantənəns]	功能型尿失禁
	mixed urinary incontinence [mɪkst ˋjurəˌnɛrɪ ɪnˋkantənəns]	混合型尿失禁
	overflow urinary incontinence [ˋovəflo ˋjurəˌnɛrɪ ɪnˋkantənəns]	溢出型尿失禁
	stress urinary incontinence [strɛs ˋjurəˌnɛrɪ ɪnˋkantənəns]	壓力性尿失禁
	urge urinary incontinence [ɜdʒ ˋjurəˌnɛrɪ ɪnˋkantənəns]	急迫性尿失禁
	urinary retention [ˋjurəˌnɛrɪ rɪˋtɛnʃən]	尿瀦留（尿滯留）

縮 寫	原文 [音標]	中 譯
AUR	**acute urinary retention** [əˈkjut ˈjurəˌnɛrɪ rɪˈtɛnʃən]	急性尿瀦留
UTI	**urinary tract infection*** [ˈjurəˌnɛrɪ trækt ɪnˈfɛkʃən]	尿道感染
	例句▸ Some people are more prone to getting a <u>urinary tract infection</u> than others.（有些人較其他人更容易發生尿道感染。）	
	lower urinary tract infection [ˈloə ˈjurəˌnɛrɪ trækt ɪnˈfɛkʃən]	下泌尿道感染
	varicocele [ˈværɪkəˌsil]	精索靜脈曲張
	bladder stone / vesical calculus [ˈblædə ston; ˈvɛsəkəl ˈkælkjələs]	膀胱結石
	例句▸ <u>Bladder stones</u> are solid accretions of dissolved minerals in urine found inside the kidneys or ureters.（膀胱結石是腎臟或輸尿管中由尿液中未溶解的礦物質組成的固態物質。）	
VUR	**vesicoureteral reflux** [ˌvɛsɪkəjuˈrɛtərəl ˈriflʌks]	膀胱輸尿管逆流
	Wilm's tumor [wɪlmz ˈtjumə]	威廉氏腫瘤

（二）檢 查

縮 寫	原文 [音標]	中 譯
Ccr.	**creatinine clearance rate*** [krɪˈætənɪn ˈklɪrəns ret]	肌酸酐廓清率
	cystography [sɪsˈtagrəfɪ]	膀胱 X 光攝影術
	cystoscopy [sɪsˈtaskəpɪ]	膀胱鏡檢查
GFR	**glomerular filtration rate** [gləˈmɛrjələ fɪlˈtreʃən ret]	腎絲球過濾率
	例句▸ <u>Glomerular filtration rate</u> is the best estimate of kidney function.（腎絲球過濾率是評斷腎功能的最佳指標。）	
	renal biopsy [ˈrinəl ˈbaɪɑpsɪ]	腎臟切片
	percutaneous renal biopsy [ˌpɜkjuˈtenɪəs ˈrinəl ˈbaɪɑpsɪ]	經皮腎臟切片檢查

縮 寫	原文 [音標]	中 譯
PSP test	**phenolsulfonphthalein test / excretion test** [ˌfinəlsʌlfənˈθæliɪn tɛst; ɛkˈskriʃən tɛst]	酚紅試驗
	pyelography [ˌpaɪəˈlagrəfɪ] 例句▶ Pyelography is a radiological procedure used to visualize disturbances of the urinary system.（腎盂攝影術是一種被用來顯像尿液系統的不正常的放射性療程。）	腎盂（X光）攝影術
	renal angiography [ˈrinəl ˌændʒɪˈagrəfɪ]	腎血管攝影術
	renal function test* [ˈrinəl ˈfʌŋkʃən tɛst]	腎功能試驗
	transurethral ureteropyelography [ˌtrænsjəˈriθrəl juˌritərəpaɪəˈlagrəfɪ]	經尿道輸尿管腎盂攝影術
	urine amount of 24 hours [ˈjurɪn əˈmaʊnt ɑv ˈtwɛntɪˈfor aʊrz]	24小時總尿量
	urography [juˈragrəfɪ]	尿路攝影術

（三）症 狀

縮 寫	原文 [音標]	中 譯
	anuria [ænˈjurɪə]	無尿
	bacteruria* [bækˌtɪrɪˈjurɪə] 例句▶ Approximately 5~10% of adult women have symptomless bacteruria.（大約5~10%的成年婦女患有無症狀的菌尿。）	菌尿
	bed-wetting / enuresis [ˈbɛdˌwɛtɪŋ; ɛnjuˈrisɪs]	尿床；遺尿
	burning on urination [ˈbɝnɪŋ an ˌjurəˈneʃən]	排尿燒灼感
	dysuria* [dɪsˈjurɪə]	排尿困難
	glycosuria [ˌglaɪkəˈsjurɪə]	醣尿

縮 寫	原文 [音標]	中 譯
	hematuria*	血尿
	[ˌhiməˈtjurɪə]	

例句 ▸ <u>Hematuria</u> is a sign of a large number of diseases of the kidneys and the urinary tract. （血尿是許多腎臟及尿道疾病的徵象。）

	hydronephrotic	腎盂積水的
	[ˌhaɪdrəˈnɪˈfratɪk]	
	hydrorenal	腎水腫的
	[ˌhaɪdrəˈrinəl]	
	incontinence*	失禁
	[ɪnˈkantənəns]	

例句 ▸ Loss of bladder control is called urinary <u>incontinence</u>. （膀胱控制無力稱為尿失禁。）

	proteinuria / albuminuria	蛋白尿
	[ˌprotiˈnjurɪə; ælˌbjumɪˈnjurɪə]	
	pyuria	膿尿
	[paɪˈjurɪə]	

例句 ▸ <u>Pyuria</u> may be present in the septic patient, or in an older patient with pneumonia. （膿尿可能發生在敗血症病人或患有肺炎的年老病人身上。）

	renal colic	腎絞痛
	[ˈrinəl ˈkalɪk]	
	renointestinal reflex	腎腸反射
	[ˌrinəɪnˈtɛstənəl ˈriflɛks]	
	urethrospasm	尿道痙攣
	[juˈriθrəspæzm̩]	
	urethrovesical reflux	尿道膀胱反流
	[juˌriθrəˈvɛsɪkl̩ ˈriflʌks]	
	urinary frequency	頻尿
	[ˈjurəˌnɛrɪ ˈfrikwənsɪ]	

例句 ▸ One of the basic causes of <u>urinary frequency</u> is the inability of the bladder to stretch. （造成頻尿的基本原因之一是膀胱的無法張大。）

（四）處　置

縮　寫	原文 [音標]	中　譯
	bladder irrigation* [ˋblædə͵ɪrɪˋgeʃən]	膀胱灌洗
	bladder training [ˋblædə ˋtrenɪŋ]	膀胱訓練
	diuretic* [͵daɪjuˋrɛtɪk]	利尿劑

例句 ▶ A <u>diuretic</u> is any drug or herb that elevates the rate of bodily urine excretion.（利尿劑是任何用來提高排尿頻率的藥物或藥草。）

縮　寫	原文 [音標]	中　譯
	intermittent self-catheterization [͵ɪntəˋmɪtn̩t sɛlf ͵kæθərɪərɪˋzeʃən]	間歇性自我導尿訓練
HD	**hemodialysis*** [͵himədaɪˋælɪsɪs]	血液透析
PD	**peritoneal dialysis*** [͵pɛrətəˋnɪəl daɪˋælɪsɪs]	腹膜透析

例句 ▶ <u>Peritoneal dialysis</u> is a treatment option for kidney failure.（腹膜透析是腎衰竭者可選擇的治療之一。）

縮　寫	原文 [音標]	中　譯
	urethral catheterization [juˋriθrəl ͵kæθətərɪˋzeʃən]	導尿

💬五 內分泌系統

（一）診　斷

縮　寫	原文 [音標]	中　譯
	Addison's disease [ˋædɪsənz dɪˋziz]	愛迪生氏症
	adenoma* [͵ædəˋnomə]	腺瘤

例句 ▶ <u>Adenoma</u> is a benign epithelial tumor arising in epithelium of mucosa, glands and ducts.（腺瘤是形成於黏膜、腺體及導管上皮組織的良性上皮腫瘤。）

縮　寫	原文 [音標]	中　譯
	antidiuretic hormone deficiency [͵æntɪ͵daɪjuˋrɛtɪk ˋhɔrmon dɪˋfɪʃənsɪ]	抗利尿激素缺乏症

縮 寫	原文 [音標]	中 譯
	cretinism [ˋkritɪnɪzm̩]	呆小症
	Cushing's syndrome [ˋkuʃɪnz ˋsɪndrom]	庫欣氏症候群，腎上腺皮質機能亢進
DM	**diabetes mellitus** [ˌdaɪəˋbitiz məˋlaɪtəs]	糖尿病
	例句 Certain types of <u>diabetes</u> can be prevented by maintaining a stable body weight through diet and exercise.（某些類型的糖尿病可以透過飲食和運動維持穩定的體重來預防。）	
	gestational diabetes mellitus [dʒɛsˋteʃənl ˌdaɪə ˋbitiz məˋlaɪtəs]	妊娠糖尿病
	diabetic* [ˌdaɪəˋbɛtɪk]	糖尿病的
DKA	**diabetic ketoacidosis** [ˌdaɪəˋbɛtɪk ˌkitoˌæsɪˋdosɪs]	糖尿病酮酸中毒
	diabetic nephropathy [ˌdaɪəˋbɛtɪk nəˋfrapəθɪ]	糖尿病性腎臟病變
	diabetic neuropathy [ˌdaɪəˌbɛtɪk njuˋrapəθɪ]	糖尿病性神經病變
	diabetic retinopathy [ˌdaɪəˋbɛtɪk ˌrɛtəˋnɑpəθɪ]	糖尿病性視網膜病變
IDDM	**type 1 diabetes mellitus /** **insulin dependent diabetes mellitus** [taɪp wʌn ˌdaɪəˋbitiz məlaɪtəs; ˋɪnsəlɪn dɪˋpɛndənt ˌdaɪəˋbitiz məˋlaɪtəs]	第 1 型糖尿病，胰島素依賴型糖尿病
NIDDM	**type 2 diabetes mellitus /** **non-insulin dependent diabetes mellitus** [taɪp tu ˌdaɪəˋbitiz məlaɪtəs; nʌn ˋɪnsəlɪn dɪˋpɛndənt ˌdaɪəˋbitiz məˋlaɪtəs]	第 2 型糖尿病，非胰島素依賴型糖尿病
	glycemia [glaɪˋsimɪə]	糖血症
	goiter [ˋgɔɪtɚ]	甲狀腺腫
	例句 The most common cause for <u>goiter</u> is iodine deficiency.（甲狀腺腫最主要的成因是缺乏碘。）	
	Graves' disease [ˋgrevz dɪˋziz]	凸眼性甲狀腺腫（格雷夫斯氏症）

縮 寫	原文 [音標]	中 譯
HHNK	**hyperglycemic hyperosmolar nonketotic coma** [ˌhaɪpəglaɪˋsimɪk ˌhaɪpəˋrazmələ nankɪˋtatɪk ˋkomə]	高血糖、高滲透、非酮性昏迷
	hyperlidemia [ˌhaɪpəlɪˋdimɪə]	高血脂症
	hyperpituitarism [ˌhaɪpəpɪˋtjuɪtəˌrɪzm̩]	腦下垂體機能亢進
	hyperthyroidism [ˌhaɪpəˋθaɪrɔɪdɪzm̩]	甲狀腺機能亢進

例句▶ Hyperthyroidism is an imbalance of metabolism caused by overproduction of thyroid hormone. （甲狀腺機能亢進是甲狀腺素分泌過量所引起的新陳代謝失衡。）

| | **hypoglycemia**
[ˌhaɪpoglaɪˋsimɪə] | 低血糖症 |

例句▶ Hypoglycemia is the condition of having a glucose (blood sugar) level that is too low to effectively fuel the body's blood cells. （低血糖症是血糖值太低而無法有效地供給身體血液細胞能量的症狀。）

	hypokalemia* [ˌhaɪpokəˋlimɪə]	低血鉀症
	hypoparathyroidism [ˌhaɪpoˌpærəˋθaɪrɔɪdɪzm̩]	副甲狀腺機能不足
	hypophysoma [haɪpəfɪˋzomə]	腦下垂體瘤
	hypopituitarism [ˌhaɪpopɪˋtjuətəˌrɪzm̩]	腦下垂體機能不足
	migraine* [ˋmaɪgren]	偏頭痛
	thyroid storm [ˋθaɪrɔɪd stɔrm]	甲狀腺風暴

（二）檢 查

縮 寫	原文 [音標]	中 譯
	achilles tendon reflex recording [əˋkɪlɪz ˋtɛndən ˋriflɛks rɪˋkɔrdɪŋ]	跟腱反射記錄
	cortisone suppression test [ˋkɔrtəson səˋprɛʃən tɛst]	可體松抑制試驗

縮　寫	原文 [音標]	中　譯
GTT	**glucose tolerance test** [ˋglukos ˋtɑlərəns tɛst]	葡萄糖耐受量測驗
	glycemic index [glaɪˋsimɪk ˋɪndɛks]	血糖指數
	radioactive iodine uptake [ˌredɪoˋækɪtv ˋaɪədaɪn ˋʌpˌtek]	放射性碘攝入量測試
	thyroid function test [ˋθaɪrɔɪd ˋfʌŋkʃən tɛst]	甲狀腺功能試驗

例句 Thyroid function tests are common procedures performed to determine how well the thyroid is functioning. （甲狀腺功能試驗是常見的用來測定甲狀腺運作情形的程序。）

| | **venography**
[vɪˋnagrəfɪ] | 靜脈攝影 |

（三）症　狀

縮　寫	原文 [音標]	中　譯
	acidosis* [ˌæsɪˋdosɪs]	酸中毒

例句 Acidosis is a condition caused by removal of bicarbonate or an increase in carbonic acid in blood. （酸中毒是由重碳酸鹽的缺乏，或血液中碳酸增加所引起的病症。）

	Addisonian crisis [ˌædɪˋsonɪən ˋkraɪsɪs]	愛迪生氏危象
	aldosterone deficiency [ˌældəˋstiron dɪˋfɪʃənsɪ]	留鹽激素缺乏
	alkalosis* [ˌælkəˋlosɪs]	鹼中毒
	buffalo hump [ˋbʌfəlo hʌmp]	水牛肩
	edema* [iˋdimə]	水腫

例句 Edema without a modifier usually refers to peripheral edema, which is edematous swelling from the legs upwards. （若未特別限定，水腫通常指的是體表的水腫，由腿部向上延伸。）

| | **glucocorticoid deficiency**
[ˌglukəˋkɔrtɪkɔɪd dɪˋfɪʃənsɪ] | 腎上腺促糖皮質素缺乏 |
| | **ketoacidosis***
[ˌkitoˌæsɪˋdosɪs] | 酮酸中毒 |

縮　寫	原文 [音標]	中　譯
	ketonuria [ˌkitoˋnjurɪə]	酮尿
	moon face* [ˋmun ˌfes]	滿月臉
	例句▸ Moon face is the facial swelling involving an accumulation of fluid in the face, which may extend to the neck and upper arms.（滿月臉是液體堆積在臉部所造成的臉部腫脹，亦可能延伸到頸部和上臂。）	
	polydipsia [ˌpalɪˋdɪpsɪə]	多渴
	例句▸ Polydipsia is often one of the initial symptoms of diabetes.（多渴通常是糖尿病的一個初期症狀。）	
	polyphagia [ˌpalɪˋfedʒɪə]	多食
	polyuria [ˌpalɪˋjurɪə]	多尿

（四）處　置

縮　寫	原文 [音標]	中　譯
	adrenalectomy [əˌdrinəˋlɛktəmɪ]	腎上腺切除術
	例句▸ Adrenalectomy is primarily done for tumors of the adrenal gland.（腎上腺切除術主要是為了腎上腺的腫瘤而進行。）	
	hypophysectomy [ˌhaɪpafɪˋzɛktəmɪ]	腦下垂體切除術
	insulin therapy [ˋɪnsəlɪn ˋθɛrəpɪ]	胰島素治療
	irradiation [ɪˌredɪˋeʃən]	照光
	例句▸ Irradiation is the process by which an item is exposed to radiation.（照光是指使一個物件暴露於放射線下的過程。）	
	oral hypoglycemic agent [ˋorəl ˌhaɪpoglaɪˋsimɪk ˋedʒənt]	口服降血糖藥物
	radioiodine therapy [ˌredɪoˋaɪədaɪn ˋθɛrəpɪ]	放射性碘療法

其他常見免疫、遺傳及傳染性疾病診斷

（一）免疫疾病

縮 寫	原文 [音標]	中 譯
AIDS	**Acquired Immune Deficiency Syndrome** [əˋkwaɪrd ɪˋmjun dɪˋfɪʃənsɪ ˋsɪndrom] 例句▶ The late stage of <u>AIDS</u> leaves individuals prone to opportunistic infections and tumors.（末期愛滋病會使個體易受伺機性感染和腫瘤侵犯。）	後天性免疫缺乏症候群（愛滋病）
CIS	**carcinoma in situ*** [ˌkɑrsɪˋnomə ɪn ˋsaɪtju] 例句▶ <u>Carcinoma in situ (CIS)</u> is an early form of carcinoma defined by the absence of invasion of surrounding tissues.（原位癌是一種周圍組織沒有受侵犯的初期癌症形式。）	原位癌
FUO	**fever of undetermined origin** [ˋfivə ɑv ˌʌndɪˋtɜmind ˋɔrɪdʒɪn]	原因不明的發熱
	hives urticaria [haɪvz ˌɝtɪˋkɛrɪə] 例句▶ <u>Hives urticarias</u> are usually an allergic reaction to food or medicine.（蕁麻疹通常是對食物或藥物的一種過敏反應。）	蕁麻疹
HD	**Hodgkin's disease** [ˋhɑdʒkɪnz dɪˋziz]	何杰金氏病
	leukemia* [luˋkimɪə]	白血病
ALL	**acute lymphoblastic leukemia** [əˋkjut ˌlɪmfoˋblæstɪk luˋkimɪə]	急性淋巴球性白血病
AML	**acute myelogenic leukemia** [əˋkjut ˌmaɪələˋdʒɛnɪk luˋkimɪə]	急性骨髓性白血病
CLL	**chronic lymphoblastic leukemia** [ˋkrɑnɪk ˌlɪmfoˋblæstɪk luˋkimɪə]	慢性淋巴球性白血病
CML	**chronic myelogenous leukemia** [ˋkrɑnɪk ˌmaɪəˋlɑdʒɪnəs luˋkimɪə]	慢性骨髓性白血病
MS	**multiple sclerosis** [ˋmʌltɪpl̩ skləˋrosɪs]	多發性硬化症

縮　寫	原文 [音標]	中　譯
MG	**myasthenia gravis*** [ˌmaɪəsˈθiniə ˈɡrævɪs]	重症肌無力
	例句▶ <u>Myasthenia gravis</u> is an autoimmune disorder in which muscle fatigue results from impaired transmission.（重症肌無力是一種因神經傳導受損致使肌肉疲勞的自體免疫性疾病。）	
SLE	**systematic lupus erythematous*** [ˌsɪstəˈmætɪk ˈlupəs ˌɛrəˈθɛmətəs]	全身性紅斑性狼瘡

（二）遺傳性疾病

縮　寫	原文 [音標]	中　譯
	chorea (Huntington's chorea) [koˈriə; ˈhʌntɪŋtənz koˈriə]	舞蹈症（亨汀頓氏舞蹈症）
	例句▶ <u>Huntington's chorea</u> is a movement disorder, with the first observable symptoms manifesting themselves as "clumsiness". （亨汀頓氏舞蹈症為行動疾病，手腳不靈活是最初可被觀察到的症狀。）	
	dwarfism [ˈdwɔrfɪzm̩]	侏儒病
	hemophilia [ˌhiməˈfɪliə]	血友病
	thalassemia [ˌθæləˈsimiə]	海洋性貧血

（三）其他傳染性疾病

縮　寫	原文 [音標]	中　譯
	dengue fever* [ˈdɛŋɡɪ ˈfivɚ]	登革熱
	German measles [ˈʤɝmən ˈmizl̩z]	德國麻疹
	例句▶ <u>German measles</u> is a contagious viral infection with mild symptoms associated with a rash. （德國麻疹是一種有與疹子相關的輕微症狀，接觸傳染性的病毒引起的感染）	

縮　寫	原文 [音標]	中　譯
	mumps [mʌmps]	腮腺炎

例句▶ <u>Mumps</u> virus infections primarily involve the parotid glands and most frequently affect school-aged children. （腮腺炎病毒主要感染包含耳下腺的範圍且最常侵犯學齡期的孩子。）

| | **thrush**
[θrʌʃ] | 鵝口瘡 |

牛刀小試 EXERCISES

選擇題

從 A. B. C. D. 四個選項中，選擇正確的答案填入括弧中：

(　　) 1. Which of the following terms has nothing to do with diabetes?　(A) self-injection of insulin　(B) cryptorchidism　(C) glycemic index　(D) insulin resistance

(　　) 2. Mrs. Wang urinates at frequent intervals because of a decrease in the capacity of the bladder to hold urine. In your opinion, what kind of problem does she have?　(A) dysuria　(B) anuria　(C) hematuria　(D) urinary frequency

(　　) 3. The infection will spread to other organs if you get _____.　(A) pulmonary tuberculosis　(B) hernia　(C) asthma　(D) bloody stool

(　　) 4. What condition is related to "bleeding in the brain"?　(A) moon face　(B) angina pectoris　(C) cerebral hemorrhage　(D) bronchial asthma

(　　) 5. There is excess of lipids in Mr. Smith's blood. In your opinion, what condition does he have?　(A) goiter　(B) hyperlipemia　(C) vesical calculus　(D) chronic obstructive pulmonary disease

(　　) 6. The repeated inability to get or keep an erection firm enough for sexual intercourse is called _____?　(A) cardiomegaly　(B) hemorrhoids　(C) adhesion　(D) impotence

(　　) 7. The condition "hyperthyroidism" should be treated with _____?　(A) hypo-physectomy　(B) adrenalectomy　(C) radioiodine therapy　(D) insulin therapy

(　　) 8. Diabetes should bring _____ to the patient.　(A) edema　(B) diabetic retinopathy　(C) bacteruria　(D) lower urinary tract infection

名詞翻譯

請將下列名詞英翻中：

1. chest tapping：_____

2. electrocardiogram：_____

解 答 ANSWER

選擇題

（ B ）1. 譯：下列哪一個術語與糖尿病無關？　(A)自行注射胰島素　(B)隱睪症　(C)升糖指數　(D)抗胰島素現象

（ D ）2. 譯：王太太由於膀胱儲存尿液的功能減低導致排尿頻繁。根據你的意見，她有何問題？　(A)排尿困難　(B)無尿症　(C)血尿　(D)頻尿

（ A ）3. 譯：你如果染上＿＿＿＿＿，感染會擴散到其他器官。　(A)肺結核　(B)疝氣　(C)氣喘　(D)血便

（ C ）4. 譯：何種狀態與「腦中出血」有關？　(A)月亮臉　(B)心絞痛　(C)腦出血　(D)支氣管哮喘

（ B ）5. 譯：史密斯先生的血液中含有過量的脂質，照你的看法，他的健康狀態為何？　(A)甲狀腺腫　(B)高血脂　(C)膀胱結石　(D)慢性阻塞性肺病

（ D ）6. 譯：重複地無法達到或維持勃起以進行性交被稱作？　(A)心臟肥大　(B)痔瘡　(C)黏著　(D)陽萎

（ C ）7. 譯：甲狀腺機能亢進應以何者治療？　(A)腦下垂體摘除術　(B)腎上腺體摘除術　(C)核子醫學　(D)胰島素療法

（ B ）8. 譯：糖尿病會帶給患者＿＿＿＿＿。　(A)水腫　(B)糖尿病視網膜病變　(C)菌尿症　(D)下泌尿道感染

名詞翻譯

1. 胸部穿刺術。

2. 心電圖。

3-2 一般外科

— *Surgical Terminology*

 診 斷

縮 寫	原文 [音標]	中 譯
	abdominal mass [æb`damɪnḷ mæs]	腹部腫塊
	liver abscess* [`lɪvə `æbsɪs]	肝膿瘍
	lung abscess [lʌŋ `æbsɪs]	肺膿瘍
	anal fistula [`enəl `fɪstjulə]	肛門瘻管

例句 An <u>anal fistula</u> is an abnormal, narrow, tunnel-like passageway that connects the remains of an old anal abscess to the surface of the skin.（肛門瘻管是一異常、狹窄、隧道狀的通道，連接舊肛門膿瘍的遺痕與皮膚表面。）

縮 寫	原文 [音標]	中 譯
	appendicitis* [ə͵pɛndɪ`saɪtɪs]	闌尾炎

例句 The cause of <u>appendicitis</u> relates to blockage of the inside of the appendix, known as the lumen.（闌尾炎的成因與闌尾內（也就是闌尾內腔）的阻塞有關。）

縮 寫	原文 [音標]	中 譯
Acute App.	**acute appendicitis** [ə`kjut ə͵pɛndɪ`saɪtɪs]	急性闌尾炎
BPH	**benign prostatic hypertrophy** [bɪ`naɪn pras`tætɪk haɪ`pɜtrəfɪ]	良性前列腺肥大
BTI	**biliary tract infection*** [`bɪlɪərɪ trækt ɪn`fɛkʃən]	膽道感染
	bromidrosis [͵bromɪ`drosɪs]	臭汗症
	bladder cancer* [`blædə `kænsə]	膀胱癌

例句 The symptoms of <u>bladder cancer</u> may be pain during urination, frequent urination, or blood in the urine.（膀胱癌的症狀有可能是排尿時會疼痛，頻尿，或尿中有血。）

縮寫	原文 [音標]	中譯
	colon cancer* [ˋkolən ˋkænsɚ]	結腸癌
	gastric cancer* [ˋgæstrɪk ˋkænsɚ]	胃癌
	pancreatic carcinoma (cancer)* [͵pænkrɪ͵ætɪk ͵karsɪˋnomə; kænsɚ]	胰臟癌
	rectal cancer* [ˋrɛktəl ˋkænsɚ]	直腸癌
	chest trauma* [tʃɛst ˋtrɔmə]	胸部創傷
	cholangitis [͵kolənˋdʒaɪtɪs]	膽管炎
CC	**cholangiocarcinoma** [kə͵lændʒɪəͺkarsɪˋnomə]	膽管癌
	cholecystitis* [͵koləsɪsˋtaɪtɪs]	膽囊炎
CHD	**coronary heart disease*** [ˋkɔrəͺnɛrɪ hart dɪˋziz]	冠狀動脈性心臟病

例句 Coronary heart disease (CHD) is a preventable disease that kills more than 110,000 people in England every year. （冠狀動脈疾病是可預防的疾病，每年在英國造成 11 萬人死亡。）

	diverticulitis [͵daɪvɚͺtɪkʒəˋlaɪtɪs]	憩室炎
	emphysema* [ͺɛmfɪˋsimə]	肺氣腫

例句 Tobacco smoke causes most cases of emphysema. （吸菸為大多數肺氣腫病人罹病最常見的導因。）

	gastric perforation [ˋgæstrɪk ͺpɝfəˋreʃən]	胃穿孔
	hemopneumothorax* [ͺhiməͺnjuməˋθoræks]	血氣胸
	hemorrhoid* [ˋhɛmərɔɪd]	痔瘡

例句 Hemorrhoids are often painful, and can be accompanied by swelling and irritation. （痔瘡通常會引起疼痛感，而且常常伴隨著腫脹及發炎。）

縮 寫	原文 [音標]	中 譯
	external hemorrhoid [ɪk`stɝn̩ `hɛmərɔɪd]	外痔
	internal hemorrhoid [ɪn`tɝn̩ `hɛmərɔɪd]	內痔

例句 An <u>internal hemorrhoid</u> may protrude through the anus outside the body, becoming irritated and painful.（內痔瘡可能會發展到肛門以外，變的既疼痛又惱人。）

| | **hemothorax***
[ˌhimə`θoræks] | 血胸 |
| | **hernia***
[`hɝnɪə] | 疝氣 |

例句 Unless the <u>hernia</u> is strangulated, hernia repair typically is an elective operation.（除非疝氣會使血流受阻，否則疝氣手術通常是由病患自己選擇的。）

| | **intestinal obstruction=ileus**
[ɪn`tɛstən̩ əb`strʌkʃən] | 腸阻塞 |
| | **intestinal perforation**
[ɪn`tɛstən̩ ˌpɝfə`reʃən] | 腸穿孔 |

例句 <u>Intestinal perforation</u> results in severe abdominal pain intensified by movement.（腸穿孔會造成隨著行動加劇的腹痛。）

	pancreatic cyst [ˌpænkrɪ`ætɪk sɪst]	胰囊腫
	parathyroidoma [ˌpærə.θaɪrɔɪ`domə]	副甲狀腺瘤
	peritonitis* [ˌpɛrətə`naɪtɪs]	腹膜炎

例句 The possibility of <u>peritonitis</u> is the reason why acute appendicitis warrants fast treatment.（由於急性闌尾炎可能引發腹膜炎，因此需要盡快治療。）

	pneumothorax* [ˌnjumə`θɔræks]	氣胸
	pulmonary empyema [`pʌlmə.nɛrɪ.ɛmpaɪ`imə]	肺積膿
	pyloric obstruction [paɪ`lɔrɪk; paɪl`orɪk əbstr`ʌkʃən]	幽門阻塞

縮 寫	原文 [音標]	中 譯
	spleen rupture [splin rˋʌptʃə]	脾破裂
	stone [ston]	石，結石
	cholelithiasis / gall stone [͵kolɪlɪˋθaɪəsɪs; gɔl ston]	膽石病，膽結石
CBD stone	**common bile duct stone** [ˋkɑmən baɪl dʌkt ston]	總膽管結石
IHD stone	**intrahepatic duct stone** [͵ɪntrəhɪˋpætɪk dʌkt ston]	肝內管結石
	renal calculus / renal stone (kidney stone)* [ˋrinəl ˋkælkjələs; ˋrinl ston; kɪdnɪ ston] 例句 The most common type of <u>renal stone</u> contains calcium in combination with either oxalate or phosphate.（最常見的腎結石為鈣和草酸鹽或磷酸鹽的結合。）	腎結石
	ureter stone (calculus)* [juˋritə ston; ˋkælkjələs]	輸尿管結石
	urethral stone (calculus)* [juˋriθrəl ston; ˋkælkjələs] 例句 One effective way to prevent having <u>urethral calculus</u> is to drink water as much as possible.（預防尿道結石產生的一個有效方法，就是多喝水。）	尿道結石
	ulcer* [ˋʌlsə]	潰瘍
DU	**duodenal ulcer*** [͵djuəˋdinl ˋʌlsə] 例句 Too much stress and irregular diet might trigger <u>duodenal ulcer</u>.（太多的壓力和不規律的飲食可能會導致十二指腸潰瘍。）	十二指腸潰瘍
GU	**gastric ulcer*** [ˋgæstrɪk ˋʌlsə] 例句 The timing of the symptoms in relation to the meal may differentiate between <u>gastric</u> and duodenal <u>ulcers</u>.（症狀發生的時間與餐飲的關聯，在胃潰瘍與十二指腸潰瘍之間可能會有所不同。）	胃潰瘍
PU	**peptic ulcer*** [ˋpɛptɪk ˋʌlsə] 例句 <u>Peptic ulcer</u> can be caused or worsened by drugs like Aspirin.（消化性潰瘍可能因藥物，如阿斯匹靈，而引發或惡化。）	消化性潰瘍

縮 寫	原文 [音標]	中 譯
PPU	**perforation of peptic ulcer** [ˌpɝfəˈreʃən ɑv ˈpɛptɪk ˈʌlsə]	穿孔性消化性潰瘍
	upper gastrointestinal bleeding* [ˈʌpə ˌgæstrɑɪnˈtɛstənəl ˈblidɪŋ]	上腸胃道出血
	urethrorrhagia [juˌriθrəˈredʒɪə]	尿道出血
VV	**varicose vein** [ˈværɪˌkos ven]	靜脈曲張

例句 With <u>varicose veins</u>, the valves do not function properly, allowing blood to remain in the vein. (罹患靜脈曲張，是指因靜脈瓣膜無法恰當作用，而容許血液回流積存在靜脈中。)

💬 檢 查

縮 寫	原文 [音標]	中 譯
	abdominocentesis [æbˌdɑmənosɛnˈtisɪs]	腹部穿刺術
CC	**cardiac catheterization*** [ˈkɑrdɪˌæk ˌkæθətərɪˈzeʃən]	心導管插入術／心導管檢查

例句 <u>Cardiac catheterization</u> is also useful in diagnosing other kinds of heart trouble such as defective heart valves, muscle disease and problems of the heart which you may have been born with which are known as congenital abnormalities. (心導管插入術亦可用在診斷其他心臟疾病上，如心瓣膜缺陷、肌肉疾病和先天性異常的心臟疾病。)

ERCP	**endoscopic retrograde*** **cholangiopancreatography*** [ˌɛndəˈskɑpɪk ˈrɛtrəgred kəˌændʒɪoˌpænkrɪəˈtɑgrəfɪ]	內視鏡逆行性膽道胰臟影像檢查
PTC	**percutaneous transhepatic cholangiography** [ˌpɝkjˈtenɪəs ˌhɪˈpætɪk kəˌlændʒɪˈagrəfɪ]	經皮穿肝膽道影像檢查
	puncture [ˈpʌŋktʃə]	穿刺
	rectoscope [ˈrɛktəskop]	直腸鏡

🗨 三 症 狀

縮 寫	原文 [音標]	中 譯
	abdominal pain* [æb`damən‚] pen]	腹痛
	adhesion [əd`hiʒən]	粘連
	例句▶ <u>Adhesions</u> are fibrous bands of scarlike tissue that form between two surfaces inside the body.（粘連是疤痕狀的纖維連結，形成於體內兩器官的表面之間。）	
	arrhythmia* [ə`rɪðmɪə]	心律不整
	例句▶ An <u>arrhythmia</u> is an abnormal rhythm of the heart, which can cause the heart to pump less effectively.（心律不整為心臟跳動頻率異常，會造成心搏較無效率。）	
	ascites* [ə`saɪtiz]	腹水
	例句▶ <u>Ascites</u> is the presence of excess fluid in the peritoneal cavity.（腹水即腹膜腔中存在過量的液體。）	
	biliary colic [`bɪlɪərɪ `kalɪk]	膽絞痛
	Boas' point [`boaz pɔɪnt]	博氏點（胃潰瘍時，在 T₁₂ 左側之壓痛點）
	bruise [bruz]	瘀青
	cholelith [`kolɪlɪθ]	膽石
	Clark's sign [klɑrks saɪn]	克拉克氏徵象
	dermatitis [‚dɝmə`taɪtɪs]	皮膚炎
	dermatodynia [‚dɝməto`dɪnɪə]	皮膚痛
	displacement [dɪs`plesmənt]	移位

縮　寫	原文 [音標]	中　譯
	dropsy [ˋdrɑpsɪ]	水腫

例句▶ Symptoms of <u>dropsy</u> are acute nausea, vomiting, loose motions, bloated stomach, erythema and swelling of hands and feet known as oedema.（水腫的症狀是突發性噁心、嘔吐、動作遲緩、胃脹、紅斑和手腳腫脹，亦即水腫。）

| | **dumping syndrome***
[ˋdʌmpɪŋ ˋsɪndrom] | 傾倒症候群（胃部分切除術後，病人於進食後出現飽脹、軟弱、出汗、暈眩等） |

例句▶ <u>Dumping syndrome</u> is largely avoidable by avoiding certain foods which are likely to cause it.（傾倒症候群主要是靠避免攝取某些易引起此症狀的食物來避免的。）

	eczema [ˋɛkzəmə]	溼疹
	effusion [ɪˋfjuʒən]	滲出液
	embolism* [ˋɛmbəˌlɪzm]	栓塞
	erythema [ˌɛrɪˋθimə]	皮膚發紅
	fistula [ˋfɪstjulə]	瘻管
	focal necrosis [ˋfokəl nəˋkrosis]	局部性壞死
	hematemesis [ˌhiməˋtɛməsɪs]	嘔血

例句▶ Many patients with UGIB who are taking nonsteroidal anti-inflammatory drugs (NSAIDs) present without dyspepsia but with <u>hematemesis</u> or melena as their first symptom.（許多服用非類固醇類消炎止痛藥物的上腸胃道出血患者，其首要的症狀會呈現嘔血或是黑便，而非消化不良。）

| | **hyperemesis**
[ˌhaɪpəˋrɛmɪsɪs] | 劇吐 |
| | **McBurney's point***
[məkˋbɝnɪz pɔɪnt] | 麥克勃尼氏點 |

縮 寫	原文 [音標]	中 譯
	Murphy's sign* [ˋmɝfɪz saɪn]	穆菲氏徵象
	necrosis [nəˋkrosɪs]	壞死
PE	**pleural effusion*** [ˋplurəl ɪˋfjuʒən]	肋膜積水，胸膜積水
	polyp [ˋpalɪp]	息肉
	例句▶ A <u>polyp</u> is extra tissue that grows inside your body.（息肉是體內增生的組織。）	
	postcholecystectomy syndrome [post ˏkoləsɪsˋtɛktəmɪ ˋsɪndrom]	膽囊切除術後症候群
	postgastrectomy syndrome [post gæsˋtrɛktəmɪ ˋsɪndrom]	胃切除術後症候群
	sciatica [saɪˋætɪkə]	坐骨神經痛
	spasm [ˋspæzm̩]	痙攣
	thrombus* [ˋθrambəs]	血栓
	例句▶ If a <u>thrombus</u> dislodges and becomes free-floating, it is an embolus.（若血栓離開原處並四處飄移，那就成了栓子。）	

四 處 置

縮 寫	原文 [音標]	中 譯
A-V shunt	**arterio-venous shunt*** [arˏtɪrɪəˋvinəs ʃʌnt]	動靜脈分流
	aspiration [ˏæspəˋreʃən]	抽吸
	cardiopulmonary bypass [ˏkardɪəˋpʌlməˏnɛrɪ ˋbaɪpæs]	心肺繞道術，體外循環
	例句▶ <u>Cardiopulmonary bypass</u> is bypass of the heart and lungs as, for example, in open heart surgery.（體外循環是心肺的分流術，例如在開心手術中所用。）	
	choledocholithotomy [koˏlɛdəkəlɪˋθatəmɪ]	總膽管石碎石術

縮　寫	原文 [音標]	中　譯
	cholecystectomy* [ˌkoləsɪsˋtɛktəmɪ]	膽囊切除術
	fistulectomy [ˌfɪstjuˋlɛktəmɪ]	瘻管切除術
	gastrectomy [gæsˋtrɛktəmɪ]	胃切除術

例句▶ Gastrectomy is used to treat bleeding, inflamation, or benign or malignant tumors.（胃切除術被用來治療出血、發炎、良性或惡性腫瘤。）

縮　寫	原文 [音標]	中　譯
	hemorrhoidectomy [ˌhɛmərɔɪˋdɛktəmɪ]	痔瘡切除術
	lobectomy [loˋbɛktəmɪ]	（肝或肺葉）切除術
	nephrectomy [nəˋfrɛktəmɪ]	腎切除術
	pancreatectomy [ˌpænkrɪəˋtɛktəmɪ]	胰切除術
	splenectomy* [splɪˋnɛktəmɪ]	脾切除術
	subtotal thyroidectomy [sʌbˋtotəl ˌθaɪrɔɪˋdɛktəmɪ]	次全甲狀腺切除術
	thyroidectomy [ˌθaɪrɔɪˋdɛktəmɪ]	甲狀腺切除術
	total thyroidectomy [ˋtotḷ ˌθaɪrɔɪˋdɛktəmɪ]	全甲狀腺切除術
ESWL	**extracorporeal shock wave lithotripsy*** [ˌɛkstrəkɔrˋporɪəl ʃak wev ˋlɪθəˌtrɪpsɪ]	體外震波碎石術

例句▶ Following its introduction in 1980, extracorporeal shockwave lithotripsy (ESWL) dramatically changed the management of renal and ureteral calculous disease.（根據體外震波碎石術在西元 1980 年的介紹，其大幅改變了腎和輸尿管的結石症。）

縮　寫	原文 [音標]	中　譯
	hernioplasty [ˋhɜnɪoˌplæstɪ]	疝氣成形術
	herniorrhaphy [ˌhɜnɪˋɔrəfɪ]	疝氣修補術

縮　寫	原文 [音標]	中　譯
	open heart surgery	開心手術
	[`opən hart `sɜʤərɪ]	

例句▶ Open-heart surgery is done while the bloodstream is diverted through a heart-lung machine.（進行開心手術的過程中，血流藉由心肺儀器分流開來。）

縮　寫	原文 [音標]	中　譯
	cholecystostomy	膽囊造口術
	[ˌkoləsɪs`tastəmɪ]	
	colostomy	結腸造口術
	[kə`lastəmɪ]	
	duodenostomy	十二指腸造口術
	[ˌdjuədɪ`nastəmɪ]	
	esophagoduodenostomy	食道十二指腸吻合術
	[ɪˌsafəgoˌdjuodɪn`astəmɪ]	
	gastrojejunostomy	胃空腸吻合術
	[ˌgæstrəʤəˌʤu`nastəmɪ]	
	gastrostomy	胃造口術
	[gæs`trastəmɪ]	
	choledochotomy	總膽管切開術
	[ˌkolɛdə`kɛktəmɪ]	
	cholelithotomy	膽石取出術
	[ˌkolɪlɪ`θatəmɪ]	
	craniotomy	頭顱切開術
	[ˌkrenɪ`atəmɪ]	

例句▶ Craniotomy treats lesions of the brain and its surrounding structures through an opening in the skull.（頭顱切開術是經由頭骨的一個開口治療腦部的損害和腦周圍的組織。）

縮　寫	原文 [音標]	中　譯
	thoracotomy	胸廓切開術
	[ˌθorə`katəmɪ]	
	tracheotomy*	氣管切開術
	[ˌtrekɪ`atəmɪ]	
PTCD	**percutaneous transhepatic cholangiography and drainage***	經皮穿肝膽道攝影及引流術
	[ˌpɜkjə`tenɪəs trænsˌhɪ`pætɪk kəˌlænʤi`ɔgrəfi ænd `drenɪʤ]	
	pyloroplasty	幽門造形術
	[paɪ`lorəˌplæstɪ]	
RT	**radiation therapy**	放射性治療
	[ˌredɪ`eʃən `θɛrəpɪ]	

縮 寫	原文 [音標]	中 譯
	resection	切除
	[rɪˋsɛkʃən]	

例句▶ Resection is the surgical removal of part of an organ or structure.（切除是外科手術性的移除部份器官或組織。）

縮 寫	原文 [音標]	中 譯
APR	**abdominal perineal resection**	腹部會陰切除術
	[æbˋdɑmɪnl͵pɛrəˋnɪəl rɪˋsɛkʃən]	
TURP	**transurethral resection of prostate***	經尿道前列腺切除術
	[͵trænsjəˋriθrəl rɪˋsɛkʃən ɑv ˋprɑs͵tet]	

例句▶ During transurethral resection of the prostate (TURP), an instrument is inserted up the urethra to remove the section of the prostate that is blocking urine flow.（在經尿道前列腺切除手術過程中，儀器被插入尿道，用來移除阻礙尿流的部分前列腺。）

縮 寫	原文 [音標]	中 譯
	transplantation*	移植
	[͵trænsplænˋteʃən]	

例句▶ Organ transplantation is the replacement of a defective organ in a body with one from another body.（器官移植是指將不健全的器官用另一個身體裡的器官替換。）

縮 寫	原文 [音標]	中 譯
BMT	**bone marrow transplantation***	骨髓移植
	[bon ˋmæro ͵trænsplænˋteʃən]	

例句▶ BMT is a risky procedure and therefore is reserved for patient with life threatening diseases.（骨髓移植風險很高故保留給染上有生命威脅疾病的病人。）

牛刀小試 EXERCISES

選擇題

從 A. B. C. D. 四個選項中，選擇正確的答案填入括弧中：

( ) 1. Which of the following is used in human cancers? (A) gastrolavage (B) radiotherapy (C) cholelithotripsy (D) appendectomy

( ) 2. Which is certainly not caused by brain injury? (A) brain concussion (B) brain death (C) brain tumor (D) brain contusion

( ) 3. What can be used for many different procedures within the head, for trauma, tumor, infection and aneurysm? (A) craniotomy (B) transurethral resection of prostate (C) transplantation (D) extracorporeal shock wave lithotripsy

( ) 4. Which of the following might happen only to males? (A) renal stone (B) breast cancer (C) transurethral resection of prostate (D) hemorrhoid

填空題

於各題空格內填入正確答案：

1. Ery_____ma multiforme is a type of hypersensitivity (allergic) reaction of the skin that occurs in response to medications, infections, or illness.

2. C_____sion is the sudden, violent, involuntary contraction of the muscles of the body, often accompanied by loss of consciousness.

3. Etiology of (g)_____perforation has been described as being spontaneous and it is associated with a high mortality rate.

4. The World Health Organization declared (T)_____(TB) a global health emergency in 1993.

全句翻譯

將下列句子整句翻譯為中文：

1. Ultrasonography is an ideal clinical tool for determining the source of abdominal pain.

   翻譯：

2. One important event, which occurs early after an injury, is muscle spasm.

   翻譯：

解 答 ANSWER

選擇題

（ B ）1. 譯：下列何者被用在人類的癌症上？　(A)洗胃術　(B)放射療法　(C)碎膽石術　(D)闌尾切除術

（ C ）2. 譯：何者絕對不是腦部受傷造成的？　(A)腦震盪　(B)腦死　(C)腦瘤　(D)腦挫傷

（ A ）3. 譯：何者可被用在許多不同關於頭部的外傷、腫瘤、感染及動脈瘤的手術中？　(A)顱骨切開術　(B)經尿道前列腺切除術　(C)移植手術　(D)體外震波碎石術

（ C ）4. 譯：下列何者可能只會發生在男性：　(A)腎結石　(B)乳癌　(C)經尿道前列腺切除術　(D)痔瘡

填空題

1. Erythema（譯：多型紅斑是一種發生在對藥物、感染或疾病過敏的皮膚過敏反應。）

2. Convulsion（譯：抽搐是身體肌肉突然、激烈且不由自主的收縮，經常伴隨著失去意識。）

3. gastric（譯：胃穿孔病源學常被描述為自發的且具高死亡率的。）

4. tuberculosis（譯：世界衛生組織宣告 1993 年的全球健康危機。）

全句翻譯

1. 譯：超音波掃描是確定腹痛原因的理想臨床工具。

2. 譯：發生在傷害（損傷）初期的重要事件之一是肌肉痙攣。

3-3　婦產科

—— *Gynecologic and Obstetric Terminology*

 診　斷

縮　寫	原文 [音標]	中　譯
	abortion [ə`bɔrʃən]	流產（墮胎）

例句▶ <u>Abortion</u> is illegal in some countries.（在某些國家，墮胎是違法的。）

縮　寫	原文 [音標]	中　譯
	complete abortion [kəm`plit ə`bɔrʃən]	完全性流產
	habitual abortion [hə`bɪtʃuəl ə`bɔrʃən]	習慣性流產

例句▶ <u>Habitual abortion</u> is sometimes due to chromosome abnormalities or other genetic causes.（習慣性流產有時是染色體異常或其他基因問題所引起的。）

縮　寫	原文 [音標]	中　譯
	induced abortion [ɪn`djust ə`bɔrʃən]	誘發性流產
	missed abortion [mɪst ə`bɔrʃən]	過期流產
SA	**spontaneous abortion** [span`tenɪəs ə`bɔrʃən]	自然流產
	therapeutic abortion [.θɛrə`pjutɪk ə`bɔrʃən]	治療性流產
	threatened abortion [`θrɛtənd ə`bɔrʃən]	脅迫性流產
	abruptio placenta* [æb`rʌpʃɪo plə`sɛntə]	胎盤早期剝離
	adenomyoma [.ædɪnomaɪ`omə]	子宮內膜肌瘤

例句▶ <u>Adenomyoma</u> usually occurs in women over 30 who have carried a pregnancy to term.（子宮內膜肌瘤通常發生在超過30歲曾經生育過的女性身上。）

縮　寫	原文 [音標]	中　譯
	adenomyosis [.ædɪnomaɪ`osɪs]	子宮內膜組織異位形成

縮 寫	原文 [音標]	中 譯
	amenorrhea [əˌmɛnoˋriə]	無經症
	例句▶ Primary <u>amenorrhea</u> occurs when a woman has not had her first menstrual period (menarche) by the age of 16.（發生原發性無經症，是指當女性 16 歲時仍未經歷第一次月經來潮（初潮）。）	
AFE	**amniotic fluid embolism*** [æmnɪˋatɪk ˋfluɪd ˋɛmbəlɪzm]	羊水栓塞
	anteflexion of uterus [æntɪˋflɛkʃən av jutərəs]	子宮前屈
	anteversion of uterus [æntɪˋvɜʒən av ˋjutərəs]	子宮前傾
	aspermia [əˋspɜmɪə]	射精不能，精液缺乏
	例句▶ A man with <u>aspermia</u> can still father a child thanks to modern techniques.（拜現代技術之賜，精液缺乏的男性仍能生育小孩。）	
	atresia uteri [əˋtriʒə ˋjutəraɪ]	子宮閉鎖
	breast cancer* [brɛst ˋkænsɚ]	乳癌
CIS	**carcinoma in situ*** [ˌkarsɪˋnomə ɪn sˋaɪtə]	原位癌
	carcinoma of endometrium [ˌkarsɪˋnomə av ɛndoˋmitrɪəm]	子宮內膜癌
	cervical [ˋsɜvɪkl̩]	頸的，子宮頸的
CC	**cervical cancer*** / **carcinoma of cervix** [ˋsɜvɪkl̩ ˋkænsɚ; ˌkarsɪˋnomə av ˋsɜvɪks]	子宮頸癌
	例句▶ Of female malignancies worldwide <u>carcinoma of cervix</u> is second.（在全球女性惡性腫瘤中，子宮頸癌是罹患率第二高的。）	
	cervical erosion [ˋsɜvɪkl̩ ɪˋroʒən]	子宮頸糜爛
	cervical polyp [ˋsɜvɪkl̩ pˋalɪp]	子宮頸息肉

縮 寫	原文 [音標]	中 譯
	cervicitis [ˌsɝvɪˋsaɪtɪs]	子宮頸炎
	chancre [ˋʃæŋkə]	下疳
	例句 Chancre is the classic painless ulcer of syphilis.（下疳是梅毒典型的無痛感潰爛。）	
	chancroid [ˋʃæŋkrɔɪd]	軟性下疳
	choriocarcinoma [ˌkorɪəˌkarsɪˋnomə]	絨毛膜癌
DFU	**dead fetus in uterus** [dɛd ˋfitəs ɪn ˋjutərəs]	子宮內死胎
	delivery* [dɪˋlɪvərɪ]	分娩
	dermoid cyst [ˋdɝmɔɪd sɪst]	皮樣囊腫
	dysmenorrhea [ˌdɪsmɛnəˋriə]	痛經
	dystocia [dɪsˋtosɪə]	生產困難
	例句 Dystocia is an abnormal or difficult childbirth or labour.（生產困難是指不正常或困難的分娩。）	
	eclampsia* [əˋklæmpsɪə]	子癇症
	endometrioma [ˌɛndəˌmitrɪˋomə]	子宮內膜瘤
	endometriosis* [ˌɛndəˌmitrɪˋosɪs]	子宮內膜組織異位
	endometritis [ˌɛndəməˋtraɪtɪs]	子宮內膜炎
	fetal distress [ˋfitəl dɪˋstrɛs]	胎兒窘迫
	fibroma [faɪˋbromə]	纖維瘤
	gestation [dʒɛsˋteʃən]	妊娠

縮 寫	原文 [音標]	中 譯
GDM	**gestation diabetes mellitus*** [dʒɛs`teʃən ˌdaɪə`bitiz mɛl`aɪtəs]	妊娠糖尿病
	gonorrhea [ˌganə`riə]	淋病
	例句 Gonorrhea is a curable sexually transmitted infection.（淋病是一種可治癒的性傳染病。）	
	hemorrhage [`hɛmərɪdʒ]	出血
APH	**antepartum hemorrhage** [`æntɪ`partəm `hɛmərɪdʒ]	產前出血
PPH	**postpartum hemorrhage** [post`partəm `hɛmərɪdʒ]	產後出血
	hydatidiform mole [ˌhaɪdə`tɪdɪfɔrm mol]	葡萄胎，水泡狀胎塊
	hydramnion [haɪ`dræmnɪən]	羊水過多
	例句 Severe hydramnios may signal a problem with the fetus, such as a central nervous system or gastrointestinal defect.（嚴重的羊水過多可能代表胎兒有問題，比如說中樞神經系統或胃腸有缺陷。）	
	hydrosalpinx [ˌhaɪdrə`sælpɪnks]	輸卵管積水
	hyperemesis gravidarum [ˌhaɪpə`rɛmɪsɪs grə`vɪdərʌm]	妊娠性劇吐
	incompetent cervix [ɪn`kampətənt `sɜvɪks]	子宮頸閉鎖不全
	infertility* [ˌɪnfə`tɪlətɪ]	不孕症
	例句 Infertility diagnosis and treatment include Clomid, IVF and egg donation.（不孕症診斷和治療，包括了使用促進排卵藥物、試管嬰兒和卵子捐贈。）	
IUFD	**intrauterine fetal death** [ˌɪntrə`jutərɪn `fitəl dɛθ]	子宮內胎兒死亡／胎死腹中
IUGR	**intrauterine growth retardation** [ˌɪntrə`jutərɪn groθˌritar`deʃən]	子宮內生長遲滯
	labor* [`lebə]	分娩

縮 寫	原文 [音標]	中 譯
	false labor pain	假陣痛
	[fɔls ˋlebɚ pen]	

例句 ▶ <u>False labor pain</u> doesn't cause significant progressive dilation of the patient's cervix. （假陣痛不會造成產婦子宮頸顯著、漸次的擴張。）

	full term in labor	足月產
	[fʊl tɝm ɪn ˋlebɚ]	
	postterm labor	過期生產
	[postˋtɝm ˋlebɚ]	
	precipitous labor	急產
	[prɪˋsɪpətəs ˋlebɚ]	
PTL	**premature / premature labor**	早產
	[ˌpriməˋtjʊr; ˌpriməˋtjʊr ˋlebɚ]	

例句 ▶ <u>Premature</u> infants have many special needs that make their care different from that of full-term infants. （早產兒有許多特殊需求，使得他們在照護上與一般足月產嬰兒不同。）

	leukoplakia	白斑病
	[ˌlukəˋplækɪə]	

例句 ▶ Approximately 3% of <u>leukoplakia</u> lesions develop cancerous changes. （大約百分之三的白斑病器官損害會發展成癌的病變。）

	mastadenitis / mastitis	乳腺炎
	[ˌmæstædɪˋnaɪtɪs; mæsˋtaɪtɪs]	
	oligohydramnions	羊水過少
	[ˌɑləgohaɪˋdræmnɪəs]	
	oophoritis	卵巢炎
	[ˌoəfəˋraɪtɪs]	
	osteoporosis*	骨質疏鬆症
	[ˌɑstɪəpəˋrosɪs]	

例句 ▶ <u>Osteoporosis</u> is the thinning of bone tissue and loss of bone density over time. （骨質疏鬆症即骨骼組織變稀疏及骨質密度隨著時間而流失。）

	ovarian cancer / carcinoma	卵巢癌
Ov Ca.	[oˋvɛrɪən ˋkænsɚ; ˌkarsɪˋnomə]	
	ovarian cyst	卵巢囊腫
	[oˋvɛrɪən sɪst]	

縮 寫	原文 [音標]	中 譯
	pelvic [ˋpɛlvɪk]	骨盆的
CPD	**cephalo pelvic disproportion** [ˏsɛfələ ˋpɛlvɪk ˏdɪsprəˋporʃən]	胎頭骨盆不對稱
	pelvic inflammation [ˋpɛlvɪk ˏɪnfləˋmeʃən]	骨盆發炎
PID	**pelvic inflammatory disease** [ˋpɛlvɪk ɪnˋflæməˏtorɪ dɪˋziz]	骨盆腔發炎性疾病

例句▶ Pelvic inflammatory disease is an infection that passes from the vagina through cervix, the uterus and up to the Fallopian tubes. （骨盆腔發炎性疾病是經由陰道擴散至子宮頸、子宮與輸卵管的一種感染。）

縮 寫	原文 [音標]	中 譯
	pelvic mass [ˋpɛlvɪk mæs]	骨盆腔腫瘤
	placenta insufficiency [pləˋsɛntə ˏɪnsəˋfɪʃənsɪ]	胎盤功能不足
	placenta praevia* [pləˋsɛntə ˋprivɪə]	前置胎盤
	pre-eclampsia* [ˏpriˋklæmpsɪə]	子癇前症
	pregnancy [ˋprɛgnənsɪ]	懷孕，妊娠
	afetal pregnancy [əˋfitl ˋprɛgnənsɪ]	假孕
	bigeminal pregnancy [baɪˋdʒɛmɪnəl ˋprɛgnənsɪ]	雙胎妊娠
	ectopic pregnancy [ɛkˋtɔpɪk ˋprɛgnənsɪ]	異位妊娠，子宮外孕
FTP	**full term pregnancy** [ful tɝm ˋprɛgnənsɪ]	足月妊娠
IUP	**intrauterine pregnancy** [ˏɪntrəˋjutərɪn ˋprɛgnənsɪ]	子宮內懷孕
	multiple pregnancy [ˋmʌltəpl̩ ˋprɛgnənsɪ]	多胞胎，多胎妊娠
P.I.H.	**pregnancy induced hypertension** [ˋprɛgnənsɪ ɪnˋdjust ˏhaɪpɚˋtɛnʃən]	妊娠誘發性高血壓

縮 寫	原文 [音標]	中 譯
	toxemia of pregnancy*	妊娠毒血症
	[tak`simɪə ɑv `prɛgnənsɪ]	
PROM	**premature rupture of membrane**	早期破水
	[ˌprimə`tjʊr `rʌptʃə ɑv `mɛmbren]	
	prolapse	脫垂
	[prə`læps]	

例句▶ Uterine <u>prolapse</u> occurs most commonly in women who have had one or more vaginal births.（子宮脫垂多數發生在經歷過一次以上陰道自然分娩的婦女身上。）

	prolapse of the umbilical cord	臍帶脫垂
	[prə`læps ɑv ðə ʌm`bɪlɪkļ kɔrd]	
	prolapse of uterus	子宮脫垂
	[prə`læps ɑv `jutərəs]	
	puerperal fever	產褥熱
	[pju`ɜpərəl `fivə]	

例句▶ <u>Puerperal fever</u> is a fever that lasts for more than 24 hours within the first 10 days after a woman has had a baby.（產褥熱是指在女性生產後的頭 10 天內有發燒至少超過 24 小時以上的情形。）

	rubella	德國麻疹
	[ru`bɛlə]	
	salpingitis	輸卵管炎
	[ˌsælpɪn`dʒaɪtɪs]	
S.B.	**stillbirth**	死產，死胎
	[`stɪlˌbɜθ]	

例句▶ She was severely traumatized by having delivered a <u>stillbirth</u>.（她因產下死胎而深受創傷。）

	syphilis*	梅毒
	[`sɪfəlɪs]	

例句▶ <u>Syphilis</u> is a sexually transmitted or congenital infection caused by the bacterium.（梅毒是一種經由性行為傳染或先天性細菌感染的傳染病。）

	conceptional syphilis	受孕性梅毒
	[kən`sɛpʃən] `sɪfəlɪs]	
	congenital syphilis	先天性梅毒
	[kən`dʒɛnətļ sɪfəlɪs]	

縮　寫	原文 [音標]	中　譯
	trichomonas vaginitis [ˌtrɪkə`monəs ˌvædʒə`naɪtɪs]	滴蟲性陰道炎
TOA	**tubo-ovarian abscess** [ˌtjubə o`vɛrɪən `æbsɪs]	輸卵管卵巢膿瘍
	uterine myoma / myoma of uterus [`jutərɪn maɪ`omə; maɪ`omə ɑv `jutərəs]	子宮肌瘤
	vaginal condyloma [`vædʒɪn̩ ˌkandə`lomə]	陰道濕疣
VD	**venereal disease** [vɪ`nɪrɪəl dɪ`ziz]	性病，花柳病

例句▶ There are more than 20 <u>venereal diseases</u> that may be transmitted through sexual contact.（有二十多種花柳病會經由性交傳染。）

 檢　查

縮　寫	原文 [音標]	中　譯
	amniocentesis* [ˌæmnɪosɛn`tisəs]	羊膜穿刺術

例句▶ <u>Amniocentesis</u> is a diagnostic procedure performed by inserting a hollow needle through the abdominal wall into the uterus and withdrawing a small amount of fluid.（羊膜穿刺術是一種將中空的針狀物，經由腹部插入子宮取出少量的液體以診斷的技術。）

BBT	**basal body temperature*** [`bes̩ `badɪ `tɛmprətʃə]	基礎體溫
	bimanual pelvic examination [baɪ`mænjuɛl `pɛlvɪk ɪg`zæmə`neʃən]	骨盆雙手檢查法
	cervical biopsy [`sɜvɪkəl `baɪapsɪ]	子宮頸切片

例句▶ A <u>cervical biopsy</u> is a test in which tissue samples are taken from the cervix and examined for disease or other problems.（子宮頸切片是一種取出子宮頸的組織樣本以檢查是否有疾病或問題的測試。）

	endometrial biopsy [ˌɛndə`mitrɪəl `baɪapsɪ]	子宮內膜切片

縮 寫	原文 [音標]	中 譯
BSE	**breast self-examination** [brɛst `sɛlf ɪgˌzæməˈneʃən]	乳房自我檢查法
	例句▶ Every woman should try to get in the habit of doing a <u>breast self-examination</u> once a month.（每個女人都該習慣每月實施一次乳房自我檢查。）	
	breech presentation [britʃ ˌprɛzɛnˈteʃən]	臀式胎位
	calendar rhythm method* [ˈkæləndə ˈrɪðəm ˈmɛθəd]	安全期計算法
	cephalic / vertex presentation [səˈfælɪk ˌprizɛnˈteʃən]	頭產式
CVS	**chorionic villi sampling** [ˌkorɪˈɑnɪk ˈvɪlaɪ ˈsæmplɪŋ]	絨毛膜取樣
	colposcopy [kalˈpaskəpɪ]	陰道鏡檢查
EDC	**expected date of confinement*** [ɪkˈspɛktɪd det ɑv kənˈfaɪnmənt]	預產期
	例句▶ When is your wife's <u>expected date of confinement</u>?（你太太的預產期是什麼時候？）	
	fetal [ˈfitl̩]	胎兒的
	fetal heart monitoring [ˈfitl̩ hart ˈmanəɚɪŋ]	胎心監測
FHR; FHB	**fetal heart rate / fetal heart beats** [ˈfitl̩ hart ret; ˈfitl̩ hart bit]	胎兒心搏率，胎兒心跳
FHS	**fetal heart sound** [ˈfitl̩ hart sound]	胎兒心音
	fetal monitor* [ˈfitl̩ manətə]	胎兒監視器
FM	**fetal movement** [ˈfitl̩ ˈmuvmənt]	胎動
G	**gravidity*** [grəˈvɪdətɪ]	懷孕次數
	例句▶ <u>Gravidity</u> is the number of time a woman has been pregnant.（懷孕次數即為一個女人懷孕的次數。）	
	gynecological history [ˌgaɪnəkəˈladʒɪkl̩ ˈhɪstrɪ]	婦科病史

縮 寫	原文 [音標]	中 譯
	laparoscopy [ˌlæpəˋrɑskəpɪ]	腹腔鏡檢查

> 例句 <u>Laparoscopy</u> is an operative procedure in which a laparoscope is used to inspect the contents of the abdomen or pelvis. （腹腔鏡檢查是一種手術程序，過程中使用腹腔鏡來檢查腹部或骨盆的內部。）

縮 寫	原文 [音標]	中 譯
LMP	**last menstrual period*** [ˋlæst ˋmɛnstruəl ˋpɪrɪəd]	最後一次月經
NST	**non-stress test** [nɑn strɛs tɛst]	無壓力性測驗
	occipitoanterior [ɑkˌsɪpətəæenˋtɪrɪɚ]	枕前位
LOA	**left occipitoanterior** [ˋlɛft ɑkˌsɪpətəænˋtɪrɪɚ]	左枕前位
ROA	**right occipitoanterior** [ˋraɪt ɑkˌsɪpətəænˋtɪrɪɚ]	右枕前位
	occipitoposterior [ɑkˌsɪpətəpɑsˋtɪrɪɚ]	枕後位
LOP	**left occipitoposterior** [ˋlɛft ɑkˌsɪpətəpɑsˋtɪrɪɚ]	左枕後位
ROP	**right occipitoposterior** [ˋraɪt ɑkˌsɪpətəpɑsˋtɪrɪɚ]	右枕後位
	occipitotransverse [ɑkˌsɪpətətərænsˋvɝs]	枕橫位
LOT	**left occipitotransverse** [ˋlɛft ɑkˌsɪpətətrænsˋvɝs]	左枕橫位
ROT	**right occipitotransverse** [ˋraɪt ɑkˌsɪpətətrænsˋvɝs]	右枕橫位
OCT	**oxytocin challenge test*** [ˌɑksɪˋtosɪn ˋtʃælɪndʒ tɛst]	催產素挑釁試驗
Pap. smear	**papanicolaou smear*** [ˌpæpənɪkəˋlez smɪr]	子宮頸抹片檢查
	pelvic examination [ˋpɛlvɪk ɪgˌzæməˋneʃən]	骨盆檢查
	pelvimetry [pɛlˋvɪmətrɪ]	骨盆測量法

縮 寫	原文 [音標]	中 譯
PV	**per vaginal** [pə vəˋdʒaɪnl̩]	經由陰道指診
	pregnancy test* [ˋprɛgnənsɪ tɛst] 例句▶ There are two types of <u>pregnancy tests</u> - blood and urine tests.（妊娠試驗有兩種－血液試驗和尿液試驗。）	妊娠試驗
	presentation [ˌprizɛnˋteʃən] 例句▶ Delivery <u>presentation</u> describes the way the fetus is positioned to come down the birth canal for delivery.（產式描述了胎兒經由產道被產下的姿勢。）	產式
	presenting part [prɪˋzɛntɪŋ pɑrt]	先露部位
VD	**vaginal delivery** [vəˋdʒaɪnl̩ dɪˋlɪvərɪ]	經陰道生產

 **症 狀**

縮 寫	原文 [音標]	中 譯
	abnormal uterine contraction [æbˋnɔrml̩ ˋjutərɪn kənˋtrækʃən]	子宮收縮異常
	adhesion* [ədˋhiʒən]	粘連
IUA	**intrauterine adhesion** [ˌɪntrəˋjutərɪ ədˋhiʒən]	子宮內粘連
	anemia* [əˋnimɪə]	貧血
	abnormal bleening [æbˋnɔrml̩ ˋblidɪŋ]	不正常出血
DUB	**dysfunctional uterine bleeding** [dɪsˋfʌŋkʃənl̩ ˋjutərɪn ˋblidɪŋ]	功能失調性子宮出血
	internal bleeding* [ɪnˋtɜnl̩ ˋblidɪŋ]	內出血
	irregular bleeding [ɪˋrɛgjələ ˋblidɪŋ]	不規則出血
	withdrawal bleeding [wɪðˋdrɔəl ˋblidɪŋ]	停經出血

縮 寫	原文 [音標]	中 譯
	bloody show* [ˋblʌdɪ ʃo]	現血（見紅）
	例句▶ <u>Bloody show</u> is the passage of a small amount of blood or blood-tinged mucus through the vagina near the end of pregnancy.（現血是指在接近妊娠末期時有小量出血或是有血跡的黏膜通過陰道流出的情形。）	
	cervical dilatation [ˋsɝvɪkl͵ dɪləˋteʃən]	子宮頸擴張
	crowning [ˋkraʊnɪŋ]	胎兒頭部初露（分娩時），著冠
	dysmenorrhea [͵dɪsmɛnəˋriə]	月經困難，痛經
	dysplasia [dɪsˋpleʒɪə]	發育不全
	ectopic pregnancy [ɛkˋtɔpɪk ˋprɛgnənsɪ]	異位性妊娠（子宮外孕）
	例句▶ <u>Ectopic pregnancy</u> is implantation of an embryo outside of the uterus.（異位性妊娠所指的即是胚胎在子宮以外的位置著床。）	
	effacement [ɪˋfesmənt]	子宮頸變薄程度
	engagement [ɪnˋgedʒmənt]	胎兒進入產位，固定
	hematoma [͵himəˋtomə]	血腫
	interval* [ˋɪntəvl͵]	（產痛）間距
	labor pain* [ˋlebə pen]	產痛，陣痛
	例句▶ Understanding the causes of <u>labor pain</u> will make it easier for you to cope with it.（瞭解造成產痛的因素，將使你能更從容的妥善處理它。）	
	laceration of perineum [͵læsəˋreʃən ɑv ͵pɛrəˋniəm]	會陰撕裂傷
LGA	**large for gestational age** [lɑrdʒ fɔr dʒɛsˋteʃənl͵ edʒ]	胎兒大小超過妊娠期

縮 寫	原文 [音標]	中 譯
	leukorrhea (leucorrhea) [ˌlukəˋriə; ˌljukəˋriə]	白帶

例句▶ Leukorrhea is the whitish mucous vaginal discharge, common during pregnancy.（白帶是陰道所分泌的白色黏液，常見於懷孕期間。）

	lightening [ˋlaɪtənɪŋ]	孕婦輕鬆感
	lochia* [ˋlokɪə]	惡露
MAS	**meconium aspiration syndrome** [məˋkonɪəm ˌæspəˋreʃən ˋsɪndrom]	胎便吸入症候群
	meconium stain / staining [məˋkonɪəm sten; stenɪŋ]	胎便汙染，胎便染色

例句▶ Meconium staining occurs in about 13 percent of live births, and up to 12 percent of these develop meconium aspiration syndrome.（胎便汙染在活產兒的發生率約 13%，這當中又有高達 12%的例子會進展為胎便吸入症候群。）

	menopause* [ˋmɛnəˌpɔz]	停經，更年期

例句▶ Over 1.6 million women go through menopause each year.（每年有超過 160 萬婦女經歷停經。）

	radiaton menopause [ˌredɪˋeʃən ˋmɛnəˌpɔz]	放射線照射停經
	menorrhagia [ˌmɛnəˋredʒɪə]	經血過多
	menorrhalgia [ˌmɛnəˋrældʒɪə]	經痛
	menorrhea [ˌmɛnəˋriə]	月經來潮，經血過多
	mittelschmerz [ˋmɪtəlʃmɛrtz]	月經間痛

例句▶ Mittelschmerz is one-sided lower-abdominal pain that occurs in women at or around the time of ovulation.（月經間痛是單側下腹的疼痛，發生於婦女排卵期間或前後。）

	morning sickness* [ˋmɔrnɪŋ ˋsɪknɪs]	孕婦晨吐

縮 寫	原文 [音標]	中 譯
	nausea* [ˋnɔsɪə]	噁心
	oligospermia [ˌɑlɪgəˋspɜmɪə]	精液過少，精子過少
OHSS	**ovarian hyperstimulation syndrome** [oˋvɛərɪən ˋhaɪpəsˌtɪmjuˋleʃən ˋsɪndrom]	卵巢過度刺激症候群
PCS	**pelvic congestive syndrome** [ˋpɛlvɪk kənˋʤɛstɪv ˋsɪndrom]	骨盆腔鬱血症候群
PROM	**premature rupture of membrane** [ˌpriməˋtʃu ˋrʌptʃə ɑv ˋmɛmbren]	早期破水
	premenstrual syndrome [ˋprɪmɛnstruəl ˋsɪndrom]	經前症候群
	例句 It is a classic case of the <u>premenstrual syndrome</u>-she feels anxiety, anger, and unhappiness before her period.（那是典型的經前症候群－她在經期前感到焦慮、憤怒及不愉快。）	
	prolonged labor [prəˋlɔŋd ˋlebə]	產程延長
	puerperal hematoma [pjuˋɜpərəl ˌhɛməˋtomə]	產後血腫
	quickening [ˋkwɪkənɪŋ]	胎動初覺
	例句 In the middle of her pregnancy, she often felt <u>quickening</u>.（她在懷孕中期常感覺到初覺胎動。）	
	rectocele [ˋrɛktəsil]	直腸脫出
	例句 The most common factor in a <u>rectocele</u> is childbirth, especially a difficult childbirth.（直腸脫出最主要的成因是生產，尤其是難產。）	
	retained placenta [rɪˋten pləˋsɛntə]	胎盤滯留
Rh	**Rh factor incompatibility** [ɑr etʃ ˋfæktə ˌɪnkəmˌpætəˋbɪlətɪ]	Rh 因子不合
	spotting [spɑtɪŋ]	點狀出血
	station [ˋsteʃən]	先露部位下降至坐骨棘間距之高度

縮　寫	原文 [音標]	中　譯
	striae gravidarum	妊娠紋
	[`straɪə `grævɪdərəm]	
	例句 <u>Striae gravidarum</u> occurs in 90 percent of pregnant white women but are less common in Asians.（百分之九十的白種婦女懷孕時會出現妊娠紋，而亞洲人則較不普遍。）	
	uterine contraction*	子宮收縮
	[`jutərɪn kən`trækʃən]	

四 處　置

縮　寫	原文 [音標]	中　譯
ATH	**abdominal total hysterectomy***	腹部全子宮切除術
	[æb`damɪnl `totl ˌhɪstə`rɛktəmɪ]	
	例句 My mother made a good recovery after she had an <u>abdominal total hysterectomy</u> surgery.（我母親在動過腹部全子宮切除術後復元良好。）	
ATS	**abdominal tubal sterilization**	腹部輸卵管絕育
	[æb`damɪnl `tjubəl ˌstɛrɪlɪ`zeʃən]	
	artificial*	人工的，人造的
	[ˌɑrtə`fɪʃəl]	
	artificial insemination	人工授精
	[ˌɑrtə`fɪʃəl ɪnˌsɛmə`neʃən]	
	例句 <u>Artificial insemination (AI)</u> is a means of helping couples to have children if they are unable to conceive through sexual intercourse.（人工授精是一種協助無法藉由性交懷胎的夫妻，使其能擁有小孩的方法。）	
AID	**artificial insemination by donor semen**	非配偶人工授精
	[ˌɑrtə`fɪʃəl ɪnˌsɛmə`neʃən baɪ `donɚ `simən]	
AIH	**artificial insemination by husband semen**	配偶人工授精
	[ˌɑrtə`fɪʃəl ɪnˌsɛmə`neʃən baɪ `hʌzbənd `simən]	
AROM	**artificial rupture of membrane***	人工破水
	[ˌɑrtə`fɪʃəl `rʌptʃə ɑv `mɛmbrən]	
BPLND	**bilateral pelvic lymph node dissection**	兩側骨盆淋巴腺摘除術
	[baɪ`lætərəl `pɛlvɪk lɪmf nod dɪ`sɛkʃən]	
BSO	**bilateral salpingo-oophorectomy**	兩側輸卵管卵巢切除術
	[baɪ`lætərəl sælˌpɪngəˌoɑfə`rɛktəmɪ]	

縮 寫	原文 [音標]	中 譯
	cervical conization* [ˈsɝvɪkəl ˌkanəˈzeʃən]	子宮頸錐狀切除術
C/S	**cesarean section*** [sɪˈzɛrɪən ˈsɛkʃən]	剖腹產
	condom* [ˈkandəm]	保險套
	contraception* [ˌkantrəˈsɛpʃən]	避孕

> 例句 All types of <u>contraception</u> can be reliable, but the effectiveness of some methods depends on using them properly. （所有避孕方式都是可靠的，但某些方法的效果取決於是否適當地使用它。）

	contraceptive device [ˌkantrəˈsɛpʃən dɪˈvaɪs]	避孕器
	cryosurgery [ˌkraɪəˈsɝdʒɚɪ]	冷凍手術法

> 例句 <u>Cryosurgery</u> is a highly effective treatment for a broad range of benign skin problems. （冷凍手術法是處理大範圍良性皮膚問題的有效方式。）

	curettage [ˌkjʊrəˈtaʒ]	刮除術
D&C	**dilatation and curettage** [ˌdɪləˈteʃə ænd kjʊrəˈtaʒ]	子宮擴張及子宮內膜刮除術
ECC	**endocervical curettage** [ˌɛndəˈsɝvɪkl ˌkjʊrəˈtaʒ]	子宮頸內刮除術
	cystectomy [sɪsˈtɛktəmɪ]	囊腫切除
D&E	**dilatation and evacuation (of uterus)** [ˌdɪləˈteʃən ænd ɪˌvækjəˈeʃən]	（子宮）擴張及內容物吸出術
ET	**embryo transfer*** [ˈɛmbrɪo trænsˈfɝ]	胚胎移植

> 例句 <u>Embryo transfer</u> refers to a step whereby one or several embryos are placed into the uterus of the female with the intent to establish a pregnancy. （胚胎移植是指將一或多個胚胎植入雌性的子宮以使其懷孕的步驟。）

縮 寫	原文 [音標]	中 譯
EP; Ep.	**episiotomy** [əˌpɪzɪˋɑtəmɪ]	會陰切開術

例句▶ An <u>episiotomy</u> is made to enlarge the vagina and assist childbirth. （會陰切開術是用來擴大陰道以協助生產。）

GIFT	**gamete intra fallopian transfer** [ˋgæmit ˌɪntrə fəˋlopɪən trænsˋfɜ]	精卵輸卵管植入術
	hysterectomy* [ˌhɪstəˋrɛktəmɪ]	子宮切除術

例句▶ We should provide information for women facing <u>hysterectomy</u> so they can make informed choices. This will include description of the procedure, alternatives, long-term effects, and terminology. （對於正要面對子宮切除術的婦女，應提供包括流程、可選擇方式、長期效應以及專用術語等資訊，使其能在此資訊依據下做出選擇。）

	induction of labor* [ɪnˋdʌkʃən ɑv ˋlebə]	引產
IUCD; IUD	**intra-uterine contraceptive device** **(intrauterine device)*** [ˌɪntrəˋjutərɪn ˌkantrəˋsɛptɪv dɪˋvaɪs]	子宮內避孕裝置
LAVH	**laparoscopic assisted vaginal hysterectomy** [ˌlæpəˋraskəpɪk əˌsɪst ˋvædʒɪnḷ ˌhɪstəˋrɛktəmɪ]	經腹腔鏡協助施行陰道子宮切除術
LEEP	**loop electrosurgical excision procedure** [lup ɪˋlɛktroˋsɜdʒɪkḷ ɪkˋsɪʒən prəˋsidʒə]	環形電燒灼切除術
LST	**lower segment transverse** [ˋloə ˋsɛgmənt trænsˋvɜs]	子宮下段橫切
	male sterilization* [mel ˌstɛrɪlɪˋzeʃən]	男性不育法，結紮
	myomectomy [ˌmaɪəˋmɛktəmɪ]	肌瘤切除

例句▶ <u>Myomectomy</u> refers to the surgical removal of uterine fibroids. （肌瘤切除是指手術性的移除子宮肌瘤。）

	oral contraception / oral contraceptive **=oral pill** [ˋorəl ˌkantrəˋsɛpʃən; ˋorəl ˌkantrəˋsɛptɪv]	口服避孕藥
	oxytocin* [ˌaksɪˋtosɪn]	催產素

縮　寫	原文 [音標]	中　譯
NSD	**normal spontaneous delivery*** [`nɔrml̩ spɑn`tenɪəs dɪ`lɪərɪ]	正常自然生產，順產
	painless labor* [`penlɪs `lebə] 例句 This report is a retrospective study of <u>painless labor</u> and its relation to the instrumentation.（此報告為無痛分娩與其使用儀器之相關性的回溯式研究）	無痛分娩
PCA	**patient controlled analgesia** [`peʃənt kən`trold ˌænæl`dʒizɪə]	病患自控式止痛法
RAH	**radical abdominal hysterectomy** [`rædɪkl̩ æb`dɑmɪnl̩ ˌhɪstə`rɛktəmɪ]	廣泛腹部子宮切除術
	rooming-in [rumɪŋ ɪn]	親子同室
	shaving [`ʃevɪŋ]	剃毛
TOP	**termination of pregnancy** [ˌtɜmə`neʃən ɑv `prɛgnənsɪ]	終止懷孕
	therapeutic abortion [ˌθɛrə`pjutɪk ə`bɔrʃən]	治療性流產
	tocolysis [tə`kɑləsɪs]	安胎（抑制子宮收縮）
T/L; TL	**tubal ligation*** [`tjubl̩ laɪ`geʃən] 例句 <u>Tubal ligation</u> is a permanent form of female sterilization, in which the fallopian tubes are severed and sealed, in order to prevent fertilization.（輸卵管結紮法是一種將輸卵管切斷或封起以防止受孕的使女性永久性不孕的方法。）	輸卵管結紮法
BTL	**bilateral tubal ligation** [baɪ`lætərəl `t(j)ubəl laɪ`geʃən]	兩側輸卵管結紮
BVL	**bilateral vas ligation** [baɪ`lætərəl væs laɪ`geʃən]	兩側輸精管結紮
PPTL	**postpartum tubal ligation** [post`partəm `t(j)ubəl laɪ`geʃən] 例句 Having undergone the <u>postpartum tubal ligaton</u> makes her unable to be pregnant again.（接受產後輸卵管結紮使她無法再懷孕。）	產後輸卵管結紮
T/S	**tubal sterilization** [`tjubl̩ ˌstɛrɪlɪ`zeʃən]	輸卵管絕育術

縮　寫	原文 [音標]	中　譯
	vacuum aspiration [`væk juəm ˌæspə`reʃən]	真空抽吸法
	例句▶ Vacuum aspiration is a medical procedure for removing the contents of the uterus by suction.（真空抽吸法是藉由抽吸的方式來移除子宮內部物體的一種醫療方式。）	
VH	**vaginal hysterectomy** [`vædʒɪnḷ ˌhɪstə`rɛktəmɪ]	陰道式子宮切除術
VTH	**vaginal total hysterectomy** [`vædʒɪnḷ `totḷ ˌhɪstə`rɛktəmɪ]	陰道式全子宮切除術
	vasectomy [væs`ɛktəmɪ]	輸精管切除術
	例句▶ Vasectomy is a birth control method in which all or part of a male's vas deferens is surgically removed.（輸精管切除術是一種藉由手術移除全部或部分男性輸精管以控制生育的方法。）	

🔲五 其他相關詞彙

縮　寫	原文 [音標]	中　譯
	amnion [`æmnɪən]	羊膜，胞衣
	amniotic fluid* [ˌæmnɪ`otɪk `fluɪd]	羊水
	例句▶ Amniotic fluid is a clear, slightly yellowish liquid that surrounds the unborn baby during pregnancy.（羊水是懷孕期間未生出的胎兒，其周圍的清澈中稍帶淡黃色的液體。）	
	antenatal [ˌæntɪ`netḷ]	出生前的
	antepartal [ˌæntɪ`partḷ]	產前的
AP	**antepartum** [`æntɪ`partəm]	分娩前，懷孕
	climacteric [ˌklaɪmæk`tɛrɪk]	更年期
	例句▶ Climacteric is a natural and expected part of a woman's development and does not need to be prevented.（更年期是女人生長過程中自然且是預期中的一部分，並不需要被預防。）	

縮 寫	原文 [音標]	中 譯
	colostrum [kəˋlastrəm]	初乳
	corpus luteum [ˋkɔrpəs ˋlutən]	黃體
	例句 The corpus luteum produces progesterone and, in the event of fertilization, provides the required progesterone until the placenta is formed. （黃體可以製造黃體激素，並在受精發生後提供所需的黃體激素直到胎盤形成。）	
	duration* [djuˋreʃən]	（子宮收縮）的持續時間
	embryo* [ˋɛmbrɪo]	胚胎
	estrogen [ˋɛstrədʒən]	動情激素，雌性素
	fallopian tube [fəˋlopɪən tjub]	輸卵管
	fertilization [ˌfətəlaɪˋzeʃən]	授精，受孕
	fetus* [ˋfitəs]	胎兒
	例句 In humans, a fetus develops from the end of the 8th week of pregnancy, when the major structures and organ systems have formed, until birth. （人類的胎兒自妊娠期第八週末開始發展至分娩，當時主要的構造與器官已然成形。）	
FSH	**follicle stimulating hormone** [ˋfalɪk] ˋstɪmjəˌlet ˋhɔrmon]	濾泡刺激素
	frequency [ˋfrikwənsɪ]	（子宮收縮）頻率
	gravida [ˋgrævɪdə]	孕婦，懷孕
G_0	**gravida 0** [ˋgrævɪdə ˋzɪro]	未孕
	例句 A woman who has never been pregnant is referred to as a gravida 0. （從未懷孕過的女人可稱作 G_0。）	
G_1	**gravida 1*** [ˋgrævɪdə wʌn]	初孕婦

縮　寫	原文 [音標]	中　譯
	gynecologist [gaɪnəˋkalədʒɪst]	婦產科醫師
hCG	**human chorionic gonadotropin** [ˋhjumən ˌkorɪˋanɪk ˌganədəˋtropɪn]	人類絨毛膜性腺激素
	intensity [ɪnˋtɛnsətɪ]	（子宮收縮）強度
	menses / menstruation [ˋmɛnsiz; ˌmɛnstruˋeʃən]	月經
	nullipara [nəˋlɪpərə]	未產婦
	obstetrician* [ˌɑbstəˋtrɪʃən]	產科醫師
OB; OBS	**obstetrics / obstetrical service** [əbˋstɛtrɪks; əbˋstɛtrɪkl̩ ˋsɝvɪs]	產科學
	ovulation [ˌovjəˋleʃən]	排卵

例句 In humans, the period when ovulation occurs is called the ovulatory phase, and it occupies the fourteenth day of an idealized twenty-eight day menstrual cycle.（以人類而言，排卵的週期稱為排卵期，為理想的 28 日經期循環中的第 14 天。）

P	**para / parity** [pærə; ˋpærətɪ]	經產，產次
P₁	**parity 1*** [ˋpærətɪ wʌn]	生有一子
PP	**postpartum*** [postˋpartəm]	產後

例句 Postpartum is the period beginning immediately after the birth of a child and extending for about six weeks.（產後是指生下胎兒後立即開始的一段延續約六星期的期間。）

	primipara [praɪˋmɪpərə]	初產婦
	progesterone [proˋdʒɛstəron]	黃體素，助孕酮
	puerperium [ˌpjuəˋpirɪəm]	產褥期

縮 寫	原文 [音標]	中 譯
	safe period* [sef ˋpɪrɪəd]	安全期
	Treponema pallidum [ˌtrɛpəˋnimə ˋpælədəm]	梅毒螺旋體
	twin* [twɪn]	雙胞胎
	uterus* [ˋjutərəs]	子宮

例句▶ The main function of the <u>uterus</u> is to accept a fertilized ovum which becomes implanted into the endometrium.（子宮的主要功能是接受受精的卵子植入子宮內膜中。）

牛刀小試 EXERCISES

勘誤題

請找出句子中的錯誤（每題一個），於單字下畫線並改正。

1. Aspermia is the complete lack of semen. Naturally, it is associated with fertility.

   勘誤：

2. An episiotomy is a surgical cut made just before delivery in the muscular area between the vagina and the anus（肛門）to enlarge your uterine opening.

   勘誤：

3. A hydatidiform mole is a rare mass or growth that may form inside the uterus at the beginning of a delivery.

   勘誤：

填空題

於各題空格內填入正確答案：

1. Nulli (p)_____ is a woman who has never given birth to a child.

2. E_____n is used to treat hot flushes in women who are experiencing menopause.

3. delivery = l_____r

4. A(n) _____is called a fetus at a more advanced stage of development and up until birth or hatching.

全句翻譯

請將下列句子整句翻譯為中文：

1. To calculate the safe period you must know the fertile period.

   翻譯：

2. Abdominal hysterectomy is a surgical procedure in which the uterus is removed through an incision in the lower abdomen.

翻譯：

3. A primipara is a woman bearing first child, or having born only one child.

翻譯：

解 答 ANSWER

勘誤題

1. fertility→infertility

2. uterine→vaginal

3. delivery→pregnancy

填空題

1. para（譯：未產婦是指從未生育過的婦人。）

2. Estrogen（譯：雌激素被用來治療更年期婦女的熱潮紅。）

3. labor（譯：分娩）

4. A(n) embryo（譯：胚胎是指在較早生長階段尚未出生的胎兒。）

全句翻譯

1. 譯：要計算安全期，你必須先知道授精期。

2. 譯：剖腹式子宮切除術是切開下腹部，用以將子宮取出的一種外科手術。

3. 譯：初產婦是指生產頭胎，或是只生過一個孩子的婦女。

3-4　小兒科

—— *Pediatric Terminology*

 診　斷

縮　寫	原文 [音標]	中　譯
	aplastic anemia*	再生不良性貧血
	[əˋplæstɪk əˋnimɪə]	
	例句▶ <u>Aplastic anemia</u> is a syndrome of bone-marrow failure characterized by peripheral pancytopenia and marrow hypoplasia.（再生不良性貧血，是周邊全部血球減少和骨髓發育不全特徵之骨髓衰竭疾病的徵候群之一。）	
	anisocytosis	紅血球大小不等症
	[æn.aɪsosaɪˋtosɪs]	
	anus atresia	肛門閉鎖
	[ˋenəs əˋtriʒə]	
AVMs	**arteriovenous malformations**	動靜脈畸形
	[ar.tɪrɪəˋvinəs .mælfɔrˋmeʃən]	
	asplenia	無脾症
	[eˋsplinɪə]	
	asthma*	氣喘
	[ˋæzmə]	
	atopic dermatitis	異位性皮膚炎
	[əˋtapɪk .dɜməˋtaɪtɪs]	
ASD	**atrial septal defect***	心房中隔缺損
	[ˋetrɪəl ˋsɛptl dɪˋfɛkt]	
ADHD	**attention-deficit hyperactive disorder**	注意力不足／過動症
	[əˋtɛnʃən ˋdɛfɪsɪt .haɪpərˋæktɪv dɪˋsɔrdə]	
	bronchiolitis	細支氣管炎
	[.braŋkɪəˋlaɪtɪs]	
	bronchitis*	支氣管炎
	[branˋkaɪtɪs]	
	例句▶ <u>Bronchitis</u> is an inflammation of the main air passages to the lungs.（支氣管炎是通往肺部的主要空氣通道的發炎。）	
	candidiasis*	念珠菌症
	[.kændɪˋdaɪəsɪs]	

縮 寫	原文 [音標]	中 譯
CP	**cerebral palsy*** [sə`rɪbrəl `pɔlzɪ]	腦性麻痺
	chicken pox* [`tʃɪkɪn pɑks] 例句 <u>Chickenpox</u> is a virus that causes red, itchy bumps.（水痘是一種會引起紅癢腫塊的病毒。）	水痘
CGN	**chronic glomerulonephritis*** [`krɑnɪk gləˌmɛrjulənə`frɑɪtɪs]	慢性腎絲球腎炎
C.L.	**cleft lip*** [klɛft lɪp]	唇裂，兔唇
C.P.	**cleft palate** [klɛft `pælɪt] 例句 A <u>cleft palate</u> may have a negative effect upon an individual's self-esteem, social skills, and behavior.（顎裂可能會對一個人的自尊心、人際交往技能及行為有負面的影響。）	顎裂
	congenital [kən`ʤɛnət!]	先天性的，天生的
CDH	**congenital dislocation of the hip*** [kən`ʤɛnət! ˌdɪslə`keʃən ɑv ðə hɪp]	先天性髖關節脫位
CHD	**congenital heart disease*** [kən`ʤɛnət! hɑrt dɪ`ziz] 例句 Some <u>congenital heart diseases</u> can be treated with medication alone, while others require one or more surgeries.（有些先天性心臟病可以單獨用藥物治療，而其他的得靠一或多次手術治療。）	先天性心臟病
	congenital hypothyroidism [kən`ʤɛnət! ˌhaɪpo`θaɪrɔɪdɪzm̩]	先天性甲狀腺功能低下
	congenital mega colon / megacolon [kən`ʤɛnəl `mɛgə k`olən; ˌmɛgə`kolən]	先天性巨結腸症，巨結腸症
	congenital syphilis [kən`ʤɛnət! `sɪfələs]	先天性梅毒
	conjunctivitis* [kənˌʤʌŋktə`vaɪtɪs] 例句 <u>Conjunctivitis</u> is inflammation or infection of the membrane lining the eyelids.（結膜炎是指眼瞼周圍膜狀物的發炎或感染。）	結膜炎

縮 寫	原文 [音標]	中 譯
	cryptorchidism [krɪp`tɔrkɪdɪzm]	隱睪症
DDH	**developmental dysplasia of hip** [dɪˌvɛləp`mɛntəl dɪs`plɛzɪə ɑv hɪp]	發展性髖關節發育不良
	diaper dermatitis [`daɪəpɚ ˌdɝmə`taɪtɪs]	尿布疹
	diphtheria [dɪf`θɪrɪə]	白喉
	Down's syndrome [daʊnz `sɪndrom]	唐氏症
	encephalitis [ɛnˌsɛfə`laɪtɪs]	腦炎
	enterobiasis [ˌɛntərə`baɪəsɪs]	蟯蟲病
	enterocolitis [ˌɛntərəkə`laɪtɪs]	小腸結腸炎
	enterovirus* [ˌɛntərə`vaɪrəs]	腸病毒
	例句 The enterovirus season in Taiwan peaks in May and June.（在台灣，五、六月為腸病毒盛行的高峰季節。）	
	epilepsy* [`ɛpəˌlɛpsɪ]	癲癇
	例句 Epilepsy is a brain disorder involving recurrent seizures.（癲癇是一種包含週期性發作的腦部疾病。）	
TOF	**Fallot's tetralogy / tetralogy of Fallot*** [fə`loz tə`trælədʒɪ]	法洛式四重症，法洛氏四重畸形
G-6-PDD	**glucose-6-phosphate dehydrogenase deficiency*** [`glukos sɪks `fɑsfet dɪ`haɪdrədʒɪˌnez dɪ`fɪʃənsɪ]	葡萄糖-6-磷酸脫氫酶缺乏症（蠶豆症）
GC	**gonorrhea** [ˌgɑnə`riə]	淋病
	hand-foot-mouth disease* [hænd fʊt maʊθ dɪ`ziz]	手足口病
	hemangioma [həˌmændʒɪ`omə]	血管瘤
HDN	**hemolytic disease of the newborn** [ˌhimə`lɪtɪk dɪ`ziz ɑv ðə `njubɔrn]	新生兒溶血性疾病

縮　寫	原文 [音標]	中　譯
	hemophilia [ˌhiməˈfɪlɪə]	血友病
	例句▸ For guys with a rare bleeding disorder called <u>hemophilia</u>, minor cuts and bruises can be a big deal.（對那些患有罕見血友病的人而言，輕微小傷和瘀青都可能是大事一樁。）	
	hernia* [ˋhɝnɪə]	疝氣
	hives urticaria / urticaria [haɪvz ˌɝtɪˈkɛrɪə]	蕁麻疹
	hydrocephalus* [ˌhaɪdrəˈsɛfələs]	水腦
	例句▸ <u>Hydrocephalus</u> is an accumulation of cerebrospinal fluid in the ventricles of the brain, leading to their enlargement and swelling.（水腦是指腦脊髓液積聚在腦室，造成腦的變大和腫脹。）	
	hyperbilirubinemia [ˌhaɪpɚˌbɪlɪˌrubɪˈnɪmɪə]	高膽紅素血症
	hypospadia [ˌhaɪpoˈspedɪə]	尿道下裂
ITP	**idiopathic thrombocytopenic purpura** [ˌɪdɪəˈpæθɪk ˌθrambəsˌaɪtəˈpinɪk ˈpɝpjurə]	特發性血小板減少性紫斑症
	ileus* [ˋɪlɪəs]	腸阻塞
	例句▸ <u>Ileus</u> involves a partial or complete blockage of the bowel that results in the failure of the intestinal contents to pass through.（腸阻塞包括腸子部分或全部的阻塞，導致腸的內容物無法通過。）	
IRDS	**infantile respiratory distress syndrome** [ˈɪnfənˌtaɪl rɪˈspaɪrəˌtori dɪˈstrɛs ˈsɪndrom]	嬰兒呼吸窘迫症候群
	influenza* [ˌɪnfluˈɛnzə]	流行性感冒
	例句▸ The <u>influenza</u> is a contagious infection of the nose, throat, and lungs caused by the influenza virus.（流行性感冒是一種由流感病毒所引起的，具傳染性的，鼻子、喉嚨或肺部的感染）	
	inguinal hernia [ˈɪngwɪnḷ ˈhɝnɪə]	腹股溝疝氣
	intussusception [ˌɪntəsəˈsɛpʃən]	腸套疊

縮 寫	原文 [音標]	中 譯
	juvenile diabetes [`dʒuvənaɪl ˌdaɪə`bɪtɪz]	幼年型糖尿病
	Kawasaki disease* [ˌkawa`sakɪ dɪ`ziz]	川崎症
	laryngomalacia [ləˌrɪŋgomə`leʃɪə]	喉頭軟化症
	leukemia* [lu`kimɪə]	白血病
	lymphadenitis [lɪmˌfædɪ`naɪtɪs]	淋巴腺炎
	lymphoma* [lɪm`fomə]	淋巴瘤
	measles* [`mizl̩z]	麻疹

例句▶ <u>Measles</u> can be easily prevented with a simple vaccination that costs less than one dollar per child.（麻疹可藉由簡單的接種來預防，每個孩子的花費不到一塊美金。）

縮 寫	原文 [音標]	中 譯
	meningitis* [ˌmɛnɪn`dʒaɪtɪs]	腦膜炎
	mumps [mʌmps]	腮腺炎
NEC	**necrotizing enterocolitis** [`nɛkrəˌtaɪzɪŋ ˌɛntərəkə`laɪtɪs]	壞死性小腸結腸炎
	neonatal asphyxia [ˌnio`netl̩ æs`fɪksɪə]	新生兒窒息
	omphalitis [ˌɑmfə`laɪtɪs]	臍炎
	ophthalmia neonatorum [af`θælmɪə ˌnio`netərəm]	新生兒眼炎
OM	**otitis media** [ə`taɪtɪs `midɪə]	中耳炎
	pharyngitis [ˌfærɪn`dʒaɪtɪs]	咽峽炎
PKU	**phenylketonuria** [ˌfɛnəlˌkitə`njurɪə]	苯酮尿症

例句▶ <u>Phenylketonuria</u>, a human genetic disorder, can cause brain damage.（苯酮尿症，一種人類的基因遺傳疾病，可能導致大腦的損傷。）

縮 寫	原文 [音標]	中 譯
	aspiration pneumonia [ˌæspəˈreʃən njuˈmonɪə]	吸入性肺炎
	bronchopneumonia [ˌbraŋkənjuˈmonɪə]	支氣管肺炎
	poliomyelitis [ˌpolɪoˌmaɪəˈlaɪtɪs]	小兒麻痺，脊髓灰質炎
	polydactylia [ˌpalɪdækˈtɪlɪə]	多指（趾）畸形
	purpura* [ˈpɝpjurə]	紫斑症

例句▶ <u>Purpura</u> is purplish discolorations in the skin produced by small bleeding vessels near the surface of the skin. （紫斑症是指皮膚表面出血的小血管造成皮膚上紫色的斑點。）

縮 寫	原文 [音標]	中 譯
	pyoderma [ˌpaɪəˈdɝmə]	膿皮症
RDS	**respiratory distress syndrome** [rɪˈspaɪrəˌtorɪ dɪˈstrɛs ˈsɪnˌdrom]	呼吸窘迫症候群
	Reye's syndrome* [raɪz ˈsɪndrom]	雷氏症候群
	rheumatic fever [ruˈmætɪk ˈfivə]	風濕熱
	roseola infantum / roseola [roˈzɪələ ɪnˈfæntəm]	幼兒玫瑰疹
	scarlet fever [ˈskarlɪt ˈfivə]	猩紅熱

例句▶ In the past century, the number of cases of <u>scarlet fever</u> has remained high, with marked decrease in case mortality rates secondary to widespread use of antibiotics. （在上一個世紀，猩紅熱的病例仍居高不下，但由於抗生素的廣泛使用，使得致死率大幅下降。）

縮 寫	原文 [音標]	中 譯
	septicemia [ˌsɛptəˈsimɪə]	敗血症
	sinusitis [ˌsaɪnəˈsaɪtɪs]	鼻竇炎

例句▶ <u>Sinusitis</u> is generally caused by a viral, bacterial, or fungal infection. （鼻竇炎通常是由病毒、細菌或真菌的感染引起的。）

縮　寫	原文 [音標]	中　譯
	small pox [smɔl pɑks]	天花
	spina bifida [`spaɪnə `baɪfɪd]	脊柱裂
	tetanus [`tɛtənəs]	破傷風
	thrush [θrʌʃ]	鵝口瘡
	tonsillitis [ˌtɑnsə`laɪtɪs]	扁桃腺炎

例句▶ Tonsilitis usually begins with sudden sore throat and painful swallowing. （扁桃腺炎的初期症狀通常是突發的喉嚨疼痛及吞嚥時疼痛。）

縮　寫	原文 [音標]	中　譯
VSD	**ventricular septal defect*** [vɛn`trɪkjələ `sɛptl dɪ`fɛkt]	心室中隔缺損
VUR	**vesicoureteral reflux** [ˌvɛsɪkəju`rɛtərəl `rɪflʌks]	膀胱輸尿管逆流
	whooping cough [`hupɪŋ kɔf]	百日咳

例句▶ Whooping cough is still a very serious disease when it occurs in children under the age of one year old. （發生在一歲以下幼兒身上的百日咳仍舊是非常嚴重的疾病。）

縮　寫	原文 [音標]	中　譯
	Wilm's tumor [wɪlmz `tjumə]	威爾姆氏腫瘤

※ 法洛式四重症（法洛氏四重畸形）為一先天性心臟病，包含肺動脈狹窄、心室中隔缺損、主動脈跨位及右心室肥大。

二 檢 查

縮　寫	原文 [音標]	中　譯
	Apgar score* [`æpgɑr skor]	阿帕嘉新生兒評分表

例句▶ The Apgar score is a quick test performed at 1 and 5 minutes after birth to determine the physical condition of the newborn. （阿帕嘉新生兒評分表是在分娩後一分鐘及五分鐘，用來測定新生兒身體狀況所做的測試。）

縮　寫	原文 [音標]	中　譯
	Babinski's reflex* [bə`bɪnskiz `rɪflɛks]	巴賓斯基氏反應

縮 寫	原文 [音標]	中 譯
	gestational age [ʤɛs`teʃənəl eʤ]	妊娠期
AGA	**appropriate for gestational age** [ə`proprɪˌet fɔr ʤɛst`eʃənəl eʤ]	胎兒大小合乎妊娠期
LGA	**large for gestational age** [larʤ fɔr ʤɛst`eʃənəl eʤ]	胎兒大小超過妊娠期
SGA	**small for gestational age** [smɔl fɔr ʤɛst`eʃənəl eʤ]	胎兒大小不足妊娠期
	grasping reflex* [`græspɪŋ `riflɛks]	抓握反應
HAV	**hepatitis A virus** [ˌhɛpə`taɪtɪs e `vaɪrəs]	A 型肝炎病毒
HBV	**hepatitis B virus** [ˌhɛpə`taɪtɪs bi `vaɪrəs]	B 型肝炎病毒
HSV	**herpes simplex virus** [`hɝpiz `sɪmplɛks `vaɪrəs]	單純疱疹病毒
	neurologic examination [ˌnjurə`laʤɪk ɪgˌzæmə`neʃən]	神經檢查
	plantar grasp reflex [`plæntɚ græsp `riflɛks]	蹠抓握反應
	tonic neck reflex [`tɑnɪk nɛk `riflɛks]	頸部強直反應

🗩 三 症 狀

縮 寫	原文 [音標]	中 譯
	acrocyanosis [ˌækrəˌsaɪən`osɪs]	肢端發紺

例句▶ Acrocyanosis can also be a sign of a sinister but slow-growing disease such as cardiac failure. （肢端發紺也可能是惡性但發展緩慢的疾病－如心臟衰竭－的一個徵狀。）

縮 寫	原文 [音標]	中 譯
	acromegaly [ˌækromə`gelɪ]	肢端肥大

例句▶ Acromegaly results in gradual enlargement of body tissues including the bones of the face, jaw, hands, feet, and skull.（肢端肥大會造成身體組織，包括臉頰骨、下巴、手、腳、和頭骨的逐漸變大。）

縮 寫	原文 [音標]	中 譯
	airway obstruction [ˈɛrwe əbˈstrʌkʃən]	呼吸道阻塞
	amblyacousia [ˌæmblɪəˈkusɪə]	聽覺遲鈍
	amblyopia [ˌæmblɪˈopɪə]	弱視

例句▶ <u>Amblyopia</u> is loss of visual acuity in one eye caused by lack of use of that eye in early childhood.（弱視是指一隻眼睛由於早期童年時期缺乏使用而喪失視力。）

	anencephalus [ˌænənˈsɛfələs]	無腦畸胎
	anisometropia [ænˌaɪsəmɪˈtropɪə]	屈光不等（眼睛）
	apnea* [æpˈniə]	呼吸停止
	atelectasis [ˌætəˈlɛktəsɪs]	肺擴張不全

例句▶ Anesthesia, prolonged bed rest with few changes in position, shallow breathing, and underlying lung diseases are risk factors for <u>atelectasis</u>.（麻醉、極少改變姿勢的長期臥床、淺的呼吸及潛在的肺病，都是肺擴張不全的可能原因。）

| | **birth mark**
[bɜθ mɑrk] | 胎記 |
| | **brachial palsy***
[ˈbrekɪəl ˈpɔlzɪ] | 臂神經叢麻痺 |

例句▶ <u>Brachial palsy</u> is a paralysis or weakness of the arm caused by damage to the the collection of nerves around the shoulder.（臂神經叢麻痺是由於肩膀神經叢的損壞導致的手臂的麻痺或虛弱。）

BPD	**bronchopulmonary dysplasia** [ˌbrɑŋkəˈpʌlmə‚nɛrɪ dɪsˈplesɪə]	肺支氣管性發育不良
	caput succedaneum [ˈkæpət ‚sʌksɪˈdenɪəm]	胎頭腫塊
	cephalohematoma [‚sɛfələ‚himəˈtomə]	頭血腫
COA	**coarctation of aorta** [‚koarkˈteʃən ɑv eˈɔrtə]	主動脈狹窄

縮　寫	原文 [音標]	中　譯
	colic* [`kalık]	絞痛

例句▶ When baby's crying lasts for longer than about three hours a day and is not caused by a medical problem (such as a hernia or infection), it is called colic.（當嬰兒的啼哭每天持續三小時以上且並非由健康問題（如疝氣或感染）所引起時，即被稱為絞痛。）

縮　寫	原文 [音標]	中　譯
	croup [krup]	哮吼
	cyanosis* [ˌsaɪəˋnosɪs]	發紺

例句▶ Acute cyanosis can be a result of asphyxiation or choking, and is one of the surest signs that respiration is being blocked.（急性發紺可能是由窒息或哽咽所造成，亦是呼吸阻塞的最明確徵象之一。）

縮　寫	原文 [音標]	中　譯
	dehydration* [ˌdihaɪˋdreʃən]	脫水
	diarrhea* [ˌdaɪəˋriə]	腹瀉

例句▶ Diarrhea in adults is usually mild and resolves quickly without complication.（成人患的腹瀉通常是輕微的且極快就痊癒而沒有併發症。）

縮　寫	原文 [音標]	中　譯
	drug intoxication [drʌg ɪnˌtaksɪˋkeʃən]	藥物中毒
	erythema [ˌɛrəˋθimə]	紅斑
	febrile convulsion [ˋfɛbrəl kənˋvalʃən]	熱性痙攣
	forceps marks [ˋfɔrsɛps marks]	產鉗痕跡
GERD	**gastroesophageal reflux disease** [ˌgæstroəˌsafəˋdʒiəl ˋriflʌks dɪˋziz]	胃食道逆流
	hydrocele [ˋhaɪdrəˌsil]	陰囊水腫

例句▶ A hydrocele is a fluid-filled sack along the spermatic cord within the scrotum.（陰囊水腫是陰囊裡精索旁的袋狀物的充滿液體。）

縮 寫	原文 [音標]	中 譯
	impetigo	膿皰
	[ˌɪmpɪˈtaɪgo]	

例句 Impetigo is a skin disorder caused by bacterial infection and characterized by crusting skin lesions.（膿皰是一種細菌感染導致的皮膚損害結痂的皮膚病。）

縮 寫	原文 [音標]	中 譯
	parasitic infection*	寄生蟲感染
	[ˌpærəˈsɪtɪk ɪnˈfɛkʃən]	
URI	**upper respiratory tract infection***	上呼吸道感染
	[ˈʌpə rɪˈspaɪrəˌtorɪ trækt ɪnˈfɛkʃən]	
UTI	**urinary tract infection***	泌尿道感染
	[ˈjurəˌnɛrɪ trækt ɪnˈfɛkʃən]	

例句 A urinary tract infection is an infection that can happen anywhere along the urinary tract -- the kidneys, the ureters, the bladder, or the urethra.（泌尿道感染可發生在泌尿道的任何地方—腎臟、輸尿管、膀胱或尿道。）

縮 寫	原文 [音標]	中 譯
	breast-milk jaundice	母乳性黃疸
	[brɛst mɪlk ˈdʒɔndɪs]	
	newborn jaundice*	新生兒黃疸
	[ˈnjuˌbɔrn ˈdʒɔndɪs]	

例句 Newborn jaundice is caused by high levels of bilirubin in the blood.（新生兒黃疸是由血液中的高膽紅素所引起。）

縮 寫	原文 [音標]	中 譯
	pathologic jaundice	病理性黃疸
	[ˌpæθəˈladʒɪk ˈdʒɔndɪs]	
	physiologic jaundice	生理性黃疸
	[ˌfɪzɪəˈladʒɪk ˈdʒɔndɪs]	
	malnutrition*	營養不良
	[ˌmælnjuˈtrɪʃən]	

例句 Malnutrition may result from an inadequate or unbalanced diet, digestive difficulties, absorption problems, or other medical conditions.（營養不良可能是不足或不均衡的飲食、消化疾病、吸收問題或其他健康情況所造成的。）

縮 寫	原文 [音標]	中 譯
MAS	**meconium aspiration syndrome**	胎便吸入症候群
	[məˈkonɪəm ˌæspəˈreʃən]	
	miliaria	粟粒疹
	[mɪlɪˈɛrɪə]	
	mongolian spots	蒙古斑
	[maŋˈgolɪən spatʃ]	

縮 寫	原文 [音標]	中 譯
	neonatal asphyxia [nio`netl æs`fiksɪə]	新生兒窒息
	nevus flammeus [`nivəs `flæmɪəs]	焰色痣
	obesity* [o`bisətɪ]	肥胖

例句 Obesity in children and adolescents is a serious issue with many health and social consequences that often continue into adulthood. (兒童及青少年肥胖是一個嚴重議題，其帶來的健康和社會問題經常延續至成年。)

縮 寫	原文 [音標]	中 譯
	omphalocele [`ɑmfələs͵il]	臍膨出
	opisthotonic [͵opɪs`θətɑnɪk]	角弓反張的
PDA	**patent ductus arteriosus** [`petənt `dʌktəs ɑr`tirɪəs]	開放性動脈導管
	psoriasis [sə`raɪəsɪs]	牛皮癬

例句 Psoriasis is a common skin inflammation characterized by frequent episodes of redness, itching , and thick, dry, silvery scales on the skin. (牛皮癬是一種常見的皮膚炎，症狀是皮膚經常性地變紅、發癢、及出現乾厚有銀色光澤的痕跡。)

縮 寫	原文 [音標]	中 譯
RDS	**respiratory distress syndrome*** [rɪ`spaɪrə͵torɪ dɪs`trɛs `sɪndrom]	呼吸窘迫症候群
	sneezing* [`snizɪŋ]	打噴嚏

例句 A sneeze is a sudden, forceful, involuntary burst of air through the nose and mouth. (打噴嚏是空氣突然、強力、不由自主地衝出鼻子和嘴巴。)

縮 寫	原文 [音標]	中 譯
	sore throat* [sor θrot]	喉嚨痛
	strawberry mark [`strɔbɛrɪ mɑrk]	草莓斑

縮　寫	原文 [音標]	中　譯
SIDS	**sudden infant death syndrome*** [ˋsʌdn̩ ˋɪnfənt dɛθ ˋsɪnˌdrom]	嬰兒猝死症候群

例句▶ Sudden infant death syndrome (SIDS) is the unexpected, sudden death of a child under one year old in which an autopsy does not show an explainable　cause of death.（嬰兒猝死症候群是一歲以下的兒童無預期、突然的死亡且屍體解剖無法顯示其死亡原因。）

| | **valgus**
 [ˋvælgəs] | 外翻足 |
| | **varus**
 [ˋvɛrəs] | 內翻足 |

四 處　置

縮　寫	原文 [音標]	中　譯
	active immunity* [ˋæktɪv ɪˋmjunətɪ]	主動免疫
circ	**circumcision** [ˌsɝkəmˋsɪʒən]	包皮環割術

例句▶ Circumcision is often performed in healthy boys for cultural or religious reasons.（包皮環割術通常是為了文化或宗教上的原因而執行在健康的男孩上。）

| | **cord blood bank**
 [kɔrd blʌd bæŋk] | 臍帶血銀行 |
| | **exchange transfusion**
 [ɪksˋtʃendʒ trænsˋfjuʒən] | 換血 |

例句▶ Exchange transfusion is a potentially life-saving procedure performed to counteract the effects of serious jaundice or changes in the blood.（換血，一種有可能拯救生命的程序，被用來抵消嚴重黃疸或血液裡的改變所造成的影響。）

HBIG	**hepatitis B immunoglobulin** [ˌhɛpəˋtaɪtɪs bi ˌɪmjunəˋglabjəlɪn]	B 型肝炎免疫球蛋白
	immunization* [ˌɪmjunɪˋzeʃən]	免疫法
	incubator [ˋɪnkjəˌbetɚ]	保溫箱

縮　寫	原文 [音標]	中　譯
	vaccine* [ˋvæksɪn]	疫苗
	influenza vaccine* [͵ɪnfluˋɛnzə ˋvæksɪn]	流感疫苗
	lip reading [lɪp ˋridɪŋ]	讀唇
	orthopedics [͵ɔrθəˋpidɪks]	畸形矯正術

> **例句** Orthopedics is the branch of surgery concerned with acute, chronic, traumatic, and overuse injuries and other disorders of the musculoskeletal system. （畸形矯正術是手術的一個分支，處理急性、慢性、過度使用造成的傷害、和肌肉與骨骼系統的疾病。）

縮　寫	原文 [音標]	中　譯
	phototherapy [͵fotəˋθɛrəpɪ]	照光療法
	preventive pediatrics [prɪˋvɛntɪv ͵pidɪˋætrɪks]	預防兒科學
	rehabilitation* [͵rihə͵bɪlɪˋteʃən]	復健
	replacement of heart valve [rɪˋplesmənt ɑv hɑrt vælv]	心瓣膜置換術
	sign language [saɪn ˋlæŋgwɪdʒ]	手語
	speech therapy* [spitʃ ˋθɛrəpɪ]	語言治療
	umbilical cord blood transplantation [ʌmˋbɪlɪk! kɔrd blʌd ͵trænsplænˋteʃən]	臍帶血移植

> **例句** He use of umbilical cord blood stem cells for transplantation treatment holds exciting promise, but this area of medical science is still largely investigational. （臍帶血移植的前景看好，但此醫學領域仍有待深入研究。）

牛刀小試 EXERCISES

填空題

於各題空格內填入正確答案：

1. A_____ is an eating disorder where people starve themselves.

2. Mal_____ is a general term for the medical condition caused by an improper or insufficient diet.

3. Hallux（大拇指）(v)_____ is a common foot disorder of several etiologies, which can lead to significant foot pain and deformity.

4. P_____ a is an infection in a person's lungs.

5. (D)_____ (f)_____ is a flu-like viral disease spread by the bite of infected mosquitoes.

6. Inherited as an X-linked disorder, g_____-6-phosphate dehydrogenase deficiency affects 400 million people worldwide.

勘誤題

請找出句子中的錯誤（每題一個），於單字下畫線並改正。

1. Phototherapy is the corrective or rehabilitative treatment of physical or cognitive disorders resulting in difficulty with verbal communication.

   勘誤：

全句翻譯

請將下列句子整句翻譯為中文：

1. When cerebral palsy is recognized in a newborn, a congenital malformation is suspected.

   翻譯：

2. Septicemia is the presence of bacteria in the blood and is often associated with severe disease.

翻譯：

3. Tetanus is a preventable disease that affects the muscles and nerves, usually due to a contaminated（汙染的） wound.

翻譯：

解 答 ANSWER

填空題

1. A<u>norexia nervosa</u>（譯：厭食症是一種患者使自己挨餓的飲食疾病。）

2. Mal<u>nutrition</u>（譯：營養失調是指不恰當或不充分飲食的一般性詞語。）

3. <u>valgus</u>（譯：拇趾外翻是許多病源學裡常見的腳部疾病，可能導致嚴重的腳部疼痛或畸形。）

4. P<u>neumonia</u>（譯：肺炎是人類肺部的感染。）

5. <u>Dengue fever</u>（譯：登革熱是一種由感染的蚊子傳播的類似流行性感冒的病毒引起的疾病。）

6. <u>glucose</u>（譯：X 染色體異常的遺傳性疾病，如葡萄糖-6-磷酸脫氫酶缺乏症，約影響了全球四億的人口。）

勘誤題

1. phototherapy→speech therapy（譯：語言治療是具矯正性質或復健性質的治療，可治癒生理或認知方面會造成言語溝通困難的障礙。）

全句翻譯

1. 譯：新生兒若患有腦性麻痺，則要懷疑是否有先天性畸形。

2. 譯：敗血症是血液中有細菌的表徵，通常與嚴重疾病有關。

3. 譯：破傷風通常是由傷口汙染所引起，是一種影響肌肉和神經的可預防疾病。

3-5　精神科

—— *Psychiatric Terminology*

 診　斷

縮　寫	原文 [音標]	中　譯
	abuse [ə`bjus]	濫用
	drug abuse* [drʌg ə`bjuz]	藥物濫用
	例句▶ The government's primary concern is to prevent <u>drug abuse</u> among teen-agers.（政府最關心的事便是制止青少年間的藥物濫用。）	
	substance abuse* [`sʌbstəns ə`bjus]	物質濫用
	acrophobia [͵ækrə`fobɪə]	懼高症
	alcoholism [`ælkəhɔlɪzm̩]	酒癮
	alexia [ə`lɛksɪə]	失讀症
	例句▶ Someone who has had a stroke may be left with pure (total) or partial <u>alexia</u>.（曾患中風之人可能會患有完全或部分的失讀症。）	
	algophobia [͵ælgə`fobɪə]	疼痛恐懼症
	Alzheimer's disease* [`ɔltʃ͵haɪməz dɪ`ziz]	阿茲海默氏症
	anorexia* [͵ænə`rɛksɪə]	厭食症
	anxiety disorder* [æŋ`zaɪətɪ dɪs`ɔrdə]	焦慮症
	例句▶ Each <u>anxiety disorder</u> has different symptoms, but all the symptoms cluster around excessive, irrational fear and dread.（每一種焦慮症都有不同症狀，不過所有的症狀都顯示出極端不理性的害怕。）	

縮 寫	原文 [音標]	中 譯
	autism* [ˋɔtɪzm̩]	自閉症

例句 Autism is a developmental disorder that is characterized by impaired development in communication, social interaction, and behavior. （自閉症是一種具發展性的病症，其特徵為溝通、社交和行為方面逐漸受損的發展情形。）

縮 寫	原文 [音標]	中 譯
	bipolar disorder [baɪˋpoləˌdɪsˋɔrdə]	雙相情緒障礙症
	character disorder [ˋkærəktəˌdɪsˋɔrdə]	性格違常
	conversion disorder [kənˋvɝʒənˌdɪsˋɔrdə]	轉化症
	delusional disorder [dɪˋljuʒənəlˌdɪsˋɔrdə]	妄想症

例句 A person with delusional disorder can be quite functional and does not tend to show any odd behaviour except as a direct result of the delusional belief. （一個有妄想症的人也許很能應付日常生活且不會表現出奇怪的行為，除非某行為是妄想的結果。）

縮 寫	原文 [音標]	中 譯
	depressive [dɪˋprɛsɪv]	抑鬱的
	major depressive disorder [ˋmedʒə dɪˋprɛsɪvˌdɪsˋɔrdə]	重鬱症
MDP	**manic depressive psychosis*** [ˋmenɪk dɪˋprɛsɪv saɪˋkosɪs]	躁鬱症
	dissociative disorder [dɪˋsoʃɹetɪvˌdɪsˋɔrdə]	解離症
	exhibitionism [ˌɛksəˋbɪʃənɪzm̩]	暴露症
	fetishism [ˋfɛtɪʃɪzm̩]	戀物症
	flagellantism [ˋflædʒələnˌtɪzm̩]	鞭撻狂
	hysteria [hɪsˋtɛrɪə]	歇斯底里
	learning disability [ˋlɝnɪŋ dɪsəˋbɪlətɪ]	學習障礙

縮 寫	原文 [音標]	中 譯
	masochism [ˈmæzəkɪzm̩]	受虐狂
	melancholia [ˌmɛlənˈkolɪə]	憂鬱症
	mental retardation [ˈmɛntl̩ ˌritarˈdeʃən]	智能不足，心智遲緩
	narcissism [ˈnɑrsəsɪzm̩]	自戀
	例句▶ The term <u>narcissism</u> was first used in relation to human psychology by Sigmund Freud after the figure of Narcissus in Greek mythology.（「自戀」這個詞彙是由佛洛伊德從希臘神話的少年 Narcissus 身上，引用到人類心理學中。）	
	obsessive-compulsive [əbˈsɛsɪv kəmˈpʌlsɪv]	強迫觀念及強迫行為的
OCD	**obsessive-compulsive disorder** [əbˈsɛsɪv kəmˈpʌlsɪv dɪsˈɔrdɚ]	強迫症
	例句▶ <u>Obsessive-compulsive disorder</u> is an anxiety disorder characterized by obsessions (recurrent and intrusive thought, feeling, idea, or sensation) or compulsions (conscious, recurrent pattern of behavior a person feels driven to perform). （強迫症是一種焦慮症，特徵是一再發生且擾人的思想、感覺、想法或知覺，或有意識及一再發生的某人感到被驅使去做的行為模式。）	
	obsessive compulsive neurosis [əbˈsɛsɪv kəmˈpʌlsɪv njuˈrosɪs]	強迫性精神官能症
	organic* [ɔrˈgænɪk]	器官的，器質的
	non-organic psychosis [nɑnɔrˈgænɪk saɪˈkosɪs]	非器質性精神病
	organic brain syndrome [ɔrˈgænɪk bren ˈsɪndrom]	器質性腦症候群
	Paranoid personality disorder [ˌpærəˈnɔɪdˌpɝsˈælətɪ dɪsˈɔrdɚ]	妄想型人格障礙症

縮　寫	原文 [音標]	中　譯
	pedophilia [ˌpɛdə`fɪlɪə]	戀童症

例句▶ Use of the term <u>pedophile</u> to describe all child sexual offenders is seen as problematic by some people. （對某些人而言，使用戀童症一詞來描述所有的兒童性侵害罪犯是大有問題的。）

	personality disorder [ˌpɝsṇ`ælətɪ dɪs`ɔrdə]	人格疾患
PTSD	**posttraumatic stress disorder*** [ˌpostrɔ`mætɪk strɛs dɪs`ɔrdə]	創傷後壓力症
	psychosomatic disease [ˌsaɪkəso`mætɪk dɪ`ziz]	心身症
	schizophrenia* [ˌskɪzə`frɪnɪə]	思覺失調症

例句▶ The film A Beautiful Mind depicts the life of John Nash, a Nobel-Prize-winning mathematician diagnosed with <u>schizophrenia</u>. （電影美麗境界描繪的是被診斷有思覺失調症的諾貝爾獎得主數學家 John Nash 的一生。）

| | **senile dementia**
[`sinaɪl dɪ`mɛnʃɪə] | 老年失智 |

例句▶ <u>Senile dementia</u> may affect one's mcmory, attention, language and problem-solving ability. （老年失智可能會影響人的記憶、注意力、語言能力、及問題處理能力。）

| | **somatization disorder**
[ˌsomətɪ`zeʃən dɪs`ɔrdə] | 身體化症 |

例句▶ <u>Somatization disorder</u> is a chronic condition in which there are numerous physical complaints that are caused by psychological problems and for which no underlying physical problem can be identified. （身體化症是一種慢性疾病，症狀是眾多的心理疾病導致的無法歸因於身體疾病的身體不適。）

| | **somnambulism**
[sɑm`næmbjəlɪzm̩] | 夢遊症 |

例句▶ <u>Somnambulism</u> is characterized by walking or other activity while seemingly still asleep. （夢遊症之特徵在於在看似睡著的情況下，進行走路或其他活動。）

🗨 檢 查

縮 寫	原文 [音標]	中 譯
	abstract thinking [ˋæbstrækt ˋθɪŋkɪŋ]	抽象思考力
	aptitude test [ˋæptə.tjud tɛst]	性向測驗
	Bender visual-motor gestalt test [ˋbɛndɚ ˋvɪʒuəlˋmotɚ gəfˋtalt tɛst]	班達測驗（運用儀器測試腦部傷害程度）
IQ	**intelligence quotient** [ɪnˋtɛlədʒəns ˋkwoʃənt]	智力商數（智商）

> 例句 Every child's <u>intelligence quotient</u> is tested on the first day he enters the elementary school.（每個孩子在進入小學的第一天都要接受智商檢測。）

縮 寫	原文 [音標]	中 譯
	mental age* [ˋmɛntḷ edʒ]	心智年齡
MMPI	**Minnesota multiphasic personality inventory** [.mɪnɪˋsotə ˋmʌltɪ.fesɪk .pɜsṇˋælɪtɪ ˋɪnvən.torɪ]	明尼蘇達多向人格量表
	mood and affect [mud ænd əˋfɛkt]	情緒與感情
	orientation (test) [.orɪɛnˋteʃən]	定向力（測驗）

> 例句 The doctor may ask you questions including the time, date, season, your name, age, and so on in an <u>orientation test</u>.（在定向力測驗中，醫生可能會問你包括時間、日期、季節、你的名字、年齡等等的問題。）

縮 寫	原文 [音標]	中 譯
	perception* [pɚˋsɛpʃən]	知覺
	projective test [prəˋdʒɛtɪv tɛst]	投射性測驗
	psychoanalysis [.saɪkoəˋnæləsɪs]	精神分析
	Rorschach test [ˋrɔrʃak tɛst]	羅夏克測驗

縮 寫	原文 [音標]	中 譯
	speech [spitʃ]	言語

例句▶ Human beings express their thoughts mostly by speech.（人類多半使用言語來表達想法。）

縮 寫	原文 [音標]	中 譯
	Wechsler adult intelligence scale [ˋwɛkslə əˋdʌltˌɪnˋtɛlədʒəns skel]	韋氏成人智商量表

三 症 狀

縮 寫	原文 [音標]	中 譯
	absence [ˋæbsn̩s]	失神

例句▶ The absence of mind caused his poor performance in class.（失神使得他在課堂上表現不佳。）

縮 寫	原文 [音標]	中 譯
	acute akathisia [əˋkjut ˌækəˋθiʒə]	急性靜坐不能
	acute dystonia [əˋkjut dɪsˋtonɪə]	急性肌肉張力異常
	addiction* [əˋdɪkʃən]	成癮
	drug addiction* [drʌg əˋdɪkʃən]	藥物成癮
	agitation [ˌædʒəˋteʃən]	激躁，不安

例句▶ Agitation refers to an unpleasant state of extreme arousal, increased tension, and irritability.（激躁是指極度的興奮、增強的緊張及易怒的惱人狀態。）

縮 寫	原文 [音標]	中 譯
	alienation [ˌeljəˋneʃən]	精神錯亂
	ambivalence [æmˋbɪvələns]	情感矛盾
	amnesia [æmˋniʒɪə]	失憶

例句▶ Amnesia is unusual forgetfulness that can be caused by brain damage due to disease or injury, or it can be caused by severe emotional trauma.（失憶是不正常的健忘，可能導因於疾病或傷害造成的腦部損傷，或嚴重的情緒創傷。）

縮 寫	原文 [音標]	中 譯
	anxiety* [æŋˋzaɪətɪ]	焦慮
	apathy [ˋæpəθɪ]	冷漠
	association [ə.soʃɪˋeʃən]	聯想
	autistic thinking* [ɔˋtɪstɪk ˋθɪŋkɪŋ]	自閉思考
	behavior* [bɪˋhevjə]	行為

例句▶ The influence of fathers on children's behavior and development is tremendous.（父親對小孩行為及發展的影響是極大的。）

	aggression / aggressive behavior [əˋgrɛʃən; əˋgrɛsɪv bɪˋhevjə]	攻擊行為
	compulsive behavior [kəmˋpʌlsɪv bɪˋhevjə]	強迫行為
	destructive behavior [dɪˋstrʌktɪv bɪˋhevjə]	破壞行為
	manipulative behavior [məˋnɪpjə.letɪv bɪˋhevjə]	操縱或操控行為
	catatonia [.kætəˋtonɪə]	僵直，緊張症

例句▶ Catatonia is not a mental disorder in itself; it is best thought of as a syndrome accompanying other mental disorders.（緊張症本身非心理疾病；而被認為是伴隨其他心理疾病的一種症候群。）

	cephalalgia [.sɛfəˋlældʒɪə]	頭痛
	circumstantiality [.sɜkəm.stænʃɪˋælətɪ]	說話繞圈
	clang association [klæŋ ə.sosɪˋeʃən]	音韻聯結
	cloudy [ˋklaʊdɪ]	意識朦朧

縮 寫	原文 [音標]	中 譯
	coma* [`komə]	昏迷

例句 A <u>coma</u> is a state of unconsciousness from which a person cannot be woken, which is caused by damage to the brain after an accident or illness. （昏迷是一種患者無法被喚醒的無意識狀態，導因於車禍或疾病造成的腦部損傷。）

complex [`kamplɛks]		癥結，情結
concrete thinking [`kankrit `θɪŋkɪŋ]		具體化思考
confabulation [kən.fæbju`leʃən]		虛構故事
confusion* [kən`fjuʒən]		混亂，意識紊亂
defence mechanism [dɪ`fɛns `mɛkə.nɪzm̩]		防衛機轉
delirium* [dɪ`lɪrɪəm]		譫妄

例句 <u>Delirium</u> is a condition of severe confusion and rapid changes in brain function. （譫妄是一種大腦運作嚴重的混亂及迅速的變化的狀態。）

delusion [dɪ`luʒən]		妄想
delusion of grandeur [dɪ`luʒən ɑv `grændʒə]		誇大妄想
delusion of reference [dɪ`luʒən ɑv `rɛfərəns]		關係妄想
delusion of religion [dɪ`luʒən ɑv rɪ`lɪdʒən]		宗教妄想
delusion of persecution [dɪ`luʒən ɑv .pəsɪ`kjuʃən]		被害妄想
delusional jealousy [dɪl`juʒənəl `dʒɛləsɪ]		忌妒妄想
delusion of being controlled [dɪl`juʒən ɑv `biɪŋ kən`trold]		被控制妄想
guilty delusion [`gɪltɪ dɪ`luʒən]		罪惡妄想

縮　寫	原文 [音標]	中　譯
	dementia*	失智
	[dɪˋmɛnʃɪə]	

例句▶ Dementia refers to a group of symptoms involving progressive impairment of brain function.（失智指一連串的症狀，包括越趨嚴重的腦部功能損傷。）

	denial	否定作用
	[dɪˋnaɪəl]	
	derealization	現實感消失
	[dɪˏrɪəlɪˋzeʃən]	
	drowsiness / drowsy*	嗜睡
	[ˋdraʊzɪnɪs; draʊzɪ]	

例句▶ Drowsiness refers to feeling abnormally sleepy during the day -- often with a strong tendency to actually fall asleep in inappropriate situations or at inappropriate times.（嗜睡是指在白天不正常地感到想睡，通常伴隨著強烈的傾向在不恰當的情況或時間入睡。）

	drug dependence	藥物依賴
	[drʌg dɪˋpɛndəns]	
	dysarthria	口齒不清、構音困難
	[dɪˋsɑrθrɪə]	
	echolalia	回音症
	[ˏɛkəˋlelɪə]	

例句▶ Echolalia is the repetition or echoing of verbal utterances made by another person.（回音症是指重複或仿效另一人發出的語言、聲音。）

	echopraxia	回音性動作
	[ˏɛkəˋpræksɪə]	
	ecstasy	狂喜忘形
	[ˋɛkstəsɪ]	
	elation	昂然自得
	[ɪˋleʃən]	
	epilepsy*	癲癇
	[ˋɛpəˏlɛpsɪ]	

例句▶ Epilepsy is a brain disorder involving recurrent seizures.（癲癇是一種包含週期性發作的腦部疾病。）

	euphoria	異常喜樂，興奮
	[juˋfɔrɪə]	

縮　寫	原文 [音標]	中　譯
EPS	**extrapyramidal syndrome** [ˌɛkstrəpəˈræmədḷ ˈsɪndrom]	錐體外徑症候群
	fear* [fɪr]	害怕，恐懼
	fixation [fɪkˈseʃən]	固定現象，病態摯愛
	flight of ideas [flaɪt ɑv aɪˈdɪəz]	意念飛揚，意念飛躍
	formication [ˌfɔrmɪˈkeʃən]	蟻爬感

例句▶ A symptom involving a tactile hallucination of insects, snakes, or other vermin crawling over the skin is known as formication. （蟻爬感是一種感到昆蟲、蛇或其他動物在皮膚上爬行的觸覺性幻覺的症狀。）

	gender identity* [ˈdʒɛndə aɪˈdɛntətɪ]	性別認同

例句▶ Tim's parents are so worried about his gender identity because he is fond of dressing like a girl.（提姆的父母非常擔心兒子的性別認同，因為他喜歡打扮成女孩模樣。）

	grief / mourning* [grif; ˈmɔrnɪŋ]	哀傷
	hallucination* [həˌlusɪˈneʃən]	幻覺
	auditory hallucination [ˈɔdəˌtɔrɪ həˌlusɪˈneʃən]	幻聽，聽幻覺

例句▶ Auditory hallucinations can range from primitive noises to speech and music.（幻聽的內容可以是單純的噪音、說話聲或音樂。）

	gustatory hallucination [ˈgʌstəˌtorɪ həˌlusɪˈneʃən]	味覺幻覺
	olfactory hallucination [alˈfæktərɪ həˌlusɪˈneʃən]	嗅幻覺
	somatic hallucination [soˈmætɪk həˌlusɪˈneʃən]	身體幻覺
	tactile hallucination [ˈtæktɪl həˌlusɪˈneʃən]	觸幻覺

縮 寫	原文 [音標]	中 譯
	visual hallucination [ˋvɪʒuəl həˌlusɪˋneʃən]	幻視，視幻覺
	hyperactivity* [ˌhaɪpəækˋtɪvɪtɪ]	活動增加
	hypermnesia [ˌhaɪpəmˋniʒɪə]	記憶亢進
	hypoactivity* [ˋhaɪpəækˋtɪvɪtɪ]	活動減低
	hypochondria [ˌhaɪpoˋkandrɪə]	慮病
	hysteria [hɪsˋtɛrɪə]	歇斯底里症

例句 ▶ <u>Hysteria</u> is a diagnostic label applied to a state of mind, one of unmanageable fear or emotional excesses. （歇斯底里症是一種用來描述無法控制的恐懼或過度情緒化的心理狀態的診斷用語。）

縮 寫	原文 [音標]	中 譯
	illusion* [ɪˋluʒən]	錯覺
	immediate memory [ɪˋmidɪɪt ˋmɛmərɪ]	立即記憶
	incoherence [ˌɪnkoˋhɪrəns]	說話不連貫，語無倫次
	insight* [ˋɪnsaɪt]	病識感
	intellectual insight [ˌɪntəˋlɛktʃuəl ˋɪnsaɪt]	理智性病識感
	no insight* [no ˋɪnsaɪt]	缺乏病識感
	partial insight [ˋparʃəl ˋɪnsaɪt]	部分病識感
	true insight [tru ˋɪnsaɪt]	真實病識感
	insomnia* [ɪnˋsamnɪə]	失眠

例句 ▶ Most causes of <u>insomnia</u> are harmless and can be addressed with a few simple changes. （大部分造成失眠的原因都是無害的且能用一些簡單的改變來對應。）

縮　寫	原文 [音標]	中　譯
	irrelevance [ɪˋrɛləvəns]	答非所問
	loosing of association [lusɪŋ ɑv əˌsoʃɪˋeʃən]	思考不連貫
	mannerism [ˋmænərɪzm̩]	作態
MR	**mental retardation** [ˋmɛntl ˌritarˋdeʃən]	智能不足
	multiple personality [ˋmʌltɪpl ˌpɝsn̩ˋælətɪ]	多重人格
	mutism [ˋmjutɪzm̩]	不語

例句▶ A person who with <u>mutism</u> cannot or does not care to talk.（患有不語症的病患無法或根本不關心談話這回事。）

| | **negativism**
[ˋnɛgətɪˌvɪzm̩] | 違抗或阻抗 |
| | **neologism**
[nɪˋɑlədʒɪzm̩] | 新語症 |

例句▶ <u>Neologism</u> is the creation of words which only have meaning to the person who uses them.（新語症是指創造只對使用它們的人有意義的字詞。）

	neuroleptic induced Parkinsonism syndrome [ˌnjurəˋlɛptɪk ɪnˋdjust ˋparkɪnsənɪzm̩ ˋsɪndrom]	抗精神病藥引起的巴金森氏症候群
NMS	**neuroleptic malignant syndrome** [ˌnjurəˋlɛptɪk məˋlɪgnənt ˋsɪndrom]	抗精神病藥惡性症候群
	obsession* [əbˋsɛʃən]	強迫觀念
	panic* [ˋpænɪk]	恐慌
	paramnesia [ˌpæræmˋniʒɪə]	記憶改變

例句▶ <u>Paramnesia</u> describes the experience of feeling that one has witnessed or experienced a new situation previously.（記憶改變描述的是一個人以為他曾目擊或經歷過一個新的處境的經驗。）

縮 寫	原文 [音標]	中 譯
	preservation [ˌprɛzəˋveʃən]	延續言語，語句反覆症
	recent memory [ˋrisn̩t ˋmɛmərɪ]	近期記憶
	regression* [rɪˋɡrɛʃən]	退化行為

例句 Regression is a defense mechanism leading to the reversion to an earlier stage of development in the face of unacceptable impulses. （退化行為是一種防禦機制，會使人在面對難以接受的刺激時，退回到較早的成長階段。）

縮 寫	原文 [音標]	中 譯
	resistance* [rɪˋzɪstəns]	阻抗
	retardation [ˌritarˋdeʃən]	遲滯

例句 It is very difficult to bring up a child with mental retardation, especially for the single mother. （養育心智遲緩的孩子是非常辛苦的一件事，對單親媽媽而言尤為如此。）

縮 寫	原文 [音標]	中 譯
	sleep disturbance* [slip dɪsˋtɝbəns]	睡眠障礙
	stereotype [ˋstɛrɪəˌtaɪp]	無意義重複言行
	stupor* [ˋstjupə]	靜呆狀態，僵呆
	sundowning syndrome* [ˋsʌnˌdaʊnɪŋ ˋsɪndrom]	日落症候群
TD	**tardive dyskinesia** [ˋtardɪv ˌdɪskɪˋniʒə]	遲發性運動困難
	thought broadcasting [θɔt ˋbrɔdˌkæstɪŋ]	思考廣播

例句 Thought broadcasting is the delusion that one is capable of "inserting" thoughts into other individual's minds, or that others can perceive them. （思考廣播是一個人認為能夠將思緒植入其他人心裡或其他人能夠察覺他的思緒的錯覺。）

縮 寫	原文 [音標]	中 譯
	thought insertion [θɔt ɪnˋsɝʃən]	思考插入

縮 寫	原文 [音標]	中 譯
	transference [træns`fɜəns]	情感轉移

例句▶ Transference is the redirection of feelings and desires and esp. of those unconsciously retained from childhood toward a new object. （情感轉移是指將感覺或慾望，特別是幼年時期無意識地記住的，移轉到新的目標上。）

縮 寫	原文 [音標]	中 譯
	unconsciousness [ʌn`kanʃəsnıs]	意識喪失
	verbigeration [vɚˏbıdʒə`reʃən]	重複語言
	waxy flexibility [`wæksı ˏflɛksı`bılətı]	蠟樣屈曲
	withdrawal [wıð`drɔəl]	脫癮，斷除
	withdrawal reflex [wıð`drɔəl `riflɛks]	退縮反應
	withdrawal symptoms* [wıð`drɔəl `sımptəmz]	戒斷症候群

例句▶ Common withdrawal symptoms include sweating, tremor, vomiting, anxiety, insomnia, and muscle pain. （常見的戒斷症候群包含冒汗、顫抖、嘔吐、焦慮、失眠和肌肉疼痛。）

縮 寫	原文 [音標]	中 譯
	word salad [wɜd `sæləd]	字句拼盤，沙拉語

四 處 置

縮 寫	原文 [音標]	中 譯
	abstinence [`æbstənəns]	戒除

例句▶ Abstinence is a voluntary forbearance from indulging a desire or appetite for certain bodily activities that are widely experienced as giving pleasure. （戒除是一種自發性行為，制止自己不再沉迷於某些公認為會帶來快感的肉體慾望。）

縮 寫	原文 [音標]	中 譯
	antidepressant [ˏæntıdı`prɛsənt]	抗鬱劑
	conditioning [kən`dıʃənıŋ]	制約法

縮　寫	原文 [音標]	中　譯
	confrontation [ˌkɑnfrən`teʃən]	面質
ECT	**electroconvulsive therapy** [ɪˌlɛktrəkən`vʌlsɪv `θɛrəpɪ]	電氣痙攣療法
	empathy* [`ɛmpəθɪ]	同理心
	family therapy [`fæməlɪ `θɛrəpɪ]	家族治療

> 例句 Though important, <u>family therapy</u> is not valued yet in Taiwan.（儘管重要，家族治療在台灣仍未受到重視。）

縮　寫	原文 [音標]	中　譯
	group psychotherapy [grup saɪkə`θɛrəpɪ]	團體治療
	hypnosis* [hɪp`nosɪs]	催眠
	lithium therapy [`lɪθɪəm `θɛrəpɪ]	鋰鹽治療
	occupational therapy [ˌɑkjə`peʃənl `θɛrəpɪ]	職能治療
	pastoral counseling [`pæstərəl `kaʊnslɪŋ]	神職協談
	placebo* [plə`sibo]	安慰劑

> 例句 Even "fake" surgery and "fake" psychotherapy are considered <u>placebos</u>.（即使是"假手術"和"假心理治療"都可被視為安慰劑。）

縮　寫	原文 [音標]	中　譯
	play therapy [ple `θɛrəpɪ]	遊戲治療
	psychodrama [ˌsaɪko`dramə]	心理戲劇
	psychotherapy* [saɪko`θɛrəpɪ]	心理治療

> 例句 Most forms of <u>psychotherapy</u> use only spoken conversation, though some also use various other forms of communication such as the written word, artwork or touch.（大部分的心理治療都是採用口語會話的形式，然而有些也會用到其他形式的溝通，如書寫文字、藝術品或身體的接觸。）

縮 寫	原文 [音標]	中 譯
RN	**rapid neuroleption** [ˋræpɪd ˏnjurəˋlɛpʃən]	快速鎮靜療法
	reciprocal inhibition and desensitization [rɪˋsɪprəkəl ˏɪnhɪˋbɪʃən ænd dɪˏsɛnsɪtɪˋzeʃən]	相對抑制法和去敏感法
	restraint* [rɪˋstrent]	約束
	sedative* / **tranquilizer** [ˋsɛdətɪv; ˋtræŋkwɪˏlaɪzə] 例句 A <u>sedative</u> is a substance which depresses the central nervous system (CNS), resulting in calmness, relaxation, reduction of anxiety, sleepiness, and so on.（鎮靜劑是一種抑制中央神經系統的物質，會造成平靜、放鬆、減少焦慮、睡意等等。）	鎮靜劑，鎮定劑
	self-awareness [sɛlf əˋwɛrnɪs]	自我了解
	therapeutic relationship* [ˏθɛrəˋpjutɪk rɪˏleʃənˋʃɪp]	治療性人際關係

牛刀小試 EXERCISES

選擇題

從 A. B. C. D. 四個選項中，選擇正確的答案填入括弧中：

( ) 1. _____ is a progressive disease of the brain that impacts a person's memory, behavior, reasoning and judgment. (A) Bender's (B) Minnesota's (C) Alzheimer's (D) Down's

( ) 2. In which of the following conditions might the antidepressant be best used? (A) somnambulism (B) panic (C) depression (D) drug dependence

( ) 3. _____ can be classified as a mental or a urinary disease. (A) narcissism (B) impotence (C) alexia (D) autism

( ) 4. 《24 個比利》had once been the best-selling novel about? (A) somnambulism (B) acrophobia (C) homosexuality (D) multiple personality

( ) 5. For Freud, the childhood desire to sleep with the mother and to kill the father is called? (A) Oedipus complex (B) drowsiness (C) learning disability (D) gender identity

( ) 6. _____ is a measure of mental development as determined by intelligence tests, generally restricted to children and persons with intellectual impairment and expressed as the age at which that level of development is typically attained. (A) group psychotherapy (B) hypnosis (C) mental age (D) abstinence

( ) 7. Sadism and _____ , often going together, are collectively known as S&M or sadomasochism. (A) fixation (B) mental retardation (C) mutism (D) masochism

( ) 8. The daughter was filled with _____ about her mother's health. (A) anxiety (B) association (C) hysteria (D) dysarthria

( ) 9. _____ tests tend to have lower validity and reliability than objective tests. That is, they are less stable, and have lower relationships with other criteria. (A) speech (B) projective (C) regression (D) denial

( ) 10. _____ refers to a mind and body relationship. (A) aptitude test (B) psychosomatic disease (C) flight of ideas (D) senile dementia

解 答 ANSWER

選擇題

（ C ）1. 譯：_____是一種漸趨嚴重的影響一個人記憶、行為、理性思考及判斷的腦部疾病。　(A)班達氏（測驗）　(B)明尼蘇達氏（測驗）　(C)阿茲海默氏（症）　(D)唐氏（症）

（ C ）2. 譯：抗抑鬱劑最可能在治療下列何種狀況下有最佳療效？　(A)夢遊病　(B)恐慌　(C)抑鬱症　(D)藥物依賴

（ B ）3. 譯：_____可被歸類為精神疾病或泌尿疾病。　(A)自戀　(B)陽萎　(C)失讀症　(D)自閉症

（ D ）4. 譯：《24個比利》是關於_____的一度暢銷的小說　(A)夢遊病　(B)懼高症　(C)同性戀　(D)多重人格

（ A ）5. 譯：對佛洛伊德而言，想要跟母親同床及殺死父親的欲望被稱作？　(A)戀母情結　(B)困倦　(C)學習障礙　(D)性別認同

（ C ）6. 譯：_____是一種透過智商測驗對智力發展的評估，通常限定在智力損傷的孩童或成人上，並表達某年齡通常具有的智力發展程度。　(A)團體治療　(B)催眠　(C)智力年齡　(D)戒除

（ D ）7. 譯：經常一同發生的虐待狂與_____被共同地描述為施虐受虐狂。　(A)定影　(B)智力發展遲緩　(C)緘默症　(D)被虐狂

（ A ）8. 譯：那個女兒對母親的健康感到極度_____。　(A)焦慮　(B)聯想　(C)歇斯底里　(D)口齒不清

（ B ）9. 譯：_____測驗較客觀測驗傾向於擁有較低的正確性及可信度，即是指該測驗較不可靠且與其它的評斷標準關係較淺。　(A)語言　(B)投射　(C)退化行為　(D)否定作用

（ B ）10.譯：_____涉及身體及心靈的關係。　(A)性向測驗　(B)身心相關的疾病　(C)跳躍性思考　(D)老人失智症

3-6 其他專科
—— *Others*

 一 神經科

（一）診 斷

縮 寫	原文 [音標]	中 譯
	Alzheimer's disease* [ˋɔltʃˏhaɪməz dɪˋziz]	阿茲海默症
	例句▶ Many scientists believe that <u>Alzheimer's disease</u> results from an increase in the production or accumulation of a specific protein that leads to nerve cell death. （許多科學家相信阿茲海默症是由某種會導致神經細胞死亡的蛋白質數量增加或累積所造成的。）	
ALS	**amyotrophic lateral sclerosis*** [eˏmaɪoˋtrafɪk ˋlætərəl skləˋrosɪs]	肌萎縮性脊髓側索硬化症
	aphasia [əˋfeʒə]	失語症
	Bell's palsy [bɛlz ˋpɔlzɪ]	顏面麻痺，貝爾康氏麻痺
	brain concussion [bren kənˋkʌʃən]	腦震盪
	例句▶ The passenger was suffering from severe <u>brain concussion</u> following a blow to the head. （那位乘客在頭部受到撞擊後，罹患了嚴重的腦震盪。）	
	brain death [bren dɛθ]	腦死
	brain injury* [bren ˋɪndʒərɪ]	腦部損傷
	brain thrombosis* [bren θramˋbosɪs]	腦血栓
	brain tumor* [bren ˋtjumɚ]	腦瘤

縮 寫	原文 [音標]	中 譯
	cerebral arteriosclerosis [sə`ribrəl ɑr͵tɪrɪəsklə`rosɪs]	腦動脈硬化

例句 Symptoms of <u>cerebral arteriosclerosis</u> include headache, facial pain, and impaired vision. （腦動脈硬化的症狀包含頭痛、顏面疼痛及視力受損。）

縮 寫	原文 [音標]	中 譯
CVA	**cerebrovascular accident*** [sə`ribrə`væskjelə `æksədənt]	腦血管意外病變， 中風
CVA	**cerebrovascular attack*** [sə`ribrə`væskjelə ə`tæk]	腦中風
	cervical spondylosis [`sɜvɪkl ͵spɑndɪ`losɪs]	頸椎關節粘連

例句 <u>Cervical spondylosis</u> can lead to chronic pain and stiffness in the neck that may also radiate to the upper extremities. （頸椎關節粘連可導致頸部的慢性疼痛與僵硬，並可能擴散至上肢。）

縮 寫	原文 [音標]	中 譯
	chorea [ko`riə]	舞蹈症

例句 <u>Chorea</u> is an abnormal voluntary movement disorder. （舞蹈症是一種自主性運動異常的疾病。）

縮 寫	原文 [音標]	中 譯
	dementia* [dɪ`mɛnʃɪə]	失智症
	diabetic neuropathy [͵daɪə`bɛtɪk nju`rapəθɪ]	糖尿病性神經病變
	encephalitis [ɛn͵sɛfə`laɪtɪs]	腦炎

例句 <u>Encephalitis</u> is an inflammation (irritation and swelling) of the brain, usually caused by infections. （腦炎是腦部的發炎（疼痛、過敏及腫脹），通常是導因於感染。）

縮 寫	原文 [音標]	中 譯
	viral encephalitis [`vaɪrəl ɛn͵sɛfə`laɪtɪs]	病毒性腦炎
	encephalomeningitis / meningoencephalitis [ɛn͵sɛfələ͵mɛnɪn`dʒaɪtɪs; mə͵nɪŋgoən͵sɛfə`laɪtɪs]	腦膜腦炎
	encephalopathy* [ɛn͵sɛfə`lɑpəθɪ]	腦病變
	epilepsy* [`ɛpə͵lɛpsɪ]	癲癇

縮　寫	原文 [音標]	中　譯
	facial nerve paralysis [ˋfeʃəl nɜv pəˋræləsɪs]	顏面神經麻痺
	glioma [glaɪˋomə]	神經膠質瘤
	cerebral hemorrhage* [səˋribrəl ˋhɛmərɪdʒ]	腦出血
ICH	**intracerebral hemorrhage** [͵ɪntrəˋsɛrɪbrəl ˋhɛmərɪdʒ]	腦溢血
	intracranial hemorrhage* [͵ɪntrəˋkrenɪəl ˋhɛmərɪdʒ]	顱內出血
SAH	**subarachnoid hemorrhage*** [͵sʌbəˋræknɔɪd ˋhɛmərɪdʒ]	蜘蛛網膜下腔出血
	例句▶ About 5 to 10% of strokes are caused by <u>subarachnoid hemorrhage</u>.（大約百分之五到十的中風是導因於蜘蛛網膜下腔出血。）	
	subdural hemorrhage [sʌbˋdjurəl ˋhɛmərɪdʒ]	硬腦膜下出血
EDH	**epidural hematoma / extradural hematoma*** [ɛpəˋdjurəl ͵himəˋtomə; ͵ɛkstrəˋdjurəl ͵himəˋtomə]	硬膜上血腫，硬膜外血腫
SDH	**subdural hematoma*** [sʌbˋdjurəl ͵himəˋtomə]	硬腦膜下血腫
HIVD	**herniated intervertebral disc / herniation of intervertebral disc** [ˋhɜnɪetɪd ͵ɪntəˋvɜtəbrəl dɪsk; ͵hɜnɪˋeʃən av ͵ɪntəˋvɜtəbrəl dɪsk]	椎間盤突出
	Horner's syndrome [ˋhɔrnəz ˋsɪndrom]	霍納氏症候群
	hydrocephalus* [haɪdrəˋsɛfələs]	腦水腫
	例句▶ <u>Hydrocephalus</u> most often occurs in children, but may also occurs in adults and the elderly.（腦水腫經常出現在孩童身上，但成人和老年人亦可能得到此病。）	
	meningitis* [͵mɛnɪnˋdʒaɪtɪs]	腦膜炎
	aseptic meningitis [eˋsɛptɪk ͵mɛnɪnˋdʒaɪtɪs]	無菌性腦膜炎

277

縮 寫	原文 [音標]	中 譯
	bacterial meningitis [bæk`tɪrɪəl ˌmɛnɪn`dʒaɪtɪs]	細菌性腦膜炎
	viral meningitis [`vaɪrəl ˌmɛnɪn`dʒaɪtɪs]	病毒性腦膜炎
	multiple sclerosis* [`mʌltɪpl sklə`rosɪs]	多發性硬化症
	例句 Multiple sclerosis is an autoimmune disease that affects the central nervous system. （多發性硬化症是一種會影響中樞神經系統的自我免疫疾病。）	
MG	**myasthenia gravis*** [ˌmaɪəs`θɪnɪə `grævɪs]	重症肌無力
	neuropathy [nju`rapəθɪ]	神經病變
	obstructive hydrocephalus [əb`strʌktɪv `haɪdrə`sɛfələs]	阻塞性水腦
	Parkinson's disease* [`parkɪnsənz dɪ`ziz]	巴金森氏症，帕金森氏症
	例句 Parkinson's disease may affect the patient's movement, speech, and posture. （巴金森氏症可能會影響患者的動作、說話能力及姿勢。）	
	poliomyelitis [ˌpolɪoˌmaɪə`laɪtɪs]	小兒麻痺；脊髓灰白質炎
	sciatica [saɪ`ætɪkə]	坐骨神經痛
	例句 Often a particular event or injury does not cause sciatica, but rather it may develop as a result of general wear and tear on the structures of the lower spine. （一般來說，坐骨神經痛不是因意外或傷害而產生，但卻會隨下脊椎的磨損和拉扯而逐漸形成。）	
SCI	**spinal cord injury*** [`spaɪnl kɔrd `ɪndʒərɪ]	脊髓損傷
	spondylitis [ˌspandɪ`laɪtɪs]	脊椎炎
	stroke* [strok]	中風
	lacunar stroke [lə`kjunə strok]	陷窩性中風

CH 03 ⊕ 醫院各科常見用語

縮　寫	原文 [音標]	中　譯
	trigeminal neuralgia [traɪˋʤɛmənəl njuˋrældʒɪə]	三叉神經痛
	wrist drop [rɪst drɑp]	垂腕症
	例句▶ <u>Wrist drop</u> is a condition where a person can not extend his wrist and it hangs flaccidly.（垂腕症是指一個人的手腕無法伸展且軟弱地垂著。）	

（二）檢　查

縮　寫	原文 [音標]	中　譯
	cerebral angiography [səˋribrəl ͵ændʒɪˋɑgrəfɪ]	腦血管攝影術
	例句▶ Most vascular abnormalities of the brain can be detected on <u>cerebral angiography</u>.（大部分的腦血管異常都能藉由腦血管攝影術檢查出來。）	
brain CT	**brain computerized tomography scan** [bren kəmˋpjutəͺraɪzd təˋmɑgrəfɪ skæn]	腦部電腦斷層掃描
EEG	**electroencephalogram*** [ɪͺlɛktrəɪnˋsɛfələͺgræm]	腦電波圖
	例句▶ An <u>electroencephalogram</u> is a test to detect abnormalities in the electrical activity of the brain.（腦電波圖是用來偵測腦部電波活動異常的檢驗。）	
GCS	**Glasgow coma scale*** [ˋglæsgo ˋkomə skel]	格拉斯哥氏昏迷評分
JOMAC	**judgement, orientation, memory, abstract thinking and calculation** [ˋdʒʌdʒmənt; ͻrɪɛnˋteʃən; ˋmɛmərɪ; æbˋstrækt θɪŋkɪŋ ænd ͵kælkjəˋleʃən]	判斷力、定向力、記憶力、抽象思考、計算力
	myelography [͵maɪəˋlɑgrəfɪ]	脊髓 X 光攝影術
	reflex* [ˋriflɛks]	反射
	biceps reflex* [ˋbaɪsɛps ˋriflɛks]	肱二頭肌反射

縮 寫	原文 [音標]	中 譯
	corneal reflex [`kɔrnɪəl `riflɛks]	角膜反射

> 例句 Corneal reflex is an automated involuntary blinking of the eyelids elicited by stimulation (such as touching or a foreign body) of the eyeball's cornea. （角膜反射是指當眼角膜受到刺激（如碰觸或外物）而引起自動且不受意志控制的眨眼瞼動作。）

縮 寫	原文 [音標]	中 譯
DTR	**deep tendon reflex*** [dip `tɛndən `riflɛks]	深腱反射
	gag reflex* [gæg `riflɛks]	吞嚥反射
	knee reflex* [ni `riflɛks]	膝反射
	light reflex* [laɪt `riflɛks]	光反射
	oculocephalogyric reflex [ˌɑkjələˌsɛfələ`ʤaɪrɪk `riflɛks]	眼頭運動反射

> 例句 Oculocephalic reflex is an eye movement to maintain forward gaze in response to neck rotation. （眼頭運動反射是一種轉動頸部時保持向前注視的眼睛運動。）

縮 寫	原文 [音標]	中 譯
	plantar reflex [`plæntə `riflɛks]	足蹠反射
	triceps reflex* [`traɪsɛps `riflɛks]	肱三頭肌反射

（三）症 狀

縮 寫	原文 [音標]	中 譯
	anisocoria [ænˌaɪsə`korɪə]	瞳孔大小不等
	ataxia [ə`tæksɪə]	運動失調
	autonomic neuropathy [ˌɔtə`namɪk nju`rapəθɪ]	自主神經病變

> 例句 Autonomic neuropathy is a group of symptoms, not a specific disease. （自主神經病變是一類症狀的名稱，而非一特殊疾病。）

縮 寫	原文 [音標]	中 譯
	consciousness loss [ˋkanʃəsnɪs lɔs]	意識喪失
	convulsion [kənˋvʌlʃən] **例句▶** The child's <u>convulsion</u> made me frightened. （那孩子的抽搐令人擔憂。）	抽搐
	cramp [kræmp]	抽筋
	dizziness* [ˋdɪzənɪs]	眩暈
	dysarthria [dɪsˋarθrɪə] **例句▶** <u>Dysarthria</u> is a speech disorder that is due to a weakness or incoordination of the speech muscles. （言語不清是因說話肌肉疲弱或不協調所造成的言語疾病。）	言語不清
	headache* [ˋhɛd͵ek]	頭痛
	hemianopsia [͵hɛmɪəˋnapsɪə]	半側盲
	hemiplegia [͵hɛmɪˋplidʒə]	偏癱
IICP	**increasing intracranial pressure** [ɪnˋkrisɪŋ ͵ɪntrəˋkrenɪəl ˋprɛʃə]	顱內壓增高
	migraine* [ˋmaɪgren] **例句▶** A <u>migraine</u> headache can cause pain, nausea, vomiting and sensitivity to light and sound. （偏頭痛會引起疼痛、噁心、嘔吐與對光線和聲音的敏感。）	偏頭痛
	myalgia [maɪˋældʒɪə]	肌肉痛
	neuralgia [njuˋrældʒɪə]	神經痛
	numbness [ˋnʌmnɪs] **例句▶** The mountain climbers were fighting off the <u>numbness</u> of frostbite. （登山客們正奮力擺脫凍僵的麻木感。）	麻木

縮　寫	原文 [音標]	中　譯
	nystagmus [nɪsˋtægməs]	眼球震顫
	quadriplegia [͵kwadrɪˋpliʤɪə]	四肢麻痺
	例句▶ <u>Quadriplegia</u> is caused by damage to the brain or to the spinal cord.（四肢麻痺是導因於腦部或脊椎神經的損害。）	
	somnolence [ˋsɑmnələns]	嗜睡
	spinal shock [ˋspaɪnl ʃɑk]	脊髓性休克
	tongue deviation [tʌŋ ͵divɪˋeʃən]	舌偏癱

（四）處　置

縮　寫	原文 [音標]	中　譯
	bed rest* [bɛd rɛst]	臥床休息
	craniopuncture [͵krenɪəˋpʌŋktʃə]	顱穿刺術
	craniotomy [͵krenɪˋɑtəmɪ]	頭顱切開術
	例句▶ <u>Craniotomy</u> treats lesions of the brain and its surrounding structures through an opening in the skull.（頭顱切開術是經由頭顱的一個開口治療腦部及其周圍組織的損害。）	
	decompressive laminectomy [͵dikəmˋprɛsɪv ͵læmɪˋnɛktəmɪ]	減壓性椎板切除術
	laminectomy [͵læmɪˋnɛktəmɪ]	椎板切除術
	sympathectomy [sɪmpəˋθɛktəmɪ]	交感神經切除術
VP shunt	**ventriculoperitoneal shunt** [vɛn͵trɪkjələ͵pɛrɪˋtonɪəl ʃʌn]	腦室腹膜腔分流

 骨 科

（一）診 斷

縮 寫	原文 [音標]	中 譯
	arthritis* [ar`θraɪtɪs]	關節炎
	acute rheumatic arthritis [ə`kjut ru`mætɪk ar`θraɪtɪs]	急性風濕性關節炎
	gouty arthritis [`gautɪ ar`θraɪtɪs]	痛風性關節炎
RA	**rheumatoid arthritis** [`rumətɔɪd ar`θraɪtɪs]	類風濕性關節炎
	bursitis [bə`saɪtɪs]	滑囊炎

例句▶ Bursitis is a painful condition caused by inflammation in the areas around your joints. （滑囊炎是因關節周圍發炎所引起的病症。）

CTS	**carpal tunnel syndrome*** [`karpl `tʌnl `sɪndrom]	腕隧道症候群
	cellulitis* [ˌsɛljə`laɪtɪs]	蜂窩性組織炎

例句▶ Cellulitis is a skin infection that, if severe or left untreated, can be life-threatening. （蜂窩性組織炎是一種皮膚感染，若程度嚴重或是未加以治療的話，很可能會致命。）

	cystofibroma [ˌsɪstəfaɪ`bromə]	囊纖維瘤
DJD	**degenerative joint disease** [dɪ`dʒɛnəˌretɪv dʒɔɪnt dɪ`ziz]	變性關節疾病
	fibroma [faɪ`bromə]	纖維瘤
	flat foot [flæt fut]	扁平足

例句▶ A flat foot will cause more wear on the inside of the sole, especially in the heel area. （扁平足會造成腳底內側較多磨損，特別是在腳後跟的部分。）

縮 寫	原文 [音標]	中 譯
	frozen shoulder* [`frozn `ʃoldə]	冰凍肩，五十肩
	例句 <u>Frozen shoulder</u> is a disorder characterized by pain and loss of motion or stiffness in the shoulder. （冷凍肩的特徵為肩膀疼痛、無法轉動或是僵硬。）	
	fracture* [`fræktʃə]	骨折
	例句 She suffered multiple <u>fractures</u> in a bicycle accident.（她在一場腳踏車車禍中有多處骨折。）	
	clavicle fracture* [`klævɪkl `fræktʃə]	鎖骨骨折
	closed fracture [klozd `fræktʃə]	閉鎖性骨折
	comminuted fracture [`kamənˏjutɪd `fræktʃə]	粉碎性骨折
	compound fracture [`kampaʊnd `fræktʃə]	複合性骨折，開放性骨折
	例句 <u>Compound fracture</u> is a fracture in which the bone is sticking through the skin. Also called an open fracture.（複合性骨折即骨頭穿出皮膚的骨折，亦稱為開放性骨折。）	
	compression fracture* [kəm`prɛʃən `fræktʃə]	壓迫性骨折
	open fracture* [`opən `fræktʃə]	開放性骨折
	pelvic fracture [`pɛlvɪk `fræktʃə]	骨盆骨折
	wrist fracture [rɪst `fræktʃə]	腕骨骨折
	hallux valgus [`hæləks `vælgəs]	拇指外翻
	kyphosis [kaɪ`fosɪs]	駝背
	例句 <u>Kyphosis</u> can occur at any age, although it is rare at birth.（駝背可在任何年紀發生，但少見於初生兒。）	
LBP	**low back pain*** [lo bæk pen]	下背痛
	例句 Many farmers in their old ages suffer from <u>low back pain</u>.（很多農夫在晚年深受下背痛之苦。）	

縮 寫	原文 [音標]	中 譯
	lumbago [lʌmˋbego]	腰痛
	multiple myeloma [ˋmʌltɪpl͟ ˌmaɪəˋlomə]	多發性骨髓瘤
OA	**osteoarthritis*** [ˌɑstɪərˋθraɪtɪs]	骨關節炎
	osteoma [ˌɑstɪˋomə]	骨瘤
	osteomyelitis [ˌɑstɪoˌmaɪəˋlaɪtɪs]	骨髓炎

例句 The infection that causes osteomyelitis often is in another part of the body and spreads to the bone via the blood.（引發骨髓炎的感染通常發生於身體其他部分，然後才經由血液散播至骨骼。）

| | **osteoporosis***
[ˌɑstɪəpəˋrosɪs] | 骨質疏鬆症 |

例句 Lack of vitamin D and calcium can lead to osteoporosis.（缺乏維生素 D 和鈣質會導致骨質疏鬆症。）

	periostitis [ˌpɛrɪəˋstaɪtɪs]	骨膜炎
	rheumatism [ˋruməˌtɪzm͟]	風濕痛
	rickets [ˋrɪkɪtʃ]	佝僂病
	scoliosis* [ˌskolɪˋosɪs]	脊柱側彎

例句 Scoliosis of greater than 25 degrees has been reported in about 1.5/1000 persons in the United States.（在美國，每千人中就有 1.5 人的脊柱側彎超過 25 度。）

| | **spondylosis**
[ˌspɑndɪˋlosɪs] | 椎關節粘連 |
| | **sprain***
[spren] | 扭傷 |

例句 He sprained his ankle playing basketball.（他打籃球時扭傷了腳踝。）

| | **synovitis**
[ˌsɪnəˋvaɪtɪs] | 滑膜炎 |

縮 寫	原文 [音標]	中 譯
	tennis elbow [ˋtɛnɪs ˋɛlbo]	網球肘病

例句 Many tennis players suffer from tennis elbow.（很多網球選手深受網球肘之苦。）

（二）檢 查

縮 寫	原文 [音標]	中 譯
	arthrography [arˋθragrəfɪ]	關節 X 光攝影術
	arthroscopy [arˋθraskəpɪ]	關節鏡檢查
	bone marrow biopsy* [bon ˋmæro ˋbaɪapsɪ]	骨髓活體切片
	bone scan [bon skæn]	骨骼掃描
DTR	**deep tendon reflex*** [dip ˋtɛndən ˋriflɛks]	深腱反射

例句 Most people have experienced the deep tendon reflex during which their physician tap their knees with a rubber hammer.（多數人都做過深腱反射檢查，過程中，外科醫師以橡膠錘敲打他們的膝蓋。）

縮 寫	原文 [音標]	中 譯
EMG	**electromyography** [ɪˏlɛktrəmaɪˋagrəfɪ]	肌電圖
	myelography [ˏmaɪəˋlagrəfɪ]	脊髓 X 光攝影術
	neurologic examination [ˏnjurəˋladʒɪk ɪgˏzæməˋneʃən]	神經檢查
SLRT	**straight leg raising test** [stret lɛg ˋrezɪŋ tɛst]	直腿上舉測驗

（三）症 狀

縮 寫	原文 [音標]	中 譯
	adhesion [ədˋhiʒən]	粘連
	arthralgia [arˋθrældʒɪə]	關節痛

縮　寫	原文 [音標]	中　譯
	backache [ˋbæk.ek]	背痛
	clawfoot [ˋklɔ.fʊt]	爪形足
	clawhand [ˋklɔ.hænd]	爪形手
	contracture [kənˋtræktʃə] 例句 A <u>contracture</u> is a fixed tightening of muscle, tendons, ligaments, or skin.（攣縮是指肌肉、腱、韌帶或皮膚的無法恢復的緊繃。）	攣縮
	contusion [kənˋtjuʒən]	挫傷
	deformity* [dɪˋfɔrmətɪ]	畸形
	laceration* [.læsəˋreʃən] 例句 Many physicians will not repair a <u>laceration</u> that is more than eight hours old because the risk of infection is too great.（多數外科醫生不會對發生超過八小時的裂傷進行修補，因為傷口感染的風險太大了。）	裂傷
	phantom pain [ˋfæntəm pen]	幻肢痛
	wryneck [ˋraɪnɛk]	斜頸

（四）處　置

縮　寫	原文 [音標]	中　譯
AKA	**above-knee amputation*** [əˋbʌv ni .æmpjəˋteʃən] 例句 The patient had just undergone an <u>above-knee amputation surgery</u>.（這個病人剛剛動過膝上截肢術。）	膝上截肢術
BKA	**below-knee amputation*** [bəˋlo ni .æmpjəˋteʃən]	膝下截肢術
	arthrodesis [.ɑrθrəˋdisɪs]	關節固定術

縮　寫	原文 [音標]	中　譯
	arthroplasty [ˋarθrəˏplæstɪ]	關節成（整）形術
	例句 <u>Arthroplasty</u> is the operation for construction of a new movable joint. （關節成形術是裝設新活動關節的手術。）	
TAA	**total ankle arthroplasty** [ˋtotl ˋæŋkl ˋarθrəˏplæstɪ]	全部踝關節成形術
TEA	**total elbow arthroplasty** [ˋtotl ˋɛlbo ˋarθrəˏplæstɪ]	全肘關節成形術
THA	**total hip arthroplasty*** [ˋtotl hɪp ˋarθrəˏplæstɪ]	全髖關節成形術
	arthrostomy [arˋθrastəmɪ]	關節造口術
	aspiration* [ˏæspəˋreʃən]	抽吸
	bone graft [bon græft]	骨移植術
	capsulotomy [ˏkæpsəˋlatəmɪ]	囊切開術
	cast [kæst]	石膏
	hip spica cast [hɪp ˋspaɪkə kæst]	髖部人字形石膏
	on cast* [an kæst]	上石膏
	short arm cast [ʃɔrt arm kæst]	短臂圓柱石膏
	short leg cast [ʃɔrt lɛg kæst]	短腿圓柱石膏
	shoulder spica cast [ˋʃoldə ˋspaɪkə kæst]	肩部人字形石膏
	fixation [fɪkˋseʃən]	固定術
	laminectomy [ˏlæmɪˋnɛktəmɪ]	椎板切除術
	例句 One of the most common reasons for <u>laminectomy</u> is a prolapsed or herniated intervertebral disc. （進行椎板切除術最常見的原因是椎間盤脫垂或突出。）	

縮 寫	原文 [音標]	中 譯
	open reduction* [ˈopən rɪˈdʌkʃən]	開放性復位術
ORIF	**open reduction internal fixation** [ˈopən rɪˈdʌkʃən ɪnˈtɜnɛl fɪkˈseʃən]	開放性復位合併內固定術
	orthopedics [͵ɔrθəˈpidɪks]	骨科矯形學
	ostectomy [asˈtɛktəmɪ]	骨切除術
	例句▶ <u>Ostecomy</u> is the surgical removal of a bone or part of a bone. （骨切除術是移除整塊或部分骨頭的外科手術。）	
	replacement [rɪˈplesmənt]	更換，取代
TER	**total elbow replacement** [ˈtotl̩ ˈɛlbo rɪˈplesmənt]	全肘置換術
	例句▶ That doctor considers <u>TER</u> to be a minor operation. （那個醫生認為全肘置換術是種小手術。）	
THR	**total hip replacement*** [ˈtotl̩ hɪp rɪˈplesmənt]	全髖關節置換術
TKR	**total knee replacement*** [ˈtotl̩ ni rɪˈplesmənt]	全膝關節置換術
	splinting [ˈsplɪntɪŋ]	夾板固定療法
	traction* [ˈtrækʃən]	牽引
	例句▶ <u>Traction</u> refers to the set of mechanisms for straightening broken bones or relieving pressure on the skeletal system. （牽引是指一組將斷裂的骨頭弄直或釋放骨骼系統的壓力的機制。）	

（五）其他常見骨科用語

縮 寫	原文 [音標]	中 譯
	abduction [æbˈdʌkʃən]	外展
	例句▶ <u>Abduction</u> is a motion that pulls a structure or part away from the midline of the body. （外展是一種將身體組織或部位拉離身體中線的動作。）	

縮 寫	原文 [音標]	中 譯
	adduction [ə`dʌkʃən]	內收
	extension [ɪk`stɛnʃən]	伸展
	flexion [`flɛkʃən]	屈曲

例句 Flexion is the bending movement that decreases the angle between two parts.（屈曲是將兩個部位間的角度變小的彎曲動作。）

縮 寫	原文 [音標]	中 譯
	immobilization [ˌɪmobɪlɪ`zeʃən]	制動
	interphalangeal joint [ˌɪntəfə`lændʒɪəl dʒɔɪnt]	指（趾）骨間的關節
DIP	**distal interphalangeal joint** [`dɪstl ˌɪntəfə`lændʒɪəl dʒɔɪnt]	遠側指（趾）端關節
PIP	**proximal interphalangeal joint** [`praksəml ˌɪntəfə`lændʒɪəl dʒɔɪnt]	近側指（趾）端關節
	knee* [ni]	膝，膝部
AK	**above knee** [ə`bʌv nɪ]	膝上
BK	**below knee** [bə`lo ni]	膝下

🗨 三 耳鼻喉科

（一）診 斷

縮 寫	原文 [音標]	中 譯
	acoustic neuroma [ə`kustɪk njuˇromə]	聽神經瘤

例句 Acoustic neuromas have been known to occur in all areas of the world without any predilection for individuals of any ethnic background.（據了解，聽神經瘤發生於世界各地，與種族背景無關。）

縮　寫	原文 [音標]	中　譯
	allergic nasosinusitis / allergic rhinosinusitis [əˋlɝdʒɪk ͵nezə͵saɪnjəˋsaɪtɪs; əˋlɝdʒɪk͵ raɪnə͵saɪnəˋsaɪtɪs]	過敏性鼻竇炎

例句▶ Allergic rhinosinusitis has three forms of therapy: pharmacotherapy, immunotherapy, and surgical therapy.（過敏性鼻竇炎有三種療法：藥物治療、免疫治療和開刀治療。）

縮　寫	原文 [音標]	中　譯
BPPV	**benign paroxysmal positional vertigo** [bɪˋnaɪn ͵pærakˋsɪzml pəˋzɪʃən] ˋvɝtɪgo]	良性陣發性姿位性眩暈
	cerumen impaction (earwax) [səˋrumən ɪmˋpækʃən; ˋɪr͵wæks]	耳垢嵌塞
	chronic nasal obstruction* [ˋkranɪk ˋnezl əbˋstrʌkʃən]	慢性鼻塞
CPS	**chronic paranasal sinusitis** [ˋkranɪk ͵pærəˋnezl ͵saɪnəˋsaɪtɪs]	慢性副鼻竇炎
	conductive deafness [kənˋdʌktɪv ˋdɛfnɪs]	傳導性耳聾
	deep neck infection [dip nɛk ɪnˋkʃən]	深部頸部感染
DNS / NSD	**deviated nasal septum / nasal septal deviation** [ˋdivɪ͵etɪd ˋnezl ˋsɛptəm; ˋnezl ˋsɛptl ͵divɪˋeʃən]	鼻中隔彎曲
	epiglottitis [͵ɛpəglaˋtaɪtɪs]	會厭炎

例句▶ Some medical historians believe Washington died of epiglottitis.（一些醫學歷史學家相信華盛頓死於會厭炎。）

縮　寫	原文 [音標]	中　譯
	herpangina [͵hɝpənˋdʒaɪnə]	疱疹性咽峽炎

例句▶ Herpangina is a viral illness characterized by ulcers and lesions (sores) inside the mouth, sore throat, and fever.（疱疹性咽峽炎是一種病毒引起的疾病，徵狀是嘴巴裡的潰瘍及受傷（疼痛）、喉嚨痛及發燒。）

縮　寫	原文 [音標]	中　譯
	herpetic stomatitis [həˋpɛtɪk ͵stoməˋtaɪtɪs]	疱疹性口炎
	Meniere's disease* / auditory vertigo [͵mɛnɪˋerz dɪˋziz; ˋɔdə͵torɪ ˋvɝtɪgo]	梅尼爾氏症，耳性暈眩

醫護英文用語 ENGLISH MEDICAL TERMINOLOGY

縮 寫	原文 [音標]	中 譯
	myringitis [ˌmɪrɪnˈdʒaɪtɪs]	鼓（耳）膜炎
	nasal bone fracture [ˈnezl̩ bon ˈfræktʃə]	鼻骨骨折
	nasal polyps [ˈnezl̩ ˈpalɪps]	鼻息肉
NPC	**nasopharyngeal carcinoma** [ˌnezəfəˈrɪndʒɪəl ˌkarsɪˈnomə] 例句 <u>Nasopharyngeal carcinoma</u> accounts for fewer than 1% of cases of child-hood malignancy.（低於 1%的鼻咽癌病例是由兒童期的惡性腫瘤所引發。）	鼻咽癌
OSAS	**obstructive sleep apnea syndrome (snoring)** [əbˈstrʌktɪv slip ˈæpniə ˈsɪndrom; snɔrɪŋ]	阻塞性睡眠窒息症候群，打鼾
AOM	**acute otitis media** [əˈkjut əˈtaɪtɪs ˈmidɪə] 例句 In infants, the clearest sign of <u>acute otitis media</u> is often irritability and inconsolable crying.（急性中耳炎發生在嬰兒所顯示最清楚的徵狀是易怒及無法安撫下來的哭泣。）	急性中耳炎
COM	**chronic otitis media** [ˈkranɪk əˈtaɪtɪs ˈmidɪə]	慢性中耳炎
SOM	**serous otitis media** [ˈsɪrəs əˈtaɪtɪs ˈmidɪə]	漿液性中耳炎
BOM	**bilateral otitis media** [baɪˈlætərəl əˈtaɪtɪs ˈmidɪə]	雙側中耳炎
	pharyngitis [ˌfærɪnˈdʒaɪtɪs]	咽炎
	presbycusis [ˌprɛzbɪˈkjusɪs]	老年性失聰
	rhinitis [raɪˈnaɪtɪs]	鼻炎
	allergic rhinitis [əˈlɜdʒɪk raɪˈnaɪtɪs] 例句 <u>Allergic rhinitis</u> is characterized by nasal blockage and sneezing attacks for longer than 1 hour per day lasting longer than 2 weeks.（過敏性鼻炎的症狀為每天超過一小時並持續兩週的鼻子堵塞和打噴嚏。）	過敏性鼻炎

縮　寫	原文 [音標]	中　譯
	sinusitis [ˌsaɪnəˈsaɪtɪs]	鼻竇炎
	例句▶ The patient infected with <u>sinusitis</u> also suffers from dizziness.（感染鼻竇炎的患者同時也受暈眩之苦。）	
	tonsillitis [ˌtansəˈlaɪtɪs]	扁桃腺炎
	例句▶ <u>Tonsillitis</u> is characterized by sore throat, difficulty swallowing, headache, fever, or voice changes.（扁桃腺炎的徵狀是喉嚨痛、吞嚥困難、頭痛、發燒或聲音改變。）	
	tympanic membrane perforation [tɪmˈpænɪk ˈmɛmbren ˌpɝfəˈreʃən]	鼓膜穿孔
	uvulitis [ˌjuvjəˈlaɪtɪs]	懸壅垂炎
	vocal cord nodules [ˈvokl̩ kɔrd ˈnadjuls]	聲帶結節
	vocal cord polyps [ˈvokl̩ kɔrd ˈpalɪps]	聲帶息肉

（二）檢　查

縮　寫	原文 [音標]	中　譯
	audiometry [ˌɔdɪˈamɪtrɪ]	聽力測驗
ABR	**auditory brainstem response audiometry** [ˈɔdəˌtorɪ ˈbren.stɛm rɪˈspans ˌɔdɪˈamɪtrɪ]	聽覺腦幹反應聽力檢查
	auriscope / otoscope [ˈɔrɪskop; ˈotəskop]	耳鏡，檢耳鏡
BOA	**behavior observation audiometry** [bɪˈhevjə ˌabzəˈveʃən ˌɔdɪˈamɪtrɪ]	行為觀察聽力檢查
PTA	**pure tone audiometry** [pjur ton ˌɔdɪˈamɪtrɪ]	純音聽力檢查
	caloric test [kəˈlɔrɪk tɛst]	內耳溫差試驗
	例句▶ <u>Caloric test</u> is used by physicians to assess brain stem function and may be part of an evaluation to determine brain death.（內耳溫差試驗被內科醫生用來評估腦幹的功能，也可能是測定腦死的評估之一。）	

縮 寫	原文 [音標]	中 譯
DL	**direct laryngoscopy** [dəˋrɛkt ˏlærɪŋˋgaskəpɪ]	直接喉鏡檢
	facial nerve tests [ˋfeʃəl nɝv tɛstʃ]	顏面神經試驗
	mean air flow rate [min ɛr flo ret]	平均呼吸氣流率
ML	**microlaryngoscopy** [ˋmaɪkroˏlærɪŋˋgaskəpɪ]	顯微喉鏡檢
	nasoendoscopy [ˏnezəɛnˋdaskəpɪ]	鼻內窺鏡檢
	nasopharyngeal biopsy [ˏnezəfəˋrɪndʒɪəl ˋbaɪapsɪ]	鼻咽切片
	nasopharyngoscopy [ˏnezəfəˋrɪŋgaskəpɪ]	鼻咽鏡檢查

例句▶ Diagnostic tools such as nasopharyngoscopy may be helpful in determining exactly how the child's existing structures look and function. （如鼻咽鏡之類的診斷器材可能會在決定孩童現存的組織結構之實際外表與運作上有所助益。）

縮 寫	原文 [音標]	中 譯
	olfactory function test [alˋfæktərɪ ˋfʌŋkʃən tɛst]	嗅覺功能檢查
	open biopsy [ˋopən ˋbaɪapsɪ]	開刀活組織檢查法
	salpingoscopy [ˏsælpɪŋˋgaskəpɪ]	耳咽管鏡檢查
	sinoscopy [ˏsaɪˋnaskəpɪ]	竇腔鏡檢
	standard hearing tests* [ˋstændəd ˋhɪrɪŋ tɛstʃ]	標準聽力測驗

例句▶ The standard hearing test concentrates only on the range of frequencies relevant for understanding speech: 250 Hz to 8,000 Hz. （標準聽力測驗僅著重於了解他人說話的頻率範圍，亦即 250~8,000 赫茲。）

縮 寫	原文 [音標]	中 譯
	tuning fork test [ˋtjunɪŋ fɔrk tɛst]	音叉試驗
	vertigo test* [ˋvɝtɪgo tɛst]	暈眩檢查

（三）症 狀

縮 寫	原文 [音標]	中 譯
	aural hematoma [`ɔrəl ˌhimə`tomə]	耳廓血腫
	aural stenosis [`ɔrəl stɪ`nosɪs]	耳道狹窄
	canker sores = oral ulcer [`kæŋkɚ sorz]	口腔潰瘍
	discharge [dɪs`tʃardʒ]	排出物（分泌物）
	drainage [`drenɪdʒ]	引流物
	epistaxis [ˌɛpə`stæksɪs]	鼻出血

例句 <u>Epistaxis</u> is the loss of blood from the mucous membranes that line the nose, most commonly from one nostril only.（鼻出血是鼻子黏膜的失血，最常是只由一個鼻孔流出。）

	loss of voice [lɔs ɑv vɔɪs]	失聲
	otalgia [ə`tældʒɪə]	耳痛

例句 <u>Otalgia</u> can originate within the ear, the ear canal, or the external ear.（耳痛可能來自內耳、耳道或是外耳。）

	otolith [`otəlɪθ]	耳石
	otorrhea [ˌotə`riə]	耳漏
	rhinorrhea [ˌraɪnə`riə]	鼻漏，流鼻水

（四）處置

縮寫	原文 [音標]	中譯
	caldwell-luc operation [`kɔldwəl `ljuk ˌɑpəˈreʃən]	上頜竇切開術
	foreign body removal [`fɔrɪn `badɪ rɪˈmuvəl]	異物取出
	例句 Foreign body removal refers to the removal of ingested objects from the esophagus, stomach and duodenum by endoscopic techniques.（異物取出是指將食道、胃及十二指腸的嚥入物取出。）	
FESS	**functional endoscopic sinus surgery** [`fʌŋkʃən‿ ˌɛndəˈskapɪk `saɪnəs `sɜdʒərɪ]	功能性內視鏡鼻竇手術
	hearing aids* [`hɪrɪŋ edz]	助聽器
	例句 A hearing aid is a device used to help hard-of-hearing people hear sounds better.（助聽器是用來幫助聽覺有障礙的人們聽得更清楚的儀器。）	
I&D	**incision and drainage** [ɪnˈsɪʒən ænd `drenɪdʒ]	切開引流
	instillation of ear drops [ˌɪnstɪˈleʃən ɑv ɪr draps]	耳滴入
	laryngectomy [ˌlærɪnˈdʒɛktəmɪ]	喉切除術
	canaloplasty [kəˈnælə‿plæstɪ]	耳道成形術
	myringoplasty [məˈrɪŋgo‿plæstɪ]	鼓（耳）膜成形術
	nasal balloon [`nezḷ bəˈlun]	鼻氣球止血
	例句 If the bleeding is severe a nasal balloon can also be inserted.（若流血程度嚴重的話，亦可置入鼻氣球來止血。）	
	nasal irrigation [`nezḷ ˌɪrɪˈgeʃən]	鼻灌洗
	nasal packing [`nezḷ `pækɪŋ]	鼻填塞
	nasal polypectomy [`nezḷ ˌpalɪˈpɛktəmɪ]	鼻息肉切除術

縮　寫	原文 [音標]	中　譯
	neck dissection [nɛk dɪˋsɛkʃən]	頸部廓清術
	ossicle transplant [ˋɑsɪkl ˋtrænsplænt]	耳骨移植
	paracentesis [͵pærə͵sɛnˋtisɪs]	放液穿刺術

例句▶ Paracentesis can be used to relieve abdominal pressure from ascites.（放液穿刺術可被用來釋放腹水造成的腹部壓力。）

縮　寫	原文 [音標]	中　譯
SMP	**septomeatal plasty** [͵sɛptəmiˋetəl ˋplæstɪ]	鼻中隔鼻道成形術
	speech rehabilitation* [spitʃ ͵rihə͵bɪlɪˋteʃən]	語言復健
	thyroplasty [͵θaɪrəˋplæstɪ]	甲狀軟骨成形術
T & A	**tonsillectomy and adenoidectomy** [͵tɑnsəˋlɛktəmɪ ænd ͵ædɪnɔɪˋdɛktəmɪ]	扁桃腺切除術及增殖腺切除術
	tracheostomy [͵trekɪˋɑstəmɪ]	氣管造口術

例句▶ Instead of breathing through the nose and mouth, the child will now breath through the tracheostomy tube.（除了以口鼻呼吸外，相反地，孩子現在可以透過氣管造口的管子來呼吸。）

縮　寫	原文 [音標]	中　譯
	vestibular neurectomy [vəsˋtɪbjələ njuˋrɛktəmɪ]	前庭神經切除術

四 復健科

（一）診　斷

縮　寫	原文 [音標]	中　譯
	achilles tendonitis [əˋkɪlɪz ͵tɛndəˋnaɪtɪs]	跟腱炎
	hemiplegia [͵hɛmɪˋplidʒə]	半身不遂

例句▶ Hemiplegia is similar to hemiparesis, but hemiparesis is considered less severe.（半身不遂與半邊輕度癱瘓類似，不過半邊輕度癱瘓被認為其嚴重程度較低。）

縮 寫	原文 [音標]	中 譯
	kyphosis [kaɪˋfosɪs]	駝背，脊柱後彎
	low back pain* [lo bæk pen]	下背痛
	lumbar disc herniation [ˋlʌmbə dɪsk ͵hɜnɪˋeʃən]	腰椎間盤突出
	myasthenia /muscle weakness [͵maɪəsˋθɪnɪə; ˋmʌsḷ ˋwiknɪs]	肌無力
	myositis [͵maɪəˋsaɪtɪs]	肌炎
RA	**rheumatoid arthritis*** [ˋrumətɔɪd ɑrˋθraɪtɪs]	風濕性關節炎
	sciatica [saɪˋætɪkə]	坐骨神經痛

例句 Sciatica is a condition involving pain, weakness, numbness, or tingling in the leg.（坐骨神經痛是一種腿部疼痛、衰弱、麻木或震顫的狀況。）

| | **scoliosis***
[͵skolɪˋosɪs] | 脊柱側彎 |

例句 Scoliosis may be suspected when one shoulder appears to be higher than the other, or the pelvis appears to be tilted.（脊柱側彎可能被察覺到當一邊的肩膀看起來比另一邊高，或骨盆傾斜。）

	spondylolisthesis [͵spandɪləˋlɪsθəsɪs]	脊椎滑脫症
	spur [spɜ]	骨刺
	ankle sprain [ˋæŋkḷ spren]	足踝扭傷
	tennis elbow [ˋtɛnɪs ˋɛlbo]	網球肘症

例句 Many individuals with tennis elbow are involved in work or recreational activities that require repetitive and vigorous use of the forearm muscles.（多數網球肘患者都與工作或需要重複、大力使用前臂肌肉的娛樂活動有關。）

| | **whiplash syndrome**
[ˋhwɪp͵læʃ ˋsɪndrom] | 頸傷症候群 |

（二）檢　查

縮　寫	原文 [音標]	中　譯
	arthrography [ar`θragrəfɪ]	關節 X 光攝影術
	discography [dɪs`kagrəfɪ]	椎間盤 X 光攝影術
	myelography [.maɪə`lagrəfɪ]	脊髓 X 光攝影術

例句▶ Myelography is a type of radiographic examination which uses a contrast medium to detect pathology of the spinal cord.（脊髓 X 光攝影術是一種利用對比媒介來偵測脊髓病變的 X 光照相術檢測。）

縮　寫	原文 [音標]	中　譯
NCV	**nerve conduction velocity** [nɜv kən`dʌkʃən və`lasətɪ]	神經傳導速率測定

（三）症　狀

縮　寫	原文 [音標]	中　譯
	abnormal gait [æb`nɔrml get]	異常步態
	ataxia [ə`tæksɪə]	共濟失調
	athetoid [`æθətɔɪd]	類指痙病的
	compression* [kəm`prɛʃən]	壓迫
	contraction* [kən`trækʃən]	收縮
	deformity* [dɪ`fɔrmətɪ]	變形

例句▶ Deformity may arise from numerous causes, for instance: a genetic mutation, a growth or hormone disorder, or arthritis and other rheumatoid disorders.（變形的成因眾多，例如基因突變、瘤或荷爾蒙失調，或是關節炎及其他風濕病。）

縮　寫	原文 [音標]	中　譯
	disability* [.dɪsə`bɪlətɪ]	殘障
	dissymmetry [dɪs`sɪmɪtrɪ]	不對稱

縮　寫	原文 [音標]	中　譯
	dysarthria [dɪ`sarθrɪə]	發音困難
	fibrosis [faɪ`brosɪs]	纖維組織生成
	ischemia* [ɪs`kimɪə]	局部缺血

例句▶ Cardiac <u>ischemia</u> is the term for a lack of blood flow and oxygen to the heart muscle.（心臟局部缺血指的是心臟肌肉缺乏血流和氧氣輸送。）

| | **radiculopathy**
[rədɪkjə`lapəθɪ] | 神經根病變 |
| | **spasticity**
[spæs`tɪsətɪ] | 痙攣 |

例句▶ <u>Spasticity</u> may be as mild as the feeling of tightness of muscles or may be so severe as to produce painful, uncontrollable spasms of extremities, usually of the legs.（輕微的痙攣有如肌肉緊繃的感覺，而嚴重的痙攣則產生疼痛、無法控制的四肢抽搐，通常出現在腿部。）

（四）處　置

縮　寫	原文 [音標]	中　譯
	brace [bres]	支架

例句▶ <u>Braces</u> can be used to help slow the progression of the spinal curve.（支架可被用來幫助減緩脊椎的彎曲。）

	correct position [kə`rɛkt pə`zɪʃən]	正確位置
	correct posture [kə`rɛkt `pastʃə]	正確姿勢
	electrotherapy [ɪˌlɛktrə`θɛrəpɪ]	電療
	exercise* [`ɛksəˌsaɪz]	運動
	gait training [get `trenɪŋ]	步態訓練
	hot compress [hat `kamprɛs]	熱敷

縮　寫	原文 [音標]	中　譯
	hydrotherapy* [ˋhaɪdrəˌθɛrəpɪ]	水療法

例句▶ <u>Hydrotherapy</u> involves the use of water for soothing pains and treating diseases. （水療法包括用水來減緩疼痛及治療疾病。）

	immobilization [ɪˌmobɪlaɪˋzeʃən]	固定
	manipulation [məˌnɪpjuˋleʃən]	徒手操作法
	orthotics [ɔrˋθatɪks]	矯正學
	prosthesis [prasˋθisɪs]	義肢

例句▶ <u>Prostheses</u> are typically used to replace parts lost by injury or missing from birth or to supplement defective body parts. （義肢通常應用在代替因受傷、或自出生就失去的肢體，或是用來增補有缺陷的身體部分。）

	rehabilitation counseling* [ˌrihəˌbɪlɪˋteʃən ˋkaunslɪŋ]	復健諮商
	sling [slɪŋ]	懸帶
	splint [splɪnt]	夾板

例句▶ A <u>splint</u> is a medical device for the immobilization of limbs or of the spine. （夾板是一種用來固定四肢或脊椎的醫療器材。）

| | **thermotherapy** [ˌθɝməˋθɛrəpɪ] | 溫度療法 |
| | **walking aids** [ˋwɔkɪŋ edz] | 輔助行走器 |

例句▶ <u>Walking aids</u> for the elderly range from the traditional wooden walking stick to the tubular metal "Zimmer". （老年人用的輔助行走器從傳統的木製手杖到管狀金屬的助行器都有。）

五 眼 科

（一）診 斷

縮 寫	原文 [音標]	中 譯
	achromatopsia [əˌkroməˋtɑpsɪə]	色盲

例句▶ Congenital <u>achromatopsia</u> is a rare hereditary vision disorder which affects 1 person in 33,000 in the US.（先天性色盲是一種罕見的遺傳性視力疾病，在美國，每三萬三千人即有一人為此病所擾。）

縮 寫	原文 [音標]	中 譯
	amblyopia [ˌæmblɪˋopɪə]	弱視
As / AST	**astigmatism** [əˋstɪgməˌtɪzm̩]	亂視，散光

例句▶ <u>Astigmatism</u> may accompany nearsightedness or farsightedness.（散光可能伴隨著近視或遠視而發生。）

縮 寫	原文 [音標]	中 譯
	cataract* [ˋkætəˌrækt]	白內障
	conjunctivitis [kənˌdʒʌŋktəˋvaɪtɪs]	結膜炎
	corneitis [ˌkɔrnɪˋaɪtɪs]	角膜炎
	diabetic retinopathy [ˌdaɪəˋbɛtɪk ˌrɛtəˋnɑpəθɪ]	糖尿病視網膜病變
	diplopia [dɪˋplopɪə]	複視
	ectropion [ɛkˋtropɪən]	瞼外翻

例句▶ Patients with <u>ectropion</u> have a sagging lower eyelid that leaves the eye exposed and dry.（瞼外翻患者之下眼瞼鬆弛，使得眼睛暴露在外且乾澀。）

縮 寫	原文 [音標]	中 譯
	glaucoma* [glɔˋkomə]	青光眼

例句▶ <u>Glaucoma</u> leads to blindness by damaging the optic nerve.（青光眼會對視神經造成損害，因而導致失明。）

縮 寫	原文 [音標]	中 譯
	hordeolum / stye [hɔrˋdɪələm; staɪ]	瞼腺炎，麥粒腫， 針眼

縮 寫	原文 [音標]	中 譯
	hyperopia [ˌhaɪpə`opɪə]	遠視
	iritis [aɪ`raɪtɪs]	虹膜炎
	keratitis [ˌkɛrə`taɪtɪs]	角膜炎

例句▶ It is extremely important to treat <u>keratitis</u> before corneal tissue is destroyed and scar tissue is formed. (在角膜組織受損並結痂前治療角膜炎是非常重要的。)

	keratoconjunctivitis [ˌkɛrətəkənˌdʒʌŋktə`vaɪtɪs]	角膜結膜炎
	macular degeneration [`mækjələ dɪˌdʒɛnə`reʃən]	黃斑部變性
	muscae volitantes [`mʌsi ˌvalɪ`tantɪs]	飛蠅幻視（飛蚊症）
	myopia [maɪ`opɪə]	近視
	nyctalopia / night blindness [ˌnɪktə`lopɪə; naɪt `blaɪndnɪs]	夜盲症
	papilledema [ˌpæpɪlə`dimə]	視神經乳頭水腫
	presbyopia [ˌprɛzbɪ`opɪə]	老花眼

例句▶ When people develop <u>presbyopia</u>, they find themselves needing hold books, magazines, newspapers, menus and other reading materials at arm's length in order to focus properly. (當人們有老花眼的時候，他們發現自己必須將書本、雜誌、報紙、菜單和其他讀物舉在手臂長度之距離，焦距才會恰到好處。)

RD	**retinal detachment*** [`rɛtɪnəl dɪ`tætʃmənt]	視網膜剝離
	retinopathy [ˌrɛtə`napəθɪ]	視網膜病變
	scleritis [sklɪ`raɪtɪs]	鞏膜炎
	strabismus [strə`bɪzməs]	斜視

縮 寫	原文 [音標]	中 譯
	trachoma [trə`komə]	砂眼
	例句▶ You would better swim in the chlorinated swimming pool to avoid being infected with <u>trachoma</u>.（你最好在加氯消毒過的泳池中游泳以免感染砂眼。）	
	trichiasis [trɪ`kaɪəsɪs]	睫毛倒插
VH	**vitreous hemorrhage** [`vɪtrɪəs `hɛmərɪʤ]	玻璃體出血
	xerosis / xerophthalmia [zɪ`rosɪs; ͵zɪrəf`θælmɪə]	乾眼症

（二）檢 查

縮 寫	原文 [音標]	中 譯
	color vision test [`kʌlə `vɪʒən tɛst]	色盲測試
	exophthalmometry [͵ɛksafθəl`mamətrɪ]	眼凸出測量法
	gonioscopy [͵gonɪ`askəpɪ]	前房角（隅角）鏡檢查
IOP	**intraocular pressure examination / tonometry** [͵ɪntrə`akjələ `prɛʃə ɪg͵zæmə`neʃən; tə`namətr]	眼內壓測定
	laser photocoagulation [`lezə ͵fotəkə͵ægju`leʃən]	雷射光凝作用
	ophthalmoscopy [͵afθəl`maskəpɪ]	眼底鏡檢
	refractive examination [rɪ`fræktɪv ɪg͵zæmə`neʃən]	屈光檢查
	例句▶ The angle between the light ray and the normal as it enters a medium is called the angle of <u>refraction</u>.（當光射入一媒介物中時，介於光線和法線之間的角度被稱為屈光角。）	
VF	**visual field examination / perimetry** [`vɪʒuəl fild ɪg͵zæmə`neʃən; pə`rɪmətrɪ]	視野檢查
VA	**visual acuity examination*** [`vɪʒuəl ə`kjuətɪ ɪg͵zæmə`neʃən]	視力檢查

（三）症　狀

縮　寫	原文 [音標]	中　譯
	anisocoria [æn͵aɪsə`korɪə]	瞳孔大小不等
	例句▶ <u>Anisocoria</u> to a mild degree (generally 0.3 to 0.5 mm) can be found in about 20% of people. （大約 20%的人患有輕微的瞳孔大小不等－約 0.3 至 0.5 公厘。）	
	blindness* [`blaɪndnɪs]	盲，失明
	conjugate ocular movement [`kɑnʤə͵get `ɑkjələ `muvmənt]	共軛性眼球運動
	cupping [`kʌpɪŋ]	杯狀窩形成
	例句▶ As glaucoma progresses, the area of <u>cupping</u>, or depression, increases. （當青光眼逐漸生成，杯狀窩區域，也就是凹處，也隨之擴大。）	
	dark adaptation [dɑrk ͵ædæp`teʃən]	暗適應
	deviation [͵dɪvɪ`eʃən]	偏斜
	divergence [daɪ`vɜʤəns]	散開
	dry eye* [draɪ aɪ]	乾眼
	fusion [`fjuʒən]	兩眼影像融合
	miosis [maɪ`osɪs]	縮瞳
	mydriasis [mɪ`draɪəsɪs]	散瞳
	例句▶ <u>Mydriasis</u> is an excessive dilation of the pupil due to disease or drugs. （散瞳是疾病或藥物引起的瞳孔的過度擴張。）	
	nystagmus [nɪs`tægməs]	眼球震顫
	photophobia [͵fotə`fobɪə]	畏光

縮 寫	原文 [音標]	中 譯
	pupil dilation [`pjupl̩ daɪ`leʃən]	瞳孔放大
	例句▶ <u>Pupil dilation</u> exam takes days to return to normal.（做完瞳孔放大試驗後，需時數日瞳孔方能回復正常。）	
	scotoma [skə`tomə]	盲點
	例句▶ A <u>scotoma</u> is an area of loss or impairment of visual acuity surrounded by a field of normal or relatively well-preserved vision.（盲點是一個被正常或相對性保養良好的視力範圍包圍著的失去視覺敏銳度或視覺損傷的區域。）	

（四）處 置

縮 寫	原文 [音標]	中 譯
	canaliculotomy [ˌkænə`lɪkjə.lɑtəmɪ]	淚管切開術
	corneal transplant / corneal graft [`kɔrnɪəl træns`plænt `kɔrnɪəl græft]	角膜移植
	例句▶ <u>Corneal transplant</u> can improve visual acuity by replacing the opaque host tissue by clear healthy donor tissue.（角膜移植能藉由用健康的捐贈組織替換不透光的原組織來改善視覺敏銳度。）	
	cycloplegic [ˌsaɪklə`plidʒɪk]	睫狀肌麻痺劑
	enucleation of eyeball [ɪˌnjuklɪ`eʃən ɑv `aɪ.bɔl]	眼球摘（剜）出術
	epilation [ˌɛpə`leʃən]	倒睫毛拔除
	goniotomy [ˌgonɪ`ɑtəmɪ]	隅角切開術
	例句▶ Babies who have <u>goniotomy</u> for glaucoma need to be watched carefully after surgery to make sure their glaucoma is controlled.（施行隅角切開術治療青光眼的嬰兒需在術後被細心照護，以確保青光眼的症狀獲得控制。）	
I & D	**incision and drainage** [ɪn`sɪʒən ænd `drenɪdʒ]	切開引流
IOL implant	**intraocular lens implantation** [ˌɪntrə`akjələ lɛnz ˌɪmplæn`teʃən]	人工晶狀體植入術

縮 寫	原文 [音標]	中 譯
	laser photocoagulation	雷射光凝固療法
	[`lezə‚fotəkə‚ægju`leʃən]	
	lens*	透鏡片
	[lɛnz]	
	lensectomy	晶狀體切除術
	[lɛn`sɛktəmɪ]	
	phacoemulsification	白內障超音波乳化手術
	[‚fækəɪ‚mʌlsɪfɪ`keʃən]	
	例句 Phacoemulsification allows cataract surgery to be performed through a very small incision in the cornea.（白內障超音波乳化手術使得白內障手術得以透過角膜內的微小切割來加以執行。）	
	retrobulbar injection	眼球後注射
	[‚rɛtrə`bʌlbə ɪn`dʒɛkʃən]	
	vitrectomy	玻璃體切除術
	[vɪ`trɛktəmɪ]	

 牙 科

（一）診 斷

縮 寫	原文 [音標]	中 譯
CL	**cleft lip**	兔唇，唇裂
	[klɛft lɪp]	
	例句 Cleft lip is a birth defect that usually occurs early in pregnancy.（兔唇是出生時即有的缺陷，經常在母體懷孕時發生。）	
	dental caries* / decayed teeth	齲齒，蛀牙（爛牙）
	[`dɛnəl `kɛrɪ‚iz; dɪ`ked tiθ]	
	例句 Dental caries can lead to pain, tooth loss, infection, and furthermore, death.（齲齒可能導致疼痛、掉牙、感染，甚至死亡。）	
	dentinitis	齒質炎，牙本質炎
	[‚dɛntɪ`naɪtɪs]	
	endodontitis	根管炎，牙髓炎
	[‚ɛndədan`taɪtɪs]	
	例句 The endodontitis caused great pain in my mouth and made me sleepless last night.（根管炎造成我昨晚口腔痛得睡不著。）	

縮　寫	原文 [音標]	中　譯
	fracture of mandible [ˋfræktʃɚ ɑv ˋmændəbl]	頜骨骨折
	gemination [ˏdʒɛməˋneʃən]	雙生齒發生
	gingival enlargement [dʒɪnˋdʒaɪvl ɪnˋlardʒmənt]	牙齦肥大
	gingivitis [ˏdʒɪndʒəˋvaɪtɪs]	牙齦炎
	例句 <u>Gingivitis</u> is a mild form of gum disease that causes inflammation and bleeding. （牙齦炎是一種輕微的牙齦疾病，會造成齒齦發炎和流血。）	
	malocclusion [ˏmæləˋkluʒən]	咬合不正，異常咬合
	例句 <u>Malocclusion</u> may affect a person's appearance, speech, and/or ability to eat. （咬合不正可能影響一個人的外觀、說話和進食的能力。）	
	odontia incrustans [ˏodəntʃɪə ɪnˋkrʌstənz]	齒垢，齒石
	odontocele [oˋdantəsil]	齒囊腫
	periodontosis [ˏpɛrɪədanˋtosɪs]	牙周病，年輕型牙周炎，牙周退化病
	pulpitis [pʌlˋpaɪtɪs]	齒髓炎
	ulitis [juˋlaɪtɪs]	齒齦炎
	xerostomia [ˏzɪrəˋstomɪə]	口乾燥病，乾口症

（二）檢　查

縮　寫	原文 [音標]	中　譯
	dental cast [ˋdɛntəl kæst]	牙齒模型
	odontoradiograph [oˏdantəˋredɪəgræf]	牙齒 X 光照片

縮 寫	原文 [音標]	中 譯
	odontoscope [oˋdantəskop]	齒鏡，口內視鏡

例句 <u>Odontoscope</u> projects a view of the oral cavity onto a screen for multiple viewing.（齒鏡將口腔的影像投射到螢幕上，方便我們從不同角度加以檢視。）

縮 寫	原文 [音標]	中 譯
	periodontium test [ˌpɛrɪəˋdanʃɪəm tɛst]	牙周組織檢測
	periodontal probe [ˌpɛrɪəˋdantl̩ prob]	牙周探針

（三）症 狀

縮 寫	原文 [音標]	中 譯
	abocclusion [ˌæbəˋkluʒən]	上下齒列不合，咬合不密，無咬合
	abrasion [əˋbreʃən]	齒質耗損、磨耗、刷耗

例句 The main cause of tooth <u>abrasion</u> can be due to brushing your teeth incorrectly.（齒質耗損主要可能是由不當的刷牙方式而產生。）

縮 寫	原文 [音標]	中 譯
	asymmetry [eˋsɪmətrɪ]	不對稱，偏位
	bruxism [ˋbrʌksɪzm̩]	夜間咬牙，磨牙

例句 Some dentists believe that <u>bruxism</u> is due to a lack of symmetry in the teeth; others, that it reflects anxiety, digestive problems or a disturbed sleep pattern.（有些牙醫認為磨牙是導因於牙齒的不對稱，其他牙醫則認為磨牙反映了焦慮、消化問題或被擾亂的睡眠模式。）

縮 寫	原文 [音標]	中 譯
	crossbite [ˋkrɔsbaɪt]	錯咬，咬合錯位，上頜牙與下頜牙咬合不良
	deformity [dɪˋfɔrmətɪ]	變形，畸形
	dentition [dɛnˋtɪʃən]	齒列

例句 In the permanent <u>dentition</u>, there are 4 premolars on each side in each jaw.（在永久性的牙齒裡，上下顎的兩邊各有四顆前臼齒歸屬其中。）

縮 寫	原文 [音標]	中 譯
	gingivalgia [.dʒɪndʒə`vældʒə]	牙齦痛
	gnathalgia [næ`θældʒə]	頜痛
	gnathankylosis [.næθənkaɪ`losɪs]	頜關節粘連
	odontoloxia [o.dantə`laksɪə]	牙齒不齊
	odontoneuralgia [o`dantənju`rældʒɪə]	牙神經痛
	odontoseisis [o.dantə`saɪsɪs]	牙鬆動
	periodontal recession [.pɛrɪə`dantl̩ rɪ`sɛʃən]	牙周退縮
	poor oral hygiene [pʊr `ɔrəl `haɪdʒin]	口腔衛生不良

例句▶ Poor oral hygiene can lead to periodontal disease and bacteria from the mouth can weaken a lung.（口腔衛生不良可導致牙周疾病，而口腔中的細菌更會使肺部虛弱。）

縮 寫	原文 [音標]	中 譯
	tissue regeneration [`tɪʃu rɪ.dʒɛnə`reʃən]	組織再生
	ulemorrhagia [.julɛmə`redʒɪə]	齒齦出血
	unerupted tooth [ʌnɪ`rʌptɪd tuθ]	尚未萌出的牙

（四）處 置

縮 寫	原文 [音標]	中 譯
	abutment [ə`bʌtmənt]	支柱牙，牙橋
	anchorage [`æŋkərɪdʒ]	鑲牙固定法
	arch wire [artʃ waɪr]	齒列金屬線
	banding [bændɪŋ]	帶環固定法

縮　寫	原文 [音標]	中　譯
	bite plate [baɪt plet]	咬合板

例句▶ Bite plates may be useful as an adjunct to periodontic and orthodontic therapy. （咬板可以作為牙周與齒列矯正治療上的輔助工具。）

| | **dental floss***
[`dɛntəl flɔs] | 牙線 |

例句▶ Dental floss is a bundle of thin nylon filaments or a plastic (teflon or polyethylene) ribbon used to remove food and dental plaque from teeth.（牙線是用來移除牙齒間的食物及齒菌斑的一卷細尼龍線或塑膠（特夫龍或聚乙烯）線。）

	dentilave [`dɛntɪˌlev]	漱口水
	endodontics [ˌɛndə`dantɪks]	根管治療學
	extraction of teeth [ɪk`strækʃən ɑv tiθ]	拔牙

例句▶ I have an appointment of wisdom tooth extraction in the evening. （我今晚跟牙醫約了拔智齒。）

	filling [`fɪlɪŋ]	填補，充填，補牙
	gerodontic [ˌʤɛrə`dantɪk]	老人齒（牙）科學
	gingivectomy [ˌʤɪnʤə`vɛktəmɪ]	牙齦切除術
	gingivoplasty [`ʤɪnʤəvəˌplæstɪ]	牙齦整形術
	impression tray [ɪm`prɛʃən tre]	印模
	J-hook headgear [ʤe huk `hɛdˌgɪr]	J 型鉤
	mandibular block [mæn`dɪbjələ blak]	下頜阻斷麻醉
	odontoceramotechny [oˌdantəsə`ræməˌtɛknɪ]	瓷牙製作術
	odontoplasty [o`dantəˌplæstɪ]	牙科整形術

縮 寫	原文 [音標]	中 譯
	odontoplerosis [oˌdantəpliˈrosɪs]	填牙術，牙齒充填術
	odontorthosis [oˌdantəˈθosɪs]	齒列矯正術
	prosthodontia [ˌprasθəˈdanʃɪə]	補齒術，鑲牙術

例句▶ Prosthodontia is the branch of dentistry dealing with the replacement of teeth and related mouth or jaw structures by artificial devices. （補齒術是用人工儀器處理替換牙齒及嘴巴或下巴結構的牙醫學的一支。）

縮 寫	原文 [音標]	中 譯
	pulpal anesthesia [ˈpʌlpəl ˌænəsˈθiʒə]	齒髓麻醉
	pulpotomy [pʌlˈpatəmɪ]	冠髓切開術

牛刀小試 EXERCISES

選擇題

從 A. B. C. D. 四個選項中，選擇正確的答案填入括弧中：

( ) 1. _____ is a defect or loss of the power of expression by speech, writing, or signs, or a defect or loss of the power of comprehension of spoken or written language. (A) Frozen shoulder (B) Aphasia (C) Stroke (D) Brain con-cussion

( ) 2. A _____ is a broken bone when the skin over the fracture site is intact. (A) open fracture (B) closed fracture (C) compound fracture (D) compression fracture

( ) 3. _____ is a normal phenomenon in children prior to the development of oral neuromuscular control at age 18~24 months. (A) Otalgia (B) Loss of voice (C) Drooling (D) Otolith

( ) 4. Which of the following equipment should not be applied to an injury man? (A) immobilization (B) traction (C) brace (D) dissymmetry

( ) 5. _____ can take the form of spots, threads, or fragments of cobwebs, that float slowly before one's eyes. (A) Myopia (B) Anisocoria (C) ectropion (D) Muscae volitantes

( ) 6. The condition in which the upper teeth do not touch the lower teeth when biting is called? (A) poor oral hygiene (B) periodontosis (C) pulpitis (D) abocclusion.

填空題

1. _____tus is the name for ringing in the ears, and these head noises are very common.

2. S_____ing an ankle can increase your risk of re-injury as much as 40~70%.

3. A_____a is reduced vision in an eye that has not received adequate use during early childhood.

4. odontia incrustans：_____（中文）

5. endodontitis：_____（中文）

全句翻譯

1. Lumbago often occurs in younger people whose work involves physical effort and is not uncommon in people of retirement age.

   翻譯：

2. Epiglottitis usually begins as an inflammation and swelling between the base of the tongue and the epiglottis.

   翻譯：

3. Rheumatic arthritis is a progressive illness that has the potential to cause joint estruction and functional disability.

   翻譯：

4. Individuals suffering from night blindness not only see poorly at night, but also require some time for their eyes to adjust from brightly lit areas to dim ones.

   翻譯：

解 答 ANSWER

選擇題

（ B ）1. 譯：_____是指透過說話、寫作或手勢表達的能力，或是理解口說或手寫語言的能力不足或喪失。 (A)冰凍肩 (B)失語症 (C)中風 (D)腦震盪

（ B ）2. 譯：_____是指覆蓋在骨折處的皮膚完好無缺的斷裂的骨頭。 (A)開放性骨折 (B)閉鎖性骨折 (C)複合性骨折 (D)壓迫性骨折

（ C ）3. 譯：_____對尚未發展口部神經肌肉控制的十八到二十四個月大的孩童來講是正常的現象。 (A)耳痛 (B)失去聲音 (C)流口水 (D)內耳石

（ D ）4. 譯：下列何種器材不宜用在受傷的人身上？ (A)固定 (B)牽引 (C)支架 (D)不對稱法

（ D ）5. 譯：_____可能會以點狀物、線狀物或蜘蛛網的碎片的形式緩慢浮動在一個人的眼睛前面。 (A)近視 (B)瞳孔大小不等 (C)瞼外翻 (D)飛蠅症

（ D ）6. 譯：咬合時上排牙齒沒有碰觸到下排牙齒的狀況被稱作？ (A)口腔衛生不良 (B)牙周病 (C)牙髓炎 (D)咬合不正

填空題

1. Tinnitus（譯：耳鳴是指耳朵裡的鳴響，且此頭部噪音非常常見。）

2. Spraining（譯：扭傷腳踝可能增加你二度傷害的風險至百分之四十到七十。）

3. Amblyopia（譯：弱視是指在早期童年時期未適當使用導致眼睛的視力變弱。）

4. 齒垢／齒石

5. 根管炎

全句翻譯

1. 譯：腰痛通常發生在工作內容牽涉到身體勞動的年輕人身上，而退休年齡層的人則少有此症狀。

2. 譯：會厭炎初期通常是舌根和會厭之間的腫脹發炎。

3. 譯：風濕性關節炎是一種漸進發展的疾病，具有破壞關節和造成功能性殘障的可能。

4. 譯：夜盲症患者不僅在夜晚視線不良，在從明亮的地方移至暗處時，眼睛也需要時間適應。

Chapter

04 各系統解剖常見用語
Anatomy Terminology

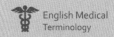 English Medical Terminology

4-1　心臟血管系統 (Cardiovascular System)

4-2　呼吸系統 (Respiratory System)

4-3　消化系統 (Digestive System)

4-4　內分泌系統 (Endocrine System)

4-5　泌尿系統 (Urinary System)

4-6　生殖系統 (Reproductive System)

4-7　神經系統 (Nervous System)

4-8　感覺系統－眼及耳
　　 (The Senses System: Eyes and Ears)

4-9　骨骼與肌肉系統 (Skeletal and Muscular System)

4-10 淋巴系統 (Lymphatic System)

掃描QR code
或至reurl.cc/Gol5Yv下載字彙朗讀音檔

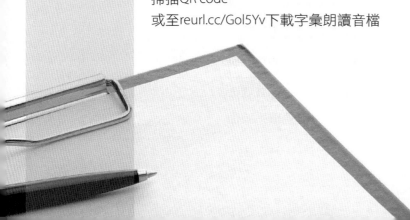

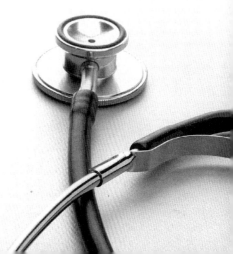

4-1　心臟血管系統

—— Cardiovascular System

一　解剖構造

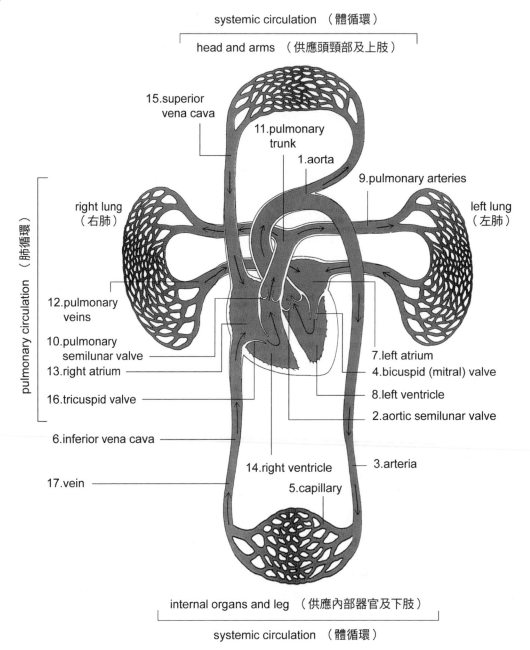

圖 4-1　肺循環及體循環系統圖

原 文	音 標	中 譯
1. aorta	[e`ɔrtə]	主動脈
2. aortic semilunar valve	[e`ɔrtɪk ˌsɛmɪ`lunə vælv]	主動脈半月瓣
3. arteria	[ɑr`tɪrɪə]	動脈
4. bicuspid (mitral) valve	[baɪ`kʌspɪd;`maɪtrəl vælv]	二尖（僧帽）瓣
5. capillary	[`kæpəˌlɛrɪ]	微血管
6. inferior vena cava	[ɪn`fɪrɪə `vinə `kevə]	下腔靜脈
7. left atrium	[lɛft `etrɪəm]	左心房
8. left ventricle	[lɛft `vɛntrɪkl]	左心室
9. pulmonary arteries	[`pʌlməˌnɛrɪ ˌartərɪs]	肺動脈
10. pulmonary semilunar valve	[`pʌlməˌnɛrɪ ˌsɛmɪ`lunə vælv]	肺動脈半月瓣
11. pulmonary trunk	[`pʌlməˌnɛrɪ trʌŋk]	肺動脈幹
12. pulmonary veins	[`pʌlməˌnɛrɪ vens]	肺靜脈
13. right atrium	[raɪt `etrɪəm]	右心房
14. right ventricle	[raɪt `vɛntrɪkl]	右心室
15. superior vena cava	[sə`pɪrɪə `vinə `kevə]	上腔靜脈
16. tricuspid valve	[traɪ`kʌspɪd vælv]	三尖瓣
17. vein	[ven]	靜脈

 延伸閱讀

（一）相關字彙

在這個系統中，還可以看到下面這些與疾病相關的常用字彙：

原 文	音 標	中 譯
1. congestive heart failure	[kən`dʒɛstɪv hart `feljə]	充血性心衰竭[1]
2. pulmonary edema	[`pʌlməˌnɛrɪ i`dimə]	肺水腫
3. myocardial infarction	[ˌmaɪə`kardɪəl ɪn`farkʃən]	心肌梗塞[2]
4. infarction	[ɪn`farkʃən]	梗塞
5. necrotic	[nə`kratɪk]	壞死
6. aneurysm	[`ænjərɪz]	動脈瘤[3]
7. atherosclerosis	[ˌæθəˌrosklɪ`rosɪs]	動脈粥樣硬化
8. angina pectoris	[æn`dʒaɪnə `pɛktərəs]	心絞痛[4]
9. heart muscle	[hart `mʌsl]	心肌

原 文	音 標	中 譯
10. **shock**	[ʃɑk]	休克[5]
11. **paleness**	[`pelnɪs]	蒼白
12. **shallow (costal) breathing**	[`ʃælo; `kɑstl̩ `briðɪŋ]	淺呼吸

（二）註　釋

1. 充血性心衰竭：指心臟無法打出需要的血液量。血液會累積在肺部，進而造成肺水腫。

2. 心肌梗塞：是一種心臟疾病發作的診斷。梗塞表示心臟有某範圍的組織壞死。

3. 動脈瘤：指因動脈硬化而導致血管壁虛弱或破損所引起的局部動脈粥樣硬化。

4. 心絞痛：是因為流向心肌的血流減少，而引起胸痛。

5. 休克：指含有下列症狀的情況，如皮膚蒼白、微弱但急促的脈搏、淺呼吸等，顯示供應組織的氧氣量少，且回流心臟的血液不足。

4-2 呼吸系統

—— *Respiratory System*

💬 解剖構造

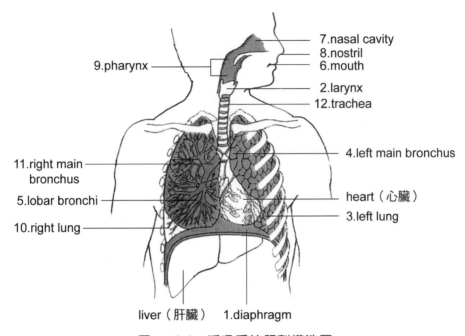

圖 4-2(a) 呼吸系統解剖構造圖

原 文	音 標	中 譯
1. **diaphragm**	[ˋdaɪəˏfræm]	橫膈膜
2. **larynx**	[ˋlærɪŋks]	喉
3. **left lung**	[lɛft lʌŋ]	左肺
4. **left main bronchus**	[lɛft men ˋbraŋkəs]	左大支氣管
5. **lobar bronchi**	[ˋlobɚ ˋbraŋkaɪ]	葉支氣管
6. **mouth**	[mauθ]	口
7. **nasal cavity**	[ˋnezl ˋkævətɪ]	鼻腔
8. **nostril**	[ˋnastrɪl]	鼻孔
9. **pharynx**	[ˋfærɪŋks]	咽
10. **right lung**	[raɪt lʌŋ]	右肺
11. **right main bronchus**	[raɪt men ˋbraŋkəs]	右大支氣管
12. **trachea**	[ˋtrekɪə]	氣管

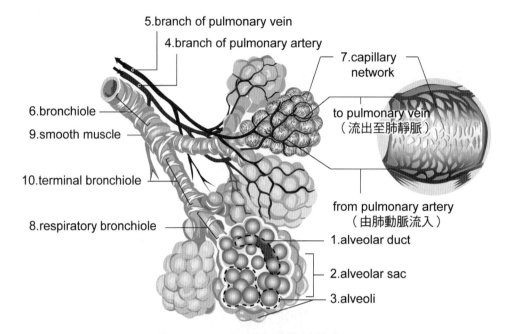

圖 4-2 (b)　下呼吸道解剖構造圖

原　文	音　標	中　譯
1.　**alveolar duct**	[æl`vɪələ dʌkt]	肺泡管
2.　**alveolar sac**	[æl`vɪələ sæk]	肺泡囊
3.　**alveoli**	[æl`vɪəlaɪ]	肺泡
4.　**branch of pulmonary artery**	[bræntʃ ɑv `pʌlməˌnɛrɪ `artərɪ]	肺動脈分支
5.　**branch of pulmonary vein**	[bræntʃ ɑv `pʌlməˌnɛrɪ ven]	肺靜脈分支
6.　**bronchiole**	[`braŋkɪol]	細支氣管
7.　**capillary network**	[`kæpəˌlɛrɪ `nɛtwɜk]	微血管網
8.　**respiratory bronchiole**	[rɪ`spaɪrəˌtorɪ `braŋkɪol]	呼吸性細支氣管
9.　**smooth muscle**	[smuð `mʌsl]	平滑肌
10. **terminal bronchiole**	[`tɜmənl `braŋkɪol]	終末細支氣管

 延伸閱讀

（一）相關字彙

在這個系統中，還可以看到下面這些與疾病相關的常用字彙：

原　文	音　標	中　譯
1. **atelectasis**	[ˌætəˈlɛktəsɪs]	肺膨脹不全 [1]
2. **collapsed lung**	[kəˈlæpst lʌŋ]	肺部塌陷
3. **hemoptysis**	[hɪˈmaptɪsɪs]	咳血 [2]
4. **tuberculosis**	[t(j)uˌbɝkjəˈlosɪs]	結核病 [3]
5. **bacillus tuberculosis**	[bəˈsɪləs t(j)uˌbɝkjəˈlosɪs]	結核桿菌
6. **pleuritic pain**	[pluˈrɪtɪk pen]	肋膜疼痛
7. **asphyxia**	[æsˈfɪksɪə]	窒息 [4]
8. **carbon dioxide**	[ˈkarbən daɪˈaksaɪd]	二氧化碳
9. **emphysema**	[ˌɛmfɪˈsimə]	肺氣腫 [5]
10. **hyperinflation**	[ˌhaɪpəɪnˈfleʃn̩]	膨脹（充氣）過度

（二）註　釋

1. 肺膨脹不全：指肺部塌陷。字首的"tel/o"表示「不完全的」，而字尾的"ectasis"
   則是「膨脹或擴大」的意思。

2. 咳血：咳嗽時吐出血來。

3. 結核病：因細菌－結核桿菌－引起的傳染性疾病。肺部與其他器官皆受影響。
   症狀為咳嗽、體重下降、夜汗、咳血和肋膜疼痛。

4. 窒息：體內氧氣量的急速減少，伴隨著二氧化碳的增加，導致意識喪失或死
   亡。

5. 肺氣腫：肺泡膨脹過度，且肺泡壁損壞。肺氣腫是一種慢性阻塞性肺部疾病，
   伴隨著慢性支氣管炎和氣喘而產生。

4-3 消化系統

—— *Digestive System*

一 解剖構造

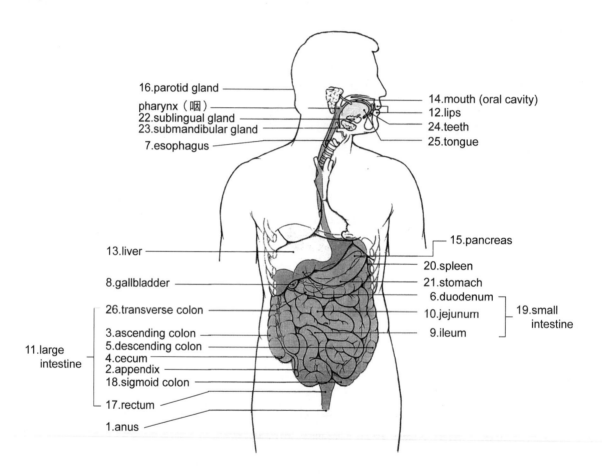

16.parotid gland
pharynx（咽）
22.sublingual gland
23.submandibular gland
7.esophagus

14.mouth (oral cavity)
12.lips
24.teeth
25.tongue

13.liver
8.gallbladder
26.transverse colon
3.ascending colon
5.descending colon
4.cecum
2.appendix
18.sigmoid colon
17.rectum
1.anus

11.large intestine

15.pancreas
20.spleen
21.stomach
6.duodenum
10.jejunum
9.ileum

19.small intestine

圖 4-3　消化系統解剖構造圖

原　文	音　標	中　譯
1. **anus**	[`enəs]	肛門
2. **appendix**	[ə`pɛndɪks]	闌尾
3. **ascending colon**	[ə`sɛdɪŋ `kolən]	升結腸
4. **cecum**	[`sikəm]	盲腸
5. **descending colon**	[dɪ`sɛndɪŋ `kolən]	降結腸
6. **duodenum**	[.djuə`dinəm]	十二指腸
7. **esophagus**	[ɪ`safəgəs]	食道
8. **gallbladder**	[`gɔl.blædə]	膽囊
9. **ileum**	[`ɪlɪəm]	迴腸
10. **jejunum**	[ʤɪ`ʤunəm]	空腸
11. **large intestine**	[larʤ ɪn`tɛstɪn]	大腸
12. **lips**	[lɪps]	嘴唇
13. **liver**	[`lɪvə]	肝臟
14. **mouth (oral cavity)**	[mauθ; `orəl `kævətɪ]	口（口腔）
15. **pancreas**	[`pænkrɪəs]	胰臟
16. **parotid gland**	[pə`ratɪd glænd]	耳下腺
17. **rectum**	[`rɛktəm]	直腸
18. **sigmoid colon**	[`sɪgmɔɪd `kolən]	乙狀結腸
19. **small intestine**	[smɔl ɪn`tɛstɪn]	小腸
20. **spleen**	[splin]	脾臟
21. **stomach**	[`stʌmək]	胃
22. **sublingual gland**	[sʌb`lɪŋgwəl glænd]	舌下腺
23. **submandibular gland**	[.sʌbmæn`dɪbjələ glænd]	頜下腺
24. **teeth**	[tiθ]	牙齒
25. **tongue**	[tʌŋ]	舌
26. **transverse colon**	[træns`vɜs `kolən]	橫結腸

延伸閱讀

（一）相關字彙

在這個系統中，還可以看到下面這些與疾病相關的常用字彙：

原　文	音　標	中　譯
1. **jaundice**	[ˋdʒɔndɪs]	黃疸 [1]
2. **cirrhosis**	[sɪˋrosɪs]	肝硬化 [2]
3. **liver cells**	[ˋlɪvə sɛls]	肝細胞
4. **degeneration**	[dɪˌdʒɛnəˋreʃən]	衰敗，退化
5. **inflammatory bowel disease**	[ɪnˋflæməˌtorɪ ˋbaʊəl dɪˋziz]	炎性腸病 [3]
6. **Crohn's disease**	[kronz dɪˋziz]	克隆氏病
7. **ulcerative colitis**	[ˋʌlsəˌretɪv koˋlaɪtɪs]	潰瘍性結腸炎
8. **diverticulosis**	[ˌdaɪvəˌtɪkjəˋlosɪs]	憩室病 [4]
9. **sacs**	[sæks]	囊，袋狀器官

（二）註　釋

1. 黃疸：皮膚和其他組織形成黃澄染色的狀態。

2. 肝硬化：肝細胞衰敗的慢性肝病。

3. 炎性腸病：迴腸最後一段發炎，如：克隆氏病；或結腸發炎，如：潰瘍性結腸炎。

4. 憩室病：腸壁（通常是結腸）內小洞或囊（憩室）的異常病狀。

4-4 內分泌系統

—— *Endocrine System*

💬 一 解剖構造

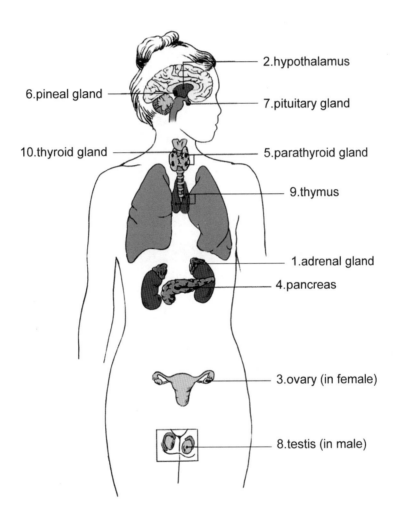

2.hypothalamus

6.pineal gland

7.pituitary gland

10.thyroid gland

5.parathyroid gland

9.thymus

1.adrenal gland

4.pancreas

3.ovary (in female)

8.testis (in male)

圖 4-4　內分泌系統解剖構造圖

原　文	音　標	中　譯
1.　**adrenal gland**	[ə`drinəl glænd]	腎上腺
2.　**hypothalamus**	[ˌhaɪpo`θæləməs]	下視丘
3.　**ovary (in female)**	[`ovərɪ]	卵巢（僅在女性）
4.　**pancreas**	[`pænkrɪes]	胰臟
5.　**parathyroid gland**	[ˌpærə`θaɪrɔɪd glænd]	副甲狀腺
6.　**pineal gland**	[`pɪnɪəl glænd]	松果腺
7.　**pituitary gland**	[pɪ`tjuɪtærɪ glænd]	腦下腺
8.　**testis (in male)**	[`tɛstɪs]	睪丸（僅在男性）
9.　**thymus**	[`θaɪməs]	胸腺
10.**thyroid gland**	[`θaɪrɔɪd glænd]	甲狀腺

延伸閱讀

（一）相關字彙

在這個系統中，還可以看到下面這些與疾病相關的常用字彙：

原　文	音　標	中　譯
1.　**diabetes mellitus**	[ˌdaɪə`bitɪz mə`laɪtəs]	糖尿病 [1]
2.　**type 1 diabetes**	[taɪp wʌn ˌdaɪə`bitɪz]	第 1 型糖尿病
3.　**type 2 diabetes**	[taɪp tu ˌdaɪə`bitɪz]	第 2 型糖尿病
4.　**insulin**	[`ɪnsəlɪn]	胰島素
5.　**acromegaly**	[ækromə`gelɪ]	肢端肥大症 [2]
6.　**puberty**	[`pjubətɪ]	青春期
7.　**hypersecretion**	[ˌhaɪpəsə`kriʃən]	分泌過度
8.　**hyperthyroidism**	[ˌhaɪpə`θaɪrɔɪdɪz]	甲狀腺機能亢進 [3]
9.　**Graves disease**	[`grevz dɪ`ziz]	格雷夫斯氏病
10.**exophthalmic**	[ˌɛksɑf`θælmɪk]	眼球凸出的
11.**goiter**	[`gɔɪtə]	甲狀腺腫
12.**Cushing syndrome**	[`kuʃɪŋz `sɪndrom]	庫欣氏症候群 [4]
13.**cortisol**	[`kɔrtəsɔl]	可體松
14.**adrenal cortex**	[ə`drinəl `kɔrtɛks]	腎上腺皮質層
15.**osteoporosis**	[ˌɑstɪəpə`rosɪs]	骨質疏鬆症

（二）註 釋

1. 糖尿病：胰臟失調造成血糖上升。第一型糖尿病通常在幼童期發生，源於體內完全缺乏胰島素。第二型糖尿病是部分胰島素欠缺，加上人體組織對胰島素作用的排斥所產生，通常發生於成人期。

2. 肢端肥大症：青春期後腦下垂體前部分泌過度所引起的四肢肥大症狀。

3. 甲狀腺機能亢進：也稱為格雷夫斯氏病或凸眼的甲狀腺腫。

4. 庫欣氏症候群：腎上腺皮質層過度分泌可體松的一種症候群，包含了肥胖、臉部豐滿如月、高血糖症及骨質疏鬆症。

4-5　泌尿系統
—— *Urinary System*

一　解剖構造

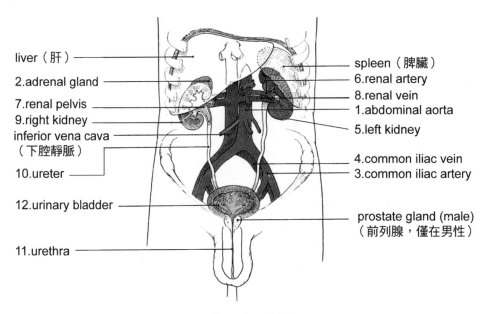

liver（肝）
2.adrenal gland
7.renal pelvis
9.right kidney
inferior vena cava
（下腔靜脈）
10.ureter
12.urinary bladder
11.urethra

spleen（脾臟）
6.renal artery
8.renal vein
1.abdominal aorta
5.left kidney
4.common iliac vein
3.common iliac artery
prostate gland (male)
（前列腺，僅在男性）

圖 4-5(a)　泌尿系統結構解剖圖

原　文	音　標	中　譯
1. **abdominal aorta**	[æb`damɪnl e`ɔrtə]	腹主動脈
2. **adrenal gland**	[əd`rinəl glænd]	腎上腺
3. **common iliac artery**	[`kamən `ɪlɪæk `artərɪ]	髂總動脈
4. **common iliac vein**	[`kamən `ɪlɪæk ven]	髂總靜脈
5. **left kidney**	[lɛft `kɪdnɪ]	左腎
6. **renal artery**	[`rinəl `artərɪ]	腎動脈
7. **renal pelvis**	[`rinəl `pɛlvɪs]	腎盂
8. **renal vein**	[`rinəl ven]	腎靜脈
9. **right kidney**	[raɪt `kɪdnɪ]	右腎
10. **ureter**	[ju`ritə]	輸尿管
11. **urethra**	[ju`riθrə]	尿道
12. **urinary bladder**	[`jurəˌnɛrɪ `blædə]	膀胱

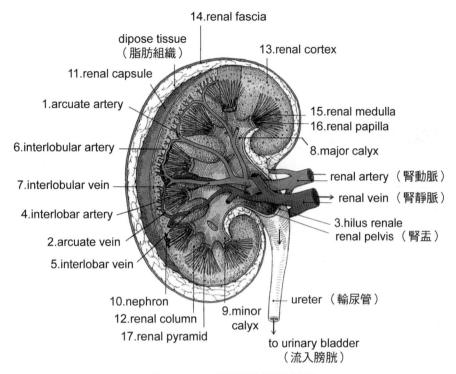

圖 4-5(b)　腎臟結構解剖圖

原　文	音　標	中　譯
1. **arcuate artery**	[`ɑrkjuet `ɑrtərɪ]	弓型動脈
2. **arcuate vein**	[`ɑrkjuet ven]	弓型靜脈
3. **hilus renalis**	[`haɪləs `rinəlɪs]	腎門
4. **interlobar artery**	[.ɪntə`lobə `ɑrtərɪ]	葉間動脈
5. **interlobar vein**	[.ɪntə`lobə ven]	葉間靜脈
6. **interlobular artery**	[.ɪntə`labjələ `ɑrtərɪ]	小葉間動脈
7. **interlobular vein**	[.ɪntə`labjələ ven]	小葉間靜脈
8. **major calyx**	[`medʒə `kelɪks]	大腎盞
9. **minor calyx**	[`maɪnə `kelɪks]	小腎盞
10. **nephron**	[`nɛfran]	腎元
11. **renal capsule**	[`rinəl `kæpsjul]	腎被囊
12. **renal column**	[`rinəl `kaləm]	腎柱
13. **renal cortex**	[`rinəl `kɔrtɛks]	腎皮質
14. **renal fascia**	[`rinəl `fæʃɪə]	腎筋膜
15. **renal medulla**	[`rinəl mə`dʌlə]	腎髓質
16. **renal papilla**	[`rinəl pə`pɪlə]	腎乳頭
17. **renal pyramid**	[`rinəl `pɪrəmɪd]	腎錐

延伸閱讀

（一）相關字彙

在這個系統中，還可以看到下面這些與疾病相關的常用字彙：

原　文	音　標	中　譯
1. **dysuria**	[dɪsˋjurɪə]	排尿困難[1]
2. **albuminuria**	[ælˏbjumɪˋnjurɪə]	蛋白尿
3. **glycosuria**	[ˏglaɪkəˋs(j)urɪə]	糖尿
4. **hematuria**	[ˏhiməˋtjurɪə]	血尿
5. **uremia**	[juˋrimɪə]	尿毒症[3]
6. **urea**	[juˋriə]	尿素
7. **nitrogenous**	[naɪˋtrɑdʒənəs]	含氮的
8. **renal failure**	[ˋrinəl ˋfeljə]	腎衰竭[4]

（二）註　釋

1. 排尿困難：指不易排空尿液，且排尿時疼痛不適的情形。

2. 尿液檢測若發現有蛋白尿、糖尿、血尿等情形，都屬於異常的結果。

3. 尿毒症：血液中尿素（含氮的廢棄物）濃度高的病症。

4. 腎衰竭：腎臟停止作用，不製造尿液。

4-6　生殖系統

—— Reproductive System

一 解剖構造

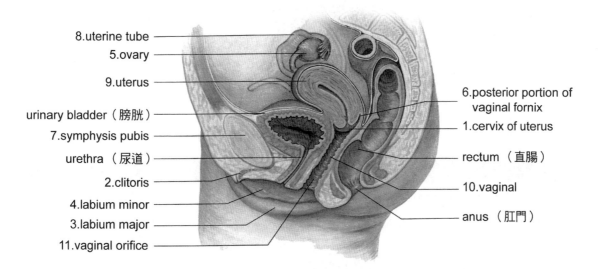

8.uterine tube
5.ovary
9.uterus
urinary bladder（膀胱）
7.symphysis pubis
urethra （尿道）
2.clitoris
4.labium minor
3.labium major
11.vaginal orifice

6.posterior portion of vaginal fornix
1.cervix of uterus
rectum （直腸）
10.vaginal
anus （肛門）

圖 4-6(a)　女性生殖系統矢狀面解剖圖

原　文	音　標	中　譯
1.　**cervix of uterus**	[ˋsɝvɪks ɑv ˋjutərəs]	子宮頸
2.　**clitoris**	[ˋklɪtərɪs]	陰蒂
3.　**labium major**	[ˋlebɪəm ˋmeʤə]	大陰唇
4.　**labium minor**	[ˋlebɪəm ˋmaɪnə]	小陰唇
5.　**ovary**	[ˋovərɪ]	卵巢
6.　**posterior portion of vaginal fornix**	[pasˋtɪrɪə ˏpɔrʃən ɑv ˋvæʤɪn] ˋfɔrnɪks]	陰道穹窿後部
7.　**symphysis pubis**	[ˋsɪmfəsɪs ˋpjubɪs]	恥骨聯合
8.　**uterine tube**	[ˋjutərin tjub]	輸卵管
9.　**uterus**	[ˋjutərəs]	子宮
10.　**vaginal**	[ˋvæʤɪn]	陰道
11.　**vaginal orifice**	[ˋvæʤɪn] ˋɔrɪfɪs]	陰道口

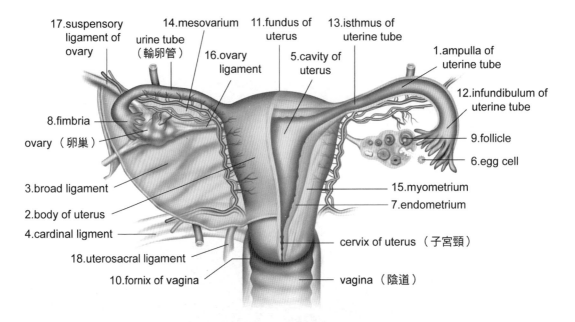

圖 4-6(b) 子宮、輸卵管及卵巢解剖圖

原　文	音　標	中　譯
1. **ampulla of uterine tube**	[æm`pʌlə ɑv `jutərin tjub]	輸卵管壺腹部
2. **body of uterus**	[`bɑdɪ ɑv `jutərəs]	子宮體
3. **broad ligament**	[brɔd `lɪgəmənt]	闊韌帶
4. **cardinal ligment**	[`kɑrdənl `lɪgəmənt]	主韌帶
5. **cavity of uterus**	[`kævətɪ ɑv `jutərəs]	子宮腔
6. **egg cell**	[ɛg sɛl]	卵細胞
7. **endometrium**	[ˌɛndə`mitrɪəm]	子宮內膜層
8. **fimbria**	[`fɪmbrɪə]	繖部
9. **follicle**	[`fɑlɪkl]	濾泡
10. **fornix of vagina**	[`fɔrnɪks ɑv və`ʤaɪnə]	陰道穹窿
11. **fundus of uterus**	[`fʌndəs ɑv `jutərəs]	子宮底
12. **infundibulum of uterine tube**	[ˌɪnfʌn`dɪbjələm ɑv `jutərɪn tjub]	輸卵管漏斗部
13. **isthmus of uterine tube**	[`ɪsməs ɑv `jutərɪn tjub]	輸卵管峽部
14. **mesovarium**	[ˌmɛsə`vɛrɪəm]	卵巢繫膜
15. **myometrium**	[ˌmaɪə`mitrɪəm]	子宮肌膜層
16. **ovary ligament**	[`ovərɪ `lɪgəmənt]	卵巢韌帶
17. **suspensory ligament of ovary**	[sə`spɛnsərɪ `lɪgəmənt ɑv `ovərɪ]	卵巢懸韌帶
18. **uterosacral ligament**	[ˌjutərə`sekrəl `lɪgəmənt]	子宮薦骨韌帶

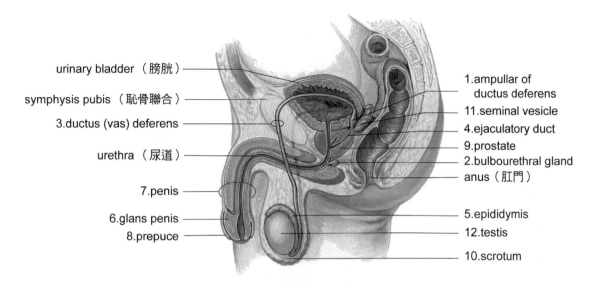

urinary bladder （膀胱）

symphysis pubis （恥骨聯合）

3.ductus (vas) deferens

urethra （尿道）

7.penis

6.glans penis

8.prepuce

1.ampullar of ductus deferens

11.seminal vesicle

4.ejaculatory duct

9.prostate

2.bulbourethral gland

anus（肛門）

5.epididymis

12.testis

10.scrotum

圖 4-6(c)　男性生殖系統矢狀面解剖圖

原　文	音　標	中　譯
1.　**ampullar of ductus deferens**	[æm`pʌlə ɑv `dʌktəs `dɛfərənz]	輸精管壺腹部
2.　**bulbourethral gland**	[ˌbʌlboju`riθrəl glænd]	尿道球腺（考伯氏腺）
3.　**ductus (vas) deferens**	[`dʌktəs; væs `dɛfərənz]	輸精管
4.　**ejaculatory duct**	[ɪ`dʒækjələˌtərɪ dʌkt]	射精管
5.　**epididymis**	[ˌɛpə`dɪdəmɪs]	副睪丸
6.　**glans penis**	[glænz `pinɪs]	陰莖頭（龜頭）
7.　**penis**	[`pinɪs]	陰莖
8.　**prepuce**	[`pripjus]	包皮
9.　**prostate**	[`prɑstet]	前列腺
10.　**scrotum**	[`skrotəm]	陰囊
11.　**seminal vesicle**	[`sɛmɪnl `vɛsɪkl]	精囊
12.　**testis**	[`tɛstɪs]	睪丸

 延伸閱讀

（一）相關字彙

在這個系統中，還可以看到下面這些與疾病相關的常用字彙：

原文	音標	中譯
1. **menorrhagia**	[ˌmɛnəˈredʒɪə]	經血過多 [1]
2. **pelvic inflammatory disease**	[ˈpɛlvɪk ɪnˈflæməˌtorɪ dɪˈziz]	骨盆腔發炎性疾病 [2]
3. **salpingitis**	[ˌsælpɪnˈdʒaɪtɪs]	輸卵管炎
4. **fibroids**	[ˈfaɪbrɔɪd]	子宮肌瘤 [3]
5. **leiomyoma**	[laɪəmaɪˈomə]	平滑肌瘤
6. **endometriosis**	[ˌɛndəˌmitrɪˈosɪs]	子宮內膜組織異位 [4]
7. **cryptorchidism**	[krɪpˈtɔrkədɪzm̩]	隱睪症 [5]
8. **hydrocele**	[ˈhaɪdrəˌsil]	陰囊積水 [6]
9. **benign prostatic hyperplasia**	[bɪˈnaɪn prasˈtætɪk ˌhaɪpəˈplezɪə]	良性前列腺肥大 [7]
10. **testicular carcinoma**	[tɛsˈtɪkjələ ˌkarsɪˈnomə]	睪丸癌 [8]
11. **seminoma**	[ˌsɛmɪˈnomə]	精細胞瘤

（二）註釋

1. 經血過多：經期中子宮內血液流量過大。

2. 骨盆腔發炎性疾病：骨盆發炎－通常由病毒感染所引起；因此疾病主要影響輸卵管，故又被稱為輸卵管炎。

3. 子宮肌瘤：為子宮內的良性腫瘤。子宮肌瘤亦被稱為平滑肌瘤（平滑肌或不隨意肌的腫瘤），平滑肌瘤的字首"Leio"就是「平滑」的意思。

4. 子宮內膜組織異位：指子宮內膜組織出現在其他骨盆或腹部的位置，如輸卵管、卵巢或腹膜的一種異常狀態。

5. 隱睪症：睪丸未垂下的病症，病患自出生時睪丸即未在陰囊中。字首的"Crypt/o"意指「隱藏」。

6. 陰囊積水：陰囊中有清澈液體。字首的"Hydr/o"指的是「水」，而字尾"-cele"則表示「疝氣（腫脹或膨大）」之意。

7. 良性前列腺肥大：一種前列腺的非癌症性腫大。

8. 睪丸癌：睪丸的惡性腫瘤，其中一例即為精細胞瘤。

4-7　神經系統

—— *Nervous System*

💬 一　解剖構造

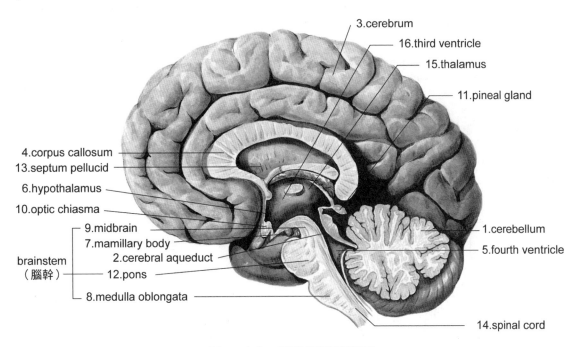

3.cerebrum
16.third ventricle
15.thalamus
11.pineal gland
4.corpus callosum
13.septum pellucid
6.hypothalamus
10.optic chiasma
9.midbrain
7.mamillary body
2.cerebral aqueduct
brainstem
（腦幹）
12.pons
8.medulla oblongata
1.cerebellum
5.fourth ventricle
14.spinal cord

圖 4-7(a)　腦部解剖構造圖

原　文	音　標	中　譯
1. **cerebellum**	[ˌsɛrə`bɛləm]	小腦
2. **cerebral aqueduct**	[sə`ribrəl `ækwɪdʌkt]	大腦導水管
3. **cerebrum**	[sə`ribrəm]	大腦
4. **corpus callosum**	[`kɔrpəs kə`lasəm]	胼胝體
5. **fourth ventricle**	[fɔrθ `vɛntrɪkl]	第四腦室
6. **hypothalamus**	[ˌhaɪpo`θæləməs]	下視丘
7. **mamillary body**	[`mæmɪlɛrɪ `badɪ]	乳頭體
8. **medulla oblongata**	[mə`dʌlə ˌablɔŋ`getə]	延髓
9. **midbrain**	[`mɪd.bren]	中腦
10. **optic chiasma**	[`aptɪk kaɪ`æzmə]	視交叉
11. **pineal gland**	[`pɪnɪəl glænd]	松果腺
12. **pons**	[pɑnz]	橋腦

原　文	音　標	中　譯
13. **septum pellucid**	[`sɛptəm pə`lusɪd]	透明中隔（位於大腦腦室前角正中央）
14. **spinal cord**	[`spaɪnḷ kɔrd]	脊髓
15. **thalamus**	[`θæləməs]	丘腦
16. **third ventricle**	[θɜd `vɛtrɪkḷ]	第三腦室

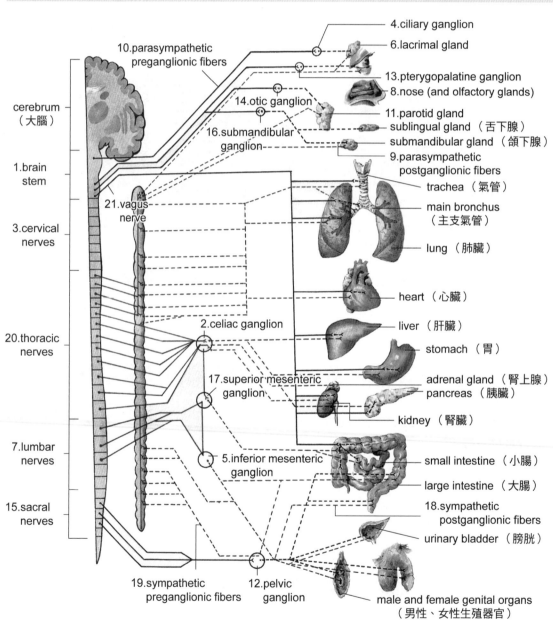

圖 4-7(b)　自主神經系統分支圖

原　文	音　標	中　譯
1. **brain stem**	[bren stɛm]	腦幹
2. **celiac ganglion**	[ˋsɪlɪͺæk ˋgæŋglɪən]	腸腰神經節
3. **cervical nerves**	[ˋsɜvɪk!] nɜvs]	頸神經
4. **ciliary ganglion**	[ˋsɪlɪͺɛrɪ ˋgæŋglɪən]	睫狀神經節
5. **inferior mesenteric ganglion**	[ɪnˋfɪrɪə ͺmɛsənˋtɛrɪk ˋgæŋglɪən]	下腸繫膜神經節
6. **lacrimal gland**	[ˋlækrɪməl glænd]	淚腺
7. **lumbar nerves**	[ˋlʌmbə nɜvs]	腰神經
8. **nose (and olfactory glands)**	[noz; ænd alˋfæktərɪ glænds]	鼻部（和嗅腺）
9. **parasympathetic postganglionic fibers**	[ͺpærəͺsɪmpəˋθɛtɪk ͺpostgæŋglɪˋanɪk ˋfaɪbɚz]	副交感神經節後神經纖維
10. **parasympathetic preganglionic fibers**	[ͺpærəͺsɪmpəˋθɛtɪk ͺpriˋgæŋglɪˋanɪk ˋfaɪbɚz]	副交感神經節前神經纖維
11. **parotid gland**	[pəˋratɪd glænd]	腮腺
12. **pelvic ganglion**	[ˋpɛlvɪk ˋgæŋglɪən]	骨盆神經節
13. **pterygopalatine ganglion**	[ͺtɛrəgoˋpælətɪn ˋgæŋglɪən]	翼顎神經節
14. **otic ganglion**	[ˋotɪk ˋgæŋglɪən]	耳神經節
15. **sacral nerves**	[ˋsekrəl nɜvs]	薦神經
16. **submandibular ganglion**	[ͺsʌbmænˋdɪbjələ ˋgæŋglɪən]	頜下神經節
17. **superior mesenteric ganglion**	[səˋpɪrɪə ͺmɛsənˋtɛrɪk ˋgæŋglɪən]	上腸繫膜神經節
18. **sympathetic postganglionic fibers**	[ͺsɪmpəˋθɛtɪk ͺpostgæŋglɪˋanɪk ˋfaɪbɚz]	交感神經節後神經纖維
19. **sympathetic preganglionic fibers**	[ͺsɪmpəˋθɛtɪk ͺprigæŋglɪˋanɪk ˋfaɪbɚz]	交感神經節前神經纖維
20. **thoracic nerves**	[θoˋræsɪk nɜvs]	胸神經
21. **vagus nerve**	[ˋvegəs nɜv]	迷走神經

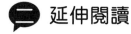 延伸閱讀

（一）相關字彙

在這個系統中，還可以看到下面這些與疾病相關的常用字彙：

原 文	音 標	中 譯
1. **brain concussion**	[bren kən`kʌʃən]	腦震盪 [1]
2. **multiple sclerosis**	[`mʌltɪpl̩ sklə`rosɪs]	多發性硬化症 [2]
3. **myelin sheath**	[`maɪəlɪn ʃiθ]	髓鞘
4. **hemiplegia**	[ˌhɛmɪ`plidʒə]	偏癱 [3]
5. **cerebrovascular accident**	[sə`ribrə`væskjələ `æksədənt]	腦血管意外 [4]
6. **stroke**	[strok]	腦中風
7. **paraplegia**	[ˌpærə`plidʒɪə]	下身麻痺 [5]
8. **glioblastoma**	[ˌglaɪəblæs`tomə]	神經膠母細胞瘤 [6]
9. **neuroglia**	[njʊ`raglɪə]	神經膠質

（二）註 釋

1. 腦震盪：指因腦部損傷而暫時失去意識。

2. 多發性硬化症：此疾病使中樞神經系統（大腦與脊髓神經）中，神經細胞上的髓鞘遭到破壞並被硬化組織的血小板所取代。

3. 偏癱：侵害身體右半部或左半部的癱瘓疾病。

4. 腦血管意外：大腦血管損傷，導致腦部組織缺乏血液供給，也稱為腦中風。

5. 下身麻痺：侵襲下半身的麻痺。希臘文中，"-plegia"指的是「侵襲」，"para-"指得是「一邊」。這個詞彙最早用來形容半身不遂。

6. 神經膠母細胞瘤：由神經膠質（大腦中的連結組織）細胞長出的惡性腦瘤。字元"-blast-"表示「不成熟」。

4-8　感覺系統－眼及耳

—— *The Senses System: Eyes and Ears*

一　解剖構造

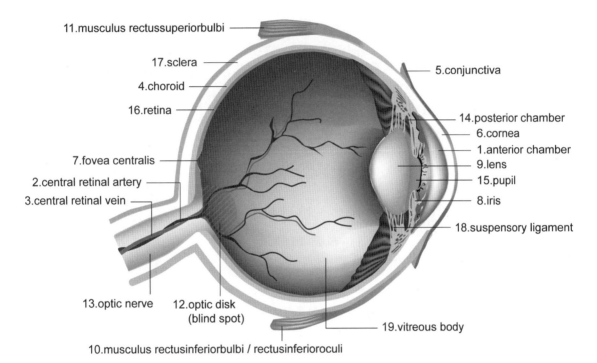

11.musculus rectussuperiorbulbi

17.sclera

4.choroid

16.retina

7.fovea centralis

2.central retinal artery

3.central retinal vein

5.conjunctiva

14.posterior chamber

6.cornea

1.anterior chamber

9.lens

15.pupil

8.iris

18.suspensory ligament

13.optic nerve

12.optic disk (blind spot)

19.vitreous body

10.musculus rectusinferiorbulbi / rectusinferioroculi

圖 4-8(a)　眼球解剖構造圖

原　文	音　標	中　譯
1.　anterior chamber	[æn`tɪrɪə `tʃembə]	前房
2.　central retinal artery	[`sɛntrəl `rɛtɪnəl `artərɪ]	中央網膜動脈
3.　central retinal vein	[`sɛntrəl `rɛtɪnəl ven]	中央網膜靜脈
4.　choroids	[`korɔɪd]	脈絡膜
5.　conjunctiva	[ˌkandʒʌŋk`taɪvə]	結膜
6.　cornea	[`kɔrnɪə]	角膜
7.　fovea centralis	[`fovɪə sɛn`trəlɪs]	中央凹
8.　iris	[`aɪrɪs]	虹膜
9.　lens	[lɛnz]	水晶體
10. musculus rectusinferior-bulbi / rectusinferioroculi	[`mʌskjələs ˌrɛtəs`ɪnfɪrɪə `bʌlbaɪ; ˌrɛktəs`ɪnfɪrɪə`akjələɪ]	眼下直肌
11. musculus rectussuperiorbulbi	[`mʌskjələs ˌrɛktəsə`pɪrɪə`bʌlbaɪ]	眼上直肌
12. optic dist (blind spot)	[`aptɪk dɪst; blaɪnd spat]	視神經盤（盲點）
13. optic nerve	[aptɪk nɜv]	視神經
14. posterior chamber	[pas`tɪrɪə `tʃembə]	後房
15. pupil	[`pjupl]	瞳孔
16. retina	[`rɛtɪnə]	視網膜
17. sclera	[`sklɪrə]	鞏膜
18. suspensory ligament	[sə`spɛnsərɪ `lɪgəmənt]	懸韌帶
19. vitreous body	[ˌvɪtrɪəs `badɪ]	玻璃體

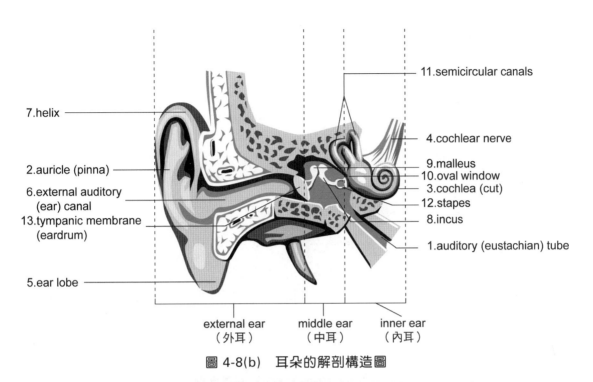

圖 4-8(b) 耳朵的解剖構造圖

原 文	音 標	中 譯
1. **auditory (eustachian) tube**	[ˋɔdəˌtorɪ; juˋstekɪən tjub]	耳咽管
2. **auricle (pinna)**	[ˋɔrɪkḷ; ˋpɪnə]	耳廓
3. **cochlea (cut)**	[ˋkaklɪə; kʌt]	耳蝸
4. **cochlear nerve**	[ˋkaklɪɚ nɝv]	耳蝸神經
5. **ear lobe**	[ɪr lob]	耳垂
6. **external auditory (ear) canal**	[ɪkˋstɝnḷ ˋɔdəˌtorɪ; ɪr; kəˋnæl]	外耳道
7. **helix**	[ˋhilɪks]	耳輪
8. **incus**	[ˋɪŋkəs]	砧骨
9. **malleus**	[ˋmælɪəs]	鎚骨
10. **oval window**	[ˋovḷ ˋwɪndo]	卵圓窗
11. **semicircular canals**	[ˌsɛmɪˋsɝkjələ kəˋnæls]	半規管
12. **stapes**	[ˋstepiz]	鐙骨
13. **tympanic membrane (ear drum)**	[tɪmˋpænɪk ˋmɛmbren; ɪr drʌm]	鼓膜（耳膜）

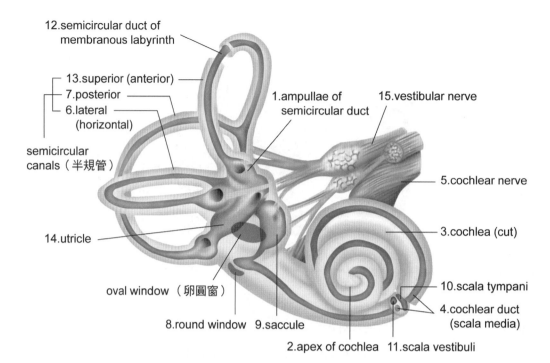

圖 4-8(c)　內耳迷路的解剖構造圖

原　文	音　標	中　譯
1.　**ampullae of semicircular**	[æm`pʌli ɑv ˌsɛmɪ`sɜkjələ]	半規管的壺腹
2.　**apex of cochlea**	[`epɛks ɑv `kaklɪə]	耳蝸尖端
3.　**cochlea (cut)**	[`kaklɪə; kʌt]	耳蝸
4.　**cochlear duct (scala media)**	[`kaklɪə dʌkt; `skelə `midɪə]	耳蝸管
5.　**cochlear nerve**	[`kaklɪə nɜv]	耳蝸神經
6.　**lateral (horizontal)**	[`lætərəl; ˌharə`zantl̩]	外側（水平）方（半規管）
7.　**posterior**	[pas`tɪrɪə]	後側方（半規管）
8.　**round window**	[raʊnd `wɪndo]	圓窗
9.　**saccule**	[`sækjul]	球狀囊
10.　**scala tympani**	[`skelə tɪm`pænɪ]	鼓階
11.　**scala vestibuli**	[`skelə `vəstəbjulɪ]	前庭階
12.　**semicircular duct of membranous labyrinth**	[ˌsɛmɪ`sɜkjələ dʌkt ɑv `mɛmbrənəs `læbərɪnθ]	膜性迷路之半規管
13.　**superior (anterior)**	[sə`pɪrɪə; æn`tɪrɪə]	上（前）方（半規管）
14.　**utricle**	[`jutrɪkl̩]	橢圓囊
15.　**vestibular nerve**	[vəs`tɪbjələ nɜv]	前庭神經

💬 延伸閱讀

（一）相關字彙

在這個系統中，還可以看到下面這些與疾病相關的常用字彙：

原　文	音　標	中　譯
1. **glaucoma**	[glɔˋkomə]	青光眼 [1]
2. **cataract**	[ˋkætəˌrækt]	白內障 [2]
3. **vision**	[ˋvɪʒən]	視力
4. **blindness**	[ˋblaɪndnɪs]	眼盲
5. **conjunctivitis**	[kənˌʤʌŋktəˋvaɪtɪs]	結膜炎 [3]
6. **conjunctiva**	[ˌkɑnʤʌŋkˋtaɪvə]	結膜
7. **tinnitus**	[tɪˋnaɪtəs]	耳鳴 [4]
8. **ringing**	[ˋrɪŋɪŋ]	鳴鈴聲
9. **buzzing**	[bʌzɪŋ]	嗡嗡聲
10. **roaring**	[ˋrorɪŋ]	轟隆聲

（二）註　釋

1. 青光眼：為眼球前室內壓力增加（液體堆積）的疾病。

2. 白內障：眼球水晶體混濁（不透明），導致視力損傷或眼盲。

3. 結膜炎：包覆眼皮內面與眼球表面的黏膜－即結膜，有發炎的情形。

4. 耳鳴：自耳內聽到異常的聲響，如鳴鈴聲、嗡嗡聲或轟隆聲。

4-9 骨骼與肌肉系統

—— *Skeletal and Muscular System*

一 解剖構造

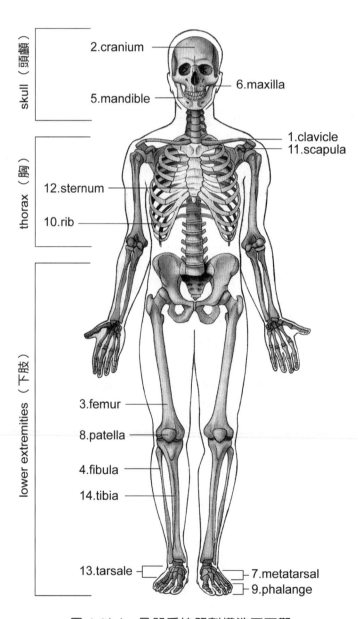

圖 4-9(a) 骨骼系統解剖構造正面觀

原 文	音 標	中 譯
1. **clavicle**	[`klævɪk!]	鎖骨
2. **cranium**	[`krenɪəm]	腦顱骨
3. **femur**	[`fimɚ]	股骨
4. **fibula**	[`fɪbjələ]	腓骨
5. **mandible**	[`mændəb!]	下頜骨
6. **maxilla**	[mæk`sɪlə]	上頜骨
7. **metatarsal**	[ˌmɛtə`tɑrs!]	蹠骨
8. **patella**	[pə`tɛlə]	髕骨
9. **phalanges**	[fə`lændʒɪz]	趾骨
10. **ribs**	[rɪbs]	肋骨
11. **scapula**	[`skæpjələ]	肩胛骨
12. **sternum**	[`stɝnəm]	胸骨
13. **tarsale**	[`tɑrs!]	跗骨
14. **tibia**	[`tɪbɪə]	脛骨

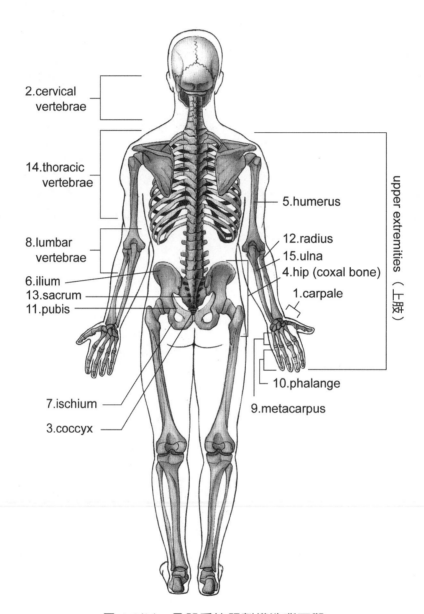

2.cervical vertebrae

14.thoracic vertebrae

5.humerus

12.radius

15.ulna

4.hip (coxal bone)

8.lumbar vertebrae

1.carpale

6.ilium

13.sacrum

11.pubis

upper extremities（上肢）

10.phalange

9.metacarpus

7.ischium

3.coccyx

圖 4-9(b)　骨骼系統解剖構造背面觀

原　文	音　標	中　譯
1.　carpale	[kar`pelɪ]	腕骨
2.　cervical vertebrae	[`sɜvɪkḷ `vɜtəbri]	頸椎
3.　coccyx	[`kaksɪks]	尾骨
4.　hip (coxal bone)	[hɪp; `kaksḷ bon]	髖骨
5.　humerus	[`hjumərəs]	肱骨
6.　ilium	[`ɪlɪəm]	腸骨（髂骨）
7.　ischium	[`ɪskɪəm]	坐骨
8.　lumbar vertebrae	[`lʌmbɚ `vɜtəbri]	腰椎
9.　metacarpus	[͵mɛtə`karpəs]	掌骨
10.　phalange	[fə`lændʒ]	指骨
11.　pubis	[`pjubɪs]	恥骨
12.　radius	[`redɪəs]	橈骨
13.　sacrum	[`sekrəm]	薦骨
14.　thoracic vertebrae	[θo`ræsɪk `vɜtəbri]	胸椎
15.　ulna	[`ʌlnə]	尺骨

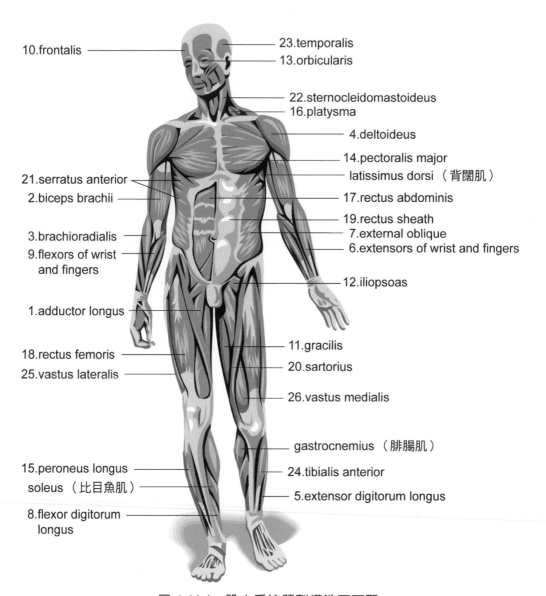

10.frontalis

23.temporalis
13.orbicularis

22.sternocleidomastoideus
16.platysma

4.deltoideus

14.pectoralis major
latissimus dorsi （背闊肌）

21.serratus anterior

17.rectus abdominis

2.biceps brachii

19.rectus sheath
7.external oblique
6.extensors of wrist and fingers

3.brachioradialis
9.flexors of wrist
and fingers

12.iliopsoas

1.adductor longus

11.gracilis

18.rectus femoris

20.sartorius

25.vastus lateralis

26.vastus medialis

gastrocnemius （腓腸肌）

15.peroneus longus

24.tibialis anterior

soleus （比目魚肌）

5.extensor digitorum longus

8.flexor digitorum
longus

圖 4-9(c)　肌肉系統解剖構造正面觀

原　文	音　標	中　譯
1. **adductor longus**	[əˋdʌktɚ ˋlɔŋɡəs]	內收長肌
2. **biceps brachii**	[ˋbaɪsɛps ˋbrekɪ]	肱二頭肌
3. **brachioradialis**	[ˌbrækɪəˋredɪəlɪs]	肱橈肌
4. **deltoid**	[ˋdɛlˌtɔɪd]	三角肌
5. **extensor digitorum longus**	[ɪkˋstɛnsɚ ˌdɪdʒɪtərum ˋlɔŋɡəs]	伸趾長肌
6. **extensors of wrist and fingers**	[ɪkˋstɛnsɚ ɑv rɪst ænd ˋfɪŋɡɚs]	伸指肌群
7. **external oblique**	[ɪkˋstɜnl əˋblik]	腹外斜肌
8. **flexor digitorum longus**	[ˋflɛksɚ ˌdɪdʒɪtərum ˋlɔŋɡəs]	屈趾長肌
9. **flexors of wrist and fingers**	[ˋflɛksɚz ɑv rɪst ænd ˋfɪŋɡɚs]	屈指肌群
10. **frontalis**	[franˋtelɪs]	額肌
11. **gracilis**	[grəˋsɪlɪs]	股薄肌
12. **iliopsoas**	[ˌɪlɪəˋsoəs]	髂腰肌
13. **orbicularis**	[ɔrˌbɪkjəˋlɛrɪs]	眼輪匝肌
14. **pectoralis major**	[ˌpɛktəˋrelɪs ˋmedʒɚ]	胸大肌
15. **peroneus longus**	[ˌpɛrəˋnɪəs ˋlɔŋɡəs]	腓骨長肌
16. **platysma**	[pləˋtɪzmə]	頸闊肌
17. **rectus abdominis**	[ˋrɛktəs æbˌdamənɪs]	腹直肌
18. **rectus femoris**	[ˋrɛktəs ˋfɛmərɪs]	股直肌
19. **rectus sheath**	[ˋrɛktəs ʃiθ]	腹直肌鞘
20. **sartorius**	[sarˋtɔrɪəs]	縫匠肌
21. **serratus anterior**	[səˋretəs ænˋtɪrɪə]	前鋸肌
22. **sternocleidomastoid**	[ˌstɜnoˌklaɪdəˋmæstɔɪd]	胸鎖乳突肌
23. **temporalis**	[ˌtɛmpəˋrelɪs]	顳肌
24. **tibialis anterior**	[ˌtɪbɪˋelɪs ænˋtɪrɪə]	脛骨前肌
25. **vastus lateralis**	[ˋvæstəs ˌlætəˋelɪs]	外側廣肌
26. **vastus medialis**	[ˋvæstəs ˌmidɪˋelɪs]	內側廣肌

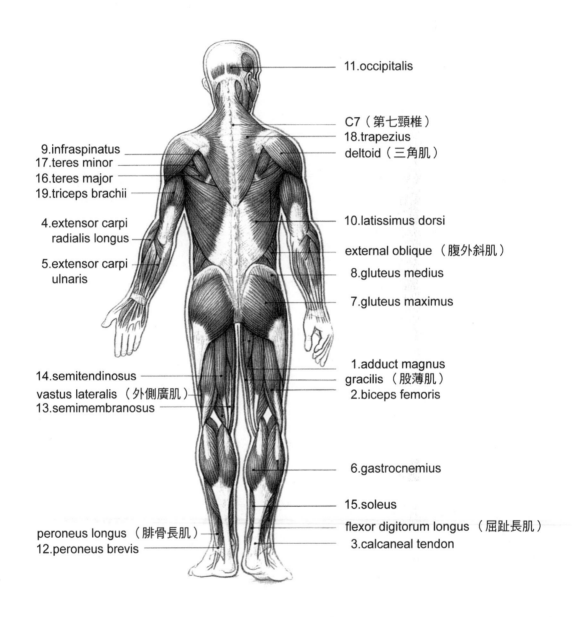

11.occipitalis

C7（第七頸椎）
18.trapezius
deltoid（三角肌）

9.infraspinatus
17.teres minor
16.teres major
19.triceps brachii

10.latissimus dorsi

external oblique （腹外斜肌）

4.extensor carpi
radialis longus

8.gluteus medius

5.extensor carpi
ulnaris

7.gluteus maximus

1.adduct magnus
gracilis （股薄肌）
2.biceps femoris

14.semitendinosus
vastus lateralis （外側廣肌）
13.semimembranosus

6.gastrocnemius

15.soleus

flexor digitorum longus （屈趾長肌）

peroneus longus （腓骨長肌）
12.peroneus brevis

3.calcaneal tendon

圖 4-9(d)　肌肉系統解剖構造背面觀

原 文	音 標	中 譯
1. adduct magnus	[əˋdʌkt ˋmægnəs]	內收大肌
2. biceps femoris	[ˋbaɪsɛps ˋfɛmərɪs]	股二頭肌
3. calcaneal tendon	[kælˋkenɪəl ˋtɛndən]	跟腱
4. extensor carpi radialis longus	[ɪkˋstɛnsə ˌkarpaɪ ˌrediˋelɪs ˋlɔŋgəs]	橈側伸腕長肌
5. extensor carpi ulnaris	[ɪkˋstɛnsə ˋkarpaɪ ʌlˋnɛrɪs]	尺側伸腕肌
6. gastrocnemius	[ˌgæstrakˋnimɪəs]	腓腸肌
7. glutaeusmaximus	[ˋglutɪəsˋmæksɪməs]	臀大肌
8. glutaeusmedius	[ˋglutɪəsˋmidɪəs]	臀中肌
9. infraspinatus	[ˌɪnfrəspəˋnetəs]	棘下肌
10. latissimus dorsi	[ləˋtɪsəməs ˋdɔrsɪ]	背闊肌
11. occipitalis	[akˌsɪpəˋtelɪs]	枕肌
12. peroneus brevis	[ˌpɛrəˋnɪəs ˋbrɛvɪs]	腓骨短肌
13. semimembranosus	[ˌsɛmɪˌmɛmbrəˋnosəs]	半膜肌
14. semitendinosus	[ˌsɛmɪˋtɛndɪnəsəs]	半腱肌
15. soleus	[ˋsolɪəs]	比目魚肌
16. teres major	[ˋtirɪz ˋmedʒə]	大圓肌
17. teres minor	[ˋtirɪz ˋmaɪnə]	小圓肌
18. trapezius	[trəˋpizɪəs]	斜方肌
19. triceps brachii	[ˋtraɪsɛps ˋbrekɪ]	肱三頭肌

延伸閱讀

（一）相關字彙

在這個系統中，還可以看到下面這些與疾病相關的常用字彙：

原 文	音 標	中 譯
1. gouty arthritis	[ˋgaʊti arˋθraɪtɪs]	痛風性關節炎[1]
2. gout	[gaʊt]	痛風
3. rheumatoid arthritis	[ˋruməɪɔɪd arˋθraɪtɪs]	類風濕性關節炎[2]
4. ankylosing spondylitis	[ˋæŋkɪlosɪŋ ˌspandɪˋlaɪtɪs]	關節僵直性脊椎炎[3]
5. ankylosis	[ˌæŋkɪˋlosɪs]	關節僵硬
6. carpal tunnel syndrome	[ˋkarpḷ ˋtʌnḷ ˋsɪndrom]	腕隧道症候群[4]
7. ligament	[ˋlɪgəmənt]	韌帶
8. muscular dystrophy	[ˋmʌskjələ ˋdɪstrəfɪ]	肌肉營養不良症[5]
9. muscle fibers	[ˋmʌsḷ ˋfaɪbəz]	肌肉纖維

（二）註 釋

1. 痛風性關節炎：因過量尿酸所引起的關節發炎與痛風結晶石沉積，一般直接稱為痛風。

2. 類風濕性關節炎：慢性的關節發炎；疼痛、腫脹與僵硬，特別是在手腳的小關節。字首"rheum"指的是「上漲」，形容關節的腫大。

3. 關節僵直性脊椎炎：伴隨著關節僵硬（關節僵硬）的慢性、漸進的關節炎，主要位於脊椎和骨盆。

4. 腕隧道症候群：正中神經通過韌帶、手腕骨與肌腱間時受到的壓迫。

5. 肌肉營養不良症：一種遺傳性失調，特徵為漸進的肌肉纖維虛弱與退化。

4-10 淋巴系統

—— *Lymphatic System*

一 解剖構造

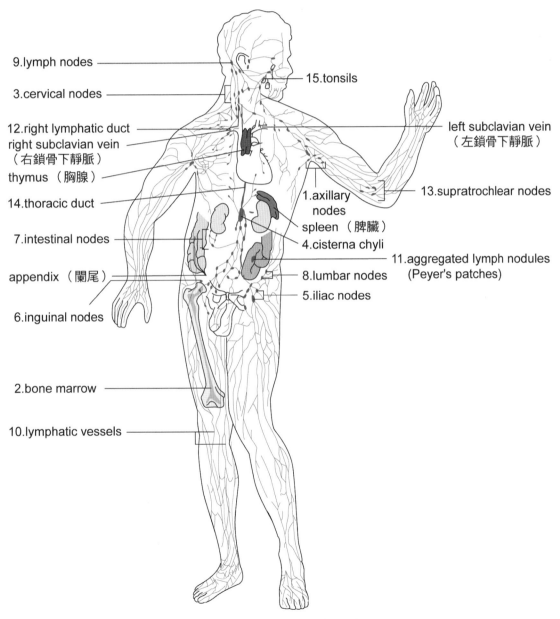

9.lymph nodes

3.cervical nodes

15.tonsils

12.right lymphatic duct

right subclavian vein
（右鎖骨下靜脈）

thymus （胸腺）

left subclavian vein
（左鎖骨下靜脈）

14.thoracic duct

1.axillary
nodes

13.supratrochlear nodes

spleen （脾臟）

7.intestinal nodes

4.cisterna chyli

11.aggregated lymph nodules
(Peyer's patches)

appendix （闌尾）

8.lumbar nodes

6.inguinal nodes

5.iliac nodes

2.bone marrow

10.lymphatic vessels

圖 4-10　淋巴系統解剖構造圖

原　文	音　標	中　譯
1. **axillary nodes**	[`æksɪˌlɛrɪ nodz]	腋淋巴結
2. **bone marrow**	[bon `mæro]	骨髓
3. **cervical nodes**	[`sɜvɪkl̩ nodz]	頸部淋巴結
4. **cisterna chili**	[sɪs`tɜnə `tʃɪlɪ]	乳糜池
5. **iliac nodes**	[`ɪlɪæk nodz]	髂骨淋巴結
6. **inguinal nodes**	[`ɪŋgwɪnl̩ nodz]	鼠蹊淋巴結
7. **intestinal nodes**	[ɪn`tɛstənl̩ nodz]	腸淋巴結
8. **lumbar nodes**	[`lʌmbə nodz]	腰淋巴結
9. **lymph nodes**	[lɪmf nodz]	淋巴結
10. **lymphatic vessels**	[lɪm`fætɪk `vɛsl̩]	淋巴管
11. **aggregated lymph nodules (Peyer's patches)**	[`ægrɪˌgetɪd lɪmf `nadjuls; `paɪə·z pætʃɪz]	聚集淋巴結（派亞氏斑）
12. **right lymphatic duct**	[raɪt lɪm`fætɪk dʌkt]	右淋巴總管
13. **supratrochlear nodes**	[ˌsuprə`traklɪə nodz]	滑車上淋巴結
14. **thoracic duct**	[θo`ræsɪk dʌkt]	胸管
15. **tonsils**	[`tansl̩s]	扁桃體

延伸閱讀

（一）相關字彙

在這個系統中，還可以看到下面這些與疾病相關的常用字彙：

原　文	音　標	中　譯
1. **mononucleosis**	[ˌmanəˌnjuklɪ`osɪs]	單核白血球增多症[1]
2. **lymphocytes**	[`lɪmfosaɪtʃ]	淋巴球
3. **monocytes**	[`manəsaɪtʃ]	單核球
4. **acquired immunodeficiency syndrome**	[ə`kwaɪrd ˌɪmjunədɪ`fɪʃənsɪ `sɪndrom]	AIDS，後天免疫缺乏症候群[2]
5. **human immunodeficiency virus**	[`hjumən ˌɪmjunədɪ`fɪʃənsɪ `vaɪrəs]	HIV，人類免疫缺乏病毒
6. **sarcoidosis**	[ˌsarkɔɪ`dosɪs]	類肉瘤病[3]
7. **lymphoma**	[lɪm`fomə]	淋巴瘤[4]
8. **Hodgkin's disease**	[hadʒkɪnz dɪ`ziz]	霍奇金氏症

（二）註　釋

1. 單核白血球增多症：淋巴結腫大，且血流中的淋巴球與單核球（白血球）增加的一種急性傳染病。

2. 後天免疫缺乏症候群：因感染 HIV－即人類免疫缺乏病毒－所引起的免疫反應壓抑或缺乏（淋巴球遭破壞）。

3. 類肉瘤病：小瘤或小結形成於淋巴結和其他器官中的炎症性疾病。字首"Sarco-"指的是「肉」，而字尾"-oid"表「類似」。

4. 淋巴瘤：淋巴結和淋巴組織的惡性腫瘤。霍奇金氏症為淋巴瘤之一例。

牛刀小試 EXERCISES

配合題

請將下列各題中的字彙，依照解剖系統分類配對填入下面(A)~(J)的欄位中：

1. aortic semilunar valve

2. thyroid gland

3. capillary

4. esophagus

5. nostril

6. left ventricle

7. appendix

8. pineal gland

9. pulmonary veins

10. diaphragm

11. stomach

12. lobar bronchi

13. thymus

14. trachea

15. sigmoid colon

16. alveoli

17. branch of pulmonary vein

18. hypothalamus

19. clitoris

20. renal pelvis

21. ureter

22. cerebellum

23. hilus renalis

24. epididymis

25. nephron

26. medulla oblongata

27. renal papilla

28. vagus nerve

29. posterior portion of vaginal fornix

30. vaginal

31. sympathetic postganglionic fibers

32. ampulla of uterine tube

33. pons

34. cavity of uterus

35. penis

36. fornix of vagina

37. spinal cord

38. bulbourethral gland

39. parasympathetic preganglionic fibers

40. cornea

41. pupil

42. external auditory canal

43. sartorius

44. vitreous body

45. stapes

46. cisterna chili

47. patella

48. semicircular duct of membranous labyrinth

49. trapezius

50. cochlear duct

51. ischium

52. scala tympani

53. Peyer's patches

54. clavicle

55. latissimus dorsi

56. femur

57. orbicularis

58. cochlea

59. tibia

60. lymphatic vessels

61. biceps brachii

62. pubis

63. rectus abdominis

64. supratrochlear nodes

65. calcaneal tendon

66. carpale

67. soleus

(A) Cardiovascular System：

(B) Respiratory System：

(C) Digestive System：

(D) Endocrine System：

(E) Urinary System：

(F) Reproductive System：

(G) Nervous System：

(H) The Senses System-Eyes and Ears：

(I) Skeletal and Muscular System：

(J) Lymphatic System：

應用題

請將下面左列的英文與正確的中譯連線：

Part I

congestive heart failure	結核病
tuberculosis	克隆氏病
myocardial infarction	動脈粥樣硬化
jaundice	心肌梗塞
ulcerative colitis	肺氣腫
cirrhosis	潰瘍性結腸炎
atherosclerosis	充血性心衰竭
emphysema	肝硬化
angina pectoris	肋膜疼痛
pleuritic pain	心絞痛
Crohn's disease	咳血
hemoptysis	黃疸

Part II

diabetes mellitus	血尿
dysuria	偏癱
renal failure	肢端肥大症
hemiplegia	排尿困難
acromegaly	神經膠母細胞瘤
cryptorchidism	格雷夫斯氏病
multiple sclerosis	糖尿病
benign prostatic hyperplasia	腎衰竭
hematuria	下身麻痺
Graves disease	子宮肌瘤
seminoma	良性前列腺肥大
fibroids	隱睪症
paraplegia	多發性硬化症
glioblastoma	精細胞瘤

Part III

glaucoma	白內障
gouty arthritis	結膜炎
tinnitus	類肉瘤病
cataract	青光眼
ankylosing spondylitis	痛風性關節炎
conjunctivitis	腕隧道症候群
muscular dystrophy	AIDS，後天免疫缺乏症候群
mononucleosis	關節僵直性脊椎炎
acquired immunodeficiency syndrome	霍奇金氏症
carpal tunnel syndrome	耳鳴
Hodgkin's disease	肌肉營養不良症
sarcoidosis	單核白血球增多症

解 答 ANSWER

配合題

1. aortic semilunar valve 主動脈半月瓣

2. thyroid gland 甲狀腺

3. capillary 微血管

4. esophagus 食道

5. nostril 鼻孔

6. left ventricle 左心室

7. appendix 闌尾

8. pineal gland 松果腺

9. pulmonary veins 肺靜脈

10. diaphragm 橫膈膜

11. stomach 胃

12. lobar bronchi 葉支氣管

13. thymus 胸腺

14. trachea 氣管

15. sigmoid colon 乙狀結腸

16. alveoli 肺泡

17. branch of pulmonary vein 肺靜脈分支

18. hypothalamus 下視丘

19. clitoris 陰蒂

20. renal pelvis 腎盂

21. ureter 輸尿管

22. cerebellum 小腦

23. hilus renalis 腎門

24. epididymis 副睪丸

25. nephron 腎元

26. medulla oblongata 延髓

27. renal papilla 腎乳頭

28. vagus nerve 迷走神經

29. posterior portion of vaginal fornix
陰道穹窿後部

30. vaginal 陰道

31. sympathetic postganglionic fibers
交感神經節後神經纖維

32. ampulla of uterine tube 輸卵管壺腹部

33. pons 橋腦

34. cavity of uterus 子宮腔

35. penis 陰莖

36. fornix of vagina 陰道穹窿

37. spinal cord 脊髓

38. bulbourethral gland 尿道球腺

39. parasympathetic preganglionic fibers
副交感神經節前神經纖維

40. cornea 角膜

41. pupil 瞳孔

42. external auditory canal 外耳道

43. sartorius 縫匠肌

44. vitreous body 玻璃體

45. stapes 鐙骨

46. cisterna chili 乳糜池

47. patella 髕骨

48. semicircular duct of membranous labyrinth 膜性迷路之半規管

49. trapezius 斜方肌

50. cochlear duct 耳蝸管

51. ischium 坐骨

52. scala tympani 鼓階

53. Peyer's patches 派亞氏斑

54. clavicle 鎖骨

55. latissimus dorsi 背闊肌

56. femur 股骨

57. orbicularis 眼輪匝肌

58. cochlea 耳蝸

59. tibia 脛骨

60. lymphatic vessels 淋巴管

61. biceps brachii 肱二頭肌

62. pubis 恥骨

63. rectus abdominis 腹直肌

64. supratrochlear nodes 滑車上淋巴結

65. calcaneal tendon 跟腱

66. carpale 腕骨

67. soleus 比目魚肌

(A) 心臟血管系統：

1, 3, 6, 9

(B) 呼吸系統：

5, 10, 12, 14, 16, 17

(C) 消化系統：

4, 7, 11, 15

(D) 內分泌系統：

2, 8, 13, 18

(E) 泌尿系統：

20, 21, 23, 25, 27

(F) 生殖系統：

19, 24, 29, 30, 32, 34, 35, 36, 38

(G) 神經系統：

22, 26, 28, 31, 33, 37, 39

(H) 感覺系統－眼及耳：

40, 41, 42, 44, 45, 48, 50, 52, 58

(I) 骨骼與肌肉系統：

43, 47, 49, 51, 54, 55, 56, 57, 59, 61, 62, 63, 65, 66, 67

(J) 淋巴系統：

46, 53, 60, 64

應用題

Part I

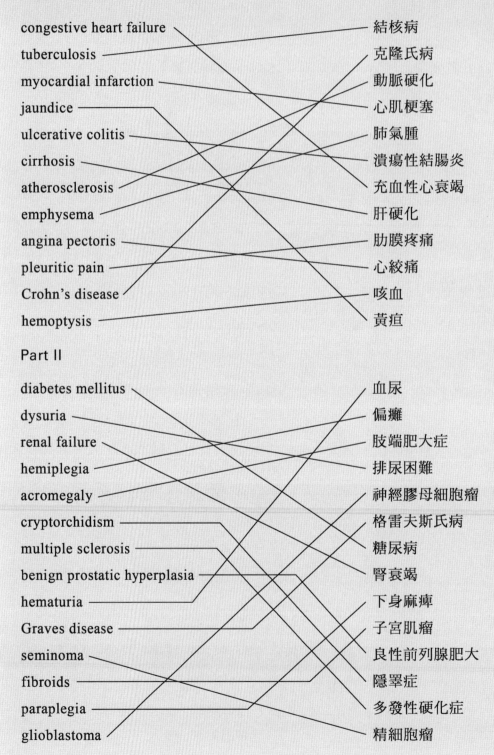

congestive heart failure	結核病
tuberculosis	克隆氏病
myocardial infarction	動脈硬化
jaundice	心肌梗塞
ulcerative colitis	肺氣腫
cirrhosis	潰瘍性結腸炎
atherosclerosis	充血性心衰竭
emphysema	肝硬化
angina pectoris	肋膜疼痛
pleuritic pain	心絞痛
Crohn's disease	咳血
hemoptysis	黃疸

Part II

diabetes mellitus	血尿
dysuria	偏癱
renal failure	肢端肥大症
hemiplegia	排尿困難
acromegaly	神經膠母細胞瘤
cryptorchidism	格雷夫斯氏病
multiple sclerosis	糖尿病
benign prostatic hyperplasia	腎衰竭
hematuria	下身麻痺
Graves disease	子宮肌瘤
seminoma	良性前列腺肥大
fibroids	隱睪症
paraplegia	多發性硬化症
glioblastoma	精細胞瘤

Part III

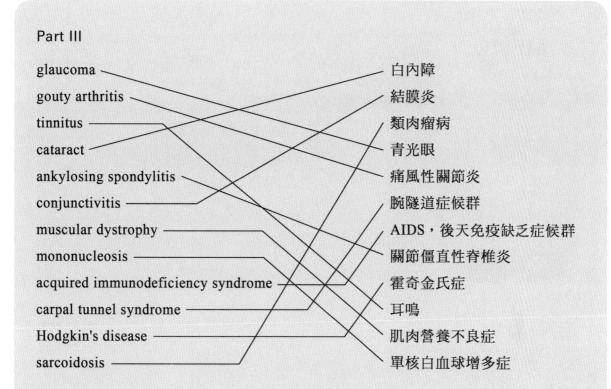

glaucoma   白內障

gouty arthritis   結膜炎

tinnitus   類肉瘤病

cataract   青光眼

ankylosing spondylitis   痛風性關節炎

conjunctivitis   腕隧道症候群

muscular dystrophy   AIDS，後天免疫缺乏症候群

mononucleosis   關節僵直性脊椎炎

acquired immunodeficiency syndrome   霍奇金氏症

carpal tunnel syndrome   耳鳴

Hodgkin's disease   肌肉營養不良症

sarcoidosis   單核白血球增多症

MEMO

05 醫護病歷表單常見用語
Terminology in Medical Sheets

English Medical Terminology

5-1 閱讀與書寫病歷表單
(Read and Write the Medical Sheets)

5-2 醫療專科表單 (Major Medical Sheets)

5-3 其他護理表單 (Medical Sheets for Nurses)

5-1　閱讀與書寫病歷表單

── *Read and Write the Medical Sheets*

一 記載原則

1. 一本記錄良好病歷，應具備以下要件：
   (1) 完整性 (Complete)
   (2) 正確性 (Accurate)
   (3) 周詳性 (Comprehensive)
   (4) 一致性 (Consistent)
   (5) 易讀性 (Legible)
   (6) 即時性 (Timely)
   (7) 整合性 (Integrated)
   (8) 合法的 (Legal)

2. 病歷記錄最好採問題導向(Problem-Oriented)方式，就病人不同的問題逐一分析，各問題之分析宜採 SOAP 記錄要領：
   (1) S (Subjective data)：自覺徵候，包括病人主訴、症狀、病發時間、現在病史、過去病史及個人史。
   (2) O (Objective data)：檢查發現，包括診療發現及各種檢查報告。
   (3) A (Assessment)：診斷評估，即診斷(Diagnosis)或臆斷(Impression)。
   (4) P (Plan)：治療計畫，包括各種處置、醫令或處方。

3. 病人住院中，住院醫師應將檢驗室列發出或由電腦上看到的檢驗結果與輸血單之血型轉抄於 Laboratory Examination Sheet 上。

4. 利用體溫、脈搏、呼吸記錄單(TPR Sheet)：主要的檢查（如 CT, MRI, Angiography, Catheterization, UGI Endoscopy, Colonoscopy, Bronchography, EEG）及主要治療（如抗生素、輸血、化學療法、放射性治療、特殊藥品治療等）均列於其上。

🗨 病歷記錄的規定

（一）記錄表單

　　每張記錄表單，均應記載病患的基本資料，如病歷號碼、姓名、出生、性別、入院日期、科別、門診別等，並由醫師簽名或蓋章以示負責。

（二）入院記錄 (Admission Note)

　　入院病歷內容包括：

1. 主訴(Chief Complaint)

2. 現在病史(Present Illness)

3. 過去、個人及家族病史(Past, Personal ＆ Family History)

4. 身體檢查(Physical Examination)：

　　(1) General appearance

　　(2) Height

　　(3) Weight

　　(4) Skin, Lymph nodes

　　(5) HEENT (Head, Eyes, Ears, Nose, Throat)

　　(6) Neck

　　(7) Chest：Heart ＆ Lung

　　(8) Abdomen

　　(9) Extremities

　　(10) Vital signs

　　(11) Neurological examinations

　　(12) Mental status examination：General appearance, Attitude, Affect, Speech, Behavior, Thought, Perception, JOMAC (Judgement, Orientation, Memory, Abstract thinking and Calculation), Insight

5. 實驗室發現(Laboratory Findings)：

　　(1) 檢查報告記錄單。

　　(2) 有做生化及血液檢驗皆應填寫。

(3) 長期住院者，選重點式記錄。

(4) 出院或入院診斷。

6. 摘要(Summary)

7. 診斷或臆斷(Diagnosis or Impression)

8. 治療與檢查計畫(Plans)

要注意一些特殊之疾病，並詳細記錄很多疾病和家族史有關，例如 cancer、DM、heart diseases、hypertension、CVA、gout、liver disease，藥物過敏史：要分清楚是副作用還是過敏？

（三）病程記錄 (Progress Note)

每天所做之診察項目、結果等詳細記載、如有主治醫師、主任或他科會診之內容及結論，以便往後之醫師瞭解。

（四）每週摘記 (Summary Note)

病人住院若超過一週時，應作整理幫助醫師瞭解病情進展，並對下週的治療作計畫。

（五）轉科記錄 (Transfer Note)

病患需要轉其他科部繼續治療時，原負責治療住院醫師應填寫轉科（部）摘要記錄，並經由主治醫師核簽。

（六）收診記錄 (Acceptance Note)

接受轉科（部）之住院醫師應去瞭解病患轉科（部）的原因及現況，經對病患診察後，寫收診記錄。

（七）交班記錄

包括交班摘要(Off Service Note)及接班摘要(On Service Note)；住院醫師有時需要輪換，在交班前須填寫交班摘要，記錄病人之重要診斷、治療經過、注意事項及病情發展。

（八）手術記錄 (Operation Note)

手術日期、手術者及助手、手術前後之診斷及切除哪些器官，都必須詳細敘述，並繪圖說明以幫助理解。

（九）出院病歷摘要（Discharge Note 或 Discharge Summary）

是病人在醫院中診斷及治療之主要記錄，可供門診醫師參考。包括：

1. 主要病狀。

2. 主要理學變化。

3. 主要檢驗發現。

4. 主要診斷及相關變化（如合併症、特殊全身狀態等）。

5. 處理經過及特殊記載。

6. 出院後之建議。

（十）醫囑單

1. 由實習醫師開立醫囑，須由住院醫師或主治醫師認可核簽始生效力。

2. 出院醫囑應詳細填寫並簽名。

🗩 病歷填寫注意事項

轉出科別應有轉科記錄(Transfer Note)，接受轉科應有收診記錄(Acceptance Note)。

1. 病患住半天或一天，應記錄狀況並簽全名(Full name)。

2. 出院時病患之情況應詳細記錄。

3. 住院醫囑『Order』的內容：
   (1) A：Admission order
   (2) C：Condition：Stationary, Critical
   (3) D：Diagnosis

(4) A：Allergy

(5) V：Vital sign：TPR, BP

(6) A：Activity

(7) N：Nursing：I/O, BW

(8) D：Diet

(9) I：IV fluid

(10) M：Medication：用學名，寫劑量，分清楚是 t(q)id 或 q8(6)h

(11) L：Laboratory

(12) S：Special order

5-2　醫療專科表單

—— *Major Medical Sheets*

 入院病歷

（一）內　科

範例

入院病歷 (ADMISSION NOTE)

姓名：孫○○　性別：○　年齡：○　病房：○　病床：○　病歷號：○○○

日期：○年○月○日

　　Patient 孫○○, a 60-year-old male, was admitted via emergency department with chief complain of <u>tarry stool</u>[1] for 2 days.

　　According to the patient's statement, tarry stool passage was noted since 2 days ago. Nausea, dizziness and palpitation were also associated. There was no <u>hematemesis</u>[2], abdominal pain or <u>bloody stool</u>[3] noted. The amount of tarry stool increased and he was thus brought to our ER for help where Hb: 8.0 g/dL was measured. Emergency <u>panendoscopy</u>[4] was performed which showed <u>duodenal ulcer</u>[5] bleeding. He is therefore now admitted to us for further evaluation and management.

　　The patient has no history of gastrointestinal bleeding. He denied of taking aspirin, <u>NSAID</u>[6] or alcohol.

Past and Personal History

1. The patient has no history of systemic disease such as DM, hypertension, liver or renal disease.
2. The patient has no history of previous operation or major trauma.
3. The patient has no habit of smoking and drinking.
4. The patient has no history of allergy to food or drug in the past.
5. The family history is non-contributory.

Physical Examination

General appearance: ill-looking.

Vital signs: BP: 120/75 mmHg, PR: 100/min, RR: 18/min.

Sclera: not icteric, conjunctiva: mild pale.

Neck: soft, lymph nodes: normal.

No oral ulcer.

Heart: regular heart beat. No murmur.

Chest: symmetric expansion. Breathing sound: clear.

Abdomen: soft and flat. Mild epigastric tenderness[7].

Liver: impalpable.

Spleen: not enlarged.

Extremities: free movement. No skin rashes.

Reflexes: no pathological reflexes.

Lab. Data

Hb: 8.0 gm/dL, Hct: 32%.

Panendoscopy: Duodenal ulcer bleeding. Antrum gastritis.

Impression

Duodenal ulcer bleeding.

Plans

1. NPO.
2. Intravenous fluid hydration and nutritional support.
3. Apply PPI[8].
4. Blood transfusion for correction of anemia.

R2 侯○○／VS 蔡○○

重點字彙

(1) **tarry stool** 黑便，大部分由於上消化道出血所造成

(2) **hematemesis** [ˌhimə`tɛməsɪs] 吐血，大量上消化道出血之臨床表徵

(3) **bloody stool** 血便，大部分由於下消化道出血所造成

(4) **panendoscopy** 內視鏡

(5) **duodenal ulcer** [ˌd(j)uəˈdinl ˈʌlsɚ] 十二指腸潰瘍

(6) **NSAID：Non-steroidal Anti-Inflammatory Agents** 非類固醇性止痛藥

(7) **epigastric tenderness** [ˌɛpəˈgæstrɪk ˈtɛndɚnɪs] 上腹疼痛，有可能是由於胃或十二指腸潰瘍所致

(8) **PPI：Proton pumps inhibitor** [ˈprotan pʌmps ɪnˈhɪbɪtɚ] 氫離子幫浦阻斷劑，用於治療胃或十二指腸潰瘍

病歷概述

　　病患孫先生，60 歲男性，由於解黑便已有兩天之久，經由急診住院。據病人自述，他於兩天前開始解黑便並伴隨噁心、頭暈及心悸，但並沒有吐血、腹痛或解血便，由於黑便量增加，因此被送至急診求診。檢查發現血紅素 8.0 g/dL，緊急胃鏡發現十二指腸潰瘍出血，他因此住院做進一步治療。病人過去無消化道出血之病史，他也沒有服用阿斯匹靈、非類固醇性止痛藥或喝酒。

(二) 外 科

範例

入院病歷 (ADMISSION NOTE)

姓名：楊○○　性別：○　年齡：○　病房：○　病床：○　病歷號：○○○

日期：○年○月○日

Chief Complaint

Progressive abdominal pain for two days.

Present Illness

　　Patient 楊○○, a 23-year-old male, was admitted via emergency department due to progressive abdominal pain for two days.

　　According to the statement of the patient himself, he was hit by a stranger on his abdomen 2 days ago. He didn't seek for help immediately. However, progressive dull abdominal pain with distention[1] developed then. Dizziness[2] and palpitation[3] were associated. He was brought to our hospital this morning where physical

---

examination showed tenderness over right upper quadrant of abdomen.   Hb: 9.0 g/dL was noted.   Bed side <u>sonography</u>[4] showed <u>ascites</u>[5] over hepatorenal <u>fossa</u>[6]. Further abdominal <u>CT</u>[7] revealed <u>liver laceration</u>[8], grade II.   He is therefore now admitted to us for further observation.

Throughout the whole course of the present illness, there was no fever, chillness, nausea, vomiting or headache.   The patient denied of any other associated injury such as chest contusion.

Past and Personal History

1. The patient has no history of systemic disease such as DM, hypertension, liver or renal disease.
2. The patient has no history of previous operation or major trauma.
3. The patient has habit of smoking and drinking socially.
4. The patient has no history of allergy to food or drug in the past.
5. The family history is non-contributory.

Physical Examination

Vital signs: BP: 140/80 mmHg, PR: 100/min, RR: 22/min.

Consciousness: clear, ill-looking.

HEENT: conjunctive: mild pale.   Sclera: mild <u>icteric</u>[9].

Neck: supple, no palpable mass or LNs enlargement.

Chest wall and lungs: symmetrical and full expansion, clear BS.

Heart: Regular heart beat, no murmurs.

Abdomen: abdominal distention and tenderness over right upper quadrant. Hypoactive bowel sound.

Extremities: no deformity, free in movement.

Neurology: normal muscle power and DTR, no pathological reflexes.

Lab. Data

Hgb: 9.0 gm/dL, Hct: 28%, WBC: 11,000/mm^3, N/L: 52/43.

Image

CT of abdomen: liver laceration, grade II with minimal ascites.

Impression

Liver laceration, grade II.

Plans

1. NPO and intravenous fluid hydration.
2. Blood transfusion for correction of anemia.
3. Exploratory laparotomy[10] if failure of conservative treatment.

R2 林○○／VS 李○○

重點字彙

(1) **abdominal distention** 腹脹

(2) **dizziness** 眩暈

(3) **palpitation** 心悸

(4) **sonography** [sə`nɑɡrəfɪ] 超音波掃描

(5) **ascites** 腹水

(6) **hepatorenal fossa** [͵hɛpətə`rinəl `fɑsə] 肝腎窩，指肝臟與右腎間之空隙

(7) **CT：Computed tomography** 電腦斷層

(8) **liver laceration** [`lɪvə ͵læsə`reʃən] 肝臟撕裂傷

(9) **icteric** 黃疸的

(10) **exploratory laparotomy** [ɪk`splɔrə͵torɪ læpə`ratəmɪ] 剖腹探查術

病歷概述

　　楊先生年 23 歲，因兩天來逐漸腹痛經由急診住院。依據病人所述，兩天前其腹部被陌生人攻擊，但並未馬上就醫，隨後發生逐漸腹痛及腹脹，並伴隨頭暈及心悸；今晨病人被送進醫院時，理學檢查發現右上腹疼痛，血紅素 9.0 g/dL，超音波發現肝腎窩有腹水情形，進一步腹部電腦斷層顯示肝臟二級撕裂傷，病人因此入院觀察。整個病程中，病人並無發燒、畏寒、噁心、嘔吐或頭痛等情形，且病人並無如胸部挫傷等受傷情形。

（三）婦產科

範例

入院病歷 (ADMISSION NOTE)

....

姓名：吳〇〇　性別：〇　年齡：〇　病房：〇　病床：〇　病歷號：〇〇〇

日期：〇年〇月〇日

Chief Complaint

　　Massive vaginal bleeding for 2 days.

Present Illness

　　Patient 吳〇〇, 35-year-old female, was admitted on 106.8.30 due to severe <u>metrorrhagia</u>[1] for 2 days.

　　According to the statement of the patient, she has suffered from the dysmenorrhea since three months ago. Abdominal pain aggravated especially during sexual activity. The symptom got worse since yesterday with massive vaginal bleeding. She was therefore visited our GYN OPD today where physical examination showed tenderness over low abdomen. Anemia with Hb: 7.6 g/dL was noted and sonography revealed a 5.6 × 3.6 cm uterine mass.　<u>Adenomyoma</u>[2] was suspected and surgical intervention for relief of symptoms was suggested.

　　The patient had an artificial <u>abortion</u>[3] in her twenties. Her mother died of <u>hysterocarcinoma</u>[4] three years ago. All of the patient's sisters had difficulties in <u>delivery</u>[5] and received abdominal <u>hysterotomy</u>[6].

Past and Personal History

1. The patient has no history of systemic disease such as DM, hypertension, liver or renal disease.
2. The patient has no history major trauma.
3. The patient has no habit of smoking and drinking.
4. The patient has no history of allergy to food or drug in the past.

Physical Examination

Vital signs: BP: 126/74 mmHg, PR: 68/min, RR: 20/min.

HEENT[7]: nothing particular.

Neck: supple, no palpable mass or LNs[8] enlargement.

Chest wall and lungs: symmetrical and full expansion, clear BS[9].

Heart: Regular heart beat, no murmurs.

Uterus[10]: A 5.6 × 3.6 cm solid mass in myometrium[11].

Extremities: no deformity, free in movement.

Neurology: consciousness clear, normal muscle power and DTR[12], no pathological reflexes.

Lab. Data

Hgb: 7.6 g/dL, Hct: 37.1%, WBC: 5,500/mm^3, N/L: 60/45.

Impression

Rule out adenomyoma of uterus.

Plans

1. Arrange hysteroscopy[13].
2. Blood transfusion.

R2 周○○／VS 陳○○

重點字彙

(1) **metrorrhagia** [ˌmitrəˈredʒɪə] 血崩，子宮出血

(2) **adenomyoma** 子宮內膜肌瘤

(3) **abortion** 墮胎

(4) **hysterocarcinoma** [ˌhɪstərəkɑrsɪˈnomə] 子宮癌

(5) **delivery** [dɪˈlɪvərɪ] 分娩

(6) **abdominal hysterotomy** 剖腹式子宮切開術

(7) **HEENT：head, eyes, ears, nose, and throat** 頭，眼，耳，鼻，喉

(8) **LNs：lymph nodes** 淋巴結

(9) **BS：breathing sound** 呼吸音

(10) **uterus** 子宮

(11) **myometrium** [ˌmaɪəˋmitrɪəm] 子宮肌層

(12) **DTR：deep tendon reflex** 深腱反射

(13) **hysteroscope** [ˋhɪstərəskop] 子宮腔鏡

病歷概述

　　吳小姐今年 35 歲，因嚴重血崩而於 106 年 8 月 20 日入院治療。根據病患自己的描述，她已連續 3 個月遭受痛經之苦，從事性行為時亦感到腹部疼痛。昨日開始病患症狀加劇並伴隨有大量陰道出血，她因此到婦科門診求治。理學檢查發現下腹壓痛。同時發現病患有貧血情形（血紅素 7.6 g/dL）超音波顯示 5.6 × 3.6 公分子宮腫塊。由於懷疑子宮內膜肌瘤，因此建議手術緩解症狀。

　　她在 20 幾歲時曾有一次墮胎紀錄，母親死於子宮癌，其三位姊姊在懷孕分娩上均有困難，因此採取剖腹的方式產下孩子。

（四）小兒科

範例

入院病歷 (ADMISSION NOTE)

姓名：王○○　性別：○　年齡：○　病房：○　病床：○　病歷號：○○○
日期：○年○月○日

Chief Complaint

　　Cough for one week.

Present Illness

　　Patient 王○○, a 9-year-old boy, was admitted via OPD with chief complain of cough for over one week.

　　According to the statement of patient's father, this patient suffered from cough with mild greenish sputum since one week ago. Running nose and poor appetite were associated. Fever flared up since 3 days ago with mild dyspnea noted. He was brought to community hospital for help where oral medication taken but not effective.

Due to the persisted high fever (body temperature 39.1°C), the patient was brought to our OPD today where chest radiography showed right lower lobe bronchopneumonia[1]. He is therefore now admitted to us for further treatment.

Throughout the whole course of the present illness, there are no headache, nausea, vomiting, diarrhea or skin rashes. The patient has no traveling history.

Past and Personal History

1. The patient has no congenital abnormally, hereditary disease or G6PD deficiency.
2. Birth History：NSD[2], 2nd of G2P2, term, birth weight: 3,500 mg.
3. Growth: BW: 25 kg (50-75th percentile).
4. Development: no delay.
5. The patient has no history of previous operation or major trauma.
6. The patient has no history of allergy to food or drug in the past.
7. The family history is non-contributory.
8. Vaccine: as schedule.

Physical Examination

General appearance: mild dehydration[3], Activity[4]: fair.

Vital signs: BP: 110/80 mmHg, PR: 120/min, RR: 22/min.

Mentality: clear.

Development and nourishment: good.

Sclera: not icteric, Thyroid[5]: not enlarged.

Neck: soft, Lymph Nodes[6]: normal.

No oral ulcer.

Heart: regular heart beat. No murmur.

Chest: symmetric expansion. crackling rale[7] over right lung.

Abdomen: soft and flat. no tenderness.

Liver: impalpable.

Spleen: not enlarged.

Extremities: free movement. No skin rashes.

Reflexes: no pathological reflexes.

Lab. Data

Hgb: 12.0 gm/dL, WBC: 18,000/mm^3, N/L: 92/6.

Image

X-ray: RLL pneumonia. Normal heart size.

Impression

RLL bronchopneumonia.

Plans

1. Empiric antibiotics[8].
2. Intravenous fluid hydration.
3. Send <u>sputum smear</u>[9] and <u>culture</u>[10].
4. <u>Bronchodilator</u>[11] and inhalation therapy.

R2 單○○／VS 范○○

重點字彙

(1) **bronchopneumonia** 支氣管肺炎

(2) **NSD：Normal spontaneous delivery** 正常自然生產

(3) **dehydration** 脫水

(4) **activity** 活動力

(5) **thyroid** 甲狀腺

(6) **lymph nodes** 淋巴結

(7) **crackling rale** [krӕklıŋ rɑl] 爆裂狀水泡音

(8) **empiric antibiotics** [ɛmˋpırık ˌӕntıbaıˋatık] 經驗式抗生素

(9) **sputum smear** [ˋspjutəm smir] 痰抹片

(10) **culture** （細菌）培養

(11) **broncodilator** 支氣管擴張劑

病歷概述

　　王小弟今年九歲，因咳嗽超過一星期而經由門診住院。據病患父親所述，病患於一星期前開始咳嗽，伴隨綠痰，同時有流鼻水及食慾不振等情形；三天前開始發燒，且有呼吸困難等現象，病患曾被帶至地區醫院求診，並服用口服藥，但未見效，由於持續高燒至攝氏 39.1 度，病患今日被帶至門診，X 光片顯示右下葉肺炎，因此住院進一步治療，在整個現病史中，病患並無頭痛、噁心、嘔吐或皮膚疹等情形，病患並無旅遊史。

（五）骨 科

入院病歷 (ADMISSION NOTE)

··

姓名：李○○　性別：○　年齡：○　病房：○　病床：○　病歷號：○○○
日期：○年○月○日

Chief Complaint

Bilateral knees painful disability after falling on floor.

Present Illness

Victim 李○○, a 67 year-old female, was admitted to our hospital via emergency department after falling from bicycle on 106.7.20.

According to the statement of the patient, she suffered from severe bilateral knee pain after falling on floor while riding bicycle on her way to the market. Her knees hit the ground directly, which caused painful disability. She was then sent to our hospital for help immediately. Physical examination showed swelling of bilateral knees with limited movement of extension[1]. X-ray revealed transverse fractures[2] in the central of bilateral patella[3] with displacement[4]. She is therefore now admitted for open reduction[5] and internal fixation[6].

Throughout the whole course of the present illness, no other associated injury such as chest contusion or blunt abdominal trauma[7] was found. The patient is also noted to suffer from osteoporosis[8] for over 6 years and she keeps on taking Alendronate 70 mg qw regularly from her orthopaedist[9].

Past and Personal History

1. DM with Glipizide 5 mg qd/AC control for 5 years.
2. Denied any other systemic disease such as hypertension, heart, liver or renal diseases.
3. The patient has no history of previous operation or major trauma.

4. The patient has no habits of smoking or drinking.

5. There was no known food or drug allergy history in the past.

Physical Examination

Cons: clear, $E_4V_5M_6$.

Vital signs: BP: 125/80 mmHg, PR: 70/min, RR: 20/min.

HEENT: grossly normal.

Neck: supple, no palpable mass or LNs enlargement.

Chest wall and lungs: symmetrical and full expansion, clear BS.

Heart: Regular heart beat, no murmurs.

Abdomen: soft, no tenderness.　Liver and spleen: impalpable.

Bowel sound: normoactive.

Extremities: swelling and tenderness over bilateral knees with limited movement of extension. Multiple abrasion[10] wounds over bilateral lower legs.

Neurology: full muscle power and DTR, no pathological reflexes.

Lab. Data

WBC: 5,210/mm^3, Hb: 11 gm/dL, Hct: 35.8%, N/L: 62/43.

Image: X-ray: Transverse fractures of bilateral patella with displacement.

Impression

Bilateral knees fracture.

Plans

1. Arrange ORIF[11].

2. Bed rest, ice packing and analgesics.

R3 蔡○○／VS 周○○

重點字彙

(1) **extension**　伸直

(2) **transverse fractures**　[træns`vɜs `fræktʃɚ]　橫向骨折

(3) **patella**　髕骨

(4) **displacement**　位移

(5) **open reduction**　切開復位

(6) **internal fixation**　內固定

(7) **blunt abdominal trauma**　[blʌnt æbˋdɑmɪn] ˋtrɔmə]　腹部鈍挫傷

(8) **osteoporosis**　骨質疏鬆症

(9) **orthopaedist**　[͵ɔrθəˋpidɪst]　骨科醫師

(10) **abrasion**　擦傷

(11) **ORIF：open reduction and internal fixation**　切開復位及內固定

病歷概述

　　今年 67 歲的李太太於 106 年 7 月 20 日自腳踏車摔落後經由急診住院。根據病患自己的描述，她在趕往市集的路上不慎摔落地上後，雙膝疼痛並無法移動，病患立即被送醫求診，理學檢查發現雙膝腫脹，X 光顯示雙側髕骨橫向斷裂位移，病患因此入院做骨折復位手術。在現病史中，病患並未合併胸部或腹部鈍挫傷，病患六年來皆受骨質疏鬆之苦，定期於其骨科醫師處每週服用 Alendronate 70 公克。

（六）耳鼻喉科

範例

入院病歷 (ADMISSION NOTE)

姓名：陳○○　性別：○　年齡：○　病房：○　病床：○　病歷號：○○○

日期：○年○月○日

Chief Complaint

　　Sore throat after fish bone swallowing tonight.

Present Illness

　　Patient 陳○○, a 60-year-old male, was admitted via emergency department with chief complain of choking[1] and pharyngodynia[2] after fish bone swallowing about two hours ago.

　　According to the statement of Mr.陳, he swallowed fishbone accidentally during his dinner and suffered from dysphagia[3] and odynophagia[4] after then.　He visited our emergency department were oropharynx[5] was examined carefully but no foreign

---

body was found.   Although the neck and chest radiographs showed no abnormalities, foreign body sensation persisted.   He was then admitted to us for laryngoscopy[6] under the impression of rule out laryngeal[7] foreign body.

Throughout the whole course of the present illness, there are no vomiting, aspiration[8], stridor[9], hoarseness[10] or dsypnea[11] noted.

Past and Personal History

1. The patient has no history of systemic disease such as DM, hypertension, liver or renal disease.
2. The patient has no history of previous operation or major trauma.
3. The patient has no habit of smoking or drinking.
4. The patient has no history of allergy to food or drug in the past.
5. The family history is non-contributory.

Physical Examination

Vital signs: BP: 145/90 mmHg, PR: 66/min, RR: 18/min.

Cons: clear, $E_4V_5M_6$.

HEENT: Grossly normal.   No palatal abrasion.

Conjunctiva: not pale.   Sclera: not icteric.

Neck: supple, no palpable mass or LNs enlargement.   No jugular vein engorement. No subcutaneous emphysema[12]. No stridor.

Chest wall and lungs: symmetrical and full expansion, clear BS.

Heart: regular heart beat, no murmurs.

Abdomen: soft, no tenderness.   No muscle guarding or peritoneal sign.

liver/spleen: impalpable.   Bowel sound: hyperactive.

Extremities: no deformity, free in movement.

Impression

Rule out laryngeal foreign body.

Plans

1. Arrange laryngoscopy.
2. NPO and intravenous fluid supply.
3. Repeat radiographs of neck and chest before send patient to operation room.

R2 王○○／VS 林○○

重點字彙

(1) **choking**　哽塞、嗆到

(2) **pharyngodynia**　[fəˌrɪŋgəˈdɪnɪə]　咽喉疼痛

(3) **dysphagia**　吞嚥困難

(4) **odynophagia**　[ˌodɪnəˈfedʒɪə]　嚥痛

(5) **oropharynx**　[ˌorəˈfærɪŋks]　口咽

(6) **laryngoscopy**　喉鏡檢查

(7) **laryngeal**　喉的

(8) **aspiration**　吸入異物或食物

(9) **stridor**　[ˈstraɪdə]　喘鳴；喉頭腫脹阻塞時之呼吸音

(10) **hoarseness**　[ˈhorsnəs]　嘶啞

(11) **dyspnea**　呼吸困難

(12) **subcutaneous emphysema**　[ˌsʌbkjuˈtenɪəs ˌɛmfɪsimə]　皮下氣腫

病歷概述

今年六十歲的陳先生於約兩小時前用餐時不慎吞入魚刺，引起嚴重哽塞與咽喉疼痛，經由急診住院。據陳先生所述，他於晚餐用餐時不慎吞入魚刺後便感覺吞嚥困難，到急診時口咽部經診察後並未發現異物，雖然 X 光片未發現任何異狀，但陳先生依然覺得喉咽部有異物感，因此住院進行喉鏡檢查。

二 醫囑單

（一）內科，神經內科

範例

醫囑單 (ORDER SHEET)

姓名：謝○○　性別：○　年齡：○　病房：○　病床：○　病歷號：○○○

Admission Order

日期：○年○月○日

Admit to the service of Dr.郭○○

Diagnosis(1): (Recurrent stroke[1])

Diagnosis(2): (Thalassemia[2])

Diagnosis(3): (Sick Sinus Syndrome s/p pacemaker implantation)

Diagnosis(4): (Adrenal insufficiency[3])

Diagnosis(5): (Gastric ulcer)

Condition: guarded

Vital signs and GCS: q8h

Activity: as tolerated[4] in room

Allergy: no known allergy

Diet as tolerated

IVF (N/S run 40 c.c./hr)

已作: (CBC/DC, O.B., cortisol, BUN, Cr, ALT, Na, K, CRP, troponin I[5])

已作: (brain CT, CXR, transfuse PRBC 4U)

COLOR-CODED TRANSCRANIAL ULTRASONOGRAPHY[6]

DOPSCAN & B-MODE REAL TIME SONOGRAM

CBC-I (WBC, RBC, HB, HCT, MCV, MCH, MCHC, PLT)

檢驗項目	檢體別
URIC ACID	B
GLYCOHEMOGLOBIN	B
HDL & LDL-CHOLESTEROL	
ELECTROPHORESIS	B
AST(GOT)	B
BILIRUBIN D	B
BILIRUBIN T.	B
ALK P-TASE	B

類別	藥品名稱	劑量	用法	飯前後	途徑	數量	流速
PREP	Dipyridamole	75 mg/tab	1 PC TID	AC	PO	7 天	（自備藥）
PREP	Trazodone	75 mg/tab	1 PC HS	PC	PO	7 天	（自備藥）
PREP	Diazepam[7]	2 mg/tab （管 4）	1 PC QD	PC	PO	7 天	（自備藥）
PREP	Zolpidem[8]	10 mg/f.c tab （管 4）	1.5 PC HS	PC	PO	7 天	（自備藥）
PREP	Magnesium oxide	250 mg/tab	1 PC QID	PC	PO	7 天	（自備藥）
PREP	Cortisone acetate[9]	25 mg/tab	1.5 PC IRRE	PC	PO	7 天	（ 1PC QD, 0.5PC 4PM 自備藥）
PREP	Aspirin[10]	100 mg/tab	1 PC QD	PC	PO	7 天	（自備藥）
PREP	Bisoprolol fumarate	5 mg/tab	1 PC QD	PC	PO	7 天	（自備藥）
PREP	Metoclopramide	3.84 mg/tab	1 PC BID	AC	PO	7 天	（自備藥）
NEW	Acetaminophen	500 mg/tab	1 PC QID	PC	PO	7 天	
NEW	Clopidorgrel[11]	75 mg/tab	1 PC QD	PC	PO	7 天	
NEW	Pantoprazole	40 mg/tab	1 PC QD	AC	PO	7 天	

醫師：R3 吳○○／VS 郭○○

MBD Order

日期：○年○月○日

Discharge Today（今天出院）

開立診斷書

Return to OPD[12] for follow-up of Dr. 林○○（10/13 OPD）

類別	藥品名稱	劑量	用法	飯前後	途徑	數量	流速
NEWD	Dipyridamole	75 mg/tab	1 PC TID	PC	PO	12 天	（自備藥）
NEWD	Zolpidem	10 mg/f.c tab （管 4）	1.5 PC HS	PC	PO	12 天	（自備藥）
NEWD	Cortisone acetate	25 mg/tab	1 PC QD	PC	PO	12 天	（自備藥）
NEWD	Metoclopramide	3.84 mg/tab	1 PC TID	PC	PO	12 天	
NEWD	Ferrous gluconate C 30 mg B 300 mg+Vit B$_1$ 10 mg		1 PC TID	PC	PO	12 天	
NEWD	Pantoprazole	40 mg/tab	1 PC QD	PC	PO	12 天	

醫師：R3 吳〇〇／VS 郭〇〇

重點字彙

(1) **recurrent stroke** 再次中風

(2) **thalassemia** [ˌθælə`simɪə] 海洋性貧血

(3) **adrenal insufficiency** [ə`drinəl ˌɪnsə`fɪʃənsɪ] 腎上腺功能不全

(4) **tolerated** 可忍受的

(5) **troponin I** [`tropənɪn aɪ] 心肌酵素之一，臨床上若有升高情形則高度懷疑心肌受傷

(6) **color-coded transcranial ultrasonography** [`kʌlə`kodɪd træns`krenɪəl ˌʌltrəsə`nɑgrəfɪ] 經頭顱彩色超音波

(7) **Diazepam** 藥物名，長效性之 Benzodiazepine，可抗焦慮及失眠

(8) **Zolpidem** 藥物名，GABA 接受器之促效劑，用於治療失眠

(9) **Cortisone acetete** 藥物名，糖質皮質類固醇，用以治療腎上腺功能不全

(10) **Aspirin** 藥物名，柳酸鹽，血小板凝集抑制劑，可治療缺血性中風或鎮痛解熱

(11) **Clopidogrel** 藥物名，血小板凝集抑制劑，降低近期發生中風、心肌梗塞病人粥狀動脈硬化事件之發生

(12) **OPD：outpatient department** 門診

（二）外 科

範例

醫囑單 (ORDER SHEET)

. . . .

姓名：謝〇〇　性別：〇　年齡：〇　病房：〇　病床：〇　病歷號：〇〇〇

Admission Order

日期：〇年〇月〇日

Admit to the service of Dr.李〇〇

Diagnosis(1): Right distal radius fracture[1] with malalignment[2]

Diagnosis(2): Hepatitis C

Vital Signs : on ward routine

Diet as tolerated

Condition: guarded

Activity: as tolerated in room

Allergy: no known allergy

IVF: N/S run 60 mL/hr.

Pre-OP Order[3]

OP will be performed on 106-03-27

Sign operation and anesthesia permit[4]

OP site: Right wrist

NPO since midnight

IVF: D5S1/4 run 80mL/hr since 6:00 am CM.

Medication: Cefamezine 1 vial to OR.

Send patient to OR on call with chart and X-ray film.

類別	藥品名稱	劑量	用法	飯前後	途徑	數量	流速
	Cefazlin sodium[5]	500 mg/via l(pc)	1 PC STAT		IV	1PC	

醫師：R2 游〇〇／VS 李〇〇

Post-OP Order[6]

日期：○年○月○日

Vital Sign: q2h*2 then q4h*2 then <u>ward routine[7]</u> (then qd)

Diet as tolerated

IV infusion

(D5S RUN 80 mL/hr to CM)

Wound care with Aq-BI QD (SINCE CM)

Record HV 引流量 (q8h)

<u>Right Wrist A-P+Lateral View[8]</u>

類別	藥品名稱	劑量	用法	飯前後	途徑	數量	流速
CHG	Cefazolin sodium	500 mg/vial(pc)	1 PC Q6H		IV	7 天	

醫師：R2 游○○／VS 李○○

MBD Order

日期：○年○月○日

May be Discharge (on 4/10)

Return to OPD for follow-up (2 weeks later)

開立乙種診斷書

類別	藥品名稱	劑量	用法	飯前後	途徑	數量	流速
NEWD	<u>Nacid analogue[9]</u>	swecon tab	1 PC QID		PO	7 天	
NEWD	Tiaramide Hcl	50 mg/tab(pc)	1 PC TID	PC	PO	7 天	
NEWD	<u>Cough mixture A (CMA) soln[10]</u>	120 ml/bot	1 ML QID	PC	PO	3 天	

醫師：R2 游○○／VS 李○○

重點字彙

(1) **distal radial fracture** 遠端橈骨骨折

(2) **malalignment** [ˌmælə`laɪnmənt] 排列不齊，此指骨頭骨折後排列不齊

(3) **pre-OP-order：preoperation order** 術前醫囑

(4) **operation and anesthesia permit** 手術及麻醉同意書

(5) **Cefazolin sodium**　藥物名，第一代頭孢子素，抗生素之一種

(6) **post-OP-order：post operation order**　術後醫囑

(7) **ward routine**　病房常規

(8) **Right Wrist A-P+Lateral View**　右手腕之正面及側面 X 光攝影照

(9) **Nacid analogue**　藥物名，胃藥，緩解胃部不適

(10) **Cough mixture A (CMA) soln**　藥物名，鎮咳，祛痰藥物

（三）婦產科

範例

醫囑單 (ORDER SHEET)

....

姓名：李○○　性別：○　年齡：○　病房：○　病床：○　病歷號：○○○

Admission Order

日期：○年○月○日

Admit to the service of Dr.莊○○

Diagnosis: Threatened abortion[1]

Condition: guarded

Vital Sign: on ward routine

On fetal monitor[2] and check FHB[3](every 30 min)

On Full Diet

On IVF (D5W/D5S 500 c.c. run 100 c.c./hr)

PERINEAL CARE[4] (prn)

URINE CATHETERIZATION[5] (prn)

Bed rest

類別	檢驗項目	檢體別
	CBC-I (WBC,RBC,HB,HCT,MCV,MCH,MCHC,PLTCOB CO)	B*:EMR
	WBC DIFFERENTIAL COUNT	B*:EMR
	CRP	B*:EMR
	SEDIMENTS	U
	URINE ROUTINE EXAM	U
	PROTHROMBIN TIME	B*:EMR
	APTT (ACTIVATED PARTIAL THROMBOPLASTIN	B*:EMR
	AST (GOT)	B*:EMR
	BUN, BLOOD UREA NITROGEN	B*:EMR
	CREATININE (B) CRT	B*:EMR
	NA (SODIUM)	B*:EMR
	K (POTASSIUM)	B*:EMR
	CL (CHLORIDE)	B*:EMR
	SUGAR AC OR PC OR STAT.	B*:EMR

類別	藥品名稱	劑量	用法	飯前後	途徑	數量	流速
NEW	Ritodrine HCl[6]	10 mg/ml, 5 ml/amp inj.	3 PC IRRE		IVF	15PC	

(3 AMP IN D5W[7] 500 ML IVF RUN 20 MGTT/MIN)

醫師：R3 陳○○／VS 莊○○

Order Renew[8]

Admit to the service of Dr.莊○○

Vital Sign: on ward routine

On fetal monitor and check FHB (Bid & prn)

On Full Diet

On IVF (D5W / D5S 500c.c. run 100c.c./hr)

PERINEAL CARE (qd & prn)

Bed rest

類別	藥品名稱	劑量	用法	飯前後	途徑	數量	流速
EXTN	Ritodrine HCl	10 mg/ml, 5 ml/amp inj.	3 PC QD		IVF	7 天	

(3 AMP[9] IN D5W 500 ML IVF run 20 MGTT/MIN)

醫師：R3 陳○○／VS 莊○○

重點字彙

(1) **threatened abortion**　先兆性流產

(2) **fetal monitor**　胎兒監測器

(3) **FHB：fetal heart beat**　胎兒心跳

(4) **perineal care**　[ˌpɛrəˋnɪəl kɛr]　會陰照護

(5) **urine catheterization**　[ˋjurɪn ˌkæθətərɪˋzeʃən]　導尿

(6) **Ritodrine HCl**　β接受器促進劑，預防早產及流產

(7) **D5W：Dextrose 5% water**　點滴中含 5%右旋糖

(8) **order renew**　醫囑更新

(9) **AMP：ampule**　安瓿

（四）小兒科

範例

醫囑單 (ORDER SHEET)

姓名：高〇〇　性別：〇　年齡：〇　病房：〇　病床：〇　病歷號：〇〇〇

Admission Order

日期：〇年〇月〇日

Admit to the service of Dr.徐〇〇

Diagnosis(1): (<u>young infant fever</u>[1])

Diet as tolerated

Vital Sign: (TPR qid, BP stat)

IVF (D5S1/4, run 20 c.c./hr)

<u>Fever Routine</u>[2] (if BT>38.5: <u>ice pillow</u>[3], >39: <u>Voren</u>[4] 0.5 supp q6h prn, >39.5: <u>warm water bath</u>[5])

Lab & Exam: (CBC/DC, CRP, BUN, CR, B/C, U/A, U/C done at-ER).

類別	藥品名稱	劑量	用法	飯前後	途徑	數量	流速
NEW	Acetaminophen syrup[6]	24 mg/ml, 60 ml/pc	3 ML Q6H	PC	PO	7 天	
	Diclofenac sodium (PRN, Q6H)	12.5 mg/supp	0.5 TB Q6H		SUPP	3 天	
	Cefazolin sodium	500 mg/vial	150 MG Q6H		IV	7 天	
	Gentamicin sulfate[7]	80 mg/2ml/vial	12 MG Q8H		IVF	7 天	
	Lactobacillus casei	250 mg/cap	0.5 PC BID	PC	PO	7 天	

醫師：R2 李○○／VS 徐○○

日期：○年○月○日

類別	藥品名稱	劑量	用法	飯前後	途徑	數量	流速
DC-D	Cefazolin sodium	500 mg/vial	150 MG Q6H		IV	7 天	
NEW	Augmentin inj	(Amoxicillin[8] 500 mg+Clavc acid 100 mg)/vial	100 MG Q6H		IVF	7 天	

(PENICILLIN SKIN TEST[9] (　　　)*照會感控醫師審核用藥之適當性）

醫師：R2 李○○／VS 徐○○

MBD Order

Return to OPD for follow-up of Dr.徐○○ (on 7/4 night)

開立診斷書

剩藥帶回

Medication

類別	藥品名稱	劑量	用法	飯前後	途徑	數量	流速
NEWD	Acetaminophen syrup (prn q6h if fever)	24 mg/ml, 60 ml/pc	3 ML PRN	PC	PO	3 天	
NEWD	Lactobacillus casei	250 mg/cap	0.5 PC BID	PC	PO	3 天	
	Augmentin syrup	(Amoxycillin 25 mg+Clate 6.25 mg/ml)	3 ML QID	PC	PO	3 天	

醫師：R2 李○○／VS 徐○○

重點字彙

(1) **young infant fever** [jʌŋ ˋɪnfənt ˋfivə] 幼兒發燒

(2) **fever routine** 發燒常規

(3) **ice pillow** [aɪs ˋpɪlo] 冰枕

(4) **Voren** 藥物 Diclofenac sodium 之商品名,用於鎮痛退燒

(5) **warm water bath** [wɔrm ˋwɔtə bæθ] 溫水拭浴

(6) **Acetaminophen syrup** 藥物名,乙醯氨酚,鎮痛解熱劑

(7) **Gentamicin sulfate** 藥物名,aminoglycoside 類之抗生素

(8) **Amoxicillin** 氨基青黴素類抗生素,治療葡萄球菌、鏈球菌及肺炎雙球菌等感染

(9) **Penicillin skin test** 盤尼西林/青黴素皮膚測試,檢視病人是否對此類藥物過敏

(五) 精神科

範例

醫囑單 (ORDER SHEET)

姓名:王○○　性別:○　年齡:○　病房:○　病床:○　病歷號:○○○

Admission Order

日期:○年○月○日

On the service of Dr.周○○

Diagnosis: Bipolar disorder

Vital Sign: on ward routine

Diet: regular

(Behavior therapy[1].)

(Delay HS drugs to 21:30)

SPECIAL DRUG THERAPY (DAY)

PSYCHOTHERAPEUTIC INTERVIEW[2] (QW1-5, except holidays).

檢驗項目		檢體別
LI level	CM	B

類別	藥品名稱	劑量	用法	飯前後	途徑	數量	流速
REN	Biperiden[3]	2 mg/tab(pc)	1 PC BID	PC	PO	7 天	
	（於 TODAY NOON 補服 9 AM DRUG.）						
REN	Lithium carbonate[4]	300 mg/tab	1 PC BIH[5]	PC	PO	7 天	
REN	Loxapine	25 mg/cap	2 PC BIHS	PC	PO	7 天	
REN	Diphenhydramine HCl	50 mg/cap(pc)*	2 PC HS	PC	PO	7 天	
REN	Risperidone	1 mg/tab	1 PC CM	PC	PO	7 天	
REN	Risperidone	3 mg/tab	1 PC HS	PC	PO	7 天	
REN	Flurazepam hcl[5]	30 mg/cap (S-IV)*	1 PC HS	PC	PO	7 天	

醫師：R3 吳○○／VS 周○○

MBD Order

日期：○年○月○日

May be Discharge (f/u at Dr. 蔡○○'s OPD in Taipei on 8/6)

PSYCHOPHYSIOLOGICAL FUNCTION EXAMINATION[6]

類別	藥品名稱	劑量	用法	飯前後	途徑	數量	流速
NEWD	Risperidone	3 mg/tab	1 PC CM HS	PC	PO	5 天	
NEWD	Sodium valproate(s.r)	500 mg/fc tab	1 PC HS	PC	PO	5 天	
NEWD	Diphenhydr-amine HCl	50 mg/cap(pc)*	1 PC HS	PC	PO	5 天	
NEWD	Estazolam[7]	2 mg/tab (S-IV)	1 PC HS	PC	PO	5 天	
NEWD	Lithium carbonate (1# CM & 1.5# HS.)	300 mg/tab	2.5 PC IRRE	PC	PO	5 天	
NEWD	Biperiden	2 mg/tab(pc)	1 PC CM HS	PC	PO	5 天	

醫師：R3 吳○○／VS 周○○

重點字彙

(1) **behavior therapy**　行為治療

(2) **psychotherapeutic interview**　[ˌsaɪkoˌθɛrəˋpjutɪk ˋɪntəˌvju]　精神療法會談

(3) **Biperiden**　Antidyskinetic　類之抗運動困難用藥，治療預防精神科藥物造成之錐體外神經運動(EPS)或帕金森氏症

(4) **Lithium carbonate**　鋰鹽，治療躁鬱症

(5) **Flurazepam hcl**　長效性 Benzodiazepine，治療失眠

(6) **psychophysiological function examination**　[ˌsaɪkofɪzɪəˋlɑdʒɪkl̩ ˋfʌŋkʃən ɪgˌzæməˋneʃən]　精神生理功能測驗

(7) **Estasolam**　中效性 Benzodiazepine，治療失眠

📃 病程紀錄

（一）內 科

範例

病程記錄 (PROGRESSION NOTE)

....

姓名：葉○○　性別：○　年齡：○歲　病床：○床　病歷號：○○○

日期：○年○月○日

S:　1. Fever and <u>chills</u>[1]

　　2. Right foot swelling and local heat improved

O: T: 36°C , P: 60/min, R: 18/min, BP: 150/93 mmHg

General Appearance[2]**:**

Consciousness: clear

GCS: $E_4V_5M_6$

Dehydration: (－)

Edematous: (－)

HEENT:

Sclera (Icterus): (－)

Conjunctiva (pale): (－)

Chest:

Breath pattern: regular

Breathing sound: clear

Palpation: smooth

Regular heart beat

Abdomen:

Tactile[3]: soft and flat

Normoactive bowel sound

Shifting dullness

Extremities[4]:

Pitting edema: (－)

Free movement[5]: (＋)

Swelling and erythema[6] over right foot with local heat[7] and tenderness[8]

○月○日 **Lab Data:**

WBC：6.1 k/mm^3

SEGMENTS：62%

LYMPHOCYTES：29%

MONOCYTES：7%

EOSINOPHILS：2%

A: Right foot cellulitis[9]

P: 1.Keep Oxacillin[10] 2 g IVF q6h treatment

　　2.Analgesics[11] and bed rest.

R2 林○○／VS 李○○

重點字彙

(1) **chills** 寒冷

(2) **general appearance** [ˋʤɛnərəl əˋpɪrəns] 整體外觀

(3) **tactile** [ˋtæktɪl] 觸覺

(4) **extremities** 四肢

(5) **free movement** 自由活動

(6) **erythema** [ˏɛrəˋθimə] 皮膚發紅

(7) **local heat** [ˋlokḷ hit] 局部發熱

(8) **tenderness** [ˋtɛndənɪs] 壓痛

(9) **cellulitis** 蜂窩性組織炎

(10) **Oxacillin** 盤尼西林類抗生素，可治療葡萄球菌、鏈球菌等

(11) **analgesics** [ˏænælˋʤiziks] 止痛藥

（二）外 科

範例

病程記錄 (PROGRESSION NOTE)

姓名：王○○　性別：○　年齡：○歲　病床：○床　病歷號：○○○

BRIEF OP NOTE

日期：○年○月○日

Pre-OP Dx[1]: Anal abscess.

Post-OP Dx[2]: Anal abscess.

OP Method[3]:

1. Fistulotomy[4].

2. Incision & drainage (I&D).

OP Finding[5] & Procedure:

1. High anal abscess over posterior wall of anal canal.

2. Drainage of 20c.c. pus[6].

R3 李〇〇／VS 林〇〇

POST OP NOTE

日期：〇年〇月〇日

S: Wound pain. no fever.

O: General appearance: T: 36.5℃, P: 80 bpm, RR:16 tpm, BP: 120/80 mmHg.

    Cons.: clear.

    Conj.: not pale.

    Sclera: not icteric.

    Neck: supple.

    Chest: symmetric[7] expansion.

    Abdomen: soft.

    Operation wound: clean, blood oozing[8] （－）, redness （－）, swelling （－）, tenderness （＋）.

    Extremities: no pitting edema.

A: Anal abscess s/p anal fistulotomy and I&D of abscess.

P: 1. Wound care.

    2. Analgesics.

R3 李〇〇／VS.林〇〇

日期：〇年〇月〇日

S: Mild wound pain. No other specific complaint.

O: T: 36.7°C , P: 82/min, R: 16/min, BP: 120/88 mmHg.

    Cons.: clear.

    Conj.: not pale.

    Sclera: not icteric.

    Neck: supple.

    Chest: symmetric.

    Abdomen: soft.

Wound: clean, blood oozing (−), redness (−), swelling (−), tenderness (−).

Extremities: no pitting edema.

A: Anal abscess s/p anal fistulotomy and I&D of abscess.

P: 1. May be discharge today and OPD F/U on W4.

2. Keep analgesics.

R3 李○○／VS 林○○

重點字彙

(1) **Pre-OP Dx.：preoperative diagnosis** 術前診斷

(2) **Post-Op Dx.：postoperative diagnosis** 術後診斷

(3) **OP method：operation method** 手術名稱

(4) **fistulotomy** [ˌfɪstjuˋlɑtəmɪ] 瘻管切開術

(5) **OP finding：operation finding** 術中發現

(6) **pus** 膿

(7) **symmetric** 對稱

(8) **oozing** [uzɪŋ] 滲出

（三）婦產科

範例

病程記錄 (PROGRESSION NOTE)

姓名：謝○○　性別：○　年齡：○歲　病床：○床　病歷號：○○○

PRE-OP NOTE

日期：○年○月○日

Preoperative diagnosis: R/O[1] right ovarian cystadenoma.

OP indication: progressive abdominal pain for two weeks.

OP method: Laparotomy.

Brief History[2]:

1. 25 y/o female, G0P0, LMP: 106/01/18, denied any systemic diseases.

2. Regular MC: Dysmenorrhea (＋) Menorrhea (－).

3. Intermittent right lower abdominal pain for 4 to 5 months.

4. CT of abdomen revealed : A cystic lesion in right <u>adnexal area</u>[3] with <u>septation</u>[4], but no prominent soft tissue, size: 10 cm.

5. Vaginal sonography : thickened endometrium, 1.97 cm, and a <u>heterogenous</u>[5] right adnexal cyst, 9.6 × 7.7 cm.

EKG finding: normal sinus rhythm.

CXR finding: No definite active lung lesion. Normal heart size.

○月○日 Lab Data（血液）:

WBC (1000/uL): 4.6, PT (sec): 9.6, APTT (sec): 27.4, RBC (million/uL): 4.64, Nor.plasma mean (sec): 28.8, Hemoglobin (g/dL): 12.9, INR: 0.9, Hematocrit (%): 0.9, Hematocrit (%): 40.6, MCV (fL): 87.5, MCH (pg/Cell): 27.8, MCHC (g/dL): 31.8, RDW (%): 13.8, Platelets (1000/uL): 241, Segments (%): 49.6, Lymphocytes (%): 39.9, Monocytes (%): 5.9, Eosinophils (%): 3.9, Basophils (%): 0.7.

R2 陳○○／VS 周○○

OP-NOTE

日期：○年○月○日

Anesthesia: <u>General</u>[6].

OP Method: Laparotomy.

OP Finding:

Uterus: grossly normal.

Right ovarian mass with multiple lobules, about 10×6×5 cm, smooth surface.

Right tuber: grossly normal.

Left tube: grossly normal.

Left ovary with corpus luteum.

Appendix: grossly normal.

<u>frozen section</u>[7] → <u>mucinous cystadenoma</u>[8].

Bleeding Amount: minimal.

Patient Status: stable.

Operator: Dr.周○○

R2 陳○○／VS 周○○

POST-OP NOTE

日期：○年○月○日

S: no fever, mild nausea, moderate wound pain, tolerable.

O: T: 36.4°C , P: 70/min, R: 17/min, BP: 110/70 mmHg, vital signs: stable,

  I/O[9] (18 hrs): IVF 2250 mL/ output 2350 mL → −100 mL.

General appearance:

Conscious: clear.

Appearance: fair.

Appetite: good.

Chest:

Breathing sound: clear.

Breathing pattern: smooth.

Heart sound: regular heart beat without murmur.

Abdomen: mild distended, bowel sound: normoactive.

Wound condition: oozing (−), discharge (−).

Extremities: free movement.

Voiding[10]: on Foley cath, clear urine.

Flatus[11]: (+) this morning.

Stool passage: (−)

○月○日 **Lab Data**（血液）:

WBC (1000/uL): 8.3, RBC(million/uL): 4.18, Hemoglobin(g/dL): 11.8,

Hematocrit(%): 36.6, MCV(fL): 87.6, MCH(pg/Cell): 28.2, MCHC(g/dL): 32.2,

RDW(%): 13.4, Platelets(1000/uL): 229, Segments(%): 70.6,

Lymphocytes(%): 20.6, Monocytes(%): 8.2, Eosinophils(%): 0.4, Basophils(%): 0.2.

A:

1. Right ovarian mucinous cystadenoma, s/p right salpingo-oophorectomy[12] →right

  ovarian mass with multiple lobules, 10×6×5cm, smooth surface

  →frozen section result: mucinous cystadenoma

  →flatus: (+) and try diet on 08/30

  →keep wound care.

2. Endometrium thickness r/o endometrial hyperplasia.

P:

1. Wound care.

2. Adequate pain control.

3. Antibiotics[13] with Metronidazole and Gentamicin.

R2 陳○○／VS 周○○

重點字彙

(1) **R/O：rule out**　可能是；疑似

(2) **brief history**　[brif `hɪstərɪ]　病史概要

(3) **adnexal area**　[æd`nɛksəl `ɛrɪə]　（子宮）附件部位

(4) **septation**　[sɛp`teʃən]　分隔

(5) **heterogenous**　[ˌhɛtə`rɑʤənəs]　不同質；不均勻

(6) **general**　全身（麻醉）

(7) **frozen section**　[`frozən `sɛkʃən]　冷凍切片

(8) **mucinous cystadenoma**　[`mjusɪnəs ˌsɪstædɪ`nomə]　囊腺瘤

(9) **I/O：input and output**　攝入及排出之液體量

(10) **voiding**　排泄；小便

(11) **flatus**　腹氣

(12) **salpingo-oophorectomy**　[sælˌpɪŋgəˌoafə`rɛktəmɪ]　輸卵管卵巢切除術

(13) **antibiotics**　抗生素

（四）小兒科

範例

病程記錄 (PROGRESSION NOTE)

....

姓名：沈○○　性別：○　年齡：○歲　病床：○床　病歷號：○○○

日期：○年○月○日

S: Diarrhea for over 8 times in this morning. No nausea. No vomiting.

　Cough with sputum. No fever noted.

O: General appearance: ill-looking. T: 36.5°C , PR: 120/min, BP: 100/80 mmHg.

Activity: fair.

<u>**Respiratory distress**</u>[1]: subcostal retraction: （－）, nasal flaring: （－）, suprasternal retraction: （－）.

HEENT:

Head: grossly normal.

<u>Fontanel</u>[2]: anterior 2*2 fb, posterior fontanel, 0*0 fb, buldging （－）, communicating （－）, sunken （－）.

Conjunctiva: not anemic.

Sclera: not icteric.

Lip: pink.

High arch palate: （－）.

<u>Cleft palate</u>[3]/lip: （－）.

Low set ear: （－）.

Molding: （－）.

Chest:

<u>Funnel</u>[4]/pigeon chest: （－）.

Breathing sound: coarse, decrease/wheeze/crackles （－）.

Heart: regular heart beat without murmurs.

Abdomen: soft and distended , mass: （－）, liver/spleen: not palpable, bowel sounds : normoactive.

<u>Cord</u>[5]: no mass.

Extremities: freely movable, pitting edema （－）, cyanosis （－）,

Skin: rash（−）, <u>petechiae</u>[6]（−）, hyper/hypopigmentation:（−）ecchymosis over bilateral gluteal area and thigh.

<u>**Muscle tone**</u>[7]: fair.

<u>Grasp reflex</u>[8]/<u>moro reflex</u>[9]/<u>Babinski's sign</u>[10]:（＋）.

<u>External genitalia</u>[11]: normal male external genitalia.

A:

1. <u>Acute gastroenteritis</u>[12] with <u>dehydration</u>[13].

2. acute bronchitis r/o pneumonia.

P:

1. Keep iv hydration and <u>nutritional support.</u>[14]

2. Empiric antibiotics.

3. Keep closely observe the vital signs.

R2 許○○／VS 林○○

日期：○年○月○日

S:

1. Fever subsided.

2. Cough and <u>rhinorrhea</u>[15] subsided.

3. Activity and appetite: increased.

4. No vomiting and diarrhea.

O: T: 36.1°C , P: 100/min, R: 24/min.

General appearance: easy looking.

Respiratory distress: subcostal retraction:（−）, nasal flaring:（−）, suprasternal retraction:（−）.

HEENT:

Head: grossly normal.

Fontanelle: anterior 2*2 fb, posterior fontanel, 0*0 fb, bulging[16]（＋）, communicating （−）, sunken（−）.

Conjunctiva: not anemic.

Sclera: not icteric.

Lip: pink.

High arch palate:（−）.

Cleft palate/lip:（−）.

Low set ear: (－).

Molding: (－).

Chest:

Funnel/pigeon chest: (－).

Breathing sound: mild coarse, decrease/wheeze/crackles (－).

Heart: regular heart beats without murmurs.

Abdomen: soft and mild distended , mass: (－), liver/spleen: not palpable, bowel sounds : normoactive.

Skin: no rash.

A: Bronchopneumonia, in <u>remission</u>[17].

P:

1. Keep symptomatic treatment and oral <u>antibiotics</u>[18].

2. General condition stable, may be discharge this afternoon and OPD follow up on next W1.

R2 許○○／VS 林○○

重點字彙

(1) **respiratory distress**　呼吸窘迫

(2) **fontanel**　[ˌfɑntəˋnɛl]　囟門

(3) **cleft palate**　[klɛft ˋpælɪt]　裂腭

(4) **funnel (chest)**　[ˋfʌnəl tʃɛst]　漏斗（胸）

(5) **cord**　[kɔrd]　索

(6) **petechiae**　瘀斑

(7) **muscle tone**　[ˋmʌsḷ ton]　肌肉張力

(8) **grasp reflex**　抓握反射

(9) **moro reflex**　驚嚇反射

(10) **Babinski's sign**　[bəˋbɪnskiz saɪn]　巴賓斯基徵象（反射）

(11) **external genitalia**　[ɪkˋstən̩l ˌdʒɛnəˋtelɪə]　外陰部

(12) **acute gastroenteritis**　急性腸胃炎

(13) **dehydration**　脫水

(14) **nutritional support** 營養補給

(15) **rhinorrhea** 流鼻水

(16) **bulging** [bʌldʒɪŋ] 膨出，鼓起

(17) **remission** [rɪˋmɪʃən] 緩解，恢復

(18) **oral antibiotics** 口服抗生素

（五）精神科

範例

病程記錄 (PROGRESSION NOTE)

姓名：林○○　性別：○　年齡：○歲　病床：○床　病歷號：○○○

日期：○年○月○日

S: headache, fair sleep last night, well interaction[1] with other patients.

O: T: 36°C, P: 76/min, R: 17/min, BP: 110/70 mmHg.

MSE

Attitude[2]: cooperative.

Attention: focus and sustained.

Affect: elated[3].

Mood: elated.

Speech: irrelevant[4].

Thought: racing thought（＋）, mild grandiose[5].

Perception[6]: auditory hallucination: denied, visual hallucination: denied.

Drive: fair sleep and appetite.

A: schizophrenia.

P:

1. Keep current treatment with antipsychotic agent.

2. Follow up depakine level[7] next week.

3. Consider titration depakine.

R3 李○○／VS 陳○○

日期：○年○月○日

S: sleep well last night, denied auditory hallucination.

O: T: 36.5°C, P: 84/min, R: 18/min, BP: 120/80 mmHg.

MSE

Attitude: cooperative.

Attention: distractibility[8].

Affect: labile[9.]

Mood: elated, euphoric[10].

Perception: auditory hallucinations（－）visual hallucination（－）.

Drive: fair sleep , appetite: fair, insight: partial.

Drug compliance: fair.

A: schizophrenia.

P: Keep adjust sedative agent[11] due to poor sleep.

R3 李○○／VS 陳○○

重點字彙

(1) **interaction** [ˌɪntəˈækʃən] （與人）互動

(2) **attitude** [ˈætətjud] 態度

(3) **elated** [ɪˈletɪd] 得意洋洋，興高采烈的

(4) **irrelevant** [ɪˈrɛləvənt] 不恰當，無關聯的

(5) **mild grandiose** 輕微的誇大妄想

(6) **perception** [pəˈsɛpʃən] 知覺

(7) **depakine level** Depakine 為抗癲癇藥物，即 Valproate，此指該藥物的血中濃度

(8) **distractibility** [dɪsˌtræktəˈbɪlətɪ] 分心，注意力散漫

(9) **labile** [ˈlebaɪl] 易變的

(10) **euphoric** [juˈforɪk] 欣快的

(11) **sedative agent** [ˈsɛdətɪv ˈedʒənt] 鎮靜劑

四 會診單

（一）急診照會骨科

範例

會診單 (CONSULTATION SHEET)

姓名：蔡○○ 病歷號碼：○○○ 床號：○○○ 性別：男 出生日期：○年○月○日

會診地點：急診治療一區　　　　　　　　　☐ELECTIVE[3]
Request[1] Dept 外傷科骨科組 Dr. 林○○ Consultation　☑EMERGENCY
Clinical Summary[2]：　　　　　　　　　　☐able to visit OPD[4]
　　　　　　　　　　　　　　　　　　　　☐unable to visit OPD

19 y/o male with Left[5th] toe frx. For OP. Thanks.

KINDLY REQUEST YOUR
☐RECOMMENDATION[5]
☐DIAGNOSIS　　　　　　　　　　　Referred Dept ER （急診）
☑TREATMENT　　　　　　　　　　　Intern
☐TRANSFER, PRN　　　　　　　　　Resident R3 周○○
☐DISCUSSION[6]　　　　　　　　　　Attending VS 許○○
☐OTHERS

會診回覆單 (CONSULTATION SHEET)

Consultant's Note

Dear doctor:

This 19-year-old man suffered from motorcycle accident this morning. Multiple abrasion[7] wound and left foot lateral side[8] painful swelling.

Physical examination:

Left foot: Local tenderness & swelling, no open wound.

Distal perfusion[9]: normal.

Plain film:

Left foot: 5th toe <u>proximal phalanges fracture</u>[10].

Impression: 1. Left 5th toe proximal phalanges fracture.

2. Multiple abrasions.

Suggestion: 1. <u>Surgical intervention</u>[11] is suggested, but patient <u>hesitate</u>[12].

2. On <u>short leg splint</u>[13].

3. Analgesics.

4. Ice packing.

Return to Orthopedics OPD Next W1 上午

VS 林〇〇／R3 李〇〇

重點字彙

(1) **request** 請求，要求

(2) **clinical summary** [ˋklɪnɪkl ˋsʌmərɪ] 臨床摘要

(3) **elective** [ɪˋlɛktɪv] 選擇性的

(4) **able to visit OPD** 可至門診

(5) **recommendation** [ˌrɛkəmɛnˋdeʃən] 勸告

(6) **discussion** 討論

(7) **abrasion** 擦傷

(8) **lateral side** [ˋlætərəl saɪd] 側面

(9) **perfusion** （血液）灌流，正常則應無血管損傷

(10) **proximal phalanges fracture** 近端趾骨骨折

(11) **surgical intervention** 手術治療

(12) **hesitate** [ˋhɛzəˌtet] 不願意，猶豫

(13) **short leg splint** 短腿石膏夾板

（二）急診照會精神科

範例

會診單 (CONSULTATION SHEET)

姓名：林〇〇 病歷號碼：〇〇〇 床號：〇〇〇 性別：男 出生日期：〇年〇月〇日

會診地點：急診治療一區
Request Dept 精神科 Dr. <u>吳〇〇</u> Consultation
Clinical Summary :

☐ELECTIVE
☑EMERGENCY
☐able to visit OPD
☐unable to visit OPD

32 y/o male, schizophrenia with <u>hallucination</u>[1]. For admission. Thank you!
KINDLY REQUEST YOUR
☐RECOMMENDATION
☐DIAGNOSIS
☑TREATMENT
☑TRANSFER, PRN
☐DISCUSSION
☐OTHERS

Referred Dept <u>ER</u> （急診）
Intern
Resident <u>R3 王〇〇</u>
Attending <u>VS 林〇〇</u>

會診回覆單 (CONSULTATION SHEET)

Consultant's Note

This 32 y/o male is a patient of schizophrenia with the initial presentation of <u>social withdrawal</u>[2], impaired <u>socio-occupational function</u>[3], auditory hallucination, silly smile and self-talking which were noted about 9+ years ago. He had interrupted the <u>anti-psychotic agent</u>[4] since this month. Now he is suffering from auditory hallucination, social withdrwal, <u>mutism</u>[5].

consciousness: clear
appearance: <u>sloppy</u>[6]
attention: inattention
attitude: distant
affect: <u>blunted</u>[7]

mood: <u>euthymia</u>[8]

speech: <u>taciturn</u>[9]

behavior: isolated

thought: <u>autistic</u>[10]

perception: auditory hallucination

drive: poor appetite, sleep defer

Impression: schizophrenia, <u>acute exacerbation</u>[11]

Plane: admission to　（病床號）, on Dr.吳○○'s service

　　　if <u>agitation</u>[12], prescribe <u>Ativan</u>[13] 2 mg im st.

VS 吳○○／R3 謝○○

重點字彙

(1) **hallucination**　幻覺

(2) **social withdraw**　脫離社會

(3) **socio-occupational function**　[ˌsosɪoˌɑkjəˈpeʃənḷ ˈfʌŋkʃən]　社會職業功能

(4) **anti-psychotic agent**　[ˈæntɪ saɪˈkɑtɪk ˈedʒənt]　抗精神病藥物

(5) **mutism**　不言症

(6) **sloppy**　[ˈslɑpɪ]　懶散的

(7) **blunted**　[blʌntɪd]　情感遲鈍

(8) **euthymia**　[juˈθaɪmɪə]　愉快

(9) **taciturn**　[ˈtæsəˌtɚn]　沉默寡言

(10) **autistic**　[ɔˈtɪstɪk]　孤僻的

(11) **acute exacerbation**　[əˈkjut ɪgˌzæsəˈbeʃən]　急性發作

(12) **agitation**　[ˌædʒəˈteʃən]　躁動不安

(13) **Ativan**　短效性 Benzodiazepines，可治療焦慮

五 常見放射診斷檢查

（一）腹部核磁共振攝影

範例

MRI of Abdomen

姓名：魏○○　性別：○　年齡：○　科別：胃腸肝膽科　開單醫師：黃○○

＜檢查目的及病程摘要＞

日期：○年○月○日

　　History of alcoholic liver cirrhosis[(1)], echo showed a 3 cm tumor at S5 but CT scan: negative, f/u echo on ○年○月○日 showed two 4 cm and 3 cm tumors in S5, MRI for correlation.

＜報告內容＞

　　MRI of liver for a patient with suspicion of liver tumor found by sonography is done with T1, T2 pulse sequences scanning with multiplanes, using in-out phase chemical shift sequences and triphasic study without & with IV Gadolinium shows:

1. Undulated surface of liver, no ascites, borderline splenomegaly[(2)] with Evs[(3)], GVs and gastrorenal shunts. C/W[(4)] cirrhosis of liver with portal hypertension.

2. Diffuse inhomogeneous signal intensity of liver and signal decreased on the out-phase images, suggestive of fatty metamorphosis[(5)].

3. Two mass lesions at S5 around the gallbladder fossa, appear bright on T1-WI and post fat suppression. Focal sparing of fat infiltration[(6)] is considered.

4. No hypervascular tumor is seen in the arterial phase images. Diffuse tiny hypointense nodules seen scattered in the liver. Regenerative nodules are considered.

5. The portal and hepatic venous system remained patent. No biliary tree dilatation is found.

6. Edematous change of gallbladder wall. No gallstone is seen.

7. No remarkable finding[(7)] in the pancreas and both kidneys.

416

8. No enlarged lymph node can be found in the upper abdomen.

9. Mild fibrosis[8] in RLL[9].

IMP[10]: cirrhosis of liver and portal hypertension[11]. No identifiable HCC[12]. Diffuse regenerative nodules are seen. Focal sparing of fatty metamorphosis at S5 around gallbladder fossa is noted.

重點字彙

(1) **alcoholic liver cirrhosis**　[ˌælkə`hɔlɪk `lɪvɚ sɪ`rosɪs]　酒精性肝硬化

(2) **splenomegaly**　脾腫大

(3) **Evs：esophageal varices**　食道靜脈曲張

(4) **C/W：compatabile with**　符合…

(5) **fatty metamorphosis**　[`fætɪˌmɛtə`mɔrfəsɪs]　脂肪變性

(6) **fat infiltration**　[fæt ˌɪnfɪl`treʃən]　脂肪浸潤

(7) **remarkable finding**　顯著（有意義）之發現

(8) **fibrosis**　纖維化

(9) **RLL：right lower lobe**　右下葉

(10) **IMP：impression**　診斷（印象）

(11) **portal hypertension**　[`pɔrtl̩ ˌhaɪpɚ`tɛnʃən]　肝門高壓

(12) **HCC：hepatocellular carcinoma**　[ˌhɛpətə`sɛljulɚ ˌkɑrsɪ`nomə]　肝細胞癌

（二）泌尿道核磁共振攝影

範例

MRU

....

姓名：歐〇〇　性別：〇　年齡：〇　科別：泌尿科　開單醫師：陳〇〇

＜檢查目的及病程摘要＞

日期：〇年〇月〇日

　　Renal collecting system <u>malignancy</u>[1].

A: Right middle ureter mass r/o polyp or tumor; left atrophic kidney.

P: <u>Magnetic Resonance Urography (MRU)</u>[2].

＜報告內容＞

　　Abdomen MRI and MR urography of 4-7 mm images were obtained with axial T1WI, T2WI, coronal T2WI , HASTE images and fat.-sat. images of axial & coronal images with Gd-DTPA <u>enhancement</u>[3] for a patient with clinical history of R/O right middle ureteral tumor. They show:

1. A soft tissue mass in the right proximal ureter of lowcr L4 level is noted. Right ureteral tumor, probably <u>TCC</u>[4] is most likely.

2. S/P right PCN insertion in the right renal pelvicalyceal system.

3. Swelling of the right kidney with multiple <u>wedge shaped</u>[5] <u>hypointense</u>[6] areas, and thick wall of the right renal pelvis and proximal ureter, compatible with <u>acute pyelonephritis</u>[7].

4. Small size of the left kidney with thinning of the renal parenchyma and poor function is noted.

5. No definite <u>bony metastasis</u>[8] in the scanned filed of this MRI study.

6. No definite para-aortic <u>lymphadenopathy</u>[9].

IMP: right ureteral tumor at low L4 level, probably TCC with resultant right <u>obstructive uropathy</u>[10] and right pyelonephritis.

重點字彙

(1) **malignancy** ［məˋlɪgnənsɪ］ 惡性（腫瘤）

(2) **MRU：Magnetic Resonance Urography** 核磁共振泌尿道攝影

(3) **enhancement** ［ɪnˋhænsmənt］ 顯影

(4) **TCC：transitional cell carcinoma** ［trænˋzɪʃən] sɛl ˏkarsɪˋnomə］ 過渡細胞癌

(5) **wedge shaped** ［ˋwɛdʒ ˏʃept］ 楔狀

(6) **hypointense** 低（訊號）強度

(7) **acute pyelonephritis (APN)** 急性腎盂腎炎

(8) **bony metastasis** ［ˋbonɪ məˋtæstəsɪs］ 骨頭轉移

(9) **paraortic lymphadenopathy** ［ˏpærɛˋɔrtɪk ˏlɪmˏfædɪˋnapəθɪ］ 主動脈旁淋巴病變

(10) **obstructive uropathy** ［əbˋstrʌktɪv juˋrapəθɪ］ 閉塞性尿路病變

（三）胸腹部及骨盆腔電腦斷層攝影

範例

CT of Chest, Abdomen and Pelvis

姓名：謝○○　性別：○　年齡：○　科別：胸腔外科　開單醫師：許○○

＜檢查目的及病程摘要＞

Clinical Information:

Severe abdominal pain and chest pain, R/O <u>aortic dissection</u>[1].

＜報告內容＞

Emergent chest, abdomen and pelvis CT with/ without contrast medium shows:

1. No image evidence of aortic dissection of thoraco-abdominal region.

2. Consolidation of RUL-apical and posterior segments as pneumonia. Small patch at right posterior basal lung. Minimal reactive right pleural effusion. Non-specific mediastinal lymph nodes, suggest follow up.

3. Heterogeneous enhancement of liver with mild dilated periportal space and <u>hepatomegaly</u>[2] and a hypervascular tumor about 0.8 mm at left lobe of liver, suggest further study.

---

4. Low density lesion at left lobe of liver, in favor of partial volume effect of subcardiac fat pad.

5. Unremarkable spleen, pancreas, both kidneys and adrenal glands.

6. No definite <u>lymphadenopathy</u>[3] at abdominal para-aortic or pelvic region.

5. 4 cm round <u>subendometrium tumor</u>[4] and out-pouch 2.7 cm subserosal tumor identified in the uterus, R/O <u>myoma</u>[5], suggest GYN echogram correlation. A $3.5 \times 6.4 \times 4.5$ cm^3 right <u>adnexa solid mass</u>[6] strongly suggestive GYN echogram for further study.

Imp:

1. No image evidence of aortic dissection.

2. <u>Pneumonia</u>[7], RUL.

3. Hepatomegaly with heterogeneous hepatic flexure and a small hypervascular tumor, suggest further study such as <u>HBV</u>[8], <u>HCV</u>[9] serum study and liver echogram.

4. Uterus and right adnexa tumors, suggest GYN echogram further study.

重點字彙

(1) **aortic dissection** 主動脈剝離

(2) **hepatomegaly** 肝腫大

(3) **lymphadenopathy** 淋巴病變

(4) **subendometrium tumor** [ˌsʌbɛndəˈmitrɪən ˈtjumə] 子宮內膜下腫瘤

(5) **myoma** [maɪˈomə] （子宮）肌瘤

(6) **adnexa solid mass** （子宮）附件圓體腫塊

(7) **pneumonia** 肺炎

(8) **HBV：hepatitis B virus** B 型肝炎

(9) **HCV：hepatitis C virus** C 型肝炎

（四）2D 心臟超音波攝影

範例

2D Echocardiography

姓名：朱○○　性別：○　年齡：○　科別：心臟內科　開單醫師：余○○

＜2D ECHOCARDIOGRAPHIC REPORT＞

日期：○年○月○日

Ao(mm) = 39 LVEDV(ml) = 133

LA(mm) = 38 LVESV(ml) = 32

IVS(mm) = 13 LV mass(gm) = 261

LVPW(mm) = 12 LVEF

LVEDD(mm) = 53 M-mode (Teichholz)= 76.2 %

LVESD(mm) = 29

1. Heart size: <u>Dilatation</u>[1] of <u>LV</u>[2], <u>Ao</u>[3]; Thickening: IVS.

2. <u>Pericardial effusion</u>[4]: None.

3. LV <u>systolic function</u>[5]: Normal, LV-wall motion: normal.

4. RV systolic function: Normal.

5. Valve lesions: <u>MV prolapse</u>[6]: None; MS: None; MR: Mild; AS: None; AR: Mild; TR: Mild; <u>Maximal pressure gradient</u>[7]= 16.2 mmHg; TS: None; PR: None; PS: None.

6. Mitral E/A= 65.3/80.7 cm/s; Dec Time= 180 ms.

7. <u>Intracardiac thrombus</u>[8]: None.

8. <u>Vegetation</u>[9]: None.

9. Congenital lesion: None.

＜CONCLUSION＞

1. Dilated Ao and LV, thickening of IVS.

2. Adequate LV & RV performance with normal wall motion.

3. Impaired LV & RV relaxation.

4. Mild <u>MR</u>[10] and <u>AR</u>[11] and <u>TR</u>[12].

重點字彙

(1) **dilatation** 擴大

(2) **LV：left ventricle** 左心室

(3) **Ao：aorta** 主動脈

(4) **pericardial effusion** [ˌpɛrəˈkardɪl ɪˈfjuʒən] 心包積水

(5) **systolic function** 收縮功能

(6) **MV prolapse：mitral valve prolapse** 二尖瓣脫垂

(7) **maximal pressure gradient** 最大壓力差

(8) **intracardiac thrombus** [ˌɪntrəˈkardɪæk ˌθrambəs] 心內血栓

(9) **vegetation** [ˌvɛdʒəˈteʃən] 贅生物，有即表示可能有心內膜炎

(10) **MR：mitral regurgitation** 僧帽瓣逆流

(11) **AR：aortic regurgitation** 主動脈逆流

(12) **TR：tricuspid regurgitation** 三尖瓣逆流

（五）乳房超音波攝影

範例

乳房超音波

姓名：楊○○ 性別：○ 年齡：○ 科別：婦產科 開單醫師：劉○○

＜報告內容＞

日期：○年○月○日

Major solid mass: 1.68×1.56×0.92 cm at 5 o'clock. 1 cm from left <u>nipple</u>[1].

Solid mass: 1.49×1.04×0.57 cm at 10 o'clock. 6 cm from left nipple.

Shape: oval. <u>Margin</u>[2]: smooth.

Internal echo: strength: strong, distribution: uniform.

Post detail: no <u>diff</u>.[3]

<u>Lateral retraction sign</u>[4]: none.

Compressibility: deformable, Int. echo: even. L/T ratio: 0.5.

Surrounding tissue: no altered.

Skin change: no change.

Distorted or Hypoechoic lesion: no. <u>Microcalcification</u>[5]: no Core needle biopsy: no.

Impression:

1. Probable <u>benign tumor</u>[6].

2. <u>Multiple lipomas</u>[7], bilateral.

3. BI-RADS 3.

Suggestion: OPD follow up 6 ms later.

重點字彙

(1) **nipple** [ˈnɪpl] 乳頭

(2) **margin** 邊緣

(3) **diff.: difference** 差異；不同處

(4) **lateral retraction sign** [ˈlætərəl rɪˈtrækʃən saɪn] （乳頭）側面回縮徵象，有則表示可能有病灶

(5) **microcalcification** [ˈmaɪkroˌkælsɪfəˈkeʃən] 微鈣化，乳房病變表徵之一

(6) **benign tumor** 良性腫塊

(7) **multiple lipomas** [ˈmʌltəpl lɪˈpomə] 多發性脂肪瘤

六 其他侵入性及專科檢查

（一）腸胃道內視鏡

範例

Endoscopy

姓名：周○○　性別：○　年齡：○　科別：腸胃內科　開單醫師：溫○○

＜檢查目的及病程摘要＞

日期：○年○月○日

Indication: UGI bleeding.

Premedications: 1. 10% <u>Xylocaine</u>[1] local spray. 2. Buscopan 1 amp. iv.

＜報告內容＞

1. Esophagus: EV, F2, Cb, Lm, RCS(+), E(－).

2. Stomach: Coffee ground substance with some blood clots retained in high body. Prominent fundal varices[2] with nipple sign was noted. Mild cardia varices was also noted. Uneven mucosa with erosions[3] over antrum[4].

3. Duodenum: Negative down to second portion including papilla.

   Hemostasis[5] was performed with Histo-acryl mixed with lipiodol injection. Total 2pc were applied to the fundal varices (one shot). The patient tolerated the procedure well and no bleeding noted post treatment. EVL[6] was not done due to recent GV bleeding.

Suggestion: Glypressin use, F/U EGD 4 weeks later.

Impression:

1. Esophageal varices, F2.

2. Fundal varices with SRH[7] s/p endoscopic injection sclerotherapy.

3. Mild cardiac varices.

4. Gastric erosions, antrum.

5. Incomplete study of stomach of high body.

重點字彙

(1) **Xylocaine** 用以局部麻醉之藥物，避免口咽敏感而過度反射

(2) **prominent fundal varices** 胃底部有豐富之靜脈曲張

(3) **erosions** [ɪˋroʒəns] 糜爛

(4) **antrum** 胃竇

(5) **hemostasis** [͵himəˋstesɪs] 止血

(6) **EVL：esophageal varices ligation** [əͺsafəˋdʒiəl ͵værɪˋsis laɪˋgeʃən] 食道靜脈曲張結紮

(7) **SRH：signs of recent hemorrhage** [saɪn ɑv ˋrisnt ˋhɛmərɪdʒ] 近期出血的徵狀

（二）診斷性支氣管鏡檢

Diagnostic Bronchoscopy

姓名：賴〇〇　性別：〇　年齡：〇　科別：胸腔內科　開單醫師：鄭〇〇

＜檢查目的及病程摘要＞

日期：〇年〇月〇日

Clinical Diagnosis: right upper lung mass, suspected malignancy.

Premedication: 2% Xylocaine local spray and inhalation.

＜報告內容＞

Bronchoscopic Diagnosis:

1. RB1 bronchial washing was performed and the specimens were submitted for TB[(1)], cytology[(2)].

2. RB1 posterior branch TBLB was done and Bosmine[(3)] 1/2 pc was sprayed to stop bleeding.

Findings and Interpretations:

This patient received bronchoscopic examination in a supine position under pulse oximetery. The scope was inserted via the right nostril under local xylocaine anesthesia. The mucosa of the pharynx appeared normal. The movement of the vocal cords[(4)] were normal and arytenoid process[(5)] showed swelling. The trachea was patent and the mucosa showed intact. The main and 2nd carina[(6)] were sharp and movable. The endobronchial mucosa appeared intact. There was no endobronchial mass[(7)] in accessible airways. Endobronchial Ultrasound Probe: Mini-probe Site 1: RB1 posterior branch. Airway wall: intact[(8)].

Peribronchial: heterogenous 12 hypo-echogenicity infiltration[(9)] with not-well defined margin.

Impression: suspected malignancy.

Procedure:

1. RB1 bronchial washing was performed and the specimens was submitted for TB, cytology.

2. RB1 posterior branch TBLB was done and Bosmin 1/2pc was sprayed to stop bleeding.

 重點字彙

(1) **TB：tubercle bacillus** 結核菌

(2) **cytology** 細胞學

(3) **Bosmine** α, β 接受器之作用藥物，使血管收縮而止血

(4) **vocal cords** [ˋvokl̩ kɔrdz] 聲帶

(5) **arytenoid process** [ˌærɪˋtɪnɔɪd ˋprɑsɛs] 杓狀軟骨突

(6) **carina** [kəˋraɪnə] （氣管）隆凸

(7) **endobronchial mass** 氣管內腫塊

(8) **intact** 完整

(9) **heterogenous 12 hypo-echogenicity infiltration** 低超音波穿透度之浸潤

（三）腦波檢查

範例

EEG

姓名：何○○　性別：○　年齡：○　科別：神經內科　開單醫師：胡○○

＜報告內容＞

日期：○年○月○日

Type of Recording: routine.

Condition: awake.

Combo: General.

EEG diagnosis: Abnormal mild, <u>intermittent diffuse</u>[1], slow waves over R, L <u>hemisphere</u>[2].

EEG description:

1. Background activities: Alpha[3] 8-9 Hz, 20-50 uV, POT; symmetry＋; reactivity_
   Beta _ Hz_ uV, _; symmetry_; reactivity_.
2. Abnormal findings: Theta 5-7 Hz, 30-40 uV, intermittent, diffuse Delta_Hz, _uV, _.
3. Hyperventilation build-up: generalized.
4. Photic D. R.: (－).

Interpretation:

Diffuse cortical dysfunction[4].

Recommendation:

Neurologic[5] check up, Metabolic[6] check up.

Further neurological investigation.

Follow up EEG.

重點字彙

(1) **intermittent diffuse**　[ˌɪntəˈmɪtn̩t dɪˈfjus]　間歇性瀰漫

(2) **hemisphere**　[ˈhɛməsˌfɪr]　大腦半球

(3) **Alpha**　阿伐波(α)，腦波的一種

(4) **diffuse cortical dysfunction**　瀰漫性大腦皮質功能失衡

(5) **neurologic**　[ˌnjurəˈlɑdʒɪk]　神經性的

(6) **metabolic**　[ˌmɛtəˈbalɪk]　代謝性的

（四）骨骼掃描

範例

Bone Scan

姓名：陳○○　性別：○　年齡：○　科別：放射腫瘤科　開單醫師：林○○

＜報告內容＞

Report:

　　The bone scan was performed 4hrs after given 20m Ci of Tc-99m MDP (i.v.). The whole body bone scan revealed multiple focal areas of increased uptake of radioactivity involving the left <u>iliac bone</u>[1] (score 4), right anterior iliac bone (score 4), bilateral S-I joint regions (score 4), right <u>acetabulum</u>[2] (score 4), and <u>nasopharyngeal roof</u>[3] (score 1).

As compared with previous study on ○年○月○日, the lesions were stationary.

Impression:

1. Multiple active bone lesions, probably malignancy with <u>bony metastasis</u>[4] (score 4).
2. Nasopharyngeal roof lesion, probably <u>post-irradiation effect</u>[5] (score 1).

Comment:

　　Score 0 = normal; Score 1 = benign lesion; Score 2 = <u>equivocal lesion</u>[6]; Score 3 = possible malignancy; Score 4 = high probability of malignancy.

重點字彙

(1) **iliac bone**　髂骨

(2) **acetabulum**　髖臼

(3) **nasopharyngeal roof**　鼻咽頂

(4) **bony metastasis**　骨頭轉移

(5) **post-irradiation effect**　[post ɹˌɹedɪˈeʃən]　（放射）照光治療後之效果

(6) **equivocal lesion**　[ɪˈkwɪvəkl̩ ˈliʒən]　模稜兩可的，不確定的損傷

（五）順行性腎盂攝影術

範例

Anterograde Pyelography

姓名：丁〇〇　性別：〇　年齡：〇　科別：泌尿科　開單醫師：江〇〇

＜檢查目的及病程摘要＞

A 70 y/o female.

Clinical Information: Right TCC s/p PCN insertion.

＜報告內容＞

1. <u>Right antegrade pyelography</u>[1] shows:

The 60% Conray was injected via right 20 Fr. PCN catheter using sterile procedure under <u>fluoroscopy</u>[2]. Marked dilatation of right <u>calyce</u>[3] with partial <u>opacification</u>[4] of renal pelvis and without opacification of the right renal ureter are suggestive of organic lesion in the renal pelvis. The <u>contrast leakage</u>[5] from the <u>nephrostomy</u>[6] wound along the PCN tract with low pressure injection.

2. Impression:

Marked dilatation of right renal calyces without opacification of ureter.

The <u>organic lesion</u>[7] in renal pelvis is highly suspected.

重點字彙

(1) **right antegrade pyelography**　[raɪt ˋæntɪgred ͵paɪəˋlɑgrəfɪ]　右側順行性腎盂攝影術

(2) **fluoroscopy**　螢光屏檢查

(3) **calyce**　（腎）盞

(4) **opacification**　[o͵pæsəfəˋkeʃən]　不透明化

(5) **contrast leakage**　顯影劑外流

(6) **nephrostomy**　腎切除

(7) **organic lesion**　[ɔrˋgænɪk ˋliʒən]　器質性病灶

（六）TACE

範例

TACE of liver

....

姓名：鍾〇〇　性別：〇　年齡：〇　科別：胃腸肝膽科　開單醫師：吳〇〇

＜檢查目的及病程摘要＞

A 66 y/o male with hepatocellular carcinoma Hx.

＜報告內容＞

Celiac artery and common hepatic artery <u>angiography</u>[1] and <u>TACE</u>[2] via right common femoral approach with RC1 catheter shows:

1. A round hypervascular mass with tumor stains in lower portion of the right lobe, the blood supply is derived from branches of <u>RHA</u>[3]. Correlating with previous angiography and <u>CTA</u>[4], consider HCC.

2. Patent portal vein.

3. After <u>cannulation</u>[5] of tumor feeders, TACE is performed with emulsion of 20 mg adriamycin and lipiodol 5 ml followed by some gelfoam cubes till flow stasis. Good uptake of the <u>embolizers</u>[6].

4. Patient tolerates this procedure well without discomfort.

Impression: Right lobe HCC (S5/6) S/P TACE.

重點字彙

(1) **angiography**　血管攝影

(2) **TACE：transcatheter arterial chemo-embolization**

　　[trænsˋkæθətə arˋtɪrɪəl ˌkiməˌɛmbəlɪˋzeʃən]　經導管動脈化學栓塞術

(3) **RHA：right hepatic artery**　右肝動脈

(4) **CTA**　電腦斷層血管攝影

(5) **cannulation**　[ˌkænjəˋleʃən]　套管插入術

(6) **embolizers**　[ˋɛmbəˌlɪzəs]　栓塞物

（七）乳房 X 光攝影術

範例

Mammography

··

姓名：郭〇〇　性別：〇　年齡：〇　科別：乳房外科　開單醫師：洪〇〇

＜報告內容＞

　　Mammography[1] of bil. breasts with screening technique (including MLO and CC view) shows:

Clinical information: cancer screen.

1. Mammographic density: type2 (1= fatty[2]; 2= homogenous fibroglandular[3]; 3= inhomogenous dense fibroglandular; 4= extremely dense[4]).

2. Mammographic lesions: No.

3. Calcification: No.

4. Symmetricity of breasts: Symmetric.

5. Skin: Grossly intact.

6. Nipple: Grossly intact.

7. Multifocal/Multicentric lesion: No.

8. LN status: Mammographic negative.

IMP: No evidence of mammographic lesion noted based on this study.

BIRADS: 1 BIRADS.

Suggestion:

　　0=inadequate evaluation, ultrasound evaluation; 1=benign; 3=suspicious[5] benign, F/U; 4=suspicious malignant (image-guided biopsy[6] suggested); 5=biopsy recommended, 6=proved breast cancer[7] (action).

重點字彙

(1) **mammography (BNHI)**　[mæˈmɑgɑrəfɪ]　乳房 X 光攝影術

(2) **fatty**　脂肪性

(3) **homogenous fibroglandular**　[hoˈmɑdʒənəs ˌfɑɪbroˈglændʒələ]　均性纖維腺化

(4) **extremely dense**　非常密集，高密度的

(5) **suspicious**　疑似

(6) **image-guided biopsy**　[ˈɪmɪdʒ gaɪdɪd ˋbaɪɑpsɪ]　影像導引活組織檢法

(7) **breast cancer**　乳癌

七 常見血液體液檢驗檢索

CBC

(1) WBC (1,000/uL)：白血球計數

(2) RBC (million/uL)：紅血球計數

(3) Hemoglobin (g/dL)：血紅素

(4) Hematocrit (%)：血比容

(5) MCV (fL)：mean corpuscular volume 的縮寫，意為「紅血球平均體積」

(6) MCH (pg/Cell)：mean corpuscular hemoglobin 的縮寫，意為「紅血球平均血紅蛋白量」

(7) MCHC (g/dL)：mean corpusular hemoglobin concentration 的縮寫，意為「紅血球血紅素平均濃度」

(8) RDW (%)：紅血球大小分布寬度

(9) Platelets (1,000/uL)：血小板

(10) Nucleated RBC (/100 WBC)：有核紅血球

(11) Meta-Myelocyte (%)：變形骨髓細胞

(12) Segments (%)：分葉（白血球）

(13) Lymphocytes (%)：淋巴球

(14) Monocytes (%)：單核白血球

(15) Eosinophils (%)：嗜伊紅性白血球

(16) Basophils (%)：嗜鹼性白血球

PT / APTT

(1) PT (sec)：prothrombin 的縮寫，意為「凝血酶原」

(2) APTT (sec)：activated partial thromboplastin time 的縮寫，意為「部分活化酶原時間」

ABG

(1) TEMP (°C)：溫度

(2) PH（−）：酸鹼度

(3) PCO_2 (mmHG)：二氧化碳分壓

(4) PO_2 (mmHG)：氧氣分壓

(5) HCO_3 (mm/L)：血漿碳酸氫鹽

(6) SAT (%)：氧氣飽和濃度

BCS+ e^-

(1) BUN (B) (mg/dL)：blood urea nitrogen 之縮寫，意為「血尿素氮」

(2) Creatinine (B) (mg/dL)：肌胺酸酐

(3) AST (GOT) (U/L)：aspartate aminotransferase 之縮寫，意為「麩草醋酸轉胺酶」

(4) ALT(GPT) (U/L)：alanine transaminase 之縮寫，意為「谷胺酸丙酮酸轉胺酶」

(5) Total Bilirubin (mg/dL)：總膽紅素

(6) Direct Bilirubin (mg/dL)：直接型膽紅素

(7) Amylase (B) (U/L)：澱粉酶

(8) Lipase (U/L)：脂肪酵素

(9) Total Protein (g/dL)：總蛋白

(10) ALB (g/dL)：albumin 之縮寫，意為「白蛋白」

(11) ALK-P (U/L)：alkaline phosphate 之縮寫，意為「鹼性磷酸鹽」

(12) γ-GT (U/L)：gamma glutamyl transpeptidase 之縮寫，意為「伽瑪麩胺醯轉移酶」，是測驗酒精性肝炎及藥物性肝炎的重要指標

(13) Sugar (AC) (mg/dL)：血糖（AC 指飯前）

(14) CRP (mg/L)：C-Reactive Protein 之縮寫，意為「C 反應蛋白」

(15) Na (meq/L)：鈉

(16) K (meq/L)：鉀

(17) Cl (meq/L)：氯

(18) Calcium (mg/dL)：鈣

(19) Mg (meq/L)：鎂

(20) Ammonia (ug/dL)：氨

(21) Uric Acid (B) (mg/dL)：尿酸

(22) Osmolarity (B) (mosm/KgH$_2$O)：滲透度（血液）

(23) Blood Ketone (－)：血酮

(24) Cortisol (ug/dL)：皮質醇

(25) LDH (U/L)：乳酸脫氫酶

(26) T-Cholesterol (mg/dL)：總膽固醇

(27) Triglyceride (mg/dL)：三酸甘油酯

(28) HbA$_{1C}$ (%)：glycated hemoglobin 之縮寫，意為「醣化血色素」

(29) CK-MB (ng/mL)：creatine kinase-MB 之縮寫，意為「肌酸磷化酶－同功酶 MB」

(30) Troponin-I (ng/mL)：心肌肌鈣蛋白

(31) Osmolarity (U) (mosm/KgH$_2$O)：滲透度（尿液）

Drug Level（藥物濃度）

(1) Dilantin (ug/mL)：內醯脲酸二苯鈉，為抗癲癇之藥物

(2) Theophylline (ug/mL)：茶葉酸，用於治療氣喘

(3) Valproic acid (ug/mL)：丙戊酸鈉，抗癲癇藥物，也可用於治療偏頭痛及精神分裂

(4) Carbamazepine (ug/mL)：抗癲癇藥物，也可用於治療三叉神經痛

(5) Amphetamine (U) (ng/mL)：安非他命（尿中濃度）

(6) Morphine/Op (U) (ng/mL)：嗎啡（尿中濃度）

(7) BENZOD (U) (ng/mL)：Benzodiazapine 類藥物，用於抗焦慮

Urine Routine

(1) Color (－)：顏色

(2) Turbidity (－)：混濁度

(3) SP. Gravity (－)：比重

(4) pH (－)：酸鹼度

(5) Leukocyte (－)：白血球細胞

(6) Nitrite (－)：亞硝酸鹽

(7) Protein (mg/dL)：蛋白質

(8) Glucose (g/dL)：糖分

(9) Ketone：酮體

(10) Urobilinogen (EU/dL)：尿膽素原

(11) Bilirubin（－）：膽紅素

(12) Blood（－）：血液

(13) Bacteria（－）：細菌

(14) RBC (/uL)：紅血球

(15) WBC (/uL)：白血球

(16) Epith-Cell (/uL)：表皮細胞

Stool Routine

(1) Form（－）：形狀

(2) Color（－）：顏色

(3) Mucus（－）：黏液

(4) Occult Blood（－）：潛血

(5) OVA (DIR)（－）：蟲卵

(6) PUS (HPF)：膿（細胞）

(7) RBC (HPF)：紅血球（細胞）

Ascites Routine

(1) Specimen（－）：樣本

(2) Appearance（－）：外觀

(3) Color（－）：顏色

(4) SP. Gravity（－）：比重

(5) Protein (Rivalta)：蛋白質

(6) WBC (uL)：白血球

(7) RBC (uL)：紅血球

(8) Neutrophils (%)：嗜中性白血球

(9) Lymphocytes (%)：淋巴球

(10) Macrophage（－）：巨噬細胞

常見藥敏培養菌種

(1) *Vibrio cholerae* non-O1：霍亂弧菌

(2) *Campylobacter*：弧形桿菌

(3) *Sal. enterica* sero group C2：嗜氧菌之一

(4) *Haemo. parainfluenzae*：嗜氧菌之一

(5) *M. chelonae* Group：*Mycobacterium chelonae* group 之縮寫，意為「分枝桿菌屬」

(6) *E. coli*-ESBL strain：多重抗藥性大腸桿菌

(7) *Enterococcus faecalis*：腸球菌

(8) *Staph. aureus*：金黃色葡萄球菌

(9) Gm(+) bacilli：革蘭氏陽性菌

血清病毒及腫瘤標記

(1) RPR (－)：測驗梅毒血清反應的方法之一

(2) TPHA (－)：*Treponema pallidum* haemagglutination 之縮寫，意為「梅毒螺旋體血球凝集反應」

(3) ANA (－)：抗核抗體

(4) HCV Ab (0.20 /1.0/A)：C 型肝炎抗體

(5) EBVCA-IgA (－)：血清 EB 病毒抗原 IgA

(6) EBV EA+NA IgA (EU/mL)：EB 病毒早期抗原與核抗原 IgA

(7) CA19-9 (U/mL)：carbohydrate antigen 19-9 之縮寫，意為「醣鏈抗原 19-9」，為一與胰腺癌、膽囊癌和胃癌相關的腫瘤標誌物

(8) CEA (ng/mL)：carcinoembryonic antigen 之縮寫，意為「癌胚抗原」（指此抗原於血中濃度）

(9) CA-125 (U/mL)：CA-125 腫瘤標誌，用於診斷卵巢腫瘤及轉移性卵巢癌

(10) C3 (mg/dL)：C3 補體

(11) C4 (mg/dL)：C4 補體

(12) A- DSDNA (IU/mL)：抗雙鏈 DNA 測定

(13) AFP (ng/mL)：α 胎兒蛋白，肝癌指數之一

(14) HIV 1+2 Ab (－)：人類免疫不全病毒第 1 及第 2 型抗體

CSF 檢驗項目

(1) Appearance (－)：外觀

(2) Color (－)：顏色

(3) Protein (mg/dL)：蛋白質

(4) WBC (uL)：白血球

(5) RBC (uL)：紅血球

(6) Neutrophils (%)：嗜中性白血球

(7) Lymphocytes (%)：淋巴球

(8) Monocytes (%)：單核球

(9) Gram Stain (－)：革蘭氏染色

(10) Acid Fast B. (CSF) (OPF)：快速酸桿菌

(11) India Ink (HPF)：墨汁染色法

(12) Sugar (CSF) (mg/dL)：糖分

(13) TP (CSF) (mg/dL)：total protein 的縮寫，意為總蛋白

(14) Lactate (CSF) (mg/dL)：乳酸

5-3 其他護理表單

—— Medical Sheets for Nurses

 一 手術護理記錄單

範例

姓名	許○○	（病歷號）		性別		年齡	○○	來源		巡迴護士	刷手護士
到達等候室時間	年/月/日/時/分	床位號		○○○			住院日	年/月/日		N3 林○○	N2 陳○○
進入手術室時間	年/月/日/時/分	麻醉方式		全身麻醉							

失血量	850 ml	電極板部位	右大腿後方

手術診斷	L4-L5-S1 Spondylolytic spondylolisthesis[1]
手術說明	(1) Posterior instrumentation and posterolateral fusion with RF-II, L4-S1, (2) Laminectomy[2], L3 lower 1/3, L4, L5 upper 1 Discectomy, L4-L5, (4) Tnans-Foraminal Interbody fusion with Cages, L4-L5, (5) Right iliac bone graft[3] and Osteoset

手術姿勢	俯位		導尿	導尿管留置		已核對病患資料及手圈資料及手術部位正確
				14Fr. 2Way Rubber Foley		

手術部位	脊椎	腰椎	4-5					

傷口關閉查核	傷口數	查核項目內容		數量	正確與否	異常處理方式		巡迴護士	刷手護士
	1	器械			核對正確			N3 林○○	N2 陳○○
		12"*12"腹部墊		10					
		刀片 10#		1					
		刀片 15#		2					
		刀片 20#		1					
		阻力線紗布		10					
		縫針		4					

驅血帶	壓力		部位	開始時間	結束時間	用血量	血液種類	數量		備註
	0	mmHg	無	無	無		PLASMA	2	u	
							RBC	4	u	

代用植入物	類別項目	植入物品名稱	規格	部位
	其他	Interpore	5cc*1pc	Lumbar
	骨釘	A18　Cage	Cage 4 度 12mm*2pc	L4-5
	骨釘	27　RF (A.S.T)	Rod 70mm*2pc, Screw 6.25/45mm*2pc,6.5/50mm*4pc, Block*6pc, Nut*6pc	L4-S1

用　藥	藥物名稱	途徑／劑量	時間
	Cefamazine 0.5g	IV push	年/月/日/時/分
	N/S[4] 500ml+Cefamezine0.5g	irrigation prn	

引流管	引流管名稱	部位
	Hemo Vac 1/8"	Lumbar

傷口敷料	名稱	病人動態	病房
	普通紗布		
		送出手術室時間	年/月/日/時/分

壓迫物	項目名稱	交班事項	1.chart*份,old chart* 1 份
	無		2.pre-op skin:完整
			3.post-op skin:完整
			4.By order 補備 FFP 6U
檢體	項目名稱	數量	5.BT[5] P-RBC 2U+FFP[6]2U at POR
	普通病理	1	
前期記錄	項目名稱		
	自我介紹 核對病患、手術方式及手術部位正確（於等候室接病患時及準備麻醉前） 術前評估及手術前護理完成（同意書、檢查檢驗） 提供保暖及隱私維護 術前皮膚完整性及身體評估		

438

姓名	許○○	（病歷號）		性別		年齡	○○		來源			巡迴護士	刷手護士
到達等候室時間	年／月／日／時／分		床位號		○○○			住院日	年／月／日			N3 林○○	N2 陳○○
進入手術室時間	年／月／日／時／分		麻醉方式		全身麻醉								
失血量	850 ml		電極板部位		右大腿後方								

手術診斷	L4-L5-S1 Spondylolytic spondylolisthesis
手術說明	(1) Posterior instrumentation and posterolateral fusion with RF-II, L4-S1, (2) Laminectomy, L3 lower 1/3, L4, L5 upper 1 Discectomy, L4-L5, (4) Tnans-Foraminal Interbody fusion with Cages, L4-L5, (5) Right iliac bone graft and Osteoset

手術姿勢	俯位			導尿	導尿管留置		
					14Fr. 2Way Rubber Foley		

手術部位	脊椎		腰椎		4-5	

		病人動態	病房
		送出手術室時間	年／月／日／時／分

中期記錄	項目名稱
	再次確認病患、手術方式及手術部位正確（於消毒準備前及正式劃刀前）
	提供安全之手術擺位及預防皮膚破損介入措施
	提供無菌技術操作及無菌區域維護
	正確計數手術敷料及器材
	維持輸入、出體液平衡（含輸血）
	維護術中儀器設備使用安全
	協助醫師執行植入物處置
	正確執行給藥處置
	正確執行標本處置

後期記錄	項目名稱
	術後皮膚完整性及全身體評估
	維持呼吸道及靜脈輸液通暢
	提供保暖及隱私維護
	傷口及引流管照護
	術後標本確認
	維護病患轉運安全

重點字彙

(1) **L4-L5-S1 spondyloisthesis** [ˌspɑndɪləˈlɪsθəsɪs] 第四與五腰椎及第五腰椎與第一薦椎之脊椎滑脫症

(2) **laminectomy** [ˌlæmɪˈnɛktəmɪ] 椎板切除術

(3) **right iliac bone graft** [raɪt ˈɪlɪæk bon græft] 右髂骨移植法

(4) **N/S：normal saline** 生理食鹽水

(5) **BT：blood transfusion** 輸血

(6) **FFP：fresh frozen plasma** 新鮮冷凍血漿

🗨 二 恢復室記錄單

範例

一式二聯…①恢復室→病歷室（夾入病歷）

OR NO.										年　月　日

姓名		病歷號碼			床號		□男　□女	年齡	

Operative Procedure			surgeon:		Time	Nursing Note			Body Temp[2].
Anesthesia[1]			Anesthesiologist:			P't 由 OR 入 IV			

I and O		OR	PAR		Total				
In-Put	I.　　V.								
	Blood								
	Others								
Out-Put	Urine		Urine						
	Blood loss[3]		Surgical Dressing						
			Hemovac						
	Others		T-Tube[4]						
			Others						

E.K.G. □　　S.M □	Time	Medication Sig.		
A.R.T. □　　O₂ M □				
C.V.P.[5] □　　Others □				

Ventilator[6] □　　Hood □		
T-Piece mask[7] □　　Others □		

N/G Tube □

Cast □

Traction □　　　　Kg

Others □　　　　　　　IV 餘

PAR score			MINUTE				Code:	Systolic[8] ∨ Pulse　　•
		Arrival		15　30　45				Diastolic[9] ∧ Respiration。Pre-OP　BP

Activity						230
move 4 Ext.	2					220
move 2 Ext.	1					210
move 0 Ext.	0					200
Breathing						190
Deep breath, cough	2					180
Dyspnea	1					170
Apneic[10]						160
Circulation						150
BP ± 20% Pre An. level	2					140
20-50% Pre An. level	1					130
> 50% Pre An. level	0					120
Consciousness						110
Fully awake	2					100
Arousable on calling[11]	1					90
Not responding[12]	0					80
Color						70
Pink	2					60
Pale, dusty, jaundiced	1					50
Cyanotic[13]	0					40
						30
Total						20
						10

COMA SCALE[14]　Arrival		Discharge	P't Arrival Discharge Nurse
			Time　　　　signature:

重點字彙

(1) **anesthesia** [ˌænəsˈθiʒɪə] 麻醉（法）

(2) **body temp.：body temperature** 體溫

(3) **blood loss** 失血量

(4) **T-tube** T 型管

(5) **CVP：central venous pressure** 中心靜脈壓

(6) **ventilator** 呼吸器

(7) **mask** （氧氣）面罩

(8) **systolic** [sɪsˈtɑlɪk] 收縮期的

(9) **diastolic** [ˌdaɪəsˈtɑlɪk] 舒張期的

(10) **apneic** 呼吸停止

(11) **arousable on calling** 可喚醒的

(12) **not responding** 無反應

(13) **cyanotic** 發紺的

(14) **coma scale** 昏迷指數

牛刀小試 EXERCISES

應用題

住院通知單

○年○月○日　　　　　　　　住院號碼＿＿＿＿＿＿

※請於接到本單當日，至「住院櫃台」辦理登記，以安排住院事宜

姓名	李○○	病歷號碼	○○○○○	性別		出生日期	○年○月○日

科別　(科別號)一般內科　[ ]門診　[✓]急診　[ ]自費　[ ]健保　[✓]應補卡

部份負擔
[✓]0 部份負擔　[ ]1 重大傷病　[ ]2 分娩　[ ]3 低收入戶
[ ]4 榮民　[ ]5 結核病　[ ]6 勞保職業傷害、職業病

給付類別
[ ]1 職業傷害　[ ]2 職業病　[ ]3 普通傷害　[✓]4 普通疾病
[ ]5 產前檢查　[ ]6 自然生產　[ ]7 剖腹生產

診斷

論病例計酬 □是＿＿ □否	同一疾病十四日再入院 □是 □否	疑似院外感染 □是（請填感染報告）	等級

MALIGNANT NEOPLASM OF HYPOPHAR-WNX

診斷代碼 1XXX　意外傷害代碼 □□□　汽車交通事故 □ 是 □

預定住院日期　第一順位 101 年○月○日　第二順位　年 月 日

住院地點　[✓]台中

護送方式　□救護車 □醫師 □護士 □家屬

預定檢查治療日期
□開刀　年 月 日
□震波碎石　年 月 日
□心導管　年 月 日
□

病房配置
[ ]普通隔離　[ ]加護　[ ]O₂
[ ]保護隔離　[ ]SUCTION　[ ]呼吸器

主治醫師　（醫師編號，姓名）

Admission Preliminary Order

心電圖
☑1 EKG RESTING

X 光檢查
□2 CHEST PA VIEW
3□ CHEST LATERAL
□4 PLAIN ABD.
5□ K.C.B.
□6 L-SPINE

血液檢驗
□7 CBC(含 PLATELET 等 8 項)
8□ HCT(HGB)
□9 RETICULOCYTE
10□ PLATELET
□11 ESR
12☑ WBC DC
□13 BLEEDING TIME
14□ CLOTTING TIME
☑15 PROTHROMBIN TIME
16□ APTT

生化檢驗
□17 SMA 12/60 12 項
18□ A/G
☑19 BUN
20□ TRICLYCERIDE
☑21 SUGAR
22□ SMA 12/60+SUGAR
□23 CA
24□ P
□25 NA
26□ K
□27 CL
28□ GOT
□29 GPT
30□ ALK-P
□31 BILIRUBIN T
32□ BILIRUBIN D
□33 LDH

尿液、糞便檢驗
☑34 URINE ROUTINE
35□ STOOL ROUTINE
□56 其他說明：＿＿＿＿
REMARK：＿＿＿＿

血清免疫檢驗
□36 VDRL
37□ ASLO
□38 CRP
39□ BLOOD TYPING
□40 HBSAG
41□ ANA
□42 CEA-EIA
57□ AFP
□58 CA-125
59□ CA-153

生化荷爾蒙檢驗
□60 T4
61□ T3
□62 TSH
63□ LH
□64 FSH
65□ EESTRADIOL(E2)
□66 PROGESTERONE
67□ BETA-HCG

核子醫學檢查
□43 T4
44□ T3
□45 TSH
46□ LH
□47 FSH
48□ ESTRIOL(E3)
□49 PROGESIERONE
50□ BETA-HCG
□51 AFP
52☑ CEA
□53 CA-125
68□ ESTRADIOL(E2)
□69 CA-153
70□ HBsAg

飲食
□54 SOFT DIET
55☑ FULL DIET

※登記前，以下→請自行填

病床號碼		實際住院日期	年 月 日 上/下 午 時	經辦人	

1.預定病房（請以 1.2.3.標示優先順序）□單床□雙床□總床（3-5 床）2.欲僱請護工□全日□半日
3.您同意他人（含親屬）查詢您的床位資料嗎？□同意□不同意（未勾選者，視爲同意）

4.住院人地址		住院人電話	( )

5.連絡親友	姓名		關係	住院人之	親友電話	( )

1. 病人的診斷為何（中英文）？

2. 病人入院時做了哪些血液及生化檢驗（中英文）？

3. "Full Diet"是指病人住院時採什麼樣的飲食型態？

4. 請寫出核子醫學檢驗中"CEA"項目的完整中英文。

英譯題

請參考下列表單內容寫出中文翻譯：（縮寫題目需另寫出英文全文）

1. 護理治療卡：

生命徵象測量時間	攝入排出測量時間	飲食類別	靜脈點滴給予法
Vital Sign[1]: q2h×2 → q4h×2 →ward routine[2] (qd)		Diet as tolerated[3]	1/5~1/8 20 號 ic D51/4S (D0.225S) 500 ml ivf 80 ml/hr to CM 1/6 on iv lock
引流管類別及測量時間	呼吸治療方法	活動方式	
1/5 record H-V q8h[4] & prn			

其　　他	治　療　項　目
體重：　　頭圍：　　腹圍：	1/6 wound care with Aq-BI[5] qd

手術日期	○○月○○日	手術名稱	ORIF[6]			
醫師	＿＿＿／ Dr. 周○○	診斷	Right distal radial fracture[7]			
入院日期	○○月○○日	轉床日期	○○月○○日	血型 ○	過敏記錄	PCT（－）
姓名	王○○	病歷號碼	○○○○○	床號 ○○○○○	■男　□女	○○歲

檢查項目	準備及執行依據	檢查項目	準備及執行依據
CBC / DC	1/4	CXR[8]	1/4
Bun. Cr.	1/4	Wrist A-P	1/4, 1/5
Sugar	1/5	Wrist Lateral	1/4, 1/5
PT. APTT	1/5		

(1) Vital Sign：

(2) ward routine：

(3) tolerated：

(4) D51/4S (D0.225S)：

(5) Aq-BI：

(6) ORIF：

(7) Right distal radial fracture：

(8) CXR：

2. 給藥記錄單：

藥品說明	用法、用量	本　日給藥量	時間	給藥時間及說明											
				1	2	3	4	5	6	7	8	9	10	11	12
Dipyridamole 75 mg/tab（自備藥）	1pc tid[1]		PM			✓									
	PO AC[2]		AM							✓				✓	
	首日量：0pc	尚存：	備註												
Trazodone 50 mg/tab （自備藥）	1pc HS[3]		PM									✓			
	PO PC		AM												
	首日量：0pc		備註												
Acetaminoophen[4] 500 mg/ tab	1pc qid[5]		PM	✓				✓				✓			
	PO PC		AM									✓			
	首日量：8pc	尚存：	備註												
Diazepam[6] 2 mg/tab （自備藥）	1pc qd[7]		PM												
	PO PC		AM									✓			
	首日量：0pc	尚存：	備註												

藥師	謝○○	給藥護士	中班 N2 黃○○	給藥護士	夜班 N3 蔡○○	給藥護士	早班 N1 余○○	批價員	

(1) tid：

(2) AC：

(3) HS：

(4) Acetaminophen：

(5) qid：

(6) Diazepam：

(7) qd：

解 答 ANSWER

應用題

1. malignant neoplasm of hypopharynx，下咽部惡性腫瘤。

2. 血液檢查：CBC+DC（完全血球計數+分類計數），PT（凝血酶原時間），生化：SMA（血清內物質分析）12 項+Sugar（血糖）。

3. 全飲食，不限。

4. CEA: carcinoembryonic antigen，癌胚抗原。

英譯題

1. 護理治療卡：
   (1) Vital Sign：生命徵象，指呼吸、心跳、體溫及血壓。
   (2) ward routine：病房例行之規範。
   (3) tolerated：可容忍之（飲食）。
   (4) q8h：qh 為每小時，q8h 即為「每 8 小時一次」之意。
   (5) Aq-BI：aqua β-iodine，水溶性優碘。
   (6) ORIF：open reduction and internal fixation，切開復位及內固定。
   (7) Right distal radial fracture：右側遠端橈骨骨折。
   (8) CXR：chest X-ray，胸部 X 光。

2. 給藥記錄單：
   (1) tid：three times a day，一日三次（早上 9 點、下午 1 點、下午 6 點）。
   (2) AC：ante cibum，飯前。
   (3) HS：at bed time，睡前。
   (4) Acetaminophen：鎮痛，解熱劑。
   (5) qid：quarter in diem，一日四次（早上 9 點，下午 1 點，下午 5 點及晚上 9 點）。
   (6) Diazepam：長效性之 Benzodiazepine，可治療焦慮及失眠。
   (7) qd：every day，每日一次，早上 9 點。

MEMO

06 如何閱讀醫護英文期刊
How to Read a Journal

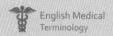

English Medical Terminology

6-1 閱讀原則 (Basic Principles)

6-2 文章導讀 (Guided Sample Reading)

6-1 閱讀原則

—— *Basic Principles*

對於醫護文獻的閱讀，一般同學時常有錯誤的認知；一般想法就是：如果能通篇讀完一篇論文，就可以完全吸收該篇論文的精要，但是我們仍然碰到許多同學，在反覆閱讀一篇文獻之後，竟然事倍功半，還是摸不著論文的重點和其中所處理的重要議題，所以，以過來人的經驗，在此做出了如何閱讀文獻的介紹，希望同學能夠在我們的指引之下，事半功倍地瞭解每篇論文最精華的部分，或對該論文在該領域雖尚嫌不足，但日後可以繼續發展的理論及應用方向有所認識。

大致上，一般論文可以分為以下段落所列的幾個部分，包括：標題、作者、摘要、前言、文獻回顧、研究方法、結果與討論、結論、致謝、參考文獻。以下我們將一一詳細介紹各部分的特性，以及同學在閱讀文獻時，應該要注意的事項。

一 標 題 (Title)

標題是每一篇醫護文獻最引人注目的地方，通常標題部分就已經點明了該篇論文所要處理的主旨。通常是用一個句子或一組名詞呈現該篇論文的簡要精髓，讓人一目瞭然；所以在日後同學若是遇到需要論文寫作的場合，為你的論文取一個切題又易記的標題，是相當重要的。

二 作者群 (Authors)

基本上，每一個領域的作者排序，或是作者數目都不太一樣。一般來說，在醫學或是理工領域的論文，作者的數目都比較多，但是相對來說，人文或是社會科學領域的論文，一般來說作者數目都比較少。作者的排序方式上，放在論文最前面的，稱為第一作者(first author)。第一作者通常是對該篇論文的具體貢獻最大者，也是執筆者。之後依序為第二、第三作者等，但最後時常會特別標明一個通訊作者(corresponding author)，並且附上他的電話、傳真、地址和電子郵件地址等；通訊作者通常是該研究的主要策劃者、主持人或者說成該研究的靈魂人物，所以通訊作者的貢獻可能是不亞於第一作者的。當讀者在閱讀該篇論文後，感覺相當有興趣，想要向作者群索取其他相關論文，或是對論文有疑問，需要請教作者或交換意見討論時，就應該和該論文的通訊作者聯絡。

1. **作者群背景簡介(Background)**：論文中作者的學經歷簡介，會以較內文小一些的字體，與通訊作者或申請轉載許可的主作者聯絡方式，一同放置在文章第一頁的最下方，讓讀者可以瞭解該篇論文作者（群）的臨床專業領域為何。除了證明該文章的臨床應用價值之外，也能引導出讀者閱讀該作者（群）專業領域上其他篇相關文獻的興趣。

2. **轉載許可(Reprint requests)**：除了第一小節提及的"通訊作者"(corresponding author)之外，因對著作權及智慧財產權的重視，外文的文獻也很常見所謂"reprint requests"的聯絡資料—即表示讀者若需重印、再版或轉載該文章的任何內容，可向哪位作者聯絡以獲取「轉載許可」之資料。

三 摘 要 (Abstract)

一篇論文的摘要，是以相當簡短的方式呈現，各期刊在投稿時，幾乎都會限制字數；一般來說是以 A4 一面以內的篇幅，概要介紹該篇論文的內容及貢獻。摘要是對該論文最精華的介紹，如果讀者無法詳細閱讀每一個論文的細節部分的話，閱讀摘要會是一個很快速能夠吸收論文重點的方法；而同學在搜尋相關期刊時最常使用的「關鍵字(Key Word)」，通常也就放在文章摘要的正下方，不僅便利於閱讀者對相關文獻的精確搜尋，也讓人更容易快速抓住該文章的範圍與方向。

四 前 言 (Introduction)

一篇論文的前言，通常都是在介紹此研究的背景、動機、重要性與目的；包括為什麼要做此研究、此研究所承襲的大致理論架構（並非文獻回顧）、此論文在理論發展或實際應用方面的重要性與目的等。

五 文獻回顧 (Literature Review)

在文獻回顧的部分，一篇論文會在此尋找自己的學術定位，換句話說，文獻回顧其實就是詳細的介紹前人對於此領域的相關研究，並且明確的點出此領域尚缺少的研究項目，或許之前的研究重點和本篇論文是側重於不同的面向，也或者之前的研究忽略了某些重要的部分或細節。因此引出該論文的研究目的與研究價值，即在這個地方作出回顧及適當的歸納整理與批判，是一篇論文尋找自身立足點的方式。

六 方 法 (Methods)

對於介紹應用層面的論文,研究方法是相當重要的,在這個部分,作者必須詳細的介紹該篇論文所採用的研究方法以及研究設計、統計方法等,並且說明這樣的研究方法會帶給該論文什麼樣的好處:包括可能可以呈現出前人研究所忽略的地方、或是可以更詳細的探索某些有趣的現象。如此一來,若是在學術領域的其他人閱讀了該篇論文,並想要作出類似的研究,才有一個可以參照的實做方法。這個部分,看似簡單,但是卻是一般同學在閱讀文獻的時候最容易忽略的地方,錯誤或不恰當的研究方法,可能會導出不同的數據及結論,並且危及該文的可信度,所以一篇論文的研究方法,是我們在閱讀的時候應該要好好注意的地方。

七 結 果 (Result)

結果部分是依據該文的研究方法,所得到的結果和數據,經適當的統計分析後,多半以圖或表的形式將數據結果表現出來,並呈現出數據間的差異,突顯數據在理論或應用層面的重要性,而利於在後續討論中點明這樣的研究結果會對該領域的發展帶來什麼影響等。

八 討 論 (Discussion)

討論部分是將研究結果相關的重要議題進行嚴謹的科學整合分析,並將該研究結果、發現做結論(有些雜誌「結論」會放在「討論」後獨立一個段落,有些則一併寫在討論中)。一篇論文的結論,時常也是最重點的地方,其主要精神是以該研究結果推出作者的一套解說學理,而此學理多半能利用先前的介紹與各家相關學理及證據,加以強化其可信度及在科學研究上的最新發現。最後結語則常點出後續研究方向,時常可以在結語部分看到一篇論文對於該領域研究的處理方式,以及作者所認定這個處理方式所帶來的研究限制。而一篇論文所提出的後續研究方向,可提供各科學家之未來研究方向,甚至引導到臨床的應用。

九 致 謝 (Acknowledgement)

在學術倫理方面,致謝是相當重要的,但是這方面卻是在閱讀文獻的時候常常沒有被注意到的。論文寫作,不論是期末報告,或是有機會投稿期刊,若該篇論文受到了什麼樣的技術性或是經濟方面的資助，或者是某某人給了你一些意見，都應該在論文的致謝部分表達出來。

✚ 參考文獻 (References)

　　一般同學在閱讀論文的時候，時常忽略了引用文獻的重要性。引用文獻不單單是只有介紹一篇文章所引用的文獻而已。在初拿到一篇論文時，也可以以瀏覽的方式，稍微看看這篇論文到底使用了哪些文獻，進行的研究方向和理論導向是屬於哪一個學派。這樣的閱讀技巧對於一個入門或是已經到了一定層級的研究者來說，皆是相當必要的。且如果這篇論文在某些你所感興趣的地方，或是在敘述不夠清楚的地方，引用了某些文獻，那麼我們便可以按圖索驥，繼續找這些引用到的文獻，自己去閱讀原典，以釐清該篇論文中所沒有詳述，或是自己所感興趣的研究課題。

　　醫護期刊的參考文獻及文章中的引用，常以 American Psychological Association（美國心理學會）公告之參考文獻列法—APA Form 為標準格式（目前已修訂至第六版）；針對中文及英文之期刊、書籍、未發表之博碩士論文、研討會講義以及網路文章等的引用上，都有相當詳細的格式規定。

6-2　文章導讀

— *Guided Sample Reading*

 文獻原文

Detetction of bcr-abl gene expression at a low level in blood cells of some patients with essential thrombocythemia

HUI-CHI HSU, LIN-YA TAN, LO-CHUN AU, YUAN-MING LEE, CHIEN-HUI
（徐會棋）

LIEU, WEN-HUI TSAI, JIE-YU YOU, MING-DER LIU, and CHI-KUAN HO
　　（蔡玟蕙）　　　　　　　　（劉明德）

TAIPEI and TAICHUNG, TAIWAN

The major bcr-abl fusion gene[1] is seen as a major marker of chronic myeloid leukemia (CML)[2]. However, whether the bcr-abl transcript[3] can be detected in patients with essential thrombocythemia (ET)[4] is still a matter of controversy. We detected the messenger RNA[5] expression of the bcr-abl gene using reverse transcription-polymerase chain reaction[6] in peripheral-blood leukocytes (PBLs)[7] from 63 patients with myeloproliferative disorders[8] (including CML, ET, and polycythemia vera (PV)[9]) and 51normal, healthy volunteers. The bcr-abl transcript was detected in 4 of the 30 ET patients (13.3%), 17 of the 17 CML patients (100%), none of the 16 PV patients (0%), and 1 of the 51 normal subjects (1.9%). Compared with the normal controls, ET patients have a greater tendency to express the bcr-abl transcript in PBLs (P=.06, Fisher's exact test). Further semiquantitative analysis[10] showed that the intensity of bcr-abl transcript expression in 4 ET patients and a normal individual was 103 to 104 times less than that in the CML patients. We conclude that the bcr-abl transcript can be detected in the PBLs of Philadelphia chromosome (Ph)[11]-negative ET patients but that the level of expression is markedly less than that in CML patients. The clinical significance of this finding merits further investigation. (J Lab Clin Med 2004; 143:125-9)

Abbreviations: cDNA = complementary DNA; CML = chronic myelogenous leukemia; ET = essential thrombocythemia; mRNA = messenger RNA; MPD = myeloproliferative disorder[12]; N-PCR = nested polymerase chain reaction[13]; Ph =

Philadelphia (chromosome); PV = polycythemia vera; RT = reverse transcription; PCR = polymerase chain reaction

Background: From the Division of Hematology, Department of Medicine, the Department of Research and Education, and the Division of Clinical Virology. Department of Laboratory Medicine and Pathology. Taipei Veterans General Hospital; the Department of Medical Technology. Chungtai Institute of Health Sciences and Technology; the School of Nursing, Hung-Kuang University; and the school of Medicine and the School of Medical Techonology and Biomedical Engineering. National Yang-Ming University.

Supported by grant NSC 90-2314-B-075-074 from the National Science Council of the Republic of China and a grant from Taipei Veterans General Hospital.

Submitted for publication October 6, 2003; revision submitted October 15, 2003; accepted October 22, 2003.

Reprint requests: Hui-Chi Hsu. MD. Division of Hematology, Department of Medicine, Taipei Veterans General Hospital. Shih-Pai., Taipei, Taiwan 11217; e-mail: hchsu@vghtpe.gov.tw.

Chronic MPD is characterized by panmyelosis[14] splenomegaly[15], and a predisposition[16] to venous/ arterial thrombosis[17], myelofibrosis[18], and acute leukemia[19]. Subtypes of MPD include CML, PV, ET, and idiopathic myelofibrosis[20]; the clinical and morphological features[21] of these diseases frequently overlap. Significant variations in diagnostic approach to MPD patients-by region, practice type[22], specialty, and clinical experience-are evident. Patients are frequently found to have clinical characteristics of MPD, but it is difficult to categorize these patients into a particular diagnostic category[23]. The Polycythemia Vera Study Group has been organized to identify the optimal approach to the diagnosis of PV and ET.

The Polycythemia Vera Study Group criteria[24] for the diagnosis of ET include the absence of the Ph chromosome, which results from the reciprocal translocation[25] between the long arms of chromosomes 9 and 22[26], t(9;22)(q34;q11). This translocation disrupts the normal ABL and BCR genes in chromosomes 9 and 22, respectively, giving rise to a chimeric BCR-ABL transcript mRNA[27] encoding a fusion p210-kD protein with transforming ability[28]. It has been suggested that the abnormal hybrid protein[29] is involved in the control of cell growth, probably transducing continuous proliferation signals[30] to the cells or inhibiting apoptosis[31].

The absence of the Ph chromosome mostly helps distinguish ET from CML with thrombocytosis[32]. Recently a small group of patients with the clinical picture of ET with Ph chromosome in their marrow karyotype[33] was described. These patients' clinical presentation, natural history, and grave prognosis[34] resulting from progression to blast crisis (similar to that in CML patients) justify increased efforts to diagnose disease in these patients as early as possible. However, whether BCR/ABL rearrangement[35] can be detected in Ph-negative ET patients is still a matter of controversy. Blickstein et al observed that 12 of 25 Ph-negative ET patients were BCR-ABL-positive on RT-N-PCR, which is suggestive of a new variant of ET. Unfortunately, this finding has not been confirmed in other studies. Furthermore, BCR/ABL-positive cells have been detected in a significant proportion of normal, healthy adults. We therefore conducted a study to further ascertain the expression of bcr-abl transcript in the peripheral blood of MPD patients[36], including those with ET, PV and CML, and normal subjects.

METHODS

Patients. We studied 63 MPD patients (30 patients with ET, 16 with PV, and 17 with CML), plus 51 normal subjects as the control group (Table 1). Diagnosis of ET and PV followed the criteria of the Polycythemia Vera Study Group. All MPD patients were treated with hydroxyurea, anagrelide, or both. Five CML patients were also treated with interferon-α[37]. After written informed consent had been obtained, peripheral-blood samples[38] were collected from patients and controls for further analysis.

Table 1. Laboratory data of patients with MPDs and normal controls

Parameters	ET	CML	PV	Normal subjects
No. of patients	30	17	16	51
Age (yr)*	62.2±17.3	58.2±16.0	68.2±9.9	53.9±21.5
Leukocyte count (10^9/L)	12.4±18.0	60.6±112.6	18.1±14.9	7.4±3.3
HB (g/dl)	13.0±2.6	10.8±2.0	11.0±2.5	12.0±1.8
Platelet (10^9/L)	762.9±206.2	365.1±289.5	451.0±206.8	225.1±123.0
Bcr/ abl (postive)	4/30(13.3%)	17/17(100%)	0/16(0%)	1/51(1.9%)

Except for number of patients, all data expressed as mean SD.

* No statistical difference among the 4 groups (P = .132. Kruskal-Wallis analysis of vorlonce.)

RT-N-PCR[39]. We extracted total RNA from <u>Ficoll-separated peripheral-blood</u>[40] and <u>bone-marrow mononuclear cells</u>[41] using commercially available reagents (RNAzol B; TEL-TEST, Inc, Friendswood, Tex). <u>Two-microliter aliquots</u>[42] of total RNA were <u>reverse-transcribed</u>[43] into cDNA with the use of 0.5 μL of oligo(dT) 15 primer and 1.5μL of <u>Moloney-murine leukemia virus reverse transcriptase RNase H</u>[44](Promega, San Luis Obispo, Calif) in a total volume of 21.5 μL in accordance with manufacturer recommendations. We first performed PCR amplification with a <u>sense primer</u>[45], 5'-GAATTTCAGAAGCTTCTGTGCC-3', and a <u>reverse primer</u>[46], 5'-GTTTGGGCTTCACACCATTCC-3'. The first PCR product was used as a template in a subsequent N-PCR with a sense primer, 5'-CAGATGCTGACCAACTCGTGT-3' and a reverse primer, 5'-TTCCCCATTGTGATTATAGCCTA-3'. The <u>thermal-cycling conditions</u>[47] for initial PCR and N-PCR were as follows: 95°C for 5 minutes, 95°C for 30 seconds, 62°C for 30 seconds, and 72°C for 60 seconds (20 cycles), plus a 72°C extension for 7 minutes. Each PCR reaction emplyed 300 ng of genomic DNA and 20 pmol of each primer. We performed PCR with a final volume of 50 μL of reaction mixture and carried out amplifications using a Perkin-Elmer 2,400 <u>thermocycler</u>[48] (Applied Biosystems, Foster City, Calif). Ten-microliter aliquots of the N-PCR products were then analyzed in 1.5% <u>agarose gels</u>[49] containing <u>ethidium bromide</u>[50] and photographed under UV light. PCR with <u>glyceraldehyde 3-phosphate dehydrogenase-specific primers</u>[51] was also performed on all samples as an internal standard. RNA was extracted from K562 cells as a positive control; Jurkat, U937, HL-60 cells, and water alone were included as negative controls. To confirm the specificity of the PCR product, we transferred the N-PCR products onto <u>nitrocellulose filter membranes</u>[52], which were then <u>hybridized to a phosphorus 32-end-labeled 360-base-pair oligomer probe</u>[53] internal to the bcr-abl, as previously described. Filters were washed and exposed to Kodak X-O-Mat XAR film (Eastman Kodak, Rochester, NY).

RESULTS

To examine the <u>sensitivity</u>[54] of RT-PCR, we varied the ratio of K562 cells to Jurkat cells from 1 to 1:106 (total number of cells 108 in each sample) by means of serial <u>dilution</u>[55]. We performed RT-N-PCR, which can detect bcr-abl to a 106 dilution (sensitivity 10-6), in each cell mixture.

As shown in Fig 1, the bcr-abl transcript was detected in 4 of 30 ET patients (13.3%) and 17 of 17 CML patients (100%) but in none of the 16 PV patients. It was also detected in 1 of the 51 controls. Compared with normal controls, ET patients demonstrated a greater tendency to express the bcr-abl transcript in PB cells, but this finding was not statistically significant (p= .06, Fisher's exact test). Among the positive PCR products[56], we found a rearrangerment between the third exon[57] (b3) of M-bcr and the second exon (a2) of ABL (ie, b3a2) in 14 CML patients (14 of 17, 82%), 4 ET patients (4 of 4, 100%), and 1 normal control. (1 of 1, 100%). However, rearrangement of b2a2 was only found in the CML patients (3 of 17, 18%). As shown in Table II, 4 ET patients with bcr-abl transcript had marked thrombocytosis without splenomegaly and showed no evidence of transformation to acute leukemia or MDS after serial bone-marrow studies[58] during follow-up periods lasting 1 to 7 years.

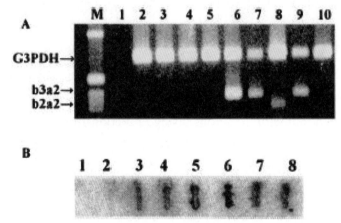

Fig 1. A, Representative RT-N-PCR products of amplification of bcr-abl mRNAs in samples from CML and ET patients and normal subjects. *Lane 1*, water (negative control); *lane 2*, Jurkat (negative control); *lane 3*, U937 (negative control); *lane 4*, HL-60 (negative control); *lane 5*, normal subject without b3a2; *lane 6*, K562 (positive control); *lane 7*, CML patient with b3a2; *lane 8*, CML patient with b2a2; *lane 9*, ET patient with b3a2; *lane10*, ET patient without b3a2 or b2a2. M _ molecular marker. B, We confirmed the specificity of RT-PCR using a slot blot with a b3a2-specific probe. *Lane 1*, water (negative control); *lane 2*, Jurkat (negative control); *lane 3*, K562 (positive control); *lanes 4 and 5*, CML patients positive for b3a2; *lanes 6-8*, ET patients positive for b3a2.

To determine the quantity of bcr-abl transcript in cDNA[59], we performed a semiquantitative analysis of bcr-abl transcript using the same amounts of cDNA from different samples, which had been subjected to serial 10-fold dilutions. CML patients (4 patients tested, data not shown) were positive for bcr-abl product after dilutions ranging from 10^3 to 10^4. However, in the ET patients and a normal control with detectable bcr-abl transcript, the bcr-abl transcript could not be detected when the cDNA was diluted, indicating that its amounts were 10^3 to 10^4 times less than those in the CML patients.

DISCUSSION

The Polycythemia Vera Study Group produced several stringent criteria for the diagnosis of ET. Absence of the Ph chromosome or bcr-abl transcript is mandatory for diagnosis and may help distinguish ET from CML. However, Stoll et al observed that fewer than 10% of patients with the clinical features of ET have the Ph chromosome, which is associated with poor prognosis. Molecular analysis of peripheral blood from our 30 ET patients showed that 4 (13%) carried the bcr-abl transcript in peripheral-blood mononuclear cells[60]. As shown in table 2, these 4 patients have typical clinical features of ET without Ph chromosome in their bone-marrow cells and have shown no evidence of transformation to AML[61] during follow-up periods ranging from 1 to 7 years. Our data are consistent with the results of 2 independent studies demonstrating bcr-abl positivities of 21% and 48%. The results of 4 studies did not favor the association of bcr-abl transcript with ET, but a lower incidence of bcr-abl positivity was found in these studies (cumulative incidence 1.5% [4 of 292]). It is unlikely that technical reasons are the cause of the discrepancy among these studies; perhaps the differences can be explained in part by the inclusion of patients who did not fulfill the strict criteria for a diagnosis of ET. We were intrigued by the finding of 1 normal individual (1.9%, 1 of 51) positive for bcr-abl transcript in our study, and we will conduct a long term follow-up of this volunteer for the development of hematopoietic disease[62]. Biernaux et al, using a highly sensitive nested RT-PCR[63] for the p210 transcript, were the first to report the detection of bcr-abl transcript in healthy individuals, and this finding has been confirmed by another laboratory. The discrepancy in the incidence of detection of bcr-abl transcripts between our study and others (1.9% vs 30.1%) is most likely a result of our study using the less sensitive RT N-PCR (10^{-6} VS 10^{-8}). These results raise the possibility that bcr-abl transcripts in ET patients are coincidental findings, just as they are in normal individuals. We assume that this is not the case because the frequency of bcr-abl transcripts in our ET patients is higher than that in normal individuals (13.3% vs 1.9%). Furthermore, 16 patients with PV were all negative for the bcr-abl transcript.

Table 2.　Clinical data of 4 ET patients and 1 normal subject with bcr-abl transcript in peripheral blood.

Diagnosis	ET 1	ET 2	ET 3	ET 4	正常
Age (yr)*	78	47	62	51	53
Sex	F	M	F	M	M
Leukocyte count (10^9/L)	14.6	9.52	7.08	11.6	7.7
HB (g/dl)	15.7	15.9	11.9	17.9	13.5
Platelet (10^9/L)	1015	1030	1161	1681	224
Splenomegaly	無	無	無	無	無
LAP score	60	54	ND	74	ND
Cytogenetics	正常	正常	正常	正常	ND
Follow-up (yr)	7	3	1	4	1
No. of RT-PCR rechecks*	3	2	3	2	2

LAP: Leukocyte alkaline phosphotase; ND: not determined

*No. of repeat RT-PCRs in the peripheral blood collected 1 to 3 months, after previous test.

Our results indicate that the 4 bcr-abl-positive ET patients probably did not have CML but represent a new variant of ET: (1) None had the Ph chromosome in bone-marrow cells, (2) all had normal leukocyte alkaline phosphotase scores[64]. (3) none had splenomegaly, and (4) none demonstrated blast transformation[65] during a median follow-up[66] of 3.5 years. In childhood and secondary leukemias[67], retro spective analysis[68] of preserved blood samples[69] has demonstrated the existence of specific translocations[70] some years before the onset of leukemia[71]. It is still unclear whether these bcr-abl-positive ET patients are at higher risk of transformation to CML or acute leukemia. Our semiquantitative analysis shows that expression of the bcr-abl transcript in the peripheral-blood cells of ET patients is 103 to 104 times less than that in CML patients, suggesting either a lower number of circulating bcr-abl-positive leukocytes or a lower intracellular concentration of bcr-abl transcript in the bcr-abl-positive ET patients than in the CML patients[72]. In the transgenic or transplanted model[73], it has been postulated, additional genetic hits are necessary for clonal growth and induction of bcr/abl-positive leukemia. Furthermore, recent findings demonstrate that the intracellular concentration of bcr/ abl can determine the proliferation rate and loss of differentiation in <u>bcr/ abl-transduced hematopoietic progenitor cells</u>[74]. However, a <u>prospective study</u>[75] of more ET patients and <u>longer follow-up</u>[76] are warranted to define better the clinical and biological characteristics of this entity of bcr-abl-positive ET patients.

REFERENCES

1. Michael BS, Brad S, Jerry LS. The diagnosis and management of polycythemia vera in the era since the Polycythemia Vera Study Group: a survey of American Society of Hematology members' practice patterns. Blood 2002;99:1144-9.

2. Belluci S, Janveir M, Tobelem G, Flandrin G, Charpak Y, Berger R, et al. Essential thrombocythemias: clinical evolutionary and biological data. Cancer 1986;58:2440-7.

3. Wasserman L. The management of polycythemia vera. Br J Hematol 1971;21:371-6.

4. Groffen J, Stephenson JR, Heisterkamp N, De Klein A, Bartram CR, Grosveld G. Philadelphia chromosomal breakpoints are clustered within a limited region, bcr, on chromosome 22. Cell 1984;36:93-9.

5. Shtivelman E, Lifshitz B, Gale RP, Canaani E. Fused transcript of abl and bcr genes in chronic myelogenous leukemia. Nature 1985;315:550-4.

6. Ben-Neriah Y, Daley GO, Mes-Masson AM, Witte ON, Baltimore D. The chronic myelogenous leukemia-specific p210 protein is the product of the bcr/abl hybrid gene. Science 1986;233:212-4.

(..ect.)

💬 重點字彙

(1) **bcr-abl fusion gene** bcr-abl 融合基因

(2) **chronic myeloid leukemia (CML)** 慢性骨髓性白血病
        [lu`kimɪə]

(3) **bcr-abl transcript** bcr-abl 轉錄

(4) **essential thrombocythemia (ET)** 特發性血小板增生症
        [͵θrambəsəθ`imɪə]

(5) **messenger RNA** 傳訊 RNA
        [`mɛsndʒə]

(6) **reverse transcription-polymerase chain reaction** 反轉錄聚合酶反應

(7) **peripheral-blood leukocytes (PBLs)** 周邊血液之白血球
        [`lukə͵saɪtʃs]

(8) **myeloproliferative disorders** 骨髓增生不良
        [͵maɪələpro`lɪfərətɪv]

(9) **polycythemia vera (PV)** 真性紅血球增多症
        [͵palɪsaɪ`θimɪə]

(10) **semiquantitative analysis** 半量化分析

(11) **Philadelphia chromosome (Ph)** Ph 染色體
        [`krom͵som]

(12) **MPD = myeloproliferative disorder** 骨髓增生症

(13) **N-PCR = nested polymerase chain reaction** 巢狀 PCR 多酶體連鎖反應
        [pɑ`lɪməres]

(14) **panmyelosis** 全部骨髓增生
        [͵pænmaɪə`losɪs]

(15) **splenomegaly** 巨脾；脾腫大；巨脾病
        [͵splinomə`gelɪ]

(16) **predisposition** 傾向

(17) **venous/ arterial thrombosis** 靜／動脈血栓

(18) **myelofibrosis** 骨髓纖維化

(19) **acute leukemia** 急性血癌

(20) **idiopathic myelofibrosis** 原發性血小板增生症
        [͵ɪdɪə`pæθɪk]

(21) **morphological features** 型態學上特徵

(22) **practice type** 診斷方式

(23) **diagnostic category** 診斷項目
[ˌdaɪəgˈnastɪk]

(24) **Group criteria** 小組標準

(25) **reciprocal translocation** 位置互換
[ˌtrænsloˈkeʃəz]

(26) **the long arms of chromosomes 9 and 22** 第 9 及 22 對染色體的長臂支

(27) **chimeric BCR-ABL transcript mRNA** BCR-ABL 結合後之轉錄傳訊 RNA

(28) **fusion p210-kD protein with transforming ability** p210-kD 蛋白質與變形能力結合

(29) **hybrid protein** 混種蛋白質

(30) **transducing continuous proliferation signals** 產生持續性增生之訊息
[prəˌlrfəˈreʃə ˈsɪgnḷs]

(31) **inhibiting apoptosis** 抑制細胞凋亡

(32) **thrombocytosis** 血小板增多症;血栓

(33) **marrow karyotype** 骨髓細胞染色體原型

(34) **grave prognosis** 預後不好
[pragˈnosɪs]

(35) **rearrangement** 重組

(36) **bcr-abl transcript in the peripheral blood of MPD patients** 骨髓增生症患者同邊血球 bcr-abl 之轉錄物

(37) **interferon-α** 干擾素 α
[ˌɪntəˈfɪərən]

(38) **peripheral-blood samples** 周邊血液標本
[ˈsæmpḷs]

(39) **RT-N-PCR** 聚合酶連鎖反應

(40) **Ficoll-separated peripheral-blood** 廠牌一分離過之周邊血液

(41) **bone-marrow mononuclear cells** 骨髓單核球細胞

(42) **two-microliter aliquots** 2 毫升分裝

(43) **reverse-transcribed** 反轉錄

(44) **moloney-murine leukemia virus reverse transcriptase RNase H**　　哺乳動物之白血病病毒反轉錄酶

(45) **sense primer**　　敏銳前導物
[`praɪmə·]

(46) **reverse primer**　　反轉前導物

(47) **thermal-cycling conditions**　　熱循環情形

(48) **thermocycler**　　熱循環器

(49) **agarose gels**　　洋菜膠

(50) **ethidium bromide**　　藥品化學名稱

(51) **glyceraldehyde 3-phosphate dehydrogenase-specific primers**　　去氧 3-磷酸甘油醛之特定前導物

(52) **nitrocellulose filter membranes**　　硝基纖維素濾紙

(53) **hybridized to a phosphorus 32-end-labeled 360-base-pair oligomer prone**　　含 360 對核酸基並標定放射性磷酸基 P32 的探針混合
[pron]

(54) **sensitivity**　　敏感性
[ˌsɛnsə`tɪvətɪ]

(55) **dilution**　　稀釋
[dɪ`luʃən]

(56) **positive PCR products**　　出現在 PCR 上之產物

(57) **exon**　　外切片斷
[`ɛksən]

(58) **serial bone-marrow studies**　　一連串骨髓研究

(59) **cDNA**　　杯狀 DNA

(60) **peripheral-blood mononuclear cells**　　周邊血液之單核細胞
[ˌmanə`njuklɪə·]

(61) **AML**　　急性骨髓白血病

(62) **hematopoietic disease**　　血液增生症

(63) **highly sensitive nested RT-PCR**　　高感度的反轉錄聚合酶鏈反應

(64) **normal leukocyte alkaline phosphotase scores**　　正常的白血球鹼化磷酸酶之數目

(65) **blast transformation**　　巨大的形態改變

(66) **median follow-up**
  [ˋfalo ʌp]
中性追蹤期

(67) **secondary leukemias**
續發性白血病

(68) **retrospective analysis**
  [ˌrɛtrəˋspɛktɪv]
回顧型分析

(69) **preserved blood samples**
保存的血液樣本

(70) **specific translocations**
  [ˌtrænsloˋkeʃəns]
特定位移

(71) **onset of leukemia**
白血病發作

(72) **lower number of circulating bcr-abl-positive leukocytes or a lower intracellular concentration of bcr-abl transcript in the bcr-abl-positive ET patients than in the CML patients**
就 bcr-abl ET 的患者而言，其循環系統中含 bcr-abl 的白血球數或含轉錄 bcr-abl 的濃度，均較慢性骨髓性白血病的患者低

(73) **transgenic or transplanted model**
基因轉移或移植的模式

(74) **bcr/ abl-transduced hematopoietic progenitor cells**
  [proˋʤɛnɪtə sɛls]
誘導血球增生之前趨細胞

(75) **prospective study**
  [prəˋspɛktɪv]
前瞻性研究

(76) **longer follow-up**
長期追蹤

 文獻中譯

（一）題 目

在特發性血小板增生病患周邊血液可偵測到 bcr-abl 微量基因表現

（二）作者群

HUI-CHI HSU, LIN-YA TAN, LO-CHUN AU, YUAN-MING LEE,
 （徐會棋）

CHIEN-HUI LIEU, WEN-HUI TSAI, JIE-YU YOU, MING-DER LIU, and CHI-KUAN HO,
  （蔡玟蕙）   （劉明德）

TAIPEI and TAICHUNG, TAIWAN（台灣台北和台中）

（三）摘 要

　　主要的 bcr-abl 融合基因被視為診斷慢性骨髓性白血病的主要指標。然而，在特發性血小板增生病患身上是否能偵測到 bcr-abl 之轉錄，仍是醫界爭論的議題。本研究群對 63 位骨髓增生不良（包括慢性骨髓性白血病、特發性血小板增生症和真性紅血球增生症）病患與 51 位健康的自願者進行 bcr-abl 基因的傳訊 RNA 表現之研究，採用周邊血液之白血球中的反轉錄聚合酶連鎖反應法。30 位特發性血小板增生病患中，有 4 位檢查出 bcr-abl 轉錄（占 13.3%）；17 位慢性骨髓性白血病病患中全部檢出有 bcr-abl 轉錄（占 100%）；PV 病患血液則無此發現(0%)；51 位健康受檢者中僅有 1 位被檢測出（占 1.9%）。與正常的受檢者相比，特發性血小板增生病患有較高傾向呈現周邊血液白血球 bcr-abl 之轉錄（*P*= 0.06，費雪正確概率檢定）。進一步的半量化分析顯示：在 4 位特發性血小板增生病患及 1 位健康受檢者血液中的 bcr-abl 轉錄表現強度為慢性骨髓性白血病病患的千分之一至萬分之一。我們因此得到一個結論，那就是在 ph 染色體一陰性特發性血小板增生病患的周邊血液白血球中，可以檢測出 bcr-abl 轉錄，但此 bcr-abl 轉錄的表現程度和慢性骨髓性白血病病患比較則顯著少許多。此發現之臨床重要性值得進一步再研究。（實驗臨床醫學雜誌 2004; 143; 125-9）

1. **縮寫(Abbreviations)**：cDNA=互補 DNA；CML=慢性骨髓性白血病；ET=特發性血小板增生症；mRNA=傳訊 RNA；MPD=骨髓增生症；N-PCR=巢狀 PCR 多酶體連鎖反應；Ph=ph 染色體；PV=真性紅血球增生症；RT=反轉錄；PCR=聚合酶連鎖反應。

2. **作者群背景簡介(Background)**：詳見 p.455 原文，於此不另行譯出。

3. **轉載許可(Reprint requests)**：詳見 p.455 原文，於此不另行譯出。

（四）引 言

　　慢性骨髓增生疾病之特徵為全部骨髓增生症、脾腫大，及靜／動脈血栓、骨髓纖維症和急性血癌的傾向。骨髓增生症的次要類型包含慢性骨髓性白血病、真性紅血球增生症、特發性血小板增生症和原發性血小板增生症；這些疾病在臨床和型態學上的特徵經常重疊。藉由部位、實務型態、專業和臨床經驗來診斷骨髓增生症患者間的顯著差異是很明顯的。病患經常被發現具備骨髓增生症的臨床特徵，但要將這些病患歸類為特定的診斷項目卻有其困難度。台灣榮總真性紅血球增生症研究小組之組織職責，賦予辨認最佳方法來診斷真性紅血球增生症和特發性血小板增生症。

（五）文獻回顧

　　榮總真性紅血球增生症研究小組對於診斷特發性血小板增生症的標準包含 Ph 染色體的缺乏，其成因為 9 及 22 對染色體的長臂之間的位置互換。此互換分別擾亂了染色體 9 與 22 此 mRNA 中的正常 abl 及 bcr 基因，並造成 bcr-abl 轉錄傳訊 RNA 形成，再轉譯成具轉型能力之 p210-kD 溶合蛋白質形成。一般認為異常的混種蛋白質涉及細胞生長的控制，可能對細胞產生持續性增生的訊息或是抑制死亡。ph 染色體缺乏通常有助於區分特發性血小板增生症與帶血栓的慢性骨髓性白血病。近來，發現有一小組病患，其特發性血小板增生症的臨床狀況顯示他們的骨髓細胞染色體原型中有 ph 染色體。這些病患的臨床呈現、自然病史和預後不好每況愈下（與慢性骨髓性白血病病患的遭遇相同），證明為了盡早診斷出這些病患身上的疾病，醫界應盡更大的努力。然而，bcr/abl 重組是否能在 ph 陰性的特發性血小板增生病患身上被檢測出來，仍舊是大家爭論的議題。Blickestein 等人利用反轉錄 N 聚合酶連鎖反應技術觀察 25 位 ph 陰性的特發性血小板增生病患發現，有 12 位是 bcr-abl 陽性，顯示出一種新的特發性血小板增生症新變異品系。不幸的是，此一發現尚未在其他研究中獲得證實。

　　而且，在相當多的正常健康成人身上已檢測出 bcr/abl 陽性細胞的存在。我們因而進行進一步研究，來確定骨髓增生症患者，包括特發性血小板增生病患、真性紅血球增生病患、慢性骨髓性白血病患及健康受檢者，其周遭血球中的 bcr-abl 轉錄物之表現。

（六）實驗材料與方法

病患

　　我們研究了 63 位骨髓增生症患者（其中 30 位患有特發性血小板增生症，16 位患真性紅血球增生症，及 17 位患慢性骨髓性白血病）；另外尚有 51 位健康受檢者作為控制組（表一）。特發性血小板增生症和真性紅血球增生症的診斷是依照榮總真性紅血球增生症研究小組的標準。所有的骨髓增生症患者皆以 hydroxyurea 或 anagrelide 加以治療，或同時接受這兩種藥物的治療。5 位慢性骨髓性白血病患者也接受了 α 干擾素的治療。取得了書面通知同意書後，則從病患和對照群身上採集周邊血液標本，進行進一步分析。

表一　骨髓增生症患者與健康對照受檢者的實驗數據

參數	ET	CML	PV	正常組
病患數	30	17	16	51
年齡	62.2±17.3	58.2±16.0	68.2±9.9	53.9±21.5
白血球數(10^9/L)	12.4±18.0	60.6±112.6	18.1±14.9	7.4±3.3
血色素(g/dL)	13.0±2.6	10.8±2.0	11.0±2.5	12.0±1.8
血小板(10^9/L)	762.9±206.2	365.1±289.5	451.0±206.8	225.1±123.0
Bcr/abl（陽性）	4/30(13.3%)	17/17(100%)	0/16(0%)	1/51(1.9%)

ET=特發性血小板增生症　　除了病患數，所有數據皆以平均數±標準差表示
CML=慢性骨髓白血病　　*這 4 組間皆無統計上的差異
PV=真性紅血球增生症

反轉錄巢狀聚合酶連鎖反應

　　我們使用商業用的試劑(RNAzol B; TEL-TEST Inc, Friendswood Tex)，從 Ficoll 廠分離過之周邊血液與骨髓單核球細胞中萃取出全 RNA。在製造商建議總共 21.5 μL 條件下，使用 0.5 μL 的 oligo(dT)15 前導物和 1.5 μL 的哺乳動物之白血病病毒反轉錄酶 RnaseH (Promega, San Luis Obispo, Calif)，將二毫升的全 RNA 反轉錄成互補 DNA。我們首先以敏銳前導物(5'-GATTTCAGAAGCTTCTGTGCC-3')及反轉前導物 (5'-GTTTGGGCTTCACACCATTCC-3')進行聚合酶連鎖反應之放大效應。第一個聚合 酶連鎖反應的產物在隨後的巢狀 PCR 多酶體連鎖反應中被當作模板，搭配一個敏銳 前 導 物　(5'CAGATGCTGACCAACTCGTGT) 與 一 個 反 轉 前 導 物 (5'- TTCCCCATTGTGATTATAGCCTA-3')。一開始的聚合酶鏈反應和巢狀 PCR 多酶體連 鎖反應的熱循環條件如下：95°C 維持 5 分鐘，95°C 維持 30 秒，62°C 維持 30 秒， 及 72°C 維持 60 秒（20 個循環），加延長 7 分鐘，溫度為 72°C。每一個聚合酶鏈反 應使用 300 ng 的 genomic DNA，及每 20 pmol 一前導物。我們最終以 50 μL 的反應 混合物來執行聚合酶連鎖反應，並使用 Perkin-Elmer 2,400 熱循環器(Applied Biosystems, Foster City, Calif)來完成放大效應。然後將 10 μL 的巢狀 PCR 產物，在 含有 ethidium bromide 的 1.5%洋菜膠中，進行電泳分析，並在紫外線光線下拍照。 帶去氧 3-磷酸甘油醛之特定前導物的也在所有的樣本上進行同步實現，用以作為內 部控制基準。從 K562 細胞中萃取出 RNA，作為陽性對照組；Jurkat, U937, HL-60 細胞和單獨純水則作為陰性對照組。為了確定聚合酶連鎖反應產物，我們將巢狀

PCR 多酶體連鎖反應產物轉換至硝基纖維素濾紙，正如先前研究法所述，隨後則與位於 bcr-abl 內部，含 360 對核酸基並標定放射性磷酸基 P32 的探針雜合。濾紙在清洗後曝光於柯達 X-O-Mat XAR 軟片(Eastman Kodak, Rochester, NY)。

（七）實驗結果

為了檢查反轉錄聚合酶連鎖反應的敏感性，我們透過一連串的稀釋，將 K562 細胞到 Jurkat 細胞的比例從 1 改為 1:106（每一樣本有 10^8 個細胞）。我們執行反轉錄巢狀 PCR 多酶體連鎖反應，可在稀釋至 10^6（敏感度 10^{-6}）的每一個細胞混合物中，檢測出 bcr-abl 的存在。

如圖一所示，30 位特發性血小板增生患者中，有四位被檢查出 bcr-abl 轉錄 (13.3%)；17 位慢性骨髓性白血病患中，每一位都被檢查出帶有 bcr-abl 轉錄 (100%)。然而，在 16 位真性紅血球增生患者中，卻完全沒有 bcr-abl 轉錄。51 位對照受檢者中，也有 1 位發現 bcr-abl 轉錄。與健康受檢者相比，特發性血小板增生患者較容易在 PB 細胞中表現 bcr-abl 轉錄，不過此發現在統計上則無顯著性（$P= 0.06$, 費雪正確概率檢定）。在正向之聚合酶連鎖反應的產物裡，我們在 M-bcr 的第三個外切片斷(b3)及 ABL 的第二個外切片斷(a2)間（也就是 b3a2），發現有重新排列之現象。此一發現出現在 14 位慢性骨髓性白血病患中（比例為 14/17=82%）；特發性血小板增生患者的比例則為 4/4=100%；以及 1 位健康對照者（其比例為 1/1=100%）。然而，b2a2 的重新排列只出現在慢性骨髓性白血病患身上（比例為 3/17=18%）。如表二所示，追蹤期由 1 年延長到 7 年的一系列骨髓研究發現，4 位帶 bcr-abl 轉錄的特發性血小板增生患者出現血小板症，但是沒有脾腫大的現象，亦無轉為急性血癌或 MDS 的跡象。

為了決定互補 DNA 中的 bcr-abl 轉錄量，我們在已經過 10 次稀釋的不同樣本中使用等量互補 DNA，進行 bcr-abl 轉錄的半量化分析。慢性骨髓性白血病患（其中 4 位接受了檢驗，但未顯示數據）的樣本在稀釋了一千至一萬倍之後，對於 bcr-abl 產物的反應是陽性的。然而，在特發性血小板增生症患者與一具有可偵測 bcr-abl 轉錄的正常對照受檢者中，bcr-abl 轉錄在互補 DNA 被稀釋的情況下，無法被檢測出來，此一結果顯示在特發性血小板增生症患者與具有可偵測 bcr-abl 轉錄的正常對照受檢者身上，其 bcr-abl 轉錄的數量僅為慢性骨髓性白血病患的千分之一至萬分之一。

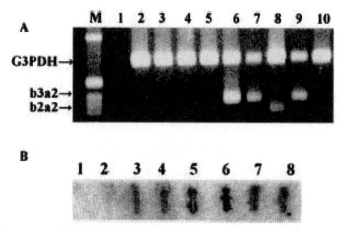

圖一　**A.** 慢性骨髓白血病與特發性血小板增生症患者及健康受檢者的樣本之 bcr-abl 傳訊 RNA 放大的代表性反轉錄巢狀 PCR 多酶體連鎖反應產物。列 1. 水（負對照）；列 2. Jurkat（負對照）；列 3. U937（負對照）；列 4. HL-60（負對照）；列 5. 無 b3a2 的正常受檢者；列 6. K562（正對照）；列 7. 帶 b3a2 的慢性骨髓白血病患；列 8. 帶 b2a2 的慢性骨髓白血病患；列 9. 帶 b3a2 的特發性血小板增生症患者；列 10. 帶 b3a2 或 b2a2 的特發性血小板增生症患者。M=分子指標。**B.** 我們使用帶有 b3a2 特定探針的 slot blot 來確定反轉錄聚合酶連鎖反應的特異度。列 1. 水（負對照）；列 2. Jurkat（負對照）；列 3. K562（正對照）；列 4 與列 5. b3a2 的反應為陽性的慢性骨髓白血病人；列 6-8. b3a2 的反應為陽性的特發性血小板增生症患者。

（八）討　論

　　台灣榮總真性紅血球增生症研究小組針對特發性血小板增生症，制定好幾種嚴格的診斷標準。在診斷上，Ph 染色體或 bcr-abl 轉錄的缺乏是必要的，因為如此一來便有助於分辨特發性血小板增生症與慢性骨髓性白血病。然而，Stoll 等人觀察發現，有臨床特徵的特發性血小板增生症病患中，僅不到一成擁有 Ph 染色體，此現象與預後不良有關。由 30 位特發性血小板增生症病患的周邊血液分子分析顯示，4 位(13%)的周邊血液單核細胞帶有 bcr-abl 轉錄。正如表二所示，這 4 位病患具有典型的特發性血小板增生症特徵，骨髓細胞中缺乏 Ph 染色體，亦在一至七年追蹤期內無轉化為急性骨髓白血病的跡象。我們的數據資料與兩份各自獨立證明 bcr-abl 確實性各為 21%和 48%的研究報告相吻合。四份研究的結果並未直接說明 bcr-abl 轉錄與特發性血小板增生症間的關聯，但在這些研究卻發現確實有較低的 bcr-abl 發生率（累積的發生率 1.5%，292 分之 4）。技術並非造成這些差異的原因；或許在某種程度上，差異可以「部分病患未符合特發性血小板增生症的嚴格診斷標準」來加以解釋。我們對於研究中，有一位健康受檢者對於 bcr-abl 轉錄呈現陽性的發現（1.9%，51 分之 1）感到困惑，而我們也會著手為這位自願受檢者進行長期血液增生症的追蹤。Biernaux 等人對 p210 轉錄使用高感度的巢狀反轉錄聚合酶連鎖反應，首先發表檢測出健康人身上有 bcr-abl 轉錄，此發現亦受到另一實驗室的證實。在我們與他人的研究之間，產生關於 bcr-abl 檢測差異（1.9% 相對於 30.1%）的最可能原因是我們使用了敏感度較低的反轉錄聚合酶連鎖反應（10-6 相對於 10-8）。這些相異的研究結果提高了特發性血小板增生症患者的 bcr-abl 轉錄為巧合的可能性，如同我們在健康受檢者身上發現的一樣。我們假定這並不符合情況，因為我們的特發性血小板增生症病患之 bcr-abl 轉錄頻率高於健康受檢者的 bcr-abl 轉錄頻率（13.3% 相對於 1.9%）。此外，16 位帶有真性紅血球增生症的病患皆顯示出 bcr-abl 轉錄的陰性反應。

我們的研究結果指出，4 位 bcr-abl 陽性的特發性血小板增生症患者可能並未帶有慢性骨髓性白血病，但他們卻呈現出一種新的特發性血小板增生症類型：(1)沒有人的骨髓細胞中有 Ph 染色體；(2)每一位都有正常的白血球鹼化磷酸酶之數目；(3)無人患有脾腫大，以及(4)沒有人在中位數 3.5 年追蹤期內轉變成血癌。

表二　4 位特發性血小板增生症患者和 1 位周邊血液帶 bcr-abl 轉錄的正常受檢者的臨床數據

診　　斷	ET 1	ET 2	ET 3	ET 4	正常
年　　齡	78	47	62	51	23
性　　別	F	M	F	M	M
白血球數(10^9/L)	14.6	9.52	7.08	11.6	7.7
血色素(g/dL)	15.7	15.9	11.9	17.9	13.5
血小板(10^9/L)	1015	1030	1161	1681	224
脾臟腫大	無	無	無	無	無
白血球鹼性酶素積分	60	54	ND	74	ND
細胞染色體檢查	正常	正常	正常	正常	ND
追蹤（年）	7	3	1	4	1
RT-PCR 重複檢查次數	3	2	3	2	2

ND：未決定

周遭血液的 RT-PCR 重複檢查次數為上一次檢查後 1~3 個月所集

在兒童期與續發性白血病中，保存的血液樣本的回顧分析已證明白血病發病前幾年有特定位移的存在。但是這些 bcr-abl 陽性的特發性血小板增生症患者是否具備轉化成慢性骨髓性白血病或急性血癌的高風險，仍是未知數。我們的半量化分析顯示，特發性血小板增生症患者周邊血液細胞中 bcr-abl 轉錄的表現量為慢性骨髓性白血病患的千分之一至萬分之一，表示就 bcr-abl ET 的患者而言，其循環系統中含 bcr-abl 的白血球數或含轉錄 bcr-abl 的濃度，均較慢性骨髓性白血病的患者低。在基因轉移或移植的模式中，假設額外的基因碰撞是 bcr-abl 陽性白血病之殖株生長與誘導的必要條件。此外，近來的發現證明 bcr/abl 的細胞內濃度可以決定誘導血球增生之前趨細胞中，其增生的速度與分化的消失。然而，更多關於特發性血小板增生症患者的前瞻性研究與較長期追蹤必定會替 bcr-abl 陽性特發性血小板增生症患者的臨床與生物特徵作出更真實的詮釋。

（九）引用文獻

此處的導讀文章共引用相關文獻 27 篇，僅呈現前 6 篇以供格式參考，詳見 p.461 原文，於此不另行譯出。

牛刀小試 EXERCISES

簡答題

1. 請問一篇期刊通常的架構一般包含哪些部分？
   答：

2. 請簡述期刊中的「前言」一般包含哪些內容？
   答：

3. 如果要知道期刊的「關鍵字」，應該在其架構的哪個部分可以搜尋到？
   答：

4. 請問英文期刊中的"Literature Review"一詞代表什麼意思？
   答：

5. 在書寫期刊中的"References"時應注意要符合什麼樣的格式？
   答：

配合題

請在左列英文的空格中，填入右列正確中文字義的英文代碼：

1. hybrid protein _____ (a)骨髓細胞染色體原型

2. retrospective analysis _____ (b)原發性血小板增生症

3. bcr-abl fusion gene _____ (c)骨髓纖維化

4. sense primer _____ (d)bcr-abl 融合基因

5. prospective study _____ (e)混種蛋白質

6. marrow karyotype _____ (f)敏銳前導物

7. splenomegaly _____ (g)洋菜膠

8. myelofibrosis _____ (h)回顧型分析

9. agarose gels _____ (i)前瞻性研究

10. idiopathic myelofibrosis _____ (j)脾腫大

解 答 ANSWER

簡答題

1. 請問一篇期刊通常的架構一般包含哪些部分？

   答：標題、作者群、摘要、前言、文獻回顧、方法、結果、討論、致謝、參考文獻。

2. 請簡述期刊中的「前言」一般包含哪些內容？

   答：介紹該研究的背景、動機、重要性與目的。

3. 如果要知道期刊的"關鍵字"，應該在其架構的哪個部分可以搜尋到？

   答：摘要。

4. 請問英文期刊中的"Literature Review"一詞代表什麼意思？

   答：文獻回顧。

5. 在書寫期刊中的"References"時應注意要符合什麼樣的格式？

   答：American Psychological Association（美國心理學會）公告之參考文獻列法—APA Form 第六版。

配合題

1. (e)

2. (h)

3. (d)

4. (f)

5. (i)

6. (a)

7. (j)

8. (c)

9. (g)

10. (b)

參考資料 References

于博芮(2020)・*成人內外科護理*（上、下冊）（於劉雪娥總校閱）・台北市：華杏。

邱艷芬(2020)・*身體評估－護理上之應用*・台北市：華杏。

王桂芸等(2020)・*新編內外科護理學*・台北市：永大。

余金燕(2004)・*常見疾病字詞*（修訂版）・台北市：合記。

李皎正(2021)・*常用醫護術語*（六版）・台北市：華杏。

李佩育、溫孟娟、沈燕芬、劉怡秀、劉明德、吳寶觀等(2006)・*醫護專用術語*（修訂版）・台中市：華格那。

林貞良(2001)・*最新實用臨床醫護手冊*・台北市：永大。

林永明(2004)・*臨床醫學英文之正確寫法*・台北市：藝軒。

周雨樺、蕭仔伶、何美華、孫瑞瓊、林淑伶(2022)・*產科護理學*（余玉眉總校閱）・新北市：新文京。

胡順將(2014)・*實用醫護術語*・台北市：偉華。

陳再晉、袁瑞晃、顏兆雄、施崇鴻、陳偉鵬、劉思源等(2005)・*華杏醫學大辭典*・台北市：華杏。

陳玉婷(2022)・思考障礙病人之護理・於蕭淑貞總校閱，*精神科護理概論*（七版）・台北市：華杏。

黃宣宜(2020)・*最新精神科護理學*（十版）・台北市：永大。

黃瑞媛等(2022)・精神科護理學（三版）・新北市：新文京。

楊紅玉、謝中興(2012)・*醫護管理專業術語*（三版）・新北市：新文京。

廖珮君(2022)・思考障礙病人之護理・於黃智妹總校閱，*精神科護理學*（十版）・台北市：高立。

劉正義、袁瑞晃、楊菁華(2014)・*華杏醫學縮寫辭典*・台北市：華杏。

謝瀛華(2016)・*實用醫學縮寫辭典*・台中市：華格那。

Arthur C. Guyton, M. D. & John E. Hall, Ph. D (2000)・*新編蓋統醫用生理學*（林佑

德、袁宗凡譯）‧台北市：合記。

Davi-Ellen Chabner (2001)‧*醫護術語*（林素戎譯）‧台北市：華騰。（原著出版於 2000）

Judith Perry、蔡碧華(2016)‧*護理美語*‧台北市：偉華。

Moreau, D. (2002). *Medical terms and abbreviations* (2nd ed.). Philadelphia : Lippincott.

Smith, G. L, Davis, P. E., & Dennerll, J. T. (2009). *Medical terminology : A programmed systems approach* (10th ed.). New York : Delmar.

Vander, A., Sherman, J., Luciano, D. (2001). *Human physiology : The mechanisms of body function* (8th ed.). New York : McGraw-Hill Higher Education.

 附錄 臨床常用字卡 Appendix

一、臨床常用縮寫

組　織
• **Anesth**　anesthesiology　麻醉科
• **CV**　cardiovascular medicine　心臟血管內科
• **CVS**　cardiovascular surgery　心臟血管外科
• **CM**　chest (pulmonary) medicine　胸腔內科

組　織
• **GM**　general medicine　一般內科
• **GS**　general surgery　一般外科
• **GI**　gastroenterology　胃腸內科
• **Gyn.**　gynecology　婦科
• **Hema**　hematology　血液科
• **Inf**　infectious disease medicine　感染科

組　織
• **PS**　plastic surgery　整形外科
• **Path.**　pathology　病理科
• **Ped.**　pediatrics　兒科
• **Psy. (psychi.)**　psychiatry　精神科
• **Rehab. (reh.)**　rehabilitation　復健科
• **RT**　respiratory therapy　呼吸治療科

單　位
• **BCU**　burn care unit　燒傷病房
• **BR**　baby room　嬰兒室
• **BICU**　burn intensive care unit　燒傷加護病房
• **CCU**　coronary care unit　心臟內科加護病房
• **CSR**　central supply room　供應中心

單　位
• **CT room**　computerized tomography room　電腦斷層攝影室
• **DR**　delivery room　產房
• **Echo room**　echography room　超音波檢查室
• **ER**　emergency room　急診室

單　位
• **MICU**　medical intensive care unit　內科加護病房
• **MRI**　magnetic resonance imaging unit　核磁共振造影室
• **NICU**　neonatal intensive care unit　新生兒加護病房

組 織

- **Meta.** metabology 新陳代謝科
- **NS** neurologic surgery 神經外科
- **Nephro.** nephrology 腎臟科
- **Neuro.** neurology 神經內科
- **Obs.** obstetrics 產科
- **Oph.** ophthalmology 眼科

組 織

- **CRS** colorectal surgery 大腸直腸外科
- **Dent.** dentology 牙科
- **Derm.** dermatology 皮膚科
- **ED** emergency department 急診部
- **ENT** ear, nose, throat 耳鼻喉科
- **F.M., G.P.** family medicine (general practitioner) 家庭醫學科

單 位

- **CVSICU** cardiovascular surgery intensive care unit 心臟外科加護病房
- **Cath. room** cardiac catheter room 心導管室
- **CICU** cancer intensive care unit 癌症加護病房

組 織

- **Surg.** surgery 外科
- **Uro.** urology 泌尿科

單 位

- **NMICU** neuromedical intensive care unit 神經內科加護病房
- **NSICU** neurosurgical intensive care unit 神經外科加護病房
- **OPD** outpatient department 門診部
- **OR** operating room 開刀房

單 位

- **HBO center** hyperbaric oxygen therapy center 高壓氧治療中心
- **Hemo. room** hemodialysis room 血液透析室（洗腎室）
- **ICU** intensive care unit 加護病房
- **LR** labor room 待產室
- **Lab.** laboratory 檢驗室

單 位

- **PICU**　pediatric intensive care unit
  小兒加護病房
- **POR**　post-operative room　恢復室
- **PFT room**　pulmonary function testing
  room　肺功能測試室
- **PT**　physical therapy unit　物理治療室

單 位

- **Sono room**　sonography room
  超音波攝影室
- **TICU**　traumatic intensive care unit
  創傷加護病房
- **Wd.**　ward　病房
- **X-ray room**　radiology room　放射線室

人 員

- **PA**　physician assistant　醫師助理
- **PN**　primary nurse　全責護士
- **PT**　physical therapist　物理治療師
- **R**　resident　住院醫師
- **RN**　registered nurse　護理師
- **RNA**　registered nurse anesthetist
  麻醉護理師

病房用物

- **3-way**　three-way　三路活塞
- **Aq.β-iodine**　aqua β-iodine　水溶性優碘
- **B.T. set**　blood transfusion set　輸血套管
- **EKG monitor**　electrocardiographic
  monitor　心電圖監視器
- **EKG lead**　electrocardiographic lead
  心電圖傳導片

病房用物

- **IV bag**　intravenous bag　靜脈輸液袋
- **IV bottle**　intravenous bottle
  靜脈輸液瓶
- **NG tube**　nasogastric tube　鼻胃管
- **O₂ tank**　oxygen tank / air tank　氧氣筒

病歷交班

- **DNR**　do not resuscitation
  拒絕心肺復甦術
- **OHCA**　out-of-hospital cardiac arrest
  到院前心（肺）功能停止
- **Dx.**　diagnosis　診斷
- **F/U (f/u)**　follow up　追蹤治療

病歷交班

- **FUO**　fever of undetermined origin
  原因不明的發熱
- **Op.**　operation　手術
- **P.E.**　physical examination　身體檢查
- **P.H.**　past history　過去病史
- **P.I.**　present illness　現在病況
- **P't**　patient　病人

病歷交班

- **R.H.B.**　regular heart beat　心跳規則
- **V.S.**　vital signs　生命徵象
- **y/o**　year old　歲

人　員

- **AHN**　assistant head nurse　副護理長
- **CR.**　chief resident　總住院醫師
- **HN**　head nurse　護理長
- **LMD**　local medical doctor
  地方開業醫師
- **NSP**　nurse specialist　專科護理師
- **OT**　occupational therapist　職能治療師

單　位

- **RCC**　respiration care center
  呼吸治療中心
- **RCU**　respiration care unit
  呼吸治療單位
- **RCW**　respiration care ward
  呼吸治療病房
- **SICU**　surgery intensive care unit
  外科加護病房

病房用物

- **IV catheter**　intravenous catheter
  靜脈留置針
- **IV fluid**　intravenous fluid　靜脈輸液
- **IV infusion pump**　intravenous infusion
  pump　靜脈輸液幫浦
- **IV set**　intravenous (infusion) set
  靜脈輸液套

人　員

- **RT**　respiratory therapist　呼吸治療師
- **R1**　first-year resident　第一年住院醫師
- **R2**　second-year resident
  第二年住院醫師
- **SN**　student nurse　護生
- **VS**　visiting staff　主治醫師

病歷交班

- **H/T**　hypertension　高血壓
- **Hx.**　history　病史
- **I/O**　intake and output　輸入與排出
- **m.**　murmur　心雜音
- **MBD**　may-be discharge　許可出院
- **Nil.**　none　無

病歷交班

- **A.A.D.**　against-advice discharge
  自動出院
- **BMR**　basal metabolic rate　基礎代謝率
- **BP**　blood pressure　血壓
- **C.C.**　chief complain　（病人）主訴
- **D.C.**　discontinue　停止，不再持續

檢查技術與治療

- **ABG analysis**　arterial blood gas analysis
  動脈血液氣體分析
- **A.K.A.**　above-knee amputation
  膝上截肢術
- **A/G**　albumin/globulin
  白蛋白／球蛋白比率

病歷交班

- **R/O**　rule out　應排除
- **Rx.**　medication (recipe)　處方
- **S.O.B.**　short of breath　呼吸短促
- **S/P (s/p)**　post-surgical　手術後
- **T.P.R.**　temperature, pulse, respiration
  體溫，脈搏，呼吸
- **Tx.**　treatment / therapy　治療

檢查技術與治療

- **abd. CT** abdominal computerized tomography scan　腹部電腦斷層掃描
- **AGA** appropriate for gestational age 胎兒大小合乎妊娠期
- **AID** artificial insemination by donor 非配偶人工授精

檢查技術與治療

- **ATH** abdominal total hysterectomy 經腹部全子宮切除術
- **ATS** abdominal tubal sterilization 腹部輸卵管絕育
- **B.K.A.** below-knee amputation 膝下截肢術

檢查技術與治療

- **BMA** bone marrow aspiration 骨髓抽吸檢查
- **BMA+B+C** bone marrow aspiration, biopsy, and cytology　骨髓抽取、切片及細胞學檢查
- **BSO** bilateral salpingo-oophorectomy 兩側輸卵管卵巢切除術

檢查技術與治療

- **CPR** cardiopulmonary resuscitation 心肺復甦術
- **CSF** cerebrospinal fluid　腦脊髓液
- **CT scan** computerized axial tomography scan　電腦斷層檢查
- **CT (C/T)** chemotherapy　化學治療

檢查技術與治療

- **CPT** chest physical therapy 胸部物理治療
- **CVP** central venous pressure 中心靜脈壓
- **CXR** chest X-ray　胸部 X 光攝影
- **D&C** dilatation and curettage 擴張及刮除術（人工流產術）

檢查技術與治療

- **E.D.C** expected date of confinement 預產期
- **EEG** electroencephalography 腦電波圖
- **EMG** electromyography　肌電圖
- **ERCP** endoscopic retrograde cholangio-pancreaticography 內視鏡逆行性膽道胰臟攝影術

檢查技術與治療

- **F.T.S.G.** full-thickness skin graft 全層皮膚移植
- **F/S test** finger sugar test　指尖血糖檢測
- **FHB** fetal heart rate / fetal heart beats 胎兒心搏率，胎兒心跳
- **GTT** glucose tolerance test 葡萄糖耐受量測驗

檢查技術與治療

- **HSV** herpes simplex virus 單純疱疹病毒
- **I&D** incision and drainage　切開引流
- **I.C.P.** intermittent catheterization program　間歇性導尿
- **ICP** intracranial pressure　顱內壓
- **IM** intramuscular injection　肌肉注射法

檢查技術與治療

- **B.M.T.** bone marrow transplantation 骨髓移植
- **B.S.** breath sound 呼吸聲
- **BUN** blood urea nitrogen 血液尿素氮
- **BBT** basal body temperature 基礎體溫
- **BK** below knee 膝下

檢查技術與治療

- **AIH** artificial insemination by husband 配偶人工授精
- **AK** above knee 膝上
- **A-P view** chest anteroposterior 胸前後照
- **APR** abdominal perineal resection 腹部會陰切除術

檢查技術與治療

- **CVP line insertion** central venous pressure line insertion 中央靜脈導管插入
- **C/S** cesarean section 剖腹生產術
- **CBC/DC** complete blood count/ differential count 完全血球計數／分類計數

檢查技術與治療

- **CABG** coronary artery bypass graft 冠狀動脈繞道移植
- **C.C.R. (CCr.)** creatinine clearance rate 肌酸酐廓清率
- **C.D.** change dressing 換藥
- **CO** cardiac output 心輸出量

檢查技術與治療

- **ESR** erythrocyte sedimentation rate 紅血球沉降速率
- **ECT** electroconvulsive therapy 電氣痙攣療法
- **ESWL** extracorporeal shock wave lithotripsy 體外震波碎石術

檢查技術與治療

- **D&E** dilatation and evacuation 子宮擴張及內容物吸出術
- **DTR** deep tendon reflex 深腱反射
- **DIP** distal interphalangeal joint 遠側指（趾）端關節
- **ECG / EKG** electrocardiography 心電圖

檢查技術與治療

- **IV injection** intravenous injection 小量靜脈注射法
- **IVP** intravenous pyelography 靜脈注射腎盂攝影術
- **IOL implant** intraocular lens implantation 人工晶狀體植入術

檢查技術與治療

- **GCS** Glasgow Coma Scale 格拉斯哥氏昏迷評分
- **H.D., H/D** hemodialysis 血液透析
- **H.R.** heart rate 心跳速率
- **HAV** hepatitis A virus A 型肝炎病毒
- **HBV** hepatitis B virus B 型肝炎病毒
- **Hgb., Hb.** hemoglobin 血紅素

檢查技術與治療

- **IOP**　intraocular pressure examination / tonometry　眼內壓測定
- **IPPB**　intermittent positive pressure breathing　間歇性正壓呼吸
- **IUD**　intrauterine device 子宮內避孕裝置
- **IV drip**　intravenous drip　靜脈滴注

檢查技術與治療

- **LGA**　large for gestational age 胎兒大小超過妊娠期
- **LMP**　last menstrual period 最後一次月經
- **LOA**　left occipitoanterior　左枕前位
- **LOP**　left occipitoposterior　左枕後位
- **LP**　lumbar puncture　腰椎穿刺

檢查技術與治療

- **NG feeding**　nasogastric tube feeding 鼻胃管灌食
- **NSD**　normal spontaneous delivery 自然產
- **Neg./（－）**　negative　陰性
- **NST**　non-stress test　無壓力性測驗
- **OB**　occult blood　潛血

檢查技術與治療

- **PCT (PST)**　Penicillin skin test 皮膚過敏測驗
- **PEG**　percutaneous endoscopic gastrostomy　經皮內視鏡胃造口術
- **PT**　physical therapy　物理治療
- **PT**　prothrombin time　凝血酶原時間

檢查技術與治療

- **pre-op. care**　preoperative care 手術前護理
- **PTC**　percutaneous transhepatic cholangiography　經皮穿肝膽道影像檢查
- **RBC**　red blood cell　紅血球
- **R.M.**　radical mastectomy 根除性乳房切除術

檢查技術與治療

- **SGA**　small for gestational age 胎兒大小不足妊娠期
- **SLRT**　straight leg raising test 直腿上舉測驗
- **TG**　triglyceride　三酸甘油酯
- **THA**　total hip arthroplasty 全髖關節成形術

檢查技術與治療

- **UGI endoscopy**　upper gastrointestinal endoscopy　上腸胃道內試鏡檢查
- **U/A**　urine analysis　尿液分析
- **U/C**　urine culture　尿液培養
- **VDRL**　venereal disease research laboratories　梅毒血清檢驗

檢查技術與治療

- **WBC & D/C**　white blood count and differential count　白血球計數與分類計數
- **X-ray**　X-ray photography　X 光攝影術

檢查技術與治療

- **lat. view**　chest lateral view　胸側面照
- **MRI**　magnetic resonance imaging　核磁共振攝影
- **MSE**　mental status examination　心智狀況檢查
- **MMPI**　Minnesota multiphasic personality inventory　明尼蘇達多向人格量表

檢查技術與治療

- **J.O.M.A.C.**　judgement, orientation, memory, abstract thinking and calculation　判斷力、定向力、記憶力、抽象思考、計算力
- **KUB**　kidney, ureter, bladder　腹部超音波檢查（腎臟、輸尿管、膀胱）
- **LFT**　liver function test　肝功能試驗

檢查技術與治療

- **Pap. smear**　Papanicolaou smear　子宮頸抹片檢查
- **PCA**　patient controlled analgesia　病患自控式止痛法
- **PIP**　proximal interphalangeal joint　近側指（趾）端關節
- **pos./（＋）**　positive　陽性

檢查技術與治療

- **OGTT**　oral glucose tolerance test　口服葡萄糖耐量試驗
- **OCT**　oxytocin challenge test　催產素挑釁試驗
- **ORIF**　open reduction internal fixation　開放性復位合併內固定術
- **PC**　platelet count　血小板計數

檢查技術與治療

- **T.H.R.**　total hip replacement　全髖關節置換術
- **T.K.R.**　total knee replacement　全膝關節置換術
- **T/L, TL**　tubal ligation　輸卵管結紮法
- **T.U.R.P.**　transurethral resection of prostate　經尿道前列腺切除術

檢查技術與治療

- **R.T.**　radiotherapy　放射線療法
- **Rh－**　Rhesus negative　陰性 Rh 血型
- **Rh＋**　Rhesus positive　陽性 Rh 血型
- **ROA**　right occipitoanterior　右枕前位
- **ROP**　right occipitoposterior　右枕後位
- **sc.**　hypodermic (subcutaneous) injection　皮下注射法

藥物用語

- **ac**　ante cibum (before meals)　飯前
- **AD**　auris dexter (right ear)　右耳
- **AM**　ante meridiem　上午
- **AS**　auris sinister (left ear)　左耳
- **AU**　auris unitas (both ears)　雙耳
- **amp.**　ampule　安瓿

檢查技術與治療

- **VF**　visual field examination / perimetry　視野檢查
- **VP shunt**　ventriculoperitoneal shunt　腦室腹膜腔分流
- **VTH**　vaginal total hysterectomy　經陰道子宮切除術

藥物用語

- **aq.** water 水,液性的
- **b.i.d.** twice a day 一天兩次
- **c̄** with 和
- **c.c.** cubic centimeter 立方公升,毫升
- **C.M.** coming morning 明晨
- **Cap.** capsule 膠囊

藥物用語

- **IM** intramuscular 肌肉注射
- **IP** intraperitoneal 腹腔內注射
- **IU** international unit 國際單位
- **IV** intravenous 靜脈注射
- **inh.** inhalation 吸入
- **inj.** injection 注射

藥物用語

- **min.** minimal 最小
- **mL** milliliter 毫升
- **NKA** not known drug allergies 無藥物過敏史
- **NPO** nothing by mouth 禁食
- **N/S** normal saline / 0.9% NaCl solution 生理食鹽水,0.9%氯化鈉溶液

藥物用語

- **p.c.** post cibum (after meal) 飯後
- **P.M.** post meridiem 下午,午後
- **P.O.** by mouth 口服
- **p.r.n.** as required 需要時給予
- **post-op** post-operative 手術後
- **pre-op** pre-operative 手術前

藥物用語

- **S.C.** subcutaneous 皮下注射
- **S.L** sublingual 舌下的
- **sol.** solution 溶液
- **st., Stat.** immediately 立即
- **supp.** suppository 栓劑
- **syr.** syrup 糖漿

營 養

- **DRIs** dietary reference intakes 國人膳食營養素參考攝取量
- **PPN** peripheral parenteral nutrition 周邊靜脈營養
- **TPN** total parenteral nutrition 全靜脈營養
- **VLDL** very low density lipoprotein 極低密度脂蛋白

醫 管

- **DRGs** Diagnosis-Related Groups 診斷關係群制
- **E.B.M.** evidence-based medicine 實證醫學
- **G.B.** global budgeting 總額支付制
- **HMO** Health Maintenance Organization 健康維護機構

醫 管

- **ICD-O** international classification of disease for oncology 癌症疾病分類
- **IPD** Inpatient Department 住院部門
- **Q.C.** quality control 品質控制
- **Q.C.C.** quality control circle 品管圈

藥物用語

- **kg** kilogram 公斤
- **LD** lethal dose 致死劑量
- **M.N.** midnight 午夜
- **max.** maximal 最大
- **meq.** milliequivalent 毫克當量
- **mg.** milligram 毫克

藥物用語

- **D.C.** discontinue 停止
- **D.W.** distilled water 蒸餾水
- **freq.** frequency 次數
- **gm** gram 公克
- **gtt.** drop 滴
- **hs** at bed time 睡前

藥物用語

- **qm** every morning 每天早晨
- **qn** every night 每天晚上
- **qod** every other day 每隔一天
- **qd** every day 每天
- **qh** every hour 每小時
- **qid** quarter in diem (four times a day) 一天四次

藥物用語

- **No. (no.)** number 數目
- **OD** oculus dexter (right eye) 右眼
- **OS** oculus sinister (left eye) 左眼
- **OU** oculus unitas (both eyes) 雙眼
- **oint.** ointment 藥膏
- **oz.** ounce 盎司

醫 管

- **A.L.O.S.** average length of stay 平均住院日
- **C.P.** case payment 論病例計酬制
- **CDC** Center for Disease Control 疾病管制署
- **D.C.** day care 日間照護

藥物用語

- **tid** three times a day 一天三次
- **tab.** tablet 錠劑
- **v (vol.)** volume 容量
- **vag.** vaginal 經由陰道

醫 管

- **SOAP** subjective data, objective data, assessment, plan 主觀資料、客觀資料、評估及計畫
- **SWOT** strength, weakness, opportunity and threat analysis S.W.O.T.分析
- **WHO** World Health Organization 世界衛生組織

醫 管

- **ICD-10** international classification of disease and related health problems 10th revision 國際疾病傷害及死因分類標準第十版
- **ISO** international organization for standardization 國際標準組織認證

二、臨床常見診斷

內　科

- **Af**　atrial fibrillation　心房纖維顫動
- **AF**　atrial flutter　心房撲動
- **AIDS**　acquired immuno deficiency syndrome　後天性免疫缺乏症候群（愛滋病）
- **ALL**　acute lymphoblastic leukemia　急性淋巴球性白血病

內　科

- **ARF**　acute respiratory failure　急性呼吸衰竭
- **ASD**　atrial septal defect　心房中隔缺損
- **AGE**　acute gastroenteritis　急性腸胃炎
- **AGN**　acute glomerulonephritis　急性腎絲球腎炎

內　科

- **ASHD**　arteriosclerotic heart disease　動脈硬化性心臟病
- **ATN**　acute tubular necrosis　急性腎小管壞死
- **BBB**　bundle branch block　束枝傳導阻斷

內　科

- **CLL**　chronic lymphoblastic leukemia　慢性淋巴球性白血病
- **CML**　chronic myelogenous leukemia　慢性骨髓性白血病
- **CPH**　chronic persistent hepatitis　慢性持續性肝炎
- **CHF**　chronic renal failure　慢性腎衰竭

內　科

- **DVT**　deep vein thrombosis　深部靜脈栓塞
- **ESRD**　end stage renal disease　末期腎疾病
- **HD**　Hodgkin's disease　何杰金氏病
- **H.H.N.C.**　hyperosmolar hyperglycemic nonketotic coma　高血糖、高滲透、非酮性昏迷

內　科

- **NIDDM**　non-insulin dependent diabetes mellitus　非胰島素依賴型糖尿病
- **NS**　nephritic syndrome　腎病症候群
- **NSR**　normal sinus rhythm　正常竇律
- **PAT**　paroxysmal atrial tachycardia　陣發性心房心搏過速

內　科

- **RCC**　renal cell carcinoma　腎細胞癌
- **RHD**　rheumatic heart disease　風濕性心臟病
- **SLE**　systematic lupus erythematosus　全身性紅斑性狼瘡
- **TIA**　transient ischemic attack　短暫性缺血性發作

內　科

- **URI**　upper respiratory infection　上呼吸道感染
- **UTI**　urinary tract infection　尿道感染
- **Vf**　ventricular fibrillation　心室纖維顫動
- **VPC**　ventricular premature contraction　心室早期收縮

內　科

- **AML**　acute myelogenic leukemia
  急性骨髓性白血病
- **APN**　acute pyelonephritis
  急性腎盂腎炎
- **AR**　aortic regurgitation　主動脈瓣逆流
- **ARF**　acute renal failure　急性腎衰竭
- **AS**　aortic stenosis　主動脈狹窄

內　科

- **AMI**　acute myocardial infarction
  急性心肌梗塞
- **APC**　atrial premature contraction
  心房早期收縮
- **ARDS**　adult respiratory distress
  syndrome　成人呼吸窘迫症候群

內　科

- **DI**　diabetes insipidus　尿崩症
- **DKA**　diabetic ketoacidosis
  糖尿病酮酸中毒
- **DM**　diabetes mellitus　糖尿病
- **DIC**　disseminated intravascular
  coagulation　瀰漫性血管內凝血

內　科

- **CAD**　coronary artery disease
  冠狀動脈疾病
- **CHF**　congestive heart failure
  充血性心臟衰竭
- **CIS**　carcinoma in situ　原位癌
- **COPD**　chronic obstructive pulmonary
  disease　慢性阻塞性肺部疾病

內　科

- **P.N.D.**　paroxysmal nocturnal dyspnea
  陣發性夜間呼吸困難
- **PDA**　patent ductus arteriosus
  開放性動脈導管
- **PI**　pulmonary infarction　肺梗塞
- **PSVT**　paroxysmal supraventricular
  tachycardia　陣發性心室上心搏過速

內　科

- **JVE**　jugular venous engorgement
  頸靜脈怒張
- **MG**　myasthenia gravis　重症肌無力
- **MR**　mitral regurgitation　僧帽瓣逆流
- **MS**　mitral stenosis　僧帽瓣狹窄

內　科

- **T1D**　type 1 diabetes mellitus
  第 1 型糖尿病
- **T2D**　type 2 diabetes mellitus
  第 2 型糖尿病
- **VSD**　ventricular septal defect
  心室中隔缺損

內　科

- **TCC**　transitional cell carcinoma
  移形細胞癌
- **TGV**　transposition of great vessels
  大血管移位
- **TI**　tricuspid insufficiency
  三尖瓣閉鎖不全
- **TS**　tricuspid stenosis　三尖瓣狹窄

外　科

- **Acute App**　acute appendicitis
  急性闌尾炎
- **BPH**　benign prostatic hypertrophy
  良性前列腺肥大
- **BTI**　biliary tract infection　膽道感染
- **CBC stone**　common bile duct stone
  總膽管結石

婦產科

- **APH**　antepartum hemorrhage
  產前出血
- **CPD**　cephalo pelvic disproportion
  胎頭骨盆不對稱
- **DUB**　dysfunctional uterine bleeding
  功能失調性子宮出血

婦產科

- **OHSS**　ovarian hyperstimulation
  syndrome　卵巢過度刺激症候群
- **P.I.D.**　pelvic inflammatory disease
  骨盆腔發炎性疾病
- **PCS**　pelvic congestive syndrome
  骨盆腔鬱血症候群
- **PPH**　postpartum hemorrhage　產後出血

小兒科

- **ASD**　atrial septal defect　心房中隔缺損
- **AVMs**　arteriovenous malformations
  動靜脈畸形
- **BPD**　bronchopulmonary dysplasia
  肺支氣管性發育不良
- **CHD**　congenital heart disease
  先天性心臟病

小兒科

- **G-6-PDD**　glucose-6-phosphate
  dehydrogenase deficiency
  葡萄糖-6-磷酸脫氫酶缺乏症（蠶豆症）
- **HDN**　hemolytic disease of the newborn
  新生兒溶血性疾病
- **IRDS**　infant respiratory distress
  syndrome　新生兒呼吸窘迫症

小兒科

- **SIDS**　sudden infant death syndrome
  嬰兒猝死症候群
- **TOF**　Fallot's tetralogy / tetralogy of
  Fallot　法洛氏四重症，法洛氏四重畸形

其他專科

- **ALS**　amyotrophic lateral sclerosis
  肌萎縮性脊髓側索硬化症
- **AOM**　acute otitis media　急性中耳炎
- **BPPV**　benign paroxysmal positional
  vertigo　良性陣發性姿位性眩暈
- **COM**　chronic otitis media　慢性中耳炎
- **CPS**　chronic paranasal sinusitis
  慢性副鼻竇炎

其他專科

- **ICH**　intracerebral hemorrhage　腦溢血
- **IICP**　increasing intracranial pressure
  顱內壓增高
- **LBP**　low back pain　下背痛
- **NPC**　nasopharyngeal carcinoma
  鼻咽癌

婦產科

- **IUFD** intrauterine fetal death
  子宮內胎兒死亡／胎死腹中
- **IUGR** intrauterine growth retardation
  子宮內生長遲滯
- **MAS** meconium aspiration syndrome
  胎便吸入症候群

外　科

- **D.U.** duodenal ulcer 十二指腸潰瘍
- **G.U.** gastric ulcer 胃潰瘍
- **IHD stone** intrahepatic duct stone
  肝內管結石
- **P.P.U.** perforation of peptic ulcer
  穿孔性消化性潰瘍
- **P.U.** peptic ulcer 消化性潰瘍

小兒科

- **CP** cerebral palsy 腦性麻痺
- **C.P.** cleft palate 顎裂
- **C.L.** cleft lip 唇裂，兔唇
- **CDH** congenital dislocation of the hip
  先天性髖關節脫位
- **CGN** chronic glomerulonephritis
  慢性腎絲球腎炎

婦產科

- **PROM** premature rupture of membrane
  早期破水
- **TOA** tubo-ovarian abscess
  輸卵管卵巢膿瘍

精神科

- **MDP** manic depressive psychosis
  躁鬱症
- **MR** mental retardation 智能不足
- **NMS** neuroleptic malignant syndrome
  抗精神病藥惡性症候群
- **OCD** obsessive-compulsive disorder
  強迫症

小兒科

- **ITP** idiopathic thrombocytopenia
  purpura 特發性血小板減少性紫斑症
- **NEC** necrotizing enterocolitis
  壞死性小腸結腸炎
- **PKU** phenylketonuria 苯酮尿症
- **RDS** respiration distress syndrome
  呼吸窘迫症候群

其他專科

- **NSD** deviated nasal septum / nasal
  septal deviation 鼻中隔彎曲
- **OA** osteoarthritis 骨關節炎
- **SAH** subarachnoid hemorrhage
  蜘蛛網膜下腔出血
- **SCI** spinal cord injury 脊髓損傷
- **SDH** subdural hematoma
  硬腦膜下血腫

其他專科

- **DJD** degenerative joint disease
  變性關節疾病
- **EDH** epidural hematoma / extradural
  hematoma 硬膜上血腫，硬膜外血腫
- **HIVD** herniated intervertebral disk /
  herniation of intervertebral disk
  椎間盤突出

MEMO

MEMO

MEMO

國家圖書館出版品預行編目資料

醫護英文用語 / 劉明德，蔡玟蕙，薛承君，甘宜
弘，張銘峰，韓文蕙，徐玉珍，馮兆康，傅綢妹，
呂維倫，薛嘉元，蔣蓮娜，Jonathan Chen-Ken
Seak，王守玉編著. 六版.-- 新北市 ： 新文京
開發出版股份有限公司，2022.05

　　面；　公分

　　ISBN　978-986-430-827-9（平裝）

　　1.CST: 英語　2.CST: 醫學　3.CST: 詞彙

805.12　　　　　　　　　　　　111005338

醫護英文用語（第六版）　　　　　　　（書號：B227e6）

審　訂　者	徐會棋	賴信志	李中一	鍾國彪	林清華
編　著　者	劉明德	蔡玟蕙	薛承君	甘宜弘	張銘峰	韓文蕙
	徐玉珍	馮兆康	傅綢妹	呂維倫	薛嘉元	蔣蓮娜
	Jonathan Chen-Ken Seak		王守玉		

出　版　者　新文京開發出版股份有限公司

地　　　址　新北市中和區中山路二段 362 號 9 樓

電　　　話　(02) 2244-8188（代表號）

Ｆ　Ａ　Ｘ　(02) 2244-8189

郵　　　撥　1958730-2

四　　　版　西元 2013 年 09 月 05 日

四版修訂版　西元 2014 年 06 月 01 日

五　　　版　西元 2017 年 08 月 15 日

六　　　版　西元 2022 年 05 月 01 日

New Wun Ching Developmental Publishing Co., Ltd.

New Age · New Choice · The Best Selected Educational Publications — NEW WCDP

新文京開發出版股份有限公司

NEW
WCDP

新世紀・新視野・新文京 ─ 精選教科書・考試用書・專業參考書